MINGUO TONGSU XIAOSHUO
DIANCANG WENKU

民国通俗小说典藏文库·顾明道卷

芳草天涯·红蚕织恨记

顾明道◎著

中国文史出版社

顾明道和他的小说（代序）

张赣生

·

　　在本世纪（指二十世纪）二十年代末，能与"南向北赵"并称的武侠小说作家只有顾明道。

　　顾明道（1897—1944），原名景程，江苏苏州人。他八岁丧父，自幼体弱，上学时膝部患骨结核（中医所谓骨痨）致残，行动依赖拄拐。他毕业于教会所办的振声中学，因学习成绩优秀，即留在该校任教，并受洗为基督教徒。1922年，范烟桥移居苏州，范氏在辛亥革命的时候就曾与友人组织"同南社"，诗酒唱和；这时又于七夕会同赵眠云、郑逸梅、顾明道等九人组织"星社"，以文会友。顾氏由此结识了一批文友，他一生的文学活动大体未超出这个小团体的范围。顾明道因一直希望医好腿疾，所以结婚较迟，抗战爆发后，他和母亲、妻子全家移居上海，苏州的家产毁于战火，从此落入贫病交加的处境中。他一生以教书为业，战前一直在苏州振声中学执教，迁居上海后一面写作，一面仍自办补习学校，招生授课，直至肺结核把他折磨得卧床不起才停办。病重时生活无着落，全靠朋友周济，终年只有四十八岁，身后凄凉。

　　了解了顾明道一生的经历，有助于我们客观地认识和评价他的小说。

　　从顾明道一生经历来看，腿残、留校执教、参加星社，这三件

1

事深刻影响着他一生的文学事业。民国初年的上海，盛行哀情小说，即文学史上称之为"淫啼浪哭"的时期。1912年，徐枕亚的《玉梨魂》和吴双热的《孽冤镜》在《民权报》同时连载，随即又连载李定夷的《霣玉怨》，流风所被，一片哀音。顾明道就在这种风气的影响下，开始试写小说，那时他只有十七岁，尚未成年。他的处女作是短篇言情小说，发表在高剑华主编的《眉语》月刊上，这是一份以知识妇女为读者对象的刊物，脂粉气很重，在该刊的创刊号上发表了一篇阐明办刊宗旨的《宣言》，其中说："花前扑蝶宜于春；槛畔招凉宜于夏；倚帷望月宜于秋；围炉品茗宜于冬。璇闺姐妹以职业之暇，聚钗光鬓影能及时行乐者，亦解人也。然而踏青纳凉赏月话雪，寂寂相对，是亦不可以无伴。本社乃集多数才媛，辑此杂志，而以许啸天君夫人高剑华女士主笔政。锦心绣口，句香意雅，虽曰游戏文章、荒唐演述，然谲谏微讽，潜移转化于消闲之余，亦未始无感化之功也。每当月子弯时，是本杂志诞生之期，爰名之曰《眉语》，亦雅人韵士花前月下之良伴也。"看了这篇《宣言》，读者当能了解此刊物的性质。顾明道在1914年左右开始写小说时，选中这样一个刊物投稿，也就表明顾氏本人的性格难免有些多愁善感的脂粉气。

我指出顾氏性格中的脂粉气，因为这决定着他文学作品的基调，丝毫也没有嘲讽顾氏之意，每个人都在一定的环境下养成他的性格，这没有什么可嘲讽的，我们要研究的只是事实。郑逸梅在《悼顾明道兄》一文中提到两件事，其一为："明道最初的作品，刊登在许啸天所辑的《眉语》杂志上，该杂志多载女作家的文字，他就化名梅倩女史，撰着短篇小说。有一位读者，是登徒子之流，写信追求他，缱绻缠绵，大有甘伺眼波之意。明道接到了信，大笑之下，用梅倩具名答复他。那个登徒子欣喜欲狂，寄给他一帧照片，请他交换

'芳影'，并约他会晤某园。明道到这时，才用真姓名自行揭破。这一段趣史，明道时常讲给人听的。"其二为："《江上流莺》稿成，我曾为他写一小序，有云：'江山摇落，风雨鸡鸣，我侪丁斯乱世，应变无方，干禄乏术，臣朔饥欲死，乃不得不乞灵于不律，红蕉缀愁，绿蕉写恨，借以博稿资而活妻孥。社友顾子明道固与予相怜同病者也。'明道读了，亦为之感喟百端，不能自已。"当时正值日寇侵华，人民生活困苦，对此局面"感喟百端"也是情理中的事，我们不必咬文嚼字，过分挑剔；但达到"不能自已"的程度，就难免少些丈夫气了。以上两件事都可证明顾氏确有些多愁善感的脂粉气。

顾明道养成这样一种性格，固然与前述民初上海文坛的时尚有关，在当时一些人的心目中，唯其如此才配称为"才子"，少了贾宝玉味道就被视为粗俗；但是就顾氏本身的内因而言，腿残对他心理上的影响，恐也不容忽视。肢体的残疾不仅影响着顾明道的性格，也限制着他的行动。郑逸梅《悼顾明道兄》一文说："这时他在吴门振声中学担任教务，因不良于行，往返不便，所以他住在校中。"顾氏是一位多半生未离他那中学小天地的人，缺少广泛的社会生活经历，在这方面，他既不能与同时的"南向北赵"相比，更不能与后来的"北派四大家"同日而语。对于这样一位学生出身，生活面狭窄，又多愁善感的作家来说，写言情小说自然是最方便的，他可以坐在家里凭自己的情感体验来打动读者，只要情感诚挚，哪怕写的只是他个人的小天地，也总会有其可取之处。但自向恺然《江湖奇侠传》引起轰动之后，报刊编者和出版商均热心于武侠一途，顾明道为适应这一潮流，便也改弦易辙，于1923年至1924年在《侦探世界》杂志发表武侠小说。1929年，他由杭返苏，途经上海，与当时主编《新闻报》副刊《快活林》的星社文友严独鹤相会，恰逢《快活林》需要连载长篇武侠小说，严约顾撰写，这就促成了他一生

3

的代表作《荒江女侠》的问世。

　　《荒江女侠》刊出后竟大受欢迎，同年冬，上海三星图书局向新闻报馆购买版权出版单行本，至1930年8月已翻印四版，1934年11月更达到十四版，这在当时是很可观的销行数。可见其轰动的程度。由于此书畅销，顾氏也就续写下去，共出版了六集，并被友联公司改编为十三集连续影片，上海大舞台、更新舞台也改编为京剧连台本戏，风靡一时，大有凌驾《江湖奇侠传》之上的势头。这部小说之所以能取得如此出人意料的效果，今天的读者或许很难理解。当时最著名的武侠小说，是"南向北赵"的作品，向恺然连缀民间传说，自有其吸引人的一面，但却少了点爱情纠葛、哀感顽艳；赵焕亭的《奇侠精忠传》据说原有不少狎蝶的描写，因而触犯禁例，出版时经过删削。顾明道于此际把武侠、恋爱、探险等成分捏在一起，就给读者一种新鲜感，满足了十里洋场那特定读者群追求新奇、热闹的要求，正如严独鹤在《荒江女侠序》中所说："以武侠为经，以儿女情事为纬，铁马金戈之中，时有脂香粉腻之致，能使读者时时转换眼光，而不假非僻之途，不赘芜秽之词。是以爱读者驰函交誉。"

　　顾明道用以吸引读者的另一个办法是写"冒险"，他在谈及自己的作品时说："余喜作武侠而兼冒险体，以壮国人之气。曾在《侦探世界》中作《秘密之国》《海盗之王》《海岛鏖兵记》诸篇，皆写我国同胞冒险海洋之事，与外人坚拒，为祖国争光者。余又著有《金龙山下》一篇，可万余言，则完全为理想之武侠小说也，刊入《联益之友》旬刊中。又曾写《黄袍国王》长篇说部，记叙郑昭王暹罗之事，曾刊《大上海报》，后该报停版，余亦中止，他日拟出单行本以飨读者矣。又新著《龙山争王记》，则方刊于《湖心》周刊中，该刊为西湖小说研究社出版者也。曩年余为《新闻报·快活林》撰

4

《荒江女侠》初续集，尚得读者欢迎，今由三星书局出单行本，三集亦在付梓中矣；又为《小日报》撰《海上英雄》初续集，则以郑成功起义海上之事为经，以海岛英雄为纬，以上两种皆由友联公司摄制影片。又尝作《草莽奇人传》，则以台湾之割让，与庚子之乱为背景也。"（转引自郑逸梅《悼顾明道兄》）所谓"冒险体"或"理想小说"，显然是接受了西方的小说观念，是指类似斯蒂文生《宝岛》或斯威夫特《格列佛游记》的体裁，譬如他所著的《怪侠》，写一个身负绝技的革命者，失败后率党徒逃亡海外，去非洲探险，与当地土著争斗，称雄异域，即是一例。

就顾氏的为人来说，他是一个正直、爱国的书生。"一·二八"日寇进犯上海，顾氏写了《国难家仇》《为谁牺牲》等小说，表示了他作为中国人的同仇敌忾之心。顾氏一生写过五十多部小说，以武侠和言情为主，也有社会、历史、侦探等作，他临终前，春明书店出版了他的最后一部作品《江南花雨》，这本小说具有自述的性质。

目　录

芳草天涯

1

红蚕织恨记

3

芳草天涯

楔　子

　　天地间山川灵秀钟毓之气，往往宣泄于女子，所以，古今来红妆季布、扫眉才子，史册中很多记载。可是自从汉代严重礼制以后，女性尽被男性压迫蹂躏，灵源蔽锢，志气消沉，不能和男子并驾齐驱，发挥她们的天才。不过有几个出类拔萃的妇女，不甘雌伏，愿效雄飞，像花木兰、秦良玉辈，做出伟大的事业来，使须眉对之，自愧莫及。因此巾帼中人，灵光秀气，不可掩没，在青史上也占一小部分的地位，但已是景星卿云，不可多见了。

　　直到辛亥革命以前，欧风东渐，新潮胚胎，革命运动进行得很是强烈，妇女界也渐渐从二千多年旧礼教压迫的底下，翻转身来，要求解放，妇女从事革命运动的很不少，其间自然有杰出的人才，值得后人的赞叹。《神州女子新史》里有一则笔记，是说前清光绪二十六年仲冬，某君和日友数人，从日本西京坐玄海丸轮船归国，便路得游朝鲜和关东关外诸地。一日薄暮，将投逆旅，忽见有一女子，姿容倩雅，服妆淡素，冷月凝辉，寒山蘸翠，携着一姥一仆，行色匆匆，直望北发。某君心里很为奇讶，走入旅店，见壁间题诗数首，墨痕未干，字体秀逸，其一云：

　　　　本是明珠自爱身，金炉香拥翠裘轻。

为谁抛却乡关地，白云苍茫无限程。

其二云：

明镜红颜减旧时，寒风似剪剪冷肌。

伤心又是榆关路，处处风翻五色旗。

（注：此五色旗非中华民国国旗，乃指外国彩色旗也。）

其三云：

无计能醒是国民，丝丝清泪揾红巾。

甘心异族欺凌惯，可有男儿愤不平。

此中所说的女子不知是谁，但细玩三诗语气，当然是一个从事革命运动的女子，仆仆风尘，奔走天涯，满腔孤愤，无处发泄，遂借这几首诗来一浇胸中的块垒。但可惜神龙见首不见尾，到底这女的真姓名和伊一生的事业，不能知道，好似读《留侯世家》，至子房力士，持铁锤重百二十斤，狙击秦皇帝博浪沙中，误中副车。秦皇帝怒，大索天下，十日不得，不知这个力士是何许人，徒令人慨叹无穷，都是无名的英雄。而这逆旅题诗的女子，更是使人难忘。但是为革命而牺牲的女子，变古易常，震惊一世的，要算鉴湖女侠秋瑾了。伊是山阴人氏，慕荆轲聂政之为人，因自号鉴湖女侠，尚气节，重然诺，富有革命思想，与同志力谋革命运动，推翻满清，解放汉族。革命先烈徐锡麟刺恩事败，秋瑾以党祸株连，亦罹于难。伊就义的时候，讯官逼令自写供状，伊先书一"秋"。苦苦相逼，又增数字是"秋风秋雨秋杀人"，传诵人

4

口。现在伊的香冢正在西子湖边，四方仕女凭吊其处的很多，不愧是一位巾帼英雄。伊所作的诗词多慷慨之音，尤多身世国家的感叹，可歌可泣。如《杞人忧》云：

幽巡烽火几时收，闻道中洋战未休。
漆室空怀忧国恨，难将巾帼易兜鍪。

《感事五律》云：

竟有危巢燕，应怜故国驼。
东侵忧未已，西望计如何。
儒士思投笔，闺人欲负戈。

《满江红》词云：

肮脏尘寰，问几个，男儿英哲。算只有，蛾眉队里，时闻杰出。良玉勋名襟上泪，云英事业心头血，醉摩挲，长剑作龙吟，声悲咽。

自由香，常思热；家国恨，何时泄？劝吾侪，今日各宜努力。振拔须思安种类，繁华莫但夸衣玦，算弓鞋，三寸太无为，宜改革。

《如此江山》词云：

萧斋谢女吟《秋赋》，潇潇滴檐剩雨。知己难逢，年光似瞬，双鬓飘零如许。愁情怕诉，算日暮穷途，此身独苦。

5

世界凄凉，可怜生个凄凉女。

　　曰"归也"，归何处？猛回头，祖国鼾眠如故。外侮侵陵，内容腐败，没个英雄做主。天乎太瞀！看如此江山，忍归胡虏？豆剖瓜分，都为吾故土。

　　读者吟了这几首诗词，也觉得豪情侠气，如见其人，谁说女子中没有杰出的人才呢？可惜辛亥革命到底没有彻底，军阀黩武，民不聊生，以致外患交侵，国将不国。幸有孙中山先生提倡"三民主义"，唤起民众，为人民争自由平等的幸福，于是霹雳一声，义旗再举。许多仁人志士不惜掷头颅，喷热血，和帝国主义者奋斗，卒能直捣黄龙，统一南北。在这一革命史中，自有许多可歌可泣、可惊可喜的奇事逸闻，而女性从戎的，在这次战役里头，很不乏木兰、云英之辈，牧羊少女，力却英兵，学战美人，气吞楚国。所以，作者先把以上两个革命女子做这书的小引，为要写出一个女英雄来，管叫诸位读了，一会儿眉飞色舞，一会儿荡气回肠。真是：

　　芳草天涯空有恨，美人如玉剑如虹。

6

第一回

轻舟短棹喜睹惊鸿
酣酒狂歌畅谈世事

在那广西桂林城里，有一个莲花湾，团团数百里都是莲池。每当夏日，浮香绕岸，圆影覆地，而红裳素袂，恍若绝世美人临波而出，池水清碧，白石粼粼。时有惨绿少年，偕妙龄女子，坐着划子船，荡桨其中，人面与荷花共红，很是清艳。

一天，正是七夕的前一天，夕阳一抹横林梢时，有两个青年学生轻舟短棹，来此赏荷。一个长身玉立，相貌俊秀，穿一身白色西装，很是潇洒出尘；一个面微圆，戴着罗克眼镜，身穿青纱长衫，手里摇着纨扇，好似一个富家公子。两人荡着桨，只顾向深密处去，晚风送凉，香生菡萏，精神上觉得十分爽快。戴眼镜的少年对那穿西装的学生说道：

"定远兄，这里真是一个绝好的消夏所在，广州的荔枝湾恐也不过如此吧！今天我们谈了许多时候的国事，心里很觉沉闷，一到这里，便觉心旷神怡了。"

穿西装的少年答道：

"子俊兄，是的，国事蜩螗，眼见有陆沉之虞，换着不知不识的，倒也糊里糊涂地过去了，偏偏我们有了些知识，想到'天下兴

7

亡，匹夫有责'的这句话，怎不闻鸡起舞，欲拯斯民于涂炭呢？我们亟须和那些万恶的军阀奋斗，因为在他们的背后，正有帝国主义者驱使。可惜我们同胞好似燕巢危幕，鱼游沸鼎，还是酣嬉自若，不顾到国家的危亡，正是'商女不知亡国恨，隔江犹唱后庭花'。"

少年一边说着，小舟向左拐弯转到一顶板桥底下，不防桥内摇出一只划子船来，险些撞一个翻。少年急把船退后，见对面船上坐着两个妙龄女郎，一个年纪正在二十左右，身穿白罗衫，风姿艳丽；一个是豆蔻年华，娇小玲珑，短发覆额，弯弯的两道蛾眉，款款的一双秋波，自有一种天真的妩媚。穿一件淡红衫子，露出雪藕般的玉臂，荡着兰桨，坐在船首上。她们也不防斜刺里有一只船来，退避不迭，穿淡红衫的女子慌忙间兰桨一起，水波直溅到对面船里，淋得那西装少年半身水。少年喊声"哎呀！"女子不觉粉颊上泛起两朵红云，对少年看了一眼，似乎很抱歉的。两船交肩过去，那少年还回转头来看时，船已折向右边去了。戴眼镜的少年微笑道：

"定远兄，这一桨水，滋味如何？莫不是来了善财龙女，给你醍醐灌顶了？"

那少年拂拭着身上的水说道：

"子俊兄，你不要嘲笑我，不是我让得快时，两船早已翻了，虽不至于灭顶，但也变成落水汤鸡，恐怕你说不出风凉话了。"

戴眼镜的少年哈哈大笑道：

"这要闹一出水战鸳鸯桥，捉拿花蝴蝶了。"

两人说说笑笑，前面已到水榭，那水榭虽不甚大，而在莲花的中心，上面设有雅座，可以饮茗小憩。两人即在榭边泊下小舟，走上去拣一个空座，对面坐定。堂倌泡上一壶香茗来，问：

"两位可要喝酒？"

因为他们兼卖酒的。戴眼镜的少年对西装少年说道：

"今天我们在此小酌何如？浊醪三杯，可以一浇你的块垒。"

少年点点头，遂点了几样小菜、两斤酒来，慢慢地喝着，榭上也有少许游人在那里饮茗。此时天色将晚，余霞蔚成锦彩，掩映林间，轻蝉微吟，池荷尽开。水面上还有二三小舟，容与波心，披襟当风，暑气尽涤。两人喝了几杯酒，倚栏遥瞩，看到田田的荷叶、亭亭的红葩，如临濯锦之江，忽又见适才相逢的小船又从东边摇来，一双丽姝仍在舟，绕过水榭，掠波而逝。两人目注情影，看得呆了。那穿淡红衫子的女郎也已瞧见他们，若有意若无意地对着那西装少年回眸一笑。少年见船去远，不由拍着栏杆，高吟龚定庵的《金缕曲》词道：

我又南行矣。笑今年、鸾飘凤泊，情怀何似。纵使文章惊海内，纸上苍生而已。似春水、干卿何事。暮雨忽来鸿雁杳，莽关山、一派秋声里。催客去，去如水。

华年心绪从头理。也何聊、看潮走马，广陵吴市。愿得黄金三百万，交尽美人名士。更结尽、燕邯侠子。来岁长安春事早，劝杏花、断莫相思死。木叶怨，罢论起。

声调很是激昂慷慨，旁边的人都对他看了。戴眼镜的少年又笑道：

"愿得黄金三百万，交尽美人名士。"这是定庵的豪语，你也有这个思想吗？现在倦游南归，雄心未已，不知你在北方时可曾交结什么美人名士？"

西装少年微微叹道：

"冠盖满京华，斯人独憔悴，还谈得到结交美人名士吗？此行本是堂上之意，我早知京尘十丈，不可久居，豺狼当道，安问狐狸？

那些卑鄙龌龊的官僚，岂能和他们共事？所以我只得像陶渊明赋《归去来兮》，回转家乡了。金尽裘敝，不遭人白眼，已是幸事，还想得美人的青眼吗？"

戴眼镜的少年道：

"那个穿淡红衫子的女郎多么清丽，不愧当得'美人'两字，今夕何夕，见此邂逅，子兮子兮，如此邂逅何？"

少年听了，不觉微笑着回到桌上，斟满了一杯酒喝下肚去，说道：

"年华似水，马齿空加，自己还没有一些建立，岂敢有些瑶情绮思？不比你是王孙公子，生长绮罗丛中，家有娇妻，艳福独享。"

戴眼镜的少年道：

"定远兄，你又要说什么王孙公子了，我辈有革命化的青年，不该再说这种话。王孙公子今日早已在打倒之列，我自憾环境如此，反足贻误我的前途，所以一直想要打破我的环境。你不该再向我说这种话，那是无异讥笑我了。"

西装少年笑道：

"请你不要误会，我哪里敢讥笑你呢？"

戴眼镜的少年又道：

"人非木石，孰能无情？你也不必骄矜，方才所见的女子，确乎有一种魔力，使人倾心相爱，脑膜上深深刻着伊的情影。因此我要问你一声，我敢说你若想认识那个女子，也非难事。"

少年听了他的话，放下手中的酒杯，面上露出惊异之色，问道：

"此话怎讲？难道你相识的吗？"

戴眼镜的少年答道：

"我虽和那个女子不相识，却和那穿白罗衫的女郎有些熟识。"

少年笑道：

"你是说谎了，那女郎既然和你熟识，为什么适才不招呼呢？"

戴眼镜的少年笑道：

"你不要急，我慢慢地告诉你。那女郎姓廖，芳名似乎是叫小曼，伊的姊姊楚云，乃是本地有名的交际之花，我到伊家中去过两次。小曼在一个女校中读书，却是不苟言笑，和伊姊姊的性情大相径庭的。那个淡红衫子的女郎大约是伊的同学了。"

少年道：

"你认识廖楚云的吗？那是一个漂亮的浪漫女子。古语道：'近朱者赤，近墨者黑。'小曼既然是伊的妹妹，那女子又和小曼十分亲近，当然也沾染些浪漫色彩，你不要代她们撇清。"

戴眼镜的道：

"你如不信，方才你已见过她们二人的风姿和态度，可有什么浪漫色彩？"

少年道：

"流利中还含有端庄，不过一时是看不出的。"

戴眼镜的少年说道：

"你总是不信，待我隔一天伴你去见楚云，到那个时候自会明白。我们现在还是喝酒吧！"

两人遂又喝了几杯，壶中已罄，少年道：

"好了，再喝我要归不得家，醉倒在这水榭上了。"

戴眼镜的少年遂付去了酒资，此时暮色苍茫，游人都已归去。两人踉踉跄跄跳上小舟，重又荡桨回去。

一轮新月已高挂天空，发出它的银光来，照在波心中，流光晃漾，好似千百道柔软的情丝。少年把桨，徐徐分开那些情丝，而情丝分了开去，又合了拢来，因为这时，少年的心中也有一缕情丝袅袅而起，安放不下呢。欲知后事如何，请看下回。

第二回

佟言恋爱登徒念痴
感怀河山志士身亡

朝南一排三开间的院落，湘帘高卷，纤洁无尘。庭中有几棵芭蕉，茂盛的叶，映得绿沉沉的。一只小狸奴躲在芭蕉树下，睁起乌溜溜的眼睛，瞧着墙隅的蛱蝶，奋爪欲扑。

这时，门上电铃一声响，早有一个小婢跑出去开门。随后有一个少年穿着一件白夏布的长衫，面貌微瘦，身材短小，低声问小婢道：

"静芳小姐呢？"

小婢笑嘻嘻地回答道：

"出去了。"

少年不由一愣，又问道：

"和谁出去的？可就要回来？"

小婢摇头道：

"这却不知道。"

其时楼上走下两个中年妇人来，一个年在四旬开外，一个不过三十六七岁，右颊上有一很大的黑痣。少年见了，便上前叫应道：

"两位伯母，静芳妹妹呢？"

妇人答道：

"李少爷，静芳今天下午到同学家里去游玩了，你来得不巧。"

少年听了，似乎很失望地把手中拿着的两本书轻轻放在桌上道：

"我因为伊喜欢看小说，所以有两本书送给伊，暇时消遣的。明天我再来看伊吧！"遂即告辞而去。

少年去后，小婢关上了门，那妇人对着黑痣的妇人说道：

"妹妹，静芳年纪渐渐大了，我想代伊早日配下一头好亲，了却心头之愿。可惜没有相当的佳子弟。"

黑痣的妇人说道：

"姊姊，适才来的李龙光，他们母子俩很有意要静芳做他家的媳妇。前天我到李家去，李太太对我吞吞吐吐地说了一大篇话，又说：'静芳小姐如何美丽，如何聪明，不知谁家有福，能够娶得这位好小姐。至于我家的龙光，若给你们做女婿，恐怕你们也不要啊！'我就还答伊道：'姊姊未免太谦虚了，你家龙光少爷也很好的，不过这是要我姊姊做主，得便我代你说说看。'伊遂道：'拜托拜托！'这样看来，他们很中意静芳，只不知姊姊心里怎样？"

妇人道：

"李家有况虽好，但龙光一则相貌欠佳，二则学问平常，不过在银行中当个练习生，没有什么显著的才能。我所生只有这一个女儿，择婿一层不得不严格求之了。"

黑痣的妇人笑道：

"姊姊的说话也不错，不知道静芳心中又怎样？"

妇人道：

13

"静芳天真烂漫，我看伊除了读书以外，并无他念。龙光来时，我们也监察在旁，龙光或者有意于静芳，而静芳却没有意思的。因为伊曾对我说，龙光时常来和伊缠绕不清，谁高兴和他多谈呢？所以，我也想最好让龙光少来为妙。"

黑痣的妇人冷笑道：

"龙光是我面上的人，姊姊如讨厌他来，我可叫他不要来。"

妇人道：

"这种话怎好出口？我并非讨厌龙光，你不要多疑，不过我不愿意把静芳配给他罢了。"

黑痣的妇人道：

"自然这事是不好勉强的，我也是说说而已。本来龙光好像癞蛤蟆吃天鹅肉，痴人妄想，断不能见诸事实。"

妇人听了不答。这时，天色垂暮，晚风送凉，门上又有电铃响，小婢跑出去开门，只见一个身穿淡红衫子的女郎，手里持着几朵很大的荷花和一簇莲蓬，跑进来说道：

"母亲，姨母，我和廖家姊姊去莲花湾荡舟的，多么有趣，购得莲蓬回来，请你们吃莲子汤。"

妇人道：

"你们到莲花湾去的吗，所以弄到天晚归来？那边可好玩？"

女郎道：

"游人很多，凉爽得很，母亲和姨母大可去一游。"

一边说一边走到厢房里，取出一个雨过青的花瓶来，吩咐小婢去舀一罐清水，倾在瓶中，再把荷花插入，当当心心捧到厢房里，放在书桌上。

原来，这厢房便是静芳读书的地方了，墙上挂着一个大铅照，照上有一个戎装男儿，英姿飒爽，正是伊父亲的遗容。伊父亲离开这世界时，静芳不过三岁，牙牙学语，不懂人事，若没有这个照相，恐怕连伊父亲的面目也不认识呢。静芳回身走出，小狸奴走到伊旁边，向伊呜呜叫着。静芳一把抱起，将香颊偎傍着狸奴说道：

　　"小花，好半天没有人亲近你，可是觉得寂寞吗？"

　　又把纤手抚摩着它。静芳的姨母把电灯开亮了，说道：

　　"我们吃晚饭吧！早些吃了，我要到间壁陈家打牌去。"

　　遂命小婢开出饭来。静芳放下狸奴，三个人一同坐着吃饭。晚饭后，静芳的姨母出门去，她们母女俩坐在庭中，乘了一会儿凉。静芳的母亲忽然对静芳说道：

　　"李龙光来看过你的。"

　　静芳道：

　　"他又来的吗？"

　　静芳的母亲道：

　　"他见你不在家便去的，送你两本小说，我放在天然几上，不知你可要看？"

　　静芳遂走进客堂，取过书来一看，一本是《红豆集》，一本是《少女的恋爱》，不觉微微一笑，拿着书走到厢房里，开亮了灯，坐在椅子里，先把那本《红豆集》披览，乃是许多言情的新体诗。静芳的母亲在外边坐了一次，忍不住也走进厢房来说道：

　　"天气热，你还要坐在灯下看书吗？快出去凉凉吧！"

　　静芳笑笑，把书向桌上一抛，说道：

　　"我倒不觉十分热。"

静芳的母亲又指着墙上的照相说道：

"使我想起你已故的父亲了，他不是也欢喜看书的吗？往往一编在手，废寝忘食，人家谁不敬重他的才学？后来到了东洋去，归来加入了革命党，时时到广州去秘密集会。辛亥革命，他先和几个朋友到武昌去起事，后来汉阳之役，他受了重创，截去一臂，在医院里休养了一个月，仍旧出去为国努力。以后被袁世凯猜忌而罢黜，才回到家乡，形容枯槁，和那摄影时的神情大异，几使我不认得他了。归后郁郁不得志，歌哭无常，人家都疑心他有神经病，但他却绝对否认。我看他也是清醒时候居多，不像犯这种病，不过他对于时局大不满意，有时愤恨得了不得。这样过了二年，身体日益衰弱，竟致不起。临终的时候，他还指着你对我说道：'只恨静芳是个女儿，不然当令继续我的革命志向，因为中国的革命不彻底，枉死了许多同志，政权还是在一班帝制余孽投机分子的手里，欲救中国的危亡，非再革命不可。我已成废疾，又是去死不远，没奈何赍志而没。倘我有了一个儿子，自然我必叫他将来要从事革命了。然而古来女子也有所做事业不让须眉的，如黄崇嘏、花木兰等，我希望我的女儿将来能成这样的人物，那么我要含笑九泉了。'那时，你只有三岁，我抱着你坐在床边，你还嘻开小嘴，对你的父亲笑呢。你父亲死后，我一直不忘记这句说话。母女二人形影相吊，幸亏你父亲留下一些薄产，还能温饱度日，我遂和你的姨母薛氏同居，可以彼此照应。姨父永年又常在汉口经商，娶了姨太太，不大回家来。我们姊俩一心都在你的身上，幸喜你读书很聪明，已到高中科肄业了。你又喜学习拳术，我不惜重金，请了戴先生来家教授，无非尊重你父亲的遗嘱。你虽是个女儿，希望你将来可以胜过男子，可慰你父在天之灵，我的心里也快活。"

静芳听了伊母亲的一番说话，不觉泪承于睫，说道：

"我也知道父亲是一个无名的革命英雄，将来如有机会，我誓当继续父亲的志向。我也不情愿庸庸碌碌，涂脂抹粉，做个寻常的女子。"

伊母亲道：

"很好，静芳，你能如此，我的忧虑也得消释了。"

静芳遂立起身来，熄灭了电灯，和伊的母亲一同回到庭中去纳凉，小婢奉上两杯香茗去。静芳的母亲又和静芳谈起李龙光，静芳道：

"龙光近日很想亲近我，但我却很不赞成这个人，觉得他口是心非，很令人可厌可憎。多谢他还要送书给我，白受了反使我心里不安，都只为姨母面上不好意思拒绝他。"

静芳的母亲道：

"你的姨母却很赞成他的，大约伊自己没有儿子，所以看见了人家的都是喜欢了。"

静芳笑笑，她们谈了一会儿话，薛氏打牌回来，一同上楼安寝。静芳到了自己房中，见窗外娟娟明月，射出伊的清光来，一个流萤一亮一亮地飞进屋子，伊把蕉扇赶去了流萤，关上窗户，解衣而睡。蒙眬间好像自己正和廖小曼驾着小舟，在荷池中遨游，田田莲叶下有一对鸳鸯，在水面嬉戏。忽又见那个西装少年也坐了一只划子船，在背后追来，说道：

"静芳女士，你溅湿了我的衣裳，怎么一声不响地走了？"

此时，伊心中又觉害羞，又觉歉疚，不知道如何还答。一刹那

17

间，又见那个少年已跳到自己的舟中来了，大吃一惊，正要斥责他冒昧无礼，如何走到人家的船里。少年却向伊深深一揖，说道，久慕女士清才绝艳，今日得亲芳泽，何幸如之，还望女士恕其唐突。

遂走近一步，张开两臂把伊抱住，伊挣扎不脱，要想小曼来援助，却不见小曼影踪，只有自己和那个少年在舟中，又惊又急，不觉喊一声"啊呀！"睁开眼来，乃是一梦。心里尚是跳个不止，不知自己怎样做这个梦，好生奇怪。欲知后事如何，请看下回。

第三回

见顽父纵论菡萏馆
得知友访艳鸳鸯街

少年郑定远独坐在菡萏馆，心神恍惚似的，口里念着道：

> 渺渺兮予怀，望美人兮天一方。

又道：

> 身无彩凤双飞翼，心有灵犀一点通。

原来，他自从在前天和友人卞子俊到莲花湾泛舟赏荷，无端邂逅了那个穿淡红衫子的女郎，觉得有生以来，没有见过这样清艳的美人儿，恍如许飞琼、董双成来自天上，偶现色相。自己素来眼高于顶，少所许可的，现在不知怎样的，心中起了爱慕之念，惘惘如有所失，只不知道那女郎姓甚名谁，瑶居何处，如何能够和伊一通款曲？又想：当两舟相遇，伊在仓促间掀起兰桨，溅湿了我的衣服，看伊的剪水双瞳里抱着无限的歉疚。后来，舟过水榭，临去秋波，更是令人可念。卞子俊曾说伊人的同伴是廖楚云的妹妹小曼，他可以和我同赴楚云的妆阁，探问玉人消息。这是我唯一的希望，不可错过，所以我约他今天下午先到我家来，以便同往，怎么这时还没有来呢？

他正等得很是心焦，忽见他的父亲托着水烟袋走了进来。定远对于他父亲很是畏忌的。他父亲名匡时，在前清做过几任令尹，头脑很旧，生着二子一女。女是定远的姊姊，早已出阁，还有一位弱弟名文远，在小学校里肄业。定远自幼天资聪颖，勇于敢为，曾在广州珠江大学预科毕业，年方二十三岁，本来要继续求学，他父亲要紧代他的儿子谋事，不再供给定远学费，却修书遣定远进京，面谒财政部长陈某，要求派一个好差使。那陈某是他父亲的好友，当然答应，但是部中冗员本来很多，现在只得又添出一个位置来，以为可以敷衍过去。谁知定远是一个磊落奇伟的好男子，他到了北京，和这些腐败的官僚、阴险的政客周旋一番，觉得卑鄙龌龊，不可与共事，中国前途将要断送在这辈宵小身上了。环境很是恶劣，志气不坚固的人失足其间，是很容易的，自己希望将来为国为民做一些有益的事业，才不愧先忧后乐的好青年。若是埋身在这空气污浊的地方，自堕气节，虚度一生了，所以他很觉无聊的，不肯施展他的怀抱来做事。这样在北京过了一年，再也忍耐不住了。凑巧陈某也因事去职，部里换了新任的部长，上下人员大大更动，他趁此机会束装归乡，还受了他父亲的一番责备，怪他不合时呢。

定远回里以后，便有友人介绍他在本地一个中学校里执教鞭，教授史地，他也只好暂时蟄屈。那时，国民党同志在北方受了严重的压迫，都退到南方来，重图革命事功，凡是一班有新思想的爱国少年，大都陆续加入了国民党，赞助革命。因此，定远瞒了家人，也秘密入了国民党，只有一个知友知道他的事情，便是卞子俊了。

卞子俊是富家子弟，性好艺术，设立一个艺术研究会，在家乡提倡艺术，很有风雅。他的夫人姓陆，也是一位音乐家，珠联璧合，相得益彰。他和定远是总角时的同窗，两人性情很是相投，交称莫逆。不过子俊还不脱五陵少年习气，风流跌宕，时时喜欢问津桃源，在脂香粉腻中尽享受温柔艳福，所以识得廖楚云。

那天荷池遇艳后，看定远情致缠绵，很有伊人之思，遂许他今天同去楚云处访问下落。定远午饭过后，等候良久，不见子俊到来，却来了他的父亲，知道他的父亲又有话说了，真有点儿头里痛。匡时吸了一口水烟，在藤椅上坐下，慢慢说道：

"定远，你也留心时局吗？现在的政府可说以暴易暴，每况愈下了。我看中国地大物博，不宜民主，反而合不拢来，还是君主专制的好，何必学着西国的政体呢？可惜前次张大帅复辟没有成功，也是天意。我是胜国遗民，杜门养晦，不求闻达于诸侯，然而天天希望帝制可以恢复，四海才得太平呢！"

定远听了这不入耳之言，若不是他的父亲时，他必要尽情痛骂了。勉强答道：

"彼一时此一时也，我以为帝制业已打倒，必不能重行于中国，几千年来帝王专制的痛苦，人民受得也够了。帝王的虚伪也都看透了，所以大家起来打倒他，辛亥革命也是顺着潮流而成功的。譬如某处庙中有一个泥菩萨，人民本来虔诚信奉，香火不绝，没有一个敢反对，说是不灵验。若等到一朝那个泥菩萨被人抛在粪缸中，当然没有人去烧香膜拜了，虽然以后或有人将泥菩萨捞起，重令众人拜祷，但菩萨的本身已失了庄严，人家也没有以前热烈地相信了。复辟之役，不识时务，轻举妄为，当然失败，爹爹还要希望什么帝制呢？"

匡时听他儿子反对，怫然不悦道：

"胡说，你这个比拟，也是不伦，我相信帝制一定要复兴的，若不复兴，乱无已时。国事都坏在你们这辈无父无君的后生小子身上，正是异端蜂起，其祸甚于洪水猛兽。”

定远见他父亲发怒，也不敢再和他申辩，忽听门外革履声，卞子俊来了。身穿淡湖色米通长衫，头戴龙须草帽，拿着一根司的克，足穿白皮鞋，见了匡时，连忙鞠躬道：

“老伯一向好？”

匡时也答道：

“卞世兄请坐。”

子俊谢了坐下，对定远微笑说道：

“定远兄久待了。”

匡时问道：

“你们要到哪里去？”

定远忙答道：

“今天艺术研究会开会，子俊兄要约我同去。”

匡时道：

“那么早去早回。”

定远答应一声是，立起身来，便和子俊告辞。走出大门，如释重负，对子俊说道：

“唉！你怎么不早些前来，累我等了长久，偏偏我父亲又来和我缠绕不清地说许多气闷话。”

子俊道：

“对不起，因有内子的两个表姊妹前来，一时不能脱身。”

定远笑道：

“尊夫人的表姊妹光临，干卿甚事？难道也要你陪客的吗？”

子俊也笑道：

“虽然不要我奉陪，但是彼此相熟的，不好意思立刻出外，不得不敷衍几句了走。她们还要拉着我打牌呢！”

定远道：

"艳福不浅。"

子俊摇手道：

"你又要说艳福了，艳在哪里？福于何有？不要多说，我们快快走路，去干我们的事吧！爱而不见，搔首踟蹰，恐怕你要变成茂陵秋雨病相如了。"

定远笑笑，二人转弯抹角，走了许多路，早来到鸳鸯街。定远道：

"'鸳鸯街'三字名称艳绝，街而以鸳鸯名，想琼楼玉宇间都是帐稳鸳鸯，交颈而睡了，'愿作鸳鸯不羡仙'，鲰生也有这个痴想。"

子俊笑道：

"到了到了！"

指着前面一个小小石库门，黑漆的双扉紧闭着的，说道：

"此中有人，呼之欲出。"

定远道：

"初次做客，未敢孟浪，这是你老相知，烦你叩门吧！"

两人立定身躯，子俊伸手把门上铜环拉了几下，便听里面有娇滴滴的声音问道：

"谁呀？"

子俊答道：

"是我，快请开门。"

随后"呀"的一声，门开了，一个十四五岁的雏婢，梳着一条辫子，身穿白竹布短衫裤，清清洁洁，面貌生得很是讨人欢喜。一见卞子俊，遂笑容满面地说道：

"原来是卞少爷，请进来。"

子俊和定远踏进门去，见一个石板天井，收拾得纤洁无尘，两旁有两只荷花缸，放在绿油漆的架子上，三四红萼，清艳可人，使他们不觉想起莲花湾的一幕来。里面三间精室，都是玻璃明窗，上面有楼，前面一带洋台，朱漆的栏杆。子俊问那小婢道：

"阿香，云小姐在家吗？"

阿香道：

"云小姐前天有些不适意，直到今天没有出外呢！"

子俊道：

"烦你前去通报，说我和一位朋友要来拜访云小姐。"

阿香方欲走进，左边房里走出一个四十多岁的妇人，穿着一身拷香云纱的短裤裤，带笑说道：

"卞少爷，好久没见了，你要看我家云儿吗？伊有些小恙，现在楼上，还是你们上去吧！这位少爷姓谁啊？"

两人走到中堂，定远也向妇人点头行礼，子俊代他介绍，说：

"这是我的好友郑君定远。楚云不下楼吗？我们上去见伊可好？"

妇人道：

"好的，你们请上楼去。"

那时，阿香早已噔噔跑上楼梯去，子俊和定远随后拾级而上，定远知道这妇人是楚云的母亲了。两人走上楼来，转弯处挂着一个鹦鹉架子，只听鹦鹉在那里叫道：

"云小姐，有客人来了，请啊请啊！"

定远听着，很觉有趣，走到楼中间。阿香迎上前道：

"请到房里坐吧！"

定远跟子俊跨进楚云闺房，见房中陈设华丽，照眼生缬，都是西式的白漆器具，里面一张镂花铜床，湖色直罗的帐子，龙须软席。床边坐着一个女子，见二人进来，便立起身欢迎，娇声说道：

"卞先生，好久不见了。"伸出柔荑和子俊握手。

子俊也怡颜悦色地说道：

"密司廖，暌违多时，渴念得很，今天特地和我的朋友郑定远前来奉访。"

楚云也走近一步，和定远握手，请他们在沿窗写字台旁坐下，自己坐在旁边相陪。定远见楚云梳着时式的爱丝头，青丝如云，光可鉴人，身上穿一件白印度绸的小短衫，袖子很短，缀着花边，露出又嫩又白的玉臂，下穿白生丝裤子，映着里面的湖色短裤，足上趿着绣花拖鞋，白丝袜，淡扫蛾眉，绰约秀姿。不过面上微有憔悴之色，想是病后所致。阿香捧上两杯果子露，又端上四只高脚盘子，乃是西瓜子、可可糖等食物。楚云便请二人吃些瓜子，带笑说道：

"前星期我被病魔缠绕，服了几帖药，幸亏好了，还不敢出外吹风，终日在楼上坐卧，沉闷得很，兴致更是阑珊了。"

子俊道：

"我们在公园一别，已有两月之久，密司廖的芳容也稍觉清减了。听人传说密司正在补习英文，可有这事吗？足见好学的心，可喜可贺。"

楚云微笑道：

"是的，我因为在此二十世纪中西交通的时代，不可不研究些外国文字和语言，而英文最为普通了。从前我在学校中虽也读得 些英文，但是不够用，而且大半忘却了，恐怕在三月中吧，我跟一个友人到广州去，在一处筵席上遇到几个美国人，要和我做交际舞，我和他们谈不来话。因为我不会说英语，他们也不会说华语，大家好似哑子，只是做手势。虽有人翻译，总觉不便当。所以我决意要补读英文了，你们不要笑我。"

子俊道：

"这是很好的事，何笑之有？"

楚云又道：

"这几天生了病，不曾读，可笑我的英文程度还不及我妹妹呢。"

子俊指着定远道：

"他的英文很好，曾在珠江大学毕业，现在本地某中学教书，你可常常请他指教。"

楚云道：

"这位郑先生若肯收我做女弟子，那是再好也没有的事了，因为我的补习先生下月要到南宁去教书，不能继续，我正愁没有人肯教我呢！"

子俊道：

"那么我介绍郑先生，他一定情愿教你的。"

定远点点头，不觉面上微红。子俊喝了一口果子露，又对楚云笑道：

"密司廖，你可知道我们今天亲造妆阁，虽说是问候起居，究竟宗旨何在？"

楚云笑道：

"我却不明白，请你说吧！"

子俊笑着不响。定远只是瞧着床前妆台上安放着的一对裸体美女石像，塑刻得冰肌玉肤，栩栩如生。楚云又道：

"卞先生为何不说？我是喜欢直接痛快的，不说反使人搔不着痒处。"

子俊道：

"我告诉你吧！前天我和郑君同游莲花湾，邂逅一个绝色女郎。郑君极愿和伊订交，所以前来拜托你代为介绍。"

楚云笑道：

"不相识的人，我怎能介绍呢？"

子俊道：

"我的话还没有说完呢！这个女郎自然我们也不知是谁，不过那天有令妹和伊在一起，大约是令妹同学。因此想或者你也认识的，不得不有烦你，请你告诉我们伊是谁。"

楚云拍手笑道：

"妙啊！不是此人，也决计没有这么大的魔力，能够吸引你们去注意的，那女郎可是穿淡红衫子的吗？"

子俊、定远一齐点头道：

"是的是的。"

楚云道：

"伊姓林，闺名静芳，是我妹妹的同学，确乎生得千娇百媚，我见犹怜。郑先生要见伊的面吗？真是巧极，今天伊到我家来过，和我妹妹出去访友了，停刻还要来的，我就代你们介绍。好在伊的性情慷爽，落落大方，不是羞羞答答见不来人的。伊也很喜研究学说，和教育界中人常接近的。郑先生学贯中西，志同道合，伊绝不会坚决地拒人于千里之外的，请你们多坐一会儿如何？"

定远听了，心里很觉快慰。子俊道：

"很好，我们在此等候便了，密司廖可要少睡片刻，不必坐着奉陪，我们都不客气的。"

楚云道：

"刚才睡过，和两位谈谈，也可稍解寂寞。"

他们又谈了几句，只听阿香在楼下喊道：

"二小姐回来了。"

接着便听扶梯上咯噔咯噔的皮鞋声，一阵笑声，走上两个女子来。定远回头看时，只觉眼睛面前顿时一亮。欲知后事如何，请看下回。

27

第四回

芳容初识细语销魂
草屋暂投同床异梦

一对玉人花枝招展地走进房门，定远见小曼在前，静芳在后，一齐穿着白纺绸的短衫，黑色的纱裙，脚上白皮鞋，不愧是风流倜傥的女学生，而静芳尤其婉娈可爱。小曼和静芳不意楚云房中坐着两个青年男子，突然一呆，静芳要回身退去，幸小曼还认识子俊，便把静芳拖住，附耳低言道：

"不要紧的。"

子俊忙拱手道：

"小曼女士，认识我吗？"

小曼道：

"你是卞先生吗？"

子俊点头道：

"正是。"

遂指着定远代了介绍姓名。静芳早已看出二人便是在莲花湾打桨遇见的二位少年，很觉腼腆，立在小曼身后。楚云走过去，握着伊的纤手道：

"静芳妹，我来告诉你，这位卞子俊先生是我的朋友，今天他同他的知友郑定远先生来此清谈。两位学问高深，雅擅艺术，听我说起静芳妹好学深思，他们很是羡慕，愿结文字之交。我想你绝不会拒绝的，请坐了，大家谈谈。”

遂拉着伊并坐在长藤椅子里，小曼也在一旁坐下。定远遂问伊在什么学校肄业，府上在哪里，静芳一一还答。定远也把以前自己求学的大略情形述说一遍，且说：

“前天在莲花湾荡舟，和女士等水上邂逅，不胜景慕，今天又得相见，自庆有缘，要望女士不以俗夫相弃，置之朋友之列，这是大幸了。”

静芳答道：

“我是没有什么学问的，方才楚云姊姊说的未免过誉，郑先生等请不要见笑。”

楚云笑道：

“并非过誉啊！我妹妹也常说起你在校中考过第一名，得到奖状的，何必如此谦虚呢？”

小曼也道：

“静芳姊的才学是很好的，所以我要和你做朋友。”

静芳见廖家姊妹都说伊好，不觉笑道：

“你们喜欢这样说，我也由你们说吧。”

定远又见静芳一笑，露出一口又白又齐的银牙，更是妩媚。这时，楚云的母亲命阿香送上五碗鲜藕粉来给大家喝，子俊、定远极口称好。喝罢藕粉，又谈了几句话，静芳因为时候不早，立起身来要告辞，楚云、小曼留伊不住。小曼道：

“那么我送你回府吧！”

静芳点点头道：

“好的。”

于是静芳和小曼并肩相携着手，向子俊、定远二人鞠躬行礼，又和楚云说一声再会，姗姗地走出房，下楼去了。子俊对定远微笑道：

"今天我们好似刘阮入天台，娟娟此豸，自顶至踵，雅绝艳绝，今后你得交着这个腻友，可称三生有幸，这是要感谢楚云女士的。"

楚云展眉嫣然一笑道：

"所谓有缘千里来相会，无缘对面不相逢。我看郑先生和静芳妹妹很像有缘，郑先生如若有意，我也愿做蹇修，好使你们有情人成了眷属。"

子俊点头道：

"好个有情人成了眷属，但是密司廖也是养媳妇做媒，我斗胆问一句密司廖，几时可请我们喝杯喜酒？"

楚云笑道：

"卞先生，到吃喜酒的时候请你吃喜酒可好？"

子俊道：

"好！早晚这杯酒总要喝的，现在天色已晚，我们也要告别了。密司廖保重身体，我们有暇再来探望。"

楚云道：

"还有一句话，郑先生可肯来此教授英文吗？"

定远道：

"可以可以，廖女士几时要我这个蹩脚先生教授时，请先写封信来知照，当即趋候妆阁。"

楚云道：

"那么我要谢谢郑先生了。"

子俊走过去，拍拍楚云的香肩道：

"只要你代他们两人撮合成功就是了，郑先生还要谢你呢！"

楚云道：

"郑先生要谢你呢！"

子俊笑道：

"不错不错。"

两人遂和楚云握手而别，下楼又别了楚云的母亲，离开楚云的香巢，一同回去。在路途中，子俊问定远道：

"定远兄你看楚云的人如何？"

定远道：

"人家说伊是很浪漫的，但今天却还庄重，如初写黄庭，恰到好处，恐怕也是言过其实吧！"

子俊道：

"楚云这个人很奇怪的，我虽和伊相交甚久，却还不能说定伊，有时伊十分活泼，很有些浪漫色彩，有时却是规规矩矩，和名媛闺秀一样。最可值得纪念的，在去年秋天，我常常到伊家中去盘桓。一天，我们说得高兴，我和伊到龙山去探幽访胜，你也知道龙山地方僻远，游人不多，但是风景很好，大可流连。不料下山时，忽然迷路，愈走愈远，不知到了何处，草木塞道，危崖撑天，杳不知其所穷，而四山暝云渐渐合拢来，安慰人心的白日又隐匿到山背后去。我们不觉慌张起来，四处觅路，一时又找不到一个乡人可以问问途径。后来穿过一座丛林，才见有一带矮屋，我们大喜，急急跑到一家门前，见一个老妇在门前扫地。我们遂向伊问讯，才知我们走错了方向，到了罗家圩，离城竟有三四十里之远。那时天色已晚，我们再也休想来得及归去了，不得已向老妇告借一宿。老妇十分和气，把我们请到屋里，还有一个老者，乃是老妇的丈夫。老妇把我们借宿的意思告知老者，老者问我们是谁，我见老者一种守旧的样子，不好说是我和女友出游，只得把楚云暂时认作我的妻子，告诉他说："

‘我们夫妇住在城内，来龙山扫墓，顺便游山，不料迷路不得出，辗转至此。天色已黑，不能入城，只得仰求此处一榻过宵。’老者点头道：‘今天很巧，我儿和媳妇到母家去了，所以他们的房间空着，可以留客。’我们遂向二老道谢。楚云已是走得不胜疲惫，坐下休憩，我和老者灯下闲谈，他是一个老农，左右谈些稼穑的事。晚饭过后，老妇掌着灯，领导我们到伊的儿子的房间去住宿。那房间倒也收拾得很是清洁，老妇把灯放在桌上，说道：‘你们请安睡吧！明天会。’我也答道：‘谢谢你。’老妇一去，可是尴尬的事来了，原来那房中只有一张床，床上有两条薄棉被折叠着，叫我和楚云如何睡在一起呢？这时，我瞧着楚云呆呆发怔，楚云在灯下支颐而坐，对我微笑道：‘今天无端走迷了山路，会到这里来借宿，天下事真是料想不到，我很觉疲乏，最好要睡了。’我便说道：‘密司廖，适才我言语之间未免唐突西施，请你原谅。’楚云道：‘这有何妨？我们不得不如此说的，我也原谅你。’我又道：‘现在请女士独自上床睡吧，我可坐一宵的。’伊一笑道：‘卜先生，你也未免太拘了，这床上明明有两条棉被，我们尽可各自拥衾而睡。坐等天明，岂不是呆吗？’我总是期期以为不可，伊伸一个懒腰，立起身来，一定要我也去睡，我不得已，听伊的说话，大家脱了衣服上床而睡。伊把一条棉被给我盖，自己裹了一条睡在里床。我初睡时，鼻子里嗅着伊身上的媚香，心里如醉如痴，几乎不能自持，暗思：鲁男子坐怀不乱，这是能说而不能行的，今天我的处境更有甚于鲁男子。楚云又是个浪漫女子，说不定今夜我要堕落了，勉强把心神镇定，听听伊鼻息微微，却睡着了。我也朝着外床，不去看伊，以免乱我心曲，暗暗将《大学》上‘君子戒慎乎其所不睹，恐惧乎其所不闻，十目所视，十手所指其严乎’这几句当作了佛经，颠来倒去地念，念了十几遍，顿觉心静体宁，渐渐睡着了。明天一早起身，我和伊相视一笑，遂取出两块钱给老妇，又向老者道谢，要告辞归去。老者亲自引导我们走了二三里山路，雇着一只小舟而归。这事直到现在想起了，心中不免怦怦而动，所以楚云虽然浪漫，我却很佩服伊的。"

定远听了，笑道：

"楚云虽是可爱，吾兄的道德也令人钦敬，换了别的人，现成食送到嘴边，岂有不跃跃欲试，一尝异味？"

子俊道：

"我也很奇怪的，当时我竟能这样地自制，其实幸亏楚云没有别的心思，才得安然过去啊！"

两人说着，已到岔路，定远便和子俊握手，告辞归家。隔一天，他遂很郑重地写了一封信，寄给静芳道：

静芳女士雅鉴：

自荷池邂逅以后，惊鸿倩影，一瞥而逝，辄令人兴秋水伊人之思，爱而不见，搔首踟蹰。日前廖女士妆阁，始得一睹风采，并亲謦欬，足慰思慕之忱，幸何如之？

仆也一介书生，杨意不逢，抚凌云而自惜，钟期既遇，奏流水以何惭？女士兰心蕙质，绝艳清才，东家无此奇丽，南国逊兹容辉，是诚绛仙才调女相如也。仆自忘形秽，窃愿附骥，笛里写梅花之曲，朗月怀人，枝头听好鸟之音，春风求友，倘荷女士不弃，许厕之友朋之列，则他日林间暖橘，石上题诗，得以追随左右，常亲颜色，鲰生之愿也。

临颖神往，无任主臣，尚祈不吝珠玉，惠我琼瑶。

余不一一，郑定远上。

定远把这信亲自付邮，时时盼望伊人的佳音。果然隔了两天，

33

接到静芳的复书，紫罗兰色的信封，笔迹娟秀，如见其人。不觉雀跃若狂，走到书房里，窥见左右无人，先和那信接了一个吻。然后拆开展视，一张紫罗兰色的信笺，沾着美人的香粉，先使他好似饮了醇酒一般。再读信上的字句道：

定远君鉴：

　　前在楚云姊处，得挹清辉，得聆雅教，边孝先腹笥便便，裴道裕清言滚滚，因知庾郎才调，独步江东，握灵蛇之珠，抱荆山之玉，不文如芳，几乎不挥汗而却走也。乃荷不弃，琅函先施，雒诵之余，曷胜钦佩，溢美之誉，愧不敢当。是以不辞谫陋，聊书数行，以答相爱之深，他日执经问难，尚祈多多赐教耳！

　　专此拜复，不尽欲言。

静芳敬白

　　这封信虽是寥寥数语，而出自美人手笔，非常珍贵。定远把来信收藏，又写了一封道谢的信去，但是尺素虽投，相见仍难。静芳的瑶居虽然不远，自己要避瓜李之嫌，不能直接前去拜望，非得仰仗楚云之力不可了。楚云前次说过伊要请我去教授英文，倒是一个很好的机会，不知伊为何还不来请，莫非那个补习先生不去了吗？正想到卞子俊那边去探望，忽然子俊来了，连忙请到书房里坐谈。子俊对他笑道：

　　"别来几日，伊人可有信来？"

　　定远答道：

　　"信是通了，幸蒙彼美不弃，缔结翰墨姻缘，但是蓬莱咫尺，可望而不可即，如之奈何？我想这件事总得借重楚云之力了。"

子俊笑道：

"我今天正是为这事而来，因为楚云有封信给我，要请你即日前去教授英文了。这个机会可好吗？神而明之，存乎其人，不过你将来千万不能忘记我的功劳的。"

定远听了，心如大喜，说道：

"多谢多谢，难得楚云要我前去，这真是固所愿也，不敢请耳。我明天就去可好？"

子俊道：

"很好，将来我还要听你的艳史呢！"

两人谈了几句话，子俊遂告辞而去。明天午后，定远对镜修饰，换了一身西装，觉得自己真是个翩翩美少年，暗自欣喜，遂径造楚云妆阁而来。欲知后事如何，请看下文。

第五回

饮冰水雪乳生凉
观电影樱唇小吻

定远到了楚云家中，和楚云相见，楚云引他到楼上外房去坐，对定远说道：

"昨天我函托卞拜转请先生来舍教授我的英文，今天幸蒙宠临，非常快活。"

定远道：

"密司廖谬采虚声，既要我一同和你研究，岂敢辜负美意？不知密司廖读的什么书？"

楚云道：

"《泰西三十轶事》，我来取给先生看。"

遂奔到房中，回身取出一本书面来。定远道：

"这本书很普通的，我也见过，现在女士读到哪里了？"

楚云将纤手翻到第九十五页，说道：

"我方读到'亚力山大之哭'，这课读了一节，请郑先生教下去吧！"

定远点点头，先请楚云把前一课读几节，听伊发音清楚，解释明晰，遂道：

"密司廖，你的英文果然很好。不嫌鄙陋，我就教你一课吧！"

遂把这课书读给伊听，代伊每句详细解释，并且指示文法上异同之处。讲罢了，又听楚云还读。这时，楚云的妹妹小曼自外归来，也来聚在一处。定远便问小曼道：

"近来静芳女士可来这里游玩吗？伊身体可好吗？校中几时开学？"

小曼微笑答道：

"校里再隔一星期便要开学了。静芳姊前天曾来过一次的，伊正忙着和人写信呢，到底是绛仙才调女相如。"

说罢，楚云也掩着口咯咯而笑。定远面上不觉一红，暗想：我和静芳鱼雁往还，大约静芳已告诉小曼知道了，但不该把我的信也给伊看，以致伊今天来戏谑我。楚云道：

"郑先生，可要和静芳妹妹相见？明天她约好要来吃冰淇淋的，请郑先生明天早些来吧！"

定远道：

"遵命，我当早来。"

又坐了一歇，和楚云姊妹告辞而别。明天下午，定远又到楚云妆阁，授罢楚云的课，正是三点钟，小曼早和阿香把冰淇淋摇好。小曼道：

"怎么静芳姊还不来呢？莫非她要失约了？"

楚云道：

"绝不会的。"

正说着话，外面有敲门声，阿香出去开门，小曼在窗边探首一望道：

"好呀！静芳姊，你怎么姗姗来迟？我们已把冰淇淋摇好，等你来吃了。"

37

楚云的母亲在楼下也道：

"林小姐，他们都在楼上等你。"

静芳道：

"可有别人？"

楚云的母亲笑而不答。静芳走上楼去，陡地见了定远，不觉面上一红，带笑说道：

"郑先生也在这里呢！"

定远道：

"恭候久矣！"

楚云道：

"这位郑先生等候两天了，他本想踵门奉访，是我知道妹妹今天要来，所以请他在此相会。"

静芳不答，握着小曼的手道：

"我前天和云姊说要吃冰淇淋，不过说着玩的，累你乏力了，我先要谢谢你。"

定远看静芳穿着一件白印度绸的旗袍，身材益发袅娜可爱。小曼却请静芳坐定，命阿香取过玻璃杯和小银匙来，把冰淇淋一杯一杯地盛给楚云、静芳、定远等吃。又盛一杯，吩咐阿香送下楼去给太太，自己盛了一大杯，一面吃一面说道：

"今天香蕉味道可浓？"

定远道：

"很吃得出香味，小曼女士调制得好。"

小曼道：

"郑先生，你吃完了可以再添，桶里还有很多呢！"

定远点点头。静芳道：

"冰淇淋一吃入口，清凉激齿，沁人心脾，烦渴都解，所以我很

38

喜欢吃这个。"

小曼道:

"那么我来代你添吧!"

又盛了一杯给静芳,定远的一杯也已吃完,小曼也盛上一杯。大家且吃且谈,很是快活,吃完了,楚云进房去入浴,小曼也走到楼下去,只剩定远和静芳二人在室中。定远遂低低说道:

"静芳女士,我很荣幸得和你交友,女士赐书,又是温恭谦和,写得一手好小楷,颇见功力,使我佩服得很。"

静芳听定远如此赞美自己,觉得有些不好意思,俯首答道:

"我是没有什么学问的人,还要请郑先生时时指教。郑先生不该把我过分称赞,反使我羞愧无地了,所以我要望你切实地指导我。"

定远道:

"我并非过分赞扬女士,实因心目中以为女士是我平生第一敬爱的人。女士清才绝艳,不可多得,我的称誉都是心坎中发出来的。"

静芳听了笑笑。定远遂又谈起自己的志愿,说,曾到北京一年,眼见种种政治上的黑幕、列强的野心,尤其是剑及履及,我同胞欲救中国,非再革命不可。不过民智还没有开通,革命的思想输入他们的脑筋不多,这是一个极大的障碍,自己很愿加入革命的战线,但因时机未到,暂时蟠屈。在校中执教鞭,本非乐为。静芳虽是个女子,然而伊也是革命烈士的后裔,有伊父亲血性的遗传,深明大义,很有爱国心,是漆室女一流人物,所以听定远讲起国事,不觉慷慨激昂,很赞同定远的言论。定远也知伊非寻常的裙钗,可以向伊倾吐胸臆。不多一会儿,楚云兰汤浴罢,走出房来,穿了一件粉红纱衫,袖口短上臂弯露出一双玉臂,香风四溢。听他们正谈国事,不觉笑道:

"你们是一对爱国儿女,关心国家的大事,像我却只图欢娱,不顾国事，情愿人家骂我冷血动物，犯不着去学杞人忧天。"

定远笑道：

"不错，我们也不过和杞人一样罢了。"

小曼也走上楼，拿了许多西瓜子、莲心糖、陈皮梅等东西，请静芳等吃。天色将晚了，静芳便要告辞，定远道：

"我也要去了，我可以送女士走一段路，到三山街分手，途上也不寂寞。"

静芳点点头，楚云道：

"我也不来留你们了，再隔一点钟，我还要预备去赴宴会呢！"

定远听说楚云要赴宴会，便问道：

"哪一家？"

楚云道：

"密司脱葛天贽，他今晚请客，并有跳舞会，所以要请我前去。"

定远道：

"原来是葛三公子，他是风流场中的人，今夜一定热闹，愿祝女士快乐。"

楚云笑笑，定远遂伴着静芳，别了楚云姊妹等归去，途中二人且走且谈，不觉已到三山街口。静芳要望东去，定远和伊正背道而驰，遂问静芳几时可以再会。静芳沉吟片刻，说道：

"后天下午我仍到廖家和郑先生相见吧！"

定远欣然答应，暮色苍茫中，二人握手而别。定远归后，喜不自胜，明天上午跑到卞子俊家中去，把两天的情形报告给子俊知道。子俊笑道：

"美人已垂青于你，这是唯一的机会，机会这样东西瞬息即逝，愿你好自为之。"

定远又把楚云赴葛三公子宴会的事相告。子俊道：

"我也知道楚云今年新和葛三公子亲密起来，但闻葛三公子未必真心有意于伊。不过葛三公子有一个表弟姓俞的，曾留东瀛，是一个很漂亮的小白脸，借着葛三公子的媒介，很想博得楚云的恋爱。楚云所以要读英文，也是姓俞的主张，因此我对于楚云的前尘影事，犹如过眼云烟，完全淡忘。只为你老友的事情，前天陪你去走了一趟，你看我以后也不去了。"

定远笑道：

"你为什么不去呢？"

子俊正色道：

"定远兄，你不要疑心我或有酸素作用，实在我是爱护楚云的，伊虽是个浪漫女子，我却把十二分的友谊去待伊，常以为美人和名花一般，当该着意珍爱，不要去摧残伊、污辱伊。所以，龙山的一夜，我有很好的机会寻我的快乐，但是我仍要保全伊的无瑕白璧，这也是我的痴心，或者人家要笑我傻呢！现在我很慨叹，恐伊始终不能保全白璧无瑕，不免要受人家的玩弄了。"

定远道：

"你既然是伊的朋友，也该尽力谏诤才是。"

子俊摇头道：

"有什么用呢？伊正受了人家的催眠术，自己又是风流放荡惯的，情欲冲动时还顾虑什么呢？尽有许多清白人家的女儿，在严重礼教压迫之下，尚且要失身匪人，甘心堕落，何况伊呢？"

定远点头道：

"不错，我也看楚云虽和小曼、静芳等一样美好，可是妖冶纤美，另有一种神情不可羁勒的。"

子俊道：

"你既知道如此，就不该说我了。"

定远道：

"我也不过问问你罢了。"

两人纵谈良久，定远别去。下午，定远又到楚云家里来，却见楚云靓装艳服，正和一个穿西装的少年挽臂而出。见了定远，不觉喊道：

"哎呀！郑先生，今天对不起你了，我正要和友人出游呢！"

遂代定远向这少年介绍道：

"这是郑定远先生，新来教我读英文的。"

又指着少年对定远说道：

"这位便是俞珈美先生，日本留学生，和葛三公子是表弟兄。"

定远不得已向珈美点头招呼，但他却不答礼，好似很瞧不起他似的，拉着楚云走了。楚云道：

"郑先生，累你白跑一趟，我真是非常抱歉。"

定远道：

"不妨不妨！"

回身便走，心里很是气恼。那姓俞的不过是个东洋留学生，有什么稀奇？竟这样眼高于顶，傲视他人吗？是可忍也，孰不可忍也，从今以后，我不必再到楚云那里去教什么劳什子的书了。继而一想，我所以去教楚云英文，岂非为了要和静芳会面？现在我正要利用楚云，也不得不忍耐一下，好在楚云对我还没有什么不是，只要我不去理会姓俞的便了。明天，他依旧到楚云家里来，静芳也来见面，畅谈至晚而别。从此，他和静芳时时借着楚云的妆阁为聚首之地，楚云的母亲是什么事都不管的，只要贪些小利，定远时时送些礼物给伊，伊老实不客气地受了。楚云更是有意代他们俩撮合，小曼也没有什么不赞成的意思。

开学以后，星期六、星期日，静芳总到楚云家中来盘桓，伊的母亲和姨母都不知道，两人交好日密，情根爱芽渐渐茁长起来。一个星期六的晚上，定远和静芳到一家新开的影戏院里去看电影，银幕上映的法国香艳名片《少女之爱》，表演一个富家闺秀钟情于一少年书记，经过种种挫折，卒能达到结婚目的。《河边情话》和《阿爷归来》两幕，那个饰少女的女明星演来丝丝入扣，表情细腻，观众一齐赞美。当那小女在河边安慰伊的情人时，银幕上现出数行字道："我心已决，无论何种横逆之来，皆当忍受，君毋自馁，我侪终能安渡情海，至于乐土。"两人看了，心里都觉热烘烘的，散时携手而出。

凉风袭襟，星斗满天。定远觉得肚里有些饥饿，又陪着静芳到一家菜馆中去用晚餐。定远点了几样精美的菜、四两白玫瑰，先请静芳喝酒。静芳不肯喝，定远道：

"一人独酌，很觉寡兴，女士如若真的不会喝时，一杯半杯也何妨喝一喝？"

静芳却不过情，喝了一杯，顿觉面上热辣辣的两颊晕红，宛如鲜艳的玫瑰花。定远看了，微微吟道：

"桃花纵具娇颜色，输与梨窝两点春。"

静芳只作不闻，吃罢，定远付去酒资，一同走出戏馆。定远还要送伊一段路，将到静芳家中时，静芳道：

"请你原谅，即此而止吧！我很感谢了。"

定远遂和静芳握手告辞，临走时悄悄对伊说道：

"'我心已决，无论何种横逆之来，皆当忍受，君毋自馁，我侪终能安渡情海，至于乐土。'女士，这几句话足以见得少女之爱，我愿女士不要忘了这几句有味的说话。"

静芳听了，面上又是一红，欲知后事如何，请看下回。

第六回

豪气侠情山中试马
嫩愁浓想河上谈心

凉秋九月，郊外一片秋色，真是可人意，山坳里的红枫好似涂着胭脂，开得别有一种可怜颜色，又加美人玉颜微酡，饶有妩媚，真是霜叶红于二月花，老天特地生下点缀这个岑寂的秋光的。浅草地上也有一二红色的野花，娇小可爱。

这时，皎洁的秋阳照射在一片平原，远远地有两骑疾驰而来。当先一匹白龙驹上坐着一个西装少年，丰神俊拔，扬着马鞭，很有自得的形色。随后一匹桃花马上面，却坐着一个少女，穿着黑色丝软缎的夹袄，下系黑裙，一双小蛮靴，踏在葵花镫上，云发被风吹得微蓬，双颊浅晕，额下微有一些汗珠，两手挽着丝缰。八个马蹄翻盏撒钹似的向前跑去，来到一条小桥边，有几株遮天的大树。少年回头对少女看了一看，遂渐渐把坐骑勒住。背后那匹桃花马见前头的白龙驹停下，也就跟着不跑了，两匹马歇在树下。少年跳下马来，扶那少女下鞍，带笑问道：

"觉得吃力吗?"

少女嫣然微笑道：

"这一趟跑得很是爽快，但是我久不驰马，累得我两腿都酸麻

44

了，再要跑时，我也来不得了！"

少年道：

"我也恐女士力竭，所以收住马辔，我们且在此间歇歇吧！风景很好，足以娱目。"

遂回身过去，把两匹马拴在大树上，马鞭插在鞍里，偎傍着少女，走到河边一块青石旁，并肩坐下，喁喁而语。读者可知这一对青年男女是谁吗？

原来，正是定远和静芳。他们有一天谈话时，静芳说起自己曾学过骑马，驰马试剑是很好玩的。定远遂说道：

"这是再巧也没有的事了，我认得一个姓哈的马贩子，前天在路上遇见，他告诉我说，新近从北方贩得几匹出色的好马，要我前去看看，介绍一二主顾，又教我随便几时有空前去试坐一次。现在女士既会超乘，我想同你前往看看，如有好马，也可一同去驰骋一回，近日秋光大好，正可联辔出游。"

静芳笑道：

"我不能算会骑的，如何跟得郑先生？"

定远道：

"这是你的谦逊了，要快就快，要慢就慢，我总听你的便可好？"

静芳又道：

"被人家见了，又要多一句话，怪害羞的，我不去。"

定远道：

"姓哈的在城外有三乐坞，那里是个冷静地方，我们只要不进城，往龙山跑去便了。"

静芳很喜欢马的，心里本是跃跃欲试，便点头答应，定远大喜。楚云姊妹听他们要去郊原驰马，也十分欣羡，只恨自己不会坐，否则也去一试，足以自豪。定远遂约好静芳明天下午一点钟，仍到廖

45

家见面，然后同出。

明天，静芳饭后，推说到小曼处去读书，走到楚云家里来。定远已在那里等候了，两人便告别了楚云姊妹，走到三乐坞姓哈的家里。姓哈的正没有事，一见定远偕一个女子前来，很是欢迎，带笑问道：

"郑先生，可是来看马的吗?"

定远道：

"是的，前天听你说起有几匹好马在此，所以我今天偕同这位林女士要想来骑马的。"

姓哈的道：

"很好，我就领你们去看吧!"

遂引着他们走到后院，先见东边一个马厩里约有十一二匹马，一个马夫正要牵出去放青。定远道：

"可在这些马的里头吗?"

姓哈的摇头道：

"不是不是。"

又走进一个月亮洞式的门，才见那边有一个很清洁的马棚，两个马夫正牵着两匹白马，代它们梳理身上的鬃毛。姓哈的引着他们俩走到厩中，把手一指道：

"郑先生，你看吧!"

定远和静芳一齐仔细瞧那厩里，正拴着四匹马在那里上槽：第一匹浑身黑色，钢鬣长蹄，又高又大，真是一匹乌驹名马；第二匹腾黄骠马，是一匹黄骠马；第三匹是青鬃马，唯有第四匹浑身有点点红色，宛如鲜艳的桃花，双瞳夹镜，两耳削筒。静芳不觉啧啧称赞道：

"好马好马!"

姓哈的道：

"此马登山过岭，如走平地，是蒙古的良产，身上有朵朵桃花，便名桃花马。"

定远对静芳笑道：

"你既然喜欢这马，就坐了试它一下如何？"

静芳点头微笑。姓哈的随即把手指着外面的一匹白马道：

"那么郑先生请坐这匹白龙驹马吧！"

定远一看这匹白龙驹，玉腕银蹄，踏雪嘶风，也是名马，遂道：

"好的，只是有扰你了。"

姓哈的道：

"不妨。"

又命一个马夫去取出两副鞍辔来，代那两匹马配上，牵到门外。姓哈的又递过两根马鞭，说道：

"那桃花马是不消鞭的，千万不要触怒了它的性子，反要肇祸。"

定远答应一声是，和静芳各执一鞭，跨上马鞍。姓哈的见静芳上马的姿势，知道伊素来会骑的，暗暗佩服。定远遂向姓哈的道：

"停刻再会。"

把马一牵，那匹白龙驹便很快地跑去。静芳的桃花马随后跟上，一前一后，只望冷僻的地方驰骋而去。跑了许多路，到此遂停下憩息，二人同坐石上，谈起身世来。静芳道：

"我自父亲逝世后，发愤读书，且学武术，非但用以防卫自身，也想将来出去做些事业，因为我国女子以前大都深居高阁，除了女红以外，没有自养的职业。做女子的什么三从四德，靠着人家过活，不得不向人乞怜，可耻得很。一班男子也把女子当作玩物看待，女性的本能不能显现出来，现今虽称解放，可是妇女界仍没有人才应用于世。所以我愿尽我所能，总要为我们女子吐一口气。郑先生，

47

你以为如何?"

定远道:

"女士说得不错,女士是秦良玉、沈云英一流人物,巾帼须眉,怀抱大志,将来必能成功的。我听楚云说女士的拳术非常精妙,今天可能演习一套,使我得饱眼福吗?"

静芳笑道:

"我只是胡乱学着打的,懂什么拳术呢?打出来不要笑掉人家牙齿?"

定远道:

"女士既然学习,一定很得门径,比较我不会拳术的人当要好到十倍百倍,这里又没有别人,女士不必客气。"

静芳见定远态度诚恳,遂道:

"你必要我打拳,我也只好献丑了。"

立起身来,把裙子拽起,走到前面草地上,展开玉臂,使一路太极拳,果然身手便捷,一些儿不懈意,轻如飞燕穿柳,疾如狡兔归穴,不信伊娇滴滴的身躯,竟有这种本领。打罢时,面不改色,走到定远身畔,放下裙子,带笑问道:

"恕我放肆,请你不要见笑。"

定远拍手道:

"好好好,我不知女士有这好身手,使我望尘莫及,愧杀愧杀,几时我还要请女士教授呢!"

静芳道:

"今天可惜没有带得剑来,否则也可一舞。"

定远道:

"女士又能舞剑吗?大有可观,真是今之红线了。"

静芳道:

"教我舞剑的那位先生很有惊人的技艺，可惜我不能精心学习，故而没有进步。"

定远道：

"我也要去学武术了，我们生此乱世，将来大有用处。"

静芳又道：

"我国的革命事业总是不彻，以致今天弄到如此地步。想我故世的父亲，生前也曾为革命而牺牲，受着极大的创痛，含恨而死，但是革命的事功却在哪里呢？"

静芳说到这里，眼眶里隐隐含有泪痕。定远道：

"世间不论何事，其进锐者其退速，革命的事业譬如远行必自迩，断不能一蹴而成。像法国革命，起初也是白牺牲了许多志士的血，不能成功，后来经过几次革命，总能建设维新的共和国，所以我中国还是要提倡革命，这是我常常和人说的。而且这重大的责任，都在我辈青年人身上，愿和女士彼此奋勉，他日为民族争光荣。"

静芳瞧着定远的面，似乎对于定远的说话很为感动。定远又道：

"我和女士的性情很是投契，但望此后常常相聚，将来或在一处服务，得互助的益。但恐人生聚散无常，不能如愿罢了。"

说时，口里微微叹气。静芳也觉得无言可以慰藉他，自己心中也同有此感，俯首视河水清涟，照见两人并头的小影，心里更是惘然。定远又道：

"人在世间，自然要寻欢娱，但最要紧的是得到心灵上的安慰，心灵安慰的人自觉活泼泼地有进取心，看这个宇宙也是快乐的，有情的宇宙，欢欣鼓舞，生趣盎然；若是心灵上得不到安慰的人，宛如在幽闭的地狱里、荒寒的冰山上，萎靡颓败，什么事都提不起精神，看这个宇宙是悲哀的，无情的宇宙，忧伤憔悴，生趣索然。我自遇见女士以来，直到如今，虽没有多的时日，而心灵上很能得到一种无形的安慰，这是受女士所赐的。因此我更觉得勇气百倍地有进取心，很想将来建立一番功业，以报知己，且愿我心灵上永远得到这种安慰，便是我的大幸了。"

静芳听了，把纤指抿着伊的樱唇，默然无语。此时，河中有一大群乳鸭浮游而来，背后有一只小舟，舟上立一个十四五岁的小女子，赤着双脚立在船头，把一根绝细的竹竿去赶群鸭。船艄上一个中年乡妇，摇着橹，橹声欸乃，直向前去，小女子口里还唱着山歌。静芳目送那船去远，一面看着那流动的河水，一面对定远说道：

"最好是这等天真烂漫的小女子，她们富贵也罢，贫贱也罢，有智识也罢，无智识也罢，浮家泛宅，风讴雨吟，很是逍遥自在，不识忧悲为何物，我们却不及她们的快乐。"

定远道：

"我看快乐是定名，本人感到的快乐，外人看起来未必见得是快乐；而外人看来的快乐，或者本人也不能感觉到的。观念不同，哀乐亦异，是不是？"

静芳点点头，偶见有二三苍鹰在寥廓的天空中翱翔着，遂道：

"鸢飞戾天，鱼跃于渊，快乐是自然的。世人强寻快乐，自然快乐得不到而烦恼加身了。"

定远笑道：

"我们现在愈谈愈哀了，我们今天不是出来驰马的吗？在此休憩了好久，时候已有三点多钟，再去走一趟马可好？"

静芳道：

"前面过去是山路了，崎岖不平，坐在马上很吃力的，不如缓辔归去吧！"

定远道：

"也好。"

两人遂从石上立起身来振一振衣裳。定远过去，见两匹马正在啮地上的青草，便解去了系在树上的缰绳，先牵过那匹桃花马给静芳，看静芳坐上雕鞍，自己一翻身坐到马背上，望原路慢慢地跑回来。碰见几个乡人，看见静芳骑马，都很注意，说：

　　"这个女郎亦娟秀，亦英武，骑在马上，俨如婕妤将军，我们男子却不如伊。"

　　静芳不去听他们谈论，要紧回去，跑到一顶石桥边，二人不上桥去的，向左转弯。静芳瞥见桥后似乎有一少年把手指着伊，要想回头看时已来不及了，心中不觉一个忐忑。欲知后事如何，请看下回。

第七回

工媒孽为鬼为蜮
愤谗讥多愁多病

天色垂暮时，他们两人回到三乐坞，把这两匹名驹交还姓哈的。定远又道：

"果然是好马，我有一个姓周的朋友，在湖南做过镇守使，他很喜欢讲究坐骑，明天你可到我校中来，我当介绍你去和他相见，或可成就一些交易。"

姓哈的拱手道：

"多谢盛意，明天我准来看你便了。"

定远点点头，遂和静芳别了姓哈的，大家分手走回家去。静芳到得家中，觉得有些疲乏，伊的母亲和姨母只当伊去小曼家中读书的。伊的母亲做得许多水饺子做晚点吃的，特地留下一碗，预备静芳回来给伊吃。现在静芳回家了，伊的母亲特地去厨下烧好了，吩咐小婢盛给小姐。静芳正在有些肚饥，遂把一碗水饺子吃完，坐在书室里灯下看书。伊的母亲又走过来对伊说道：

"静芳，你不要过分用功，日里读了书，晚间歇歇吧！恐要损伤脑筋的。"

静芳暗想：我在今日里是出去跑马的，何尝读过书呢？几乎要笑出来，遂答道：

"母亲，我看过几页就不看了。"

这时，忽听电铃响，小婢出去开门。静芳从窗里向外一望，原来是李龙光来了。龙光踏进书房，脱去头上呢帽，先叫应静芳的母亲，又对静芳很着实地叫了一声妹妹。静芳的母亲说道：

"李少爷，好几天不来了，身体可好？"

龙光道：

"多谢伯母垂念，只因近来俗务较忙，所以不曾来问候，今天特来望你们。"

静芳的母亲又说道：

"请坐。"

小婢送上香茗，薛氏也走来，一同坐着，和龙光絮絮谈话。静芳的母亲有事走出去了，静芳仍旧看着书，若无其事。薛氏谈了一刻，因为伊知道龙光喜欢和静芳说话的，所以伊也踅到外边去。龙光见她们都出去，只有静芳仍坐在书桌前看书，遂立起身来，走到静芳背后，柔声问道：

"妹妹看的什么书？"

静芳道：

"心理学。"

龙光便在伊身旁的一只椅子中坐下，带笑说道：

"这种沉闷的书，我就不喜欢看的。我喜欢看小说，尤其是描写爱情的小说。前次我送给妹妹一本《少女的恋爱》，妹妹可曾看过吗？"

静芳摇头道：

"不瞒你说，一直搁在抽斗里，没有看过，近来校中功课又忙，更无暇看小说了。这心理学是校中的一课，明天要还答先生的，所

53

以不得不预备得熟些，实在也是很沉闷的，龙光兄当然不要看了。"

龙光听静芳说没有看过他送的那本小说，又说他当然不要看心理学，似乎有些轻视他，心里不悦，冷笑道：

"我虽没有读过心理学，而人家的心理我却有些看得出，尤其是妹妹的心理。"

静芳听龙光说出这句话来，便把书向桌上一搁，回过脸来，很注意地问道：

"我的心理你如何会看得出？你又不是我肚里的蛔虫，这话说得有些蹊跷，请你解释明白。"

龙光道：

"妹妹的心理近来有些变态，妹妹本来和我很亲近的，但是现在却冷疏得多了。我知道妹妹常常到廖家去，廖家多么好玩啊！妹妹的心不是常系恋在那边吗？妹妹自己不觉得，有心的人却看出来了，是不是？"

静芳听龙光说出这种嵌骨头的话，心里暗自疑讶，难道我和定远交友的那回事他已知道吗？遂正色答道：

"你这话奇了，你看出什么来呢？廖家是我同学，我到那边去一同研究校课，这是我的自由，谁也不能来管的。至于我和你仍是一样，大家都是很客气的朋友，有什么亲近和冷疏呢？"

说时，面上有些薄嗔。龙光本要说下去，见静芳娇嗔薄怒，吐词锋芒，不敢再说了，便趁势转机道：

"我的心理学本来没有根底的，胡说乱道，说说笑话而已，你又何必认真？"

静芳见龙光软化，也就霁颜一笑。龙光和伊絮絮地谈着学校中的事情，坐着不去。静芳很觉有些厌恶，但又不好赶他出去，勉强敷衍几句。龙光又要约她在下星期日同游莲花湾，静芳含糊答应，伊心中只恋着一个郑定远，谁有心思去伴龙光出游呢？龙光不过片面恋爱，自寻烦恼罢了。这时，将用晚饭，静芳的母亲和薛氏都要留龙光吃晚饭，龙光却告辞而出。

星期日的上午，龙光好似有了心事一般，坐不定，立不定。午后，龙光换了一身新衣服，把头发梳得光光的，倒了不少生发水，戴上一副金丝边的眼镜，兴冲冲地走到静芳家里来，要和静芳泛舟莲花湾，作半日清游。可是进得门来，见静芳的母亲和薛氏坐在客堂里嗑着瓜子闲谈，却不见静芳的影儿，便上前叫应了，问道：

"静芳妹妹呢？"

静芳的母亲说道：

"伊今天没有吃饭，早上便被廖家小姐拖去了。"

龙光一听这话，好似冷水浇顶，一百二十个高兴丢去了一百二十一个，心头说不出的又怒又恨又懊恼，一面孔露着尴尬样子，呆呆地立着不动，只把双手搓着。薛氏忍不住问道：

"李少爷你看静芳可有什么事？"

龙光搔首答道：

"前日我约伊今天同去游莲花湾的，伊曾当面允许我，所以我特地走来，偏偏伊又出去了，好不巧啊！"

静芳的母亲听了，便道：

"哎哟！这小妮子许了人家的约，怎么糊糊涂涂地走了？李少爷，对不起，累你白跑一趟。"

薛氏暗料静芳不高兴和龙光出游，所以故意跑到廖家去，好让龙光上当。看不出伊竟会用这种心计，遂冷笑说道：

"静芳时常要到廖家去，好似那边有胶粘住伊身子的，但我前天听人说起廖家不是清白的人家，小曼的姊姊和私娼差不多，时时有男子们到伊家里去玩的。静芳还是黄花闺女，照伊的年纪正在要紧

55

关子，不宜多到廖家去，免得沾染了不好听的名声，要请姊姊特别注意才好。"

静芳的母亲道：

"妹妹这话真的吗？"

龙光在旁一想，静芳竟如此无情于我，好不可恨，伊既有把柄在我手里，何不乘此机会向伊的母亲一说？也好使她们的心头受一绝大的打击，或因此不能成功，才出我心头之气。唉！静芳，静芳，并非我无情，要来说坏你，实在你对我也太忍心了。遂坐在一旁开口说道：

"伯母不要见怪，我也知道廖家一些底细的。小曼的姊姊楚云，在外很有风流名声，男朋友很多，在伊的家里没有一天不有的。我的朋友何某也曾和楚云有啮臂之盟，但闻近来楚云结识了葛三公子一流贵族人物，便和何某断绝关系，顿忘前欢，何某也气得发誓不再到伊家去了。试想这种浪漫派的女子，若和伊在一起，何等的危险呢？静芳妹妹虽然因为和伊的妹妹小曼同学，并非和楚云交友，然而这种不规矩的人家，觉察前去，给别人家见了也要疑心的。我虽相信静芳妹妹是达礼闻道、守身如玉的女子，可是近朱者赤，近墨者黑，人们的心往往很容易变的，还有……"

龙光说到这里，故意停住。静芳的母亲问道：

"李少爷，还有什么呢？"

龙光道：

"我不敢说，恐怕得罪伯母和静芳妹妹，要说我搬弄是非。"

静芳的母亲愈加疑心，必要听个究竟，又道：

"我不怪你的，李少爷，你不要说半句头话，使人怪难过的，我必要你说个明白。"

薛氏也说道：

"你有什么话呢？何必吞吞吐吐？"

龙光遂先告了一个罪，接着说道：

"前星期日我和友人在郊外散步，在大东溪桥边忽然见那边跑来两匹骏马，马上坐着一对青年男女，大家很注意地瞧着。我远远地留神一看，却见前面白马上坐的少年，我虽和他不相识，而在后面桃花马上坐着的女子，正是静芳妹妹，据鞍挥鞭，顾盼自若。瞧他们的情景，大约从龙山归一，我很稀奇，静芳妹妹怎会和那少年认识，同去驰马？以为那少年必和廖家有关系的，过后便去打听，才知那少年姓郑，常到廖家去教楚云念英文的，所以和静芳妹妹熟识了。"

静芳的母亲听了这话，气得颜色都变了，说道：

"静芳敢在外面瞒着我做这种事吗？失去女孩儿家的身份，稍停等伊回来，我倒要从严责问呢！"

龙光道：

"伯母千万不要发怒，若被静芳妹妹知道是我说的，伊必要怪我搬弄是非，我却担当不起呢！还请伯母不要去问伊。"

薛氏道：

"你也不必胆小，姊姊自然不会说出你来的。"

龙光还装出深悔失言的样子，坐了一歇才告辞而去。他心里很觉快意，因为这么一来，静芳再不能像以前的自由了，何物郑某，妄欲夺我的意中人去，我岂肯让步，自己示弱吗？不过对于静芳似乎说得太厉害了，然而谁叫伊先背约的呢？今天伊又不知和那个姓郑的到哪里去了？自己只好快快地回去。

原来静芳本不高兴跟龙光出游，有意叫小曼来拖伊去的。这天，定远也在廖家，楚云是出去了，定远、静芳、小曼三人一同聚着弈棋啦，丝竹啦，有玩有笑地把一个下午挨磨过去。定远因家中有些小事，所以天色还没有黑先去了。静芳又和小曼在楚云房中随便谈了一会儿，知道楚云今天在葛三公子家里要吃了晚饭才回，也不去等伊，遂别了小曼和小曼的母亲，还到家中。见伊的母亲颜色很不好看，正要动问，伊母亲早对她很严厉地说道：

"今天你到廖家去的吗？"

静芳点头道：

"正是。"

伊母亲又道：

"好！从今以后，我不准你到廖家去。"

静芳还不明白，急分辩道：

"小曼是我的同学，和我很要好的，为什么不要去呢？"

伊母亲指着伊，怒气冲冲说道：

"你做的好事，还要辩什么呢？本来我也太糊涂了，这种人家早要不许你去和她们往还的。不想你现在也大变了，在我面前花言巧语，不要上人家的当，玷污了我家的门楣。我再问你，前星期日你说到廖家去的，究竟你上哪里去？凭良心说话，不要狡赖。"

静芳听伊母亲这样说法，知道有人进了谗言了，又看薛氏在旁一声儿不响，望着伊冷笑。伊从来没有受过伊母亲这种严重的说话的，一时气塞心胸，颓然倒在椅中，双手掩着面，啜其泣矣。静芳的母亲见静芳不再分辨，知道龙光的说话千真万确，又叹一口气说道：

"唉！静芳，我只有你这个女儿，我把你送入学校读书，无非希望你将来成就一个才德双全的女子，也不负你父亲临终时一番的遗嘱。你自己也要想想，不要随波逐流，染着外边女学生的坏风气，自甘堕落啊！"

薛氏也道：

"静芳，我的姊姊今天责问你，也是爱你之故，愿你有则改之，无则加勉，以后廖家不要去，好好儿地一心读书吧！"

静芳听伊母亲提起伊的亡父，触起伊的伤心，更是哭泣不止，珠泪涓涓，湿透鲛绡，自己也想不出用什么话去辩清。

静芳的母亲见静芳哭了，伊心里虽然愤恨，仍有些不忍，遂不再去数说伊，薛氏也把伊的姊姊劝开了。静芳回到楼上，和衣而睡，晚饭也不要吃，只是涕泣。因伊想廖家虽然不是清白人家，但是自己心高气傲，束身自爱，决不肯同流合污。楚云虽为浪漫女子，和我又有什么关系呢？圣人说，涅而不缁，磨而不磷，我只不要自己堕落便了，况且定远确是一个很好的青年，道德和学问都好，和我志趣相投的。前天出去龙山驰马，也是习练筋骨，豪快的事，并不是什么暧昧的事，我母亲为什么要向我如此发怒呢？我和定远交友至今，光明磊落，大家虽是亲爱，却一些儿没有非礼之举，他对待我是很诚恳、很纯洁的，岂是外面那些儇薄少年可比？母亲不知听了谁的话，如此疑我，叫我怎能忍受得下？我也没有什么话去剖白，她们也不会相信我的，而且以后我也不能到廖家去了，如何再和定远相见呢？唉！定远他在家中，也想得到我会受此不白的冤吗？伊越想越悲伤，哭得像泪人儿一般。薛氏前来解劝伊一番，其实薛氏因为静芳不肯许配给龙光，也有些怀恨于伊。而且静芳也疑心是伊姨母撺掇出来的，只是朝着里床睡，不去睬伊。薛氏也觉得没趣，走去了。伊闷沉沉地睡了一夜，明天也不起身，学校也不到，早饭也不吃。伊的母亲见静芳如此态度，心中反有些不安，自己又不好便去安慰伊，只得叫薛氏和小婢去唤静芳起来。薛氏明知自己去是无效的，遂叫小婢去，小婢的口舌很灵敏的，劝了静芳几句，又说：

"昨天小姐出门后，李少爷来的，太太责问小姐，都是李少爷捏造小姐的是非，我在院子里听得去。像李少爷这种人和小姐又没有仇隙，竟来信口胡言诬蔑小姐，应该堕入拔舌地狱里去。太太是仁慈的，爱小姐的，说过就完了。横竖小姐是很规矩的，太太未始不明白，所以劝小姐照常吃饭上学，不要搁在心上吧！"

静芳听了小婢的话，想起龙光来，又想起那天和定远龙山试马归来，途中曾有一个人远远地向伊一指，自己的马很快地跑过，所以没有瞧得清楚是谁。现在可以知道，那人便是龙光，被他看在眼里，自然要小事变作大事，无事化为有事。昨天我又失约于他，明明是他结下怨毒，才来飞短流长，正是人之多言，亦可畏也。但是我若不去辩白，死也不得瞑目。昨晚母亲对我说的话又何等的严厉啊！小婢劝了长久，也是无效，挨到下午五点钟的时候，小曼来了。

原来，这天小曼不见静芳到校，很是系念，平日静芳总不肯无故旷课的，并且也没有请假条子来校，究竟有什么事呢？回家后，定远也来教楚云英文，小曼说起静芳没有到校，楚云道：

"不要伊有些不适吗？"

定远也十分惦念，小曼便自告奋勇，径来林家探望静芳。静芳的母亲本为了伊女儿的事深恶廖家姊妹，所以小曼来时，很是冷淡。小曼也不管，自己跑到楼上静芳的卧室内，见静芳偃卧床上，正用手帕揩伊的眼泪，便问道：

"静芳姊，你今天没有到校，使我挂牵得很，所以特来看你，敢是你怀羞吗？"

静芳见了小曼，心头更觉凄酸，止不住泪如泉涌。小曼觉得有异，坐在床沿上，握住静芳的手，问伊可受什么冤屈。静芳遂把伊母亲责问的事告诉小曼听，只把关于廖家的话略过不提。小曼听了，皱着眉头道：

"这却是很难辩白的，毋怪我姊姊担当不住了。但姊姊若然这样不食不起，也不是个道理，你们到底是母女，总该老实说个明白。

我是想不出主见的，还是我姊姊会想主见，郑先生此刻也在我家，不如待我回家告诉他们，共思良策。"

静芳道：

"我的事最好不要给定远知道，累他也要为我担忧的。"

小曼道：

"姊姊的事，他也是其中的一分子，怎可不被他知道？也好使他明白姊姊为了他而受这种极大的气恼呢！我去我去！"

说罢，立刻回身便走，别了静芳和伊的母亲，一口气跑回家中。此时，楚云的英文课已读毕，专等小曼的回音，小曼便把静芳告诉伊的话一一转告他们知晓。定远大惊道：

"哎哟！我害了静芳了。伊的脾气是受不起委屈的，现在受了这莫须有的冤枉，如何使伊平复过去呢？我又不好前去劝她，此事必须有第三者出来代静芳辩白，使她们母女俩依旧和好，把这风波平息才是上策，不然总非静芳的幸福。"

说罢，瞧着楚云，露出急迫的样子。楚云凝神一想，遂说道：

"此事必须我去了，好歹总使她们母女和好如初，没有芥蒂，也要代静芳申说一个明白。凡事实则实，虚则虚，不可似是而非，生出误会的。"

定远听楚云肯到林家去，心中一宽，便对楚云拱拱手道：

"此事也只好烦你出马了，拜托拜托。"

楚云笑笑，遂换上一件衣服，偕同小曼出得大门，向林家赶来。欲知后事如何，请看下回。

第八回

充说客妙施粲舌
请媒人煞费苦心

楚云到得林家，先由小曼介绍和静芳的母亲相见。静芳的母亲没有见过楚云的，现在看伊果然十分映丽，但是心中很鄙薄伊的为人，勉强敷衍几句。楚云何等乖觉？遂和小曼先上楼去见静芳。静芳见了楚云，也只是流泪。楚云安慰伊道：

"好妹妹，你受了你母亲的说话，也不必如此悲伤，这都是别人造言生事的不好。你不肯向你的母亲辩明，我特地前来，愿代你去剖白。并且趁此机会，想把你和郑先生的一段姻缘就此撮合成功，免得再生波折。郑先生正坐候在我家中，盼望好音呢！他得知你这样情形，忧急得不得了，恨不得自己赶来探视。所以，好妹妹，你千万不要再这样地颓丧了，伯母前有我申说，你们母女二人之间，不可因此而生隔膜，须要彼此谅解。"

静芳听楚云说话慷爽，心中又佩服又感激，不觉微微点头。楚云知道静芳已默许了，遂留小曼坐着陪伴静芳，自己下楼去见静芳的母亲。凑巧薛氏不在旁边，只有静芳的母亲一人独坐在书室中，瞧着壁上的放大铅照呆呆出神，蓦地见楚云下楼，以为伊要去了，却不料楚云走过来。静芳的母亲请伊坐下，也不说什么。楚云遂先开口道：

"伯母请原谅，我斗胆要和伯母说一说，令爱静芳和我的妹妹同学，常到我家来游玩，因此我也和伊很相熟的。伊非但学问优美，而且品性端重，为我们姊妹非常佩服的。现在听我妹妹传说伯母因听了人家说静芳妹妹的坏话，遂向静芳妹妹痛责，静芳妹妹又因身蒙不白之冤，无可辩白，卧倒在床，终日涕泣。若没有第三者出来申说，误会愈深，排解愈难，且此事与我也有一些关系，所以我有话要禀告伯母。"

静芳的母亲听了，暗想：你说和你有一些关系，其实关系很大，间接是你害了伊的，想不到还要和我来谈话，大约是代静芳求情了。我正恨你无处发泄，你却还要假撇清呢，遂道：

"这是我女儿的不肖，我是很觉惭愧的，千不该，万不该，伊竟瞒着我在外和男子交友，给人家多说一句话，我实在担当不下。听说是在小姐府上认识的，小姐必然知道底细。"

楚云一听静芳的母亲说话，有些责备到自己身上来了，也就说道：

"伯母，请你不要深责静芳妹妹，因为那位郑先生也是世家子，人品好，学问好，到我家里来教授我读英文。静芳妹妹遂与他一起研究学术，现在社交公开，男女交友没有什么不可以的道理。况且郑先生和静芳妹妹，大家有了学问，都能尊重人格，绝没有什么不端的事贻人口实，我敢担保的。伯母千万不要听人家的蜚语，使静芳妹妹受着绝大的委屈，而伤伊的心。"

静芳的母亲又道：

"我也不说伊定有什么暧昧的事，不过伊是一个少女，如何可以和男子混在一起？瓜李之嫌，总要避的，只要伊自己明白以后不再这样便好了。伊睡在床上，哭个不了，做什么呢？难道我说错了吗?"

楚云听静芳的母亲说话,渐渐有些软化,遂乘机说道:

"伯母要原谅伊的,就因为伊和郑先生没有干什么不正当的事情,反受了人家的冤枉,使伊有口难辩,洗刷不清,所以越想越悲伤了。伯母若能宽恕伊,相信伊是贞洁的,伊自然心里安慰了。女子的名誉是宝贵的,断不愿被人蹂躏,是不是?"

静芳的母亲一见静芳如此情景,自己一时又不好去劝慰伊,薛氏和小婢也不中用,深悔自己数责得太严重了。现在一听楚云的话,心里更是舍不得伊的女儿受这种痛苦,不觉微微点头。楚云又道:

"伯母,请不要见怪,我要冒昧来代静芳妹妹做媒。"

静芳的母亲听了,很觉稀奇,遂问道:

"小姐要说哪一家?"

楚云道:

"便是郑先生。"

静芳的母亲陡然一呆。楚云又道:

"我已说过,郑先生的人品、学问非常之好,又和静芳妹妹很是意气相投,若得他做坦腹东床,真是郎才女貌,天生一对佳偶。伯母若不信我的言,隔一天我可把郑先生的玉照给伯母一看,或请伯母自己枉驾到寒舍来,可以当面晤谈。如若合意,我再代郑先生执柯,这段姻缘在我身上必要使他成就,况且静芳妹妹也在待字之年,伯母及早相攸一位佳婿,早了向平之愿,岂不是好?至于外面的毁言,只要伯母能够谅解,尽可置之不理。以后郑先生和静芳妹妹订了婚,自然不息而自息了。伯母赞成我的说话吗?"

静芳的母亲听楚云说得娓娓动人,心里也想:静芳年纪渐渐长大,古语道男大须婚,女大须嫁。我本欲代伊物色一个如意郎君,早遂心愿。若然楚云所说那个姓郑的,门第、人品果属不虚,落得让伊做媒，两家共订朱陈之好。静芳一向很贞娴的，大约不致做出什么不道德的事来，外面传说的话也未可尽信。即以楚云而论，人家说伊是个不规矩的女子，但今天我看伊一言一行都很合礼，似乎性情很温柔的，或者伊稍为放浪些，人家已在背后说得伊一个钱也不值了。我的妹妹和李龙光是一鼻孔出气的，他们或和静芳不对，故意在我面前说得厉害些，我不要受他们的愚，究竟女儿是我生的，我不疼惜伊，谁来疼惜伊呢？这么一想，早把以前的怒气尽消，遂对楚云说道：

"小姐的话不错，请你有便，先把姓郑的照片取来给我一看，然后我再定夺，我本早想了此一重心愿的。"

楚云见静芳的母亲已表示允意，心中大喜，便立起身来说道：

"一准在日内把郑先生的玉照给伯母一看，伯母便知我的说话不错了。他住的地方我也晓得，伯母也可到那边去探听底细，其中并无诳言。至于静芳妹妹以前的事，已得伯母谅解，现在我再去解劝伊，从此化为无事，依旧快快活活，也好使谗人无所施其鬼蜮伎俩。"

静芳的母亲点头道：

"多谢小姐的美意。"

楚云便很快地重又走上楼去了。薛氏在间壁房里潜听楚云的说话，见伊姊姊业已软化，不听他们的说话，反被楚云一席话说得伊心悦诚服，竟要楚云代静芳做媒了。想不到我和龙光向伊一番忠告，完全失去效力，反促进了他们婚姻的成功，岂不可笑？不觉把伊姊姊十分怀恨。只有小婢在外听了，暗暗欢喜。楚云回到楼上，把自己和静芳母亲劝说的话一一转告给静芳知道，且说：

"你的母亲已谅解了，你也不必再如此固执，晚上好好起来用晚饭，须要若无其事，明天照常到校，我总代你们极力进行，将来好吃喜酒。"

说罢，向静芳笑笑。小曼也道：

"现在风平浪静，我们祝贺你们安渡情海吧！"

静芳听了，觉得心头略有安慰，遂向楚云表示谢意。楚云道：

"郑先生在家里正等着我，待我回去复命吧！也好使伊安心。"

遂和小曼又叮咛了静芳几句话，告辞下楼。静芳的母亲要留楚云姊妹用了晚饭回去，楚云推辞家中没有知照，还有些小事，向静芳的母亲告别而归。静芳的母亲遂把楚云做媒的话告知薛氏，薛氏微哂着不说什么。静芳的母亲也知道伊是不以为然的，也不顾伊了。隔得一歇，到晚饭时候，命小婢去请小姐下楼用晚饭。静芳也起来，洗过面下楼，和伊的母亲一同吃晚饭。母女俩交谈着，一天云雾扫得清净。只有薛氏在旁看着，好生不快。

且说定远自楚云姊妹去后，他一个人独坐楼头，心中很是忐忑，想我和静芳交友，光明纯洁，绝没有龌龊行为，我敬爱伊的，岂肯玷污伊？外人不察，在伊的母亲面前搬弄是非，累伊为了我受这烦恼痛苦，不知楚云此去果能够用伊的生花粲舌，使她们母女谅解，化为无事吗？举首仰视着，那盏高悬的杏黄色红花珠罩的电灯淡雅可人，好似静芳的丰韵，又想起此后伊在家中不知作何光景，自己又不能亲去安慰伊，真是徒唤奈何，爱莫能助。好容易等到楚云姊妹回来了，连忙向她们探听。楚云遂把伊如何去劝静芳的母亲，且代定远做媒，说得静芳的母亲还心转意等情形，告诉给定远听，带笑对定远说道：

"我这个使者灵不灵？总算不虚此行。将来你们有情人成了眷属，应该要谢谢我的功劳。"

定远立起来，对伊深深一鞠躬，说道：

"有折冲樽俎之才，使不辱于诸侯，所谓三寸之舌，强于百万之师，密司廖真郦食其之流亚也，玉成之德，岂敢忘乎？"

楚云笑道：

"郑先生文绉绉地掉起书句来了，其实我也不敢居功的，不过这么一来，我可以告无罪，因郑先生和静芳相识是我介绍的。"

定远想起前情，不觉微笑。楚云道：

"那么要请你明天把尊照带来，待我拿去给静芳的母亲看了，倘然合意的，便可进行，机会这样东西转瞬易逝，不可失却。"

定远连连点头道：

"不错，时候已晚，我也要回家了。"

遂道了晚安而去。明天，定远到楚云处来，把自己的照片交给楚云，说道：

"我近来没有摄影，这张照还是去年在广州摄的，状貌甚肖，我也来不及去重摄了，拜托拜托！"

楚云接过一看，笑道：

"果然好一个英姿飒爽的青年，静芳的母亲看了一定满意。可贺可贺！"

定远笑笑，又道：

"全仗你的妙舌吹嘘才能成功。"

楚云道：

"当然。"

遂请定远教授伊英文一课。读毕，小曼放学归来，楚云首先问道：

"静芳可曾到校？"

小曼答道：

"来的。"

楚云道：

"那么你为什么不邀伊同来呢?"

小曼笑道：

"我邀伊来家，伊一定不肯，且说要缓几天再来呢！以前因为不顾避嫌，受得这种气恼，今后不得不谨慎些了。"

楚云道：

"静芳究竟是个好女儿，伊既然不来，待我前去和伊的母亲接洽吧！你们在此稍待。"

遂独自走到林家去了。定远在楚云房中和小曼闲谈一番，等到天晚电灯亮时，楚云从林家回来，喜滋滋地笑容满面，二人知道这事已得通过了。楚云遂对定远说道：

"恭喜恭喜，幸不辱命。静芳的母亲看了郑先生的玉照，非常惬意，并且伊说过今天早上曾到郑先生府上的邻居那里探问，知道你的家世很好的，雀屏可以中选。伊遂挽我做女家的媒人，但是还缺少一位男家媒人到尊大人那边去一说了。"

定远却皱眉蹙额地说道：

"我的父亲很是迂拘的，林家虽得通过，只不知我家如何呢！密司廖又不能直接到我家里去说的。"

楚云道：

"为什么不能呢? 我可向你的母亲说项便了。"

定远摇头道：

"我的母亲虽是爱我，很好说话，但伊不能一人做主，仍须要通过我父亲的，所以仅和我的母亲去说是不中用。"

楚云沉思良久，说道：

"有了，郑先生你尽可去请这个人出来做媒，真是一个很适当的介绍人，当可成就。"

　　定远问道：

　　"你想着了什么人呢？快快告诉我。"

　　楚云还不肯说，答道：

　　"请你先猜猜看。"

　　欲知后事如何，请看下回。

第九回

听谗言骨肉生变
激大义友朋劝行

定远见楚云不肯说出那个人来，想了一想，恍然大悟，遂道：

"你要说的那人莫不是卞子俊吗？"

楚云笑道：

"对了。你想密司脱卞不是一个很好的媒人吗？他和你是好友，当肯出力的。尊大人或可相信他的话。"

定远道：

"除了他也没有别人能担任这个使命，我一准去请他吧！"

楚云又告诉定远说：

"伊叫静芳来，静芳已答应在这个星期日的下午前来，请你放开愁怀，暂免相思，努力前途为要。"

定远感谢伊的一片诚意，遂又向楚云姊妹告辞而去。

明天，定远抽个空，跑到子俊家中去，恰逢子俊在外边应酬，早上就出去的，十分懊恼，留下一张字条，请子俊明天下午三时在府稍待，再来拜访。惘然而归。

次日，定远又去看子俊，子俊已在家中等候。请到书房里坐定，子俊先开口道：

"我们也有好多天没有见面了，昨天定远兄来下顾，恰巧我和内子出去吃寿酒的，有失迎迓，简慢之至。"

定远道：

"我此来一则问候起居，二则有事奉托。"

子俊道：

"什么事？近来我多了琐屑家务，又来了几个亲戚，时时陪伴出游，你也校务繁忙不遑兼顾，因此我们俩虽居一地，暌违很久……"

说到这里，又发问道：

"呀！我倒几乎忘怀了，你和那位密司林的恋爱过程，进行得如何了？可有喜信？个人消息可能泄露一二？"

定远道：

"我就是为此事而来的。"

子俊听了定远的话，不由得发怔道：

"此话怎讲？"

定远遂把自己和静芳交友的经过以及发生岔子，楚云前去排解，代自己做媒已得林家允许等事告知子俊。子俊道：

"这样说来，那事情大有成功的希望了。不过这层难关却还不在林家，而在尊府，不知尊大人果能得同意与否？你总有些把握。"

定远道：

"我父亲的脾气说不出，画不出，你是知道的。此事在先，他一些儿没有知道。静芳虽是良家女子，才貌俱佳，没有什么不惬意的地方，不过若仍由楚云去说，那是不行的。我父亲若见楚云为媒，必要疑心到静芳身上，事情便糟了。所以楚云也和我商量过，伊保吾兄做男宅大媒，请你到我父亲那边去一做塞修，我特地来拜恳你，千万不要推却。"

子俊听了，便道：

"原来其中有这么一回事，无怪你急急要来看我了。我也很愿你和静芳早日订下正式婚约，在情场上奏凯而归。但是我的口才实在不济事，怎能做媒人呢?"

定远又对伊拱手道：

"老友不要客气，这件事我必要有烦你了，我知道你是侠骨热肠，定能慨然相助的。"

子俊哈哈笑道：

"你这么一说，我再不能不答了。明天我准到府上拜望老伯，一为尝试。只要他能卖我的面子，事情便好办了。"

定远道：

"很好。"

遂把静芳的家世约略告诉子俊。子俊又问起楚云近况，定远道：

"伊和姓俞的亲近得很，如胶似漆，大约楚云的将来系在姓俞的身上了。但我很代伊杞忧呢!"

子俊听了，也咨嗟不已，定远又坐谈了良久才起身别去。回到家中，见他的父亲面色大异，好似怀着盛怒的样子，把他唤到书房里坐定后，对他厉声说道：

"近来你在外边做些什么?"

定远突然被他父亲诘责，茫无头绪，不明白匡时所说何意，也回答不出什么来，只得答道：

"除却教书，不干什么。"

匡时将胡须一拈道：

"嘿! 你还要欺人吗? 真是不肖，我老实说了吧，鸳鸯街廖家是个什么所在? 廖家那女儿是个娼门式的浪漫女子，你却热心得很，天天跑到伊的家中去教伊的英文，在我面前竟半句也不提及，私自去沾染野花闲草，全不想身体发肤受之父母，你对得住你的父母吗?

72

人家知道了还要说我教子无方老糊涂呢！真是岂有此理！不想素重礼教的我，会出生你这种不肖之子来，我想你并不是没有知识的，古圣先哲的经书要训也都读过，怎会自甘堕落，走入魔道呢？"

定远听了他父亲责备他的一番说话，暗想：奇了，我到楚云家中去教英文是很秘密，外边知道的人很少，我父亲又是不大在外走的，如何他会知晓？大约有人告密了。他明知匡时的脾气是不好对付的，自己的事也抵赖不得，只好硬着头皮答道：

"父亲，我不敢隐瞒，到廖家去教英文是有这一回事的，不过为日无多，我也没有告诉你。至于父亲说我拈花惹草，自甘堕落，我却不能承认，我虽不肖，然也圭璧自守，爱惜名誉，决不肯在外做什么不道德的事，以贻父母之羞，这是我能够自信的。父亲不要听信了人家的谗言，把莫须有的罪名加到孩儿身上，还请父亲明察。以我平日言行而论，父亲试思，我怎会干不德的事呢？"

匡时又道：

"还有呢！你在廖家是不是结识一个姓林的女郎，名叫什么静芳，时常私约出游，很有恋爱。你被那姓林的女郎迷惑住，想要和伊订下婚约，将来要娶伊为妇，便请廖家的女子为媒，不日要到我家来说合了。哼哼！那姓廖的女子若来见了我面时，我必把伊驱逐出去，谁要这种女子来做媒人，所以今天我先向你警告。"

定远听了，好似有极锐利的刀剑刺入他的心胸里去，眼睛前面只觉天旋地转，几乎要晕过去。想不出什么话来分辩，便是有分辩，他父亲也绝不相信的。暗想：完了完了，我本请子俊前来说合，现在受着这个意外的袭击，我父亲顽固的头脑当然以先入为主，再也不肯许允的了。

匡时见他儿子面上也变了色，无话回答，千真万确，心里又气又怒，拍案怒骂道：

"你此时还有什么巧言来强辩吗？昨天我接了一封无头信，将你的事一一写明，我本也不敢轻信，今天自己又到鸳鸯街去探听，果属不谬，再不对你说明，你还当人家坐在鼓中呢！唉！定远，你正在青年，自当努力前途，却这样甘心走入歧路中去，岂不可惜？我的心里自从接到那封信后，说不出的悲伤与愤怒。想不到我一心期望你成人，你却这样地自暴自弃，尧之子丹朱不肖，舜之子商均亦不肖，真是生子当如孙仲谋，其间有幸有不幸了。从今以后，我不许你再到廖家去教授英文，快和那个姓林的女郎断绝关系，我家绝不要娶这种人做媳妇的。你想黄花闺女和浪漫女子混在一起，自己又轻易和男子交友，把美色来诱惑男子，岂是幽娴贞静的大家闺秀？一定也不是个好东西！苦海无边，回头是岸。你若是我的儿子，正该听我的话，痛自悔改，如若依旧迷恋不能觉悟，莫怪我做父亲的无情。父子之义已绝，定要把你驱除出门，不认你这个劣子。言尽于此，切莫后悔！"

说罢，一挥衣袖，立起身来走出书房去了。只剩下定远一人心中难过得很，万念俱灰，伏在椅背上不觉落了几点眼泪，他知道这事业已决裂，一定没有好的结果。自己和静芳已是剖心相爱，固结不解，廖家虽可不去，而他和静芳的婚姻若不成功，生存在这世上还有什么趣味和意义？自己一定要和这个恶劣的环境奋斗，达到最后的成功，牺牲一切也不顾了。

这夜，他晚饭也没有吃，匡时也气得不成样子。定远的母亲知道了，向他们父子解劝，但是两人怎肯听伊的话呢？

明天一早，定远走到子俊家里，子俊这时正拥着他的夫人在芙蓉帐里酣睡做他的好梦，却被小婢轻启罗帐低声唤醒。子俊摩挲睡眼斥道：

"你这小丫头喊醒我作甚？"

小婢说道：

"外面有郑家少爷求见！"

子俊夫人也惊醒了，徐舒玉臂打了一个呵欠，抢着问道：

"谁人在这般清早便来拜访朋友？有什么要紧事呢？"

子俊笑道：

"原来是定远，这几天他热心婚事十分迫切，昨天特地来看我，要请我前去代他做媒，但是他家老头子顽固得很，很难说合。然而我已答应他今天去说，不知他为什么在这个时候又来看我了？"

子俊夫人道：

"他敢是害了相思病，发狂似的，急急和人家订婚，所以又来了，讨厌得很！这种人你还要去代他做媒吗？"

子俊道：

"多年老友却不过情，只好暂时做傀儡一下。"

说罢，连忙披衣起来。子俊夫人星眼微张，对子俊冷笑了一声，别转脸去又睡着了。

子俊下得床，洗面漱口，诸事完毕，遂走到书房里来。见定远背负着手，在室中踱来踱去，不胜焦急似的。遂过去握住定远的手说道：

"你好早啊！"

定远道：

"对不起，我来破扰你的清梦了。"

定远说时，子俊见他的眼圈微黑，好似中了失眠，遂又问道：

"定远兄为什么来得这样早？可有什么要紧事情？"

定远对他看了一看，低低说道：

"我的希望失败了，今天请你不必去做媒人吧！"

子俊惊问道：

"这是什么道理？难道有什么变故吗？"

定远一边点头，一边坐下把昨天回家时，他父亲如何把他唤到书室中、如何责备他不该到廖家去教英文、如何宣言不许他和静芳订婚等情，详细告知子俊。子俊道：

"这件事情他老人家怎会知道的呢？消息之快真是速于置邮而传命。"

定远道：

"因为有人写一无头信给我父亲，他接到了将信将疑，自己赶到廖家附近去探听，才把这信证实。大发雷霆万钧之怒，和我过不去了。"

子俊道：

"咦？奇怪！你已告诉我静芳被伊母亲责备，也因有人在内搬弄是非所致，现在偏偏在你的大事进行的时候，凭空又来这封无头信，明明有人在暗里要破坏你们的婚约，所以一而再地施行这种鬼蜮伎俩。我以为其人必是关系于静芳那边的，你想如何？"

定远道：

"不错，是有人蓄意要打鸭惊鸳，不使我们成功。但我也不知静芳那边有什么人，或者静芳可以知道一二，我已几天不见静芳了。为此今天也要想法和伊晤面，一询究竟，共谋对付的方针。我又恐怕你实践昨天的约，还要到我舍间去做媒，岂非要请你上当吗？因此急急赶来，知照你一声。"

子俊道：

"是是，你若不来说明时，停刻我必要来见你的父亲，高高兴兴地做媒人，那么要受他老人家大骂一顿了。不过你的父亲素来是怪僻的，他说的话如金科玉律一般，无可更移，你又预备如何呢？"

定远叹了一口气，说道：

"命运是不可知的，我爱静芳的心海枯石烂，永远不变。虽遇到这种挫折，我必要奋斗到底，不得已时，虽和家庭脱离亦所不顾，似乎这种顽固的家庭我早已厌恶了。"

子俊道：

"定远兄，我劝你也不必自趋极端，暂且忍耐，徐图良策。以静芳的家世而论并不卑贱，也是好好的人家，静芳又是婉娈静好的女子，将来可以另行托人在你父亲面前疏通。他若明白底细，或可不再阻止。不过楚云却不能再做媒人了。"

定远道：

"那是很渺茫的。我心里紊乱得很，也不知道该做什么，但我已决定牺牲，一定不愿听我父亲的说话。老友，你看着吧！"

子俊又劝慰了几句，定远告辞而去。出得卜家，想到楚云妆阁去报告这个不祥的消息，然而这个时候料想楚云还没有起来，休要去惊扰伊的睡梦，且到哪里去消磨一刻辰光？一头走一头想。忽听背后有人喊道：

"密司脱郑到哪里去？"

定远立定了，回过头来一看，见有两个西装少年，一肥一瘦，正脱帽向他招呼。一个肥的是党同志郭任，一个瘦的是旧时同学戴光华，也早入了国民党。定远连忙过去，和他们握手道：

"好久没见了，你们在广州得意，现在特地跑来，必有什么事情。"

郭任笑道：

"不错，我们特地访你的。本要到你府上，恰巧在路上邂逅，巧极了。我们到哪里去谈谈。"

定远知道他们此来或有什么党里的事情，须得一个清静些的地方才好畅谈。一想李氏花园是个私家花园，游人很少，况且又在这个时候，倒是一个很好的所在，自己又和管园的相识，不如到那边去吧！于是他就对二人说道：

"请你们二位随我来。"

二人跟着定远一路走到李氏花园，管园的见是定远，立刻含笑招呼，让他们进去。园中花木掩映，亭台参差，不闻人声，但有鸟语。定远和二人走到一个水榭上，凭栏坐下，园丁献上茶来，他们三人遂坐着细话衷曲。

戴光华先问起定远的近况，又告诉他说本党在粤和反革命派奋斗，日见胜利，务在统一广东，先把内部肃清一下，然后预备北伐打倒北方万恶的军阀，为全国民众谋幸福。现在他们都在担任文字方面的宣传工作，因为人才还感缺少，要请定远前去帮忙。大家是老朋友，又是同志，若在一处做事更是非常融合，非常有味。又说定远入了国民党，尚无直接的工作，既为忠实党员，应该出任巨艰，才不失国家兴亡匹夫有责的说话，所以盼望定远一诺无辞。欲知后事如何，请看下回。

第十回

好事多磨猰局忽乱
骊歌乍赋鸳盟难成

天下的事往往巧合，定远本来在家庭里受了极大的压迫，痛苦得很，宁愿牺牲一切，至必要时和他的家庭脱离。恰巧来了郭任和戴光华二人，要邀他出去服务党国，不觉激动了他的爱国心。所以他听了戴光华的说话，转了一个念头，便毅然答道：

"很好！我本蛰居故里十分无聊，很想出外走走换些新的空气，难得二兄盛意相邀，我准承受你们去是了。"

二人大喜，郭任又道：

"我们抽空到此，不能多耽搁的，最好请你就走。"

定远道：

"那么待我回去预备一切，准后天和你们动身可好？"

二人一齐说道：

"好的。"

于是他们又谈了一歇，郭任和戴光华又要到别处去，遂把自己住的客寓名号告诉了定远，起身告辞。定远付去茶资，三人走出园来，握手而别。

定远一看手腕上所系的手表已近十点钟了，遂赶到楚云家里。

楚云的母亲正在楼下剥虾肉，见了定远，遂道：

"郑少爷早啊！"

定远问道：

"楚云在楼上吗？"

楚云的母亲点点头，定远跑到楼上，见楚云正在梳头，云发披垂两肩，光泽可鉴。楚云见定远走来，不觉奇异道：

"郑先生怎么这个时候来？敢是有什么事情？"

定远在伊左边一只藤椅里坐下，说道：

"密司廖，我真不幸，你该为我悲悼。因为我和静芳订婚的事又受一绝大的打击，难以成功了。"

楚云方把银篦梳理青丝，听定远说出这几句话来，扑的一声，银篦落到楼板上，一边俯身拾起，一边问道：

"哎哟！郑先生，到底是怎么一回事？"

定远又把他和他的父亲冲突的经过详细讲给楚云听，只把他父亲不许他到廖家的话略过。楚云顿足叹道：

"有这等事的吗？谁人写这种信有心来破坏呢？此事必须寻个水落石出，大约此人必是静芳一方面的人。以前在静芳的母亲面前设法破坏，结果却没有成功，反促进了你们订婚的计划，所以下这辣手段，换一个方法来破坏，我们只要问静芳，便可知道端倪了。不过被他先下手为强，宛如弈棋走了先着，这事情便成棘手了。"

定远道：

"我告诉子俊，子俊也是这样估料的。但是我父亲顽固的头脑，简直没有法儿去向他分辩。他好似专制时代的皇帝，君要臣死，臣不敢不死，他的说话无异御旨，不能人反对的，这种的家庭我决意要脱离了。"

定远说时面色也变了。楚云也觉得心中有些难过，要想觅句话来安慰他，却没有好的说法。定远又道：

"任何人不能破坏我们心里的爱，我和静芳精神契合，断不肯因此打击而顺服我们的环境，我们到底是不可离的，极力要和我们的厄运抵抗。我深信静芳也有这个思想，我已抱定宗旨，牺牲一切，所以要请你想法把静芳请来谈谈。我也不管伊听了更要悲伤，使伊失望，使伊颓丧，因我不得不向伊说明了。"

楚云道：

"不错，现在静芳已到校，我的妹妹也在校中，我准差下人到校中去知照小曼，今天下午放学时千定要把静芳请到家里来，因郑先生有要事和伊面谈，好让你们讲个明白。一面我还要劝你向家庭不要决裂，一时不能成功，只好徐图良计，所谓欲速则不达，还请你三思。"

定远暗想：我没有告诉你我的父亲还不许我到你家里来呢！你若知道了，自然也要生气。我主见已定，决计如此，这事明明已成不可挽回之势，还有什么徐图良计呢？遂又道：

"多谢你的关注，不过我对于此事非常悲观。现在我要到学校去，放学后再来。"

说罢，起身告辞。此时楚云已把头梳好，送到楼梯边，说道：

"郑先生，愿你不要悲痛，努力以谋最后的成功。"

定远答应一声，别了楚云而去。来到校中已脱去一课，他推说家中有事以致迟到。下午授罢两课，又去和教务主任商量，明后日不能来校，要请同事们代课。其实他已决志要把教职辞退，因教务主任和他很是投契，不肯让他辞去的。况且这个学期还没有告终，自己当着面也说不出半途中止。教务主任不知他心里的意思，一口应承，同他将功课排好，他遂出了校门，径到楚云妆阁。这时，已有四点多钟，静芳和小曼静坐在楚云房里等候了。

原来，楚云自定远去后，便差小婢到校中去如言告诉小曼，请静芳一定到伊家里。小曼转告静芳，静芳本不欲再到廖家贻人口实，但因闻定远有要事面谈，自己又和定远多日未见很为思念，遂答允小曼，跟着小曼重到廖家，也来得不多时呢！定远见静芳玉容惨淡，知道楚云已把这件事告诉伊了，遂走过去和伊握手。静芳立起来叫声密司脱郑，珠泪已在眼眶里盘旋欲出，两人相对凄然。楚云、小曼在旁也觉不欢，定远遂和伊对面坐下，又把他父亲不许订婚的话申述一遍。静芳听了，无可奈何，并且也不能说什么，后来研究这个写信的人，静芳暗想：必是此人了。遂把李龙光如何在伊母亲面前用蜚言暗伤的事告知他们，又说：“现在这封无头信一定也是他写的，有意来破坏我们的婚姻。前天我们龙山试马归来，偏偏被他瞧见，次日他来约我同游莲花湾，我失了他的约，所以他怀恨在心，有这损人不利己的举动。”

　　定远问道：

　　“李龙光又是何人？”

　　静芳面上一红，答道：

　　“他是我姨母的小姊妹的儿子，常时到我家里来盘桓，其人不但容貌丑陋，而且性情卑劣，我不大去睬他，因此他特别恨我。至于他和密司脱郑，本是无仇无怨的。”

　　楚云道：

　　“这叫作落花有意流水无情，天下像这种不知趣的人很多，我也遇见过的。他敢冒不韪做这不道德的行为，也是妒的作用。然而人家却大受影响了，若换了别的家长，还可疏通求其谅解，偏偏郑先生的令尊是个不开通的老人，事情遂决裂了。至于郑先生适才说要脱离家庭，我也劝你还须慎重。”

　　定远掀唇苦笑，不说什么。静芳道：

"楚云姊姊的话不错，密司脱郑不要过激，横逆之来只好忍受，我们还是忍受着和恶魔奋斗。只要我们的心迹不变，终能达到目的。若为了我而有什么非常之事，我更觉对不起你了！云雾罩着的阴天总有一天云散日出，重见光明的。"

定远听了静芳的话，暗想："那么你前天受了你母亲的责备，为什么又终日哭泣，饮食不进呢？一个人犯到自家的身上，便不易譬解了。"又想，"伊是故作劝慰之语，也不能怪伊。"便道：

"那李龙光住在何处？我倒要去见见他是个何许人？"

楚云道：

"静芳妹妹所说的他，也不过是个嫌疑犯罢了，他写信又不署名的，笔迹又是矫揉造作的，有什么凭据可以指定他呢？郑先生去看他，又有何用？还是不动声色，徐徐地侦察。"

定远道：

"我对于这事完全失去忍耐心，几乎要发狂，若不得解决，我心里总是不得安宁。"

静芳低倒头用手帕去揩伊的眼泪。楚云道：

"真正的恋爱必须要从艰难困苦中盘根错节而出，你们现在受这打击，不要过于悲观，请持以镇静态度和环境奋斗，忧伤哭泣是不中用的。"

定远勉强点点头，也劝静芳不要悲伤。静芳道：

"我一切都愿忍受，只要你得平安是了。"

定远叹了一口气，又对静芳说道：

"我要恳求你的，明天是星期日，下半天请你早些到这里来，我还有话和你说。"

静芳道：

"可以，我准二点钟来。"

于是定远又坐谈了一刻，告别而去。

楚云又用话安慰，静芳口里虽然答应，心里也和定远一样不得安宁。小曼却痛哭李龙光阴险叵测，自丧人格，是社会的蟊贼。静芳要早些回家，便别了廖家姊妹，废然而归。

这一夜静芳睡在床上，辗转反侧，很代定远忧虑。因伊知道定远的性情有些激烈，他或者竟要和家庭脱离的，他的勇气固然可敬，而骨肉分离也是人世的惨事。又想到龙光对于自己痴心妄想，竟不恤倒行逆施，用这种卑鄙恶劣的手段来破坏我们的婚姻。至于他怎样知道楚云要代我做媒，托人去郑家撮合呢。这又是我姨母泄露出去的了，所以我的环境也是很危险的。但我志向坚固，不怕他们如何诡诈，我的心我的精神已属于定远，谁能分开我们呢？

这夜伊一直睡不着，直到天方明时，反有些疲倦。睡了一刻，起身时已是九点钟了，梳洗完毕，走下楼去，到书房里坐着看书。但心中有事，书不入目，停了一会儿，李龙光走来了。静芳对伊十分冷淡，龙光自己也觉得没趣，幸有薛氏陪着他有说有笑。静芳目中看他们好似两个恶魔。

原来这封无头信真是李龙光写的，静芳料得不错。李龙光自从在静芳的母亲前进了谗言不得成功，反而楚云前去做媒，郑林二家婚约有可能的希望，自己未免枉费心机，促人进步。薛氏乘间把消息告诉了龙光，龙光更是怨恨，遂想出这个诡计来破坏他们，只要他们的好事不成，自己将来可以设法娶到静芳。所以他今天知道静芳是在家里，特来窥探一下。见静芳面上充满着不快活的形色，估量自己施行破坏的计划已告成功了。午时回去，心中很觉得意，暗想道："静芳静芳，你不要这样傲慢无人，早晚总要你投入我的怀抱，可知道你今天受的痛苦便是我给你受的吗？"

静芳在家里挨到两点钟，推说有事出外，便悄悄到楚云家里来，接着定远也来了。定远便对静芳说道：

"今天我要同你一进李氏花园，请你一准允许我。"

静芳本不欲再和定远出游，但见定远如此诚恳，或者他另有意思，不忍拂逆他的请求，遂点首应允。

定远遂同伊向楚云姊妹告别道：

"对不起，我们要到李氏公园去了。"

楚云笑道：

"很好。"

伊心里也知道定远故意要和静芳到那边去谈话，因为那边地方幽静，无人旁听的。

定远和静芳徐徐下楼去，又别了楚云的母亲，出了廖家，走到李氏花园，进得园门，来到假山上迎月亭里坐下，那地方非常清静的。定远握住静芳的手说道：

"我只有今天和你聚首了。"

静芳听了这，急问道：

"为什么呢？"

说时双目注视着定远，露出很惶恐的样子。定远道：

"你知道我是一个国民党，说也惭愧，我入了党后不曾为党国尽力，现在我逢到这样失意的事，感于环境不良，很想脱离家庭到外边去谋自主。凑巧遇见两个同志，也是我的老友，他们要我到广州去帮助他们共同工作，我已毅然答应他们，明天便要离去故乡了。"

静芳颤声问道：

"真的吗？你一定要出外去吗？"

定远咬着嘴唇说道：

"是的，我决意出去了。此间除了你，我没有什么人舍不得。我可以说我自从在莲花湾遇见了你，我的灵魂全寄托在你身上，我爱你到极点，誓愿得你做我终身的伴侣。蒙你也和我志同道合，两心相契，前一次的风波幸告平静，方期我们俩的婚姻得以成功，谁知谗谮者处心积虑一再破坏，以致闹成僵局。我还没有告诉你，我父亲都因为我和你在楚云家里相识的，所以疑心你也是楚云一流人物，而不许我配你，且不许我此后到楚云家里去。这两天我违背了他的吩咐，他必将知道，还要和我吵闹。但我已说过，我决志脱离家庭了，不再怕他，所悲伤的，此后我不得不和你分别，暂别一二年。我若能够自立，必定回来和你成婚。我知道你也是深深爱我的，绝不会忘记我，我们受了环境的影响，自当含辛茹苦，用全力来奋斗，以望将来的成功。我想你也赞成的吧？"

静芳沉思良久，遂说道：

"我的心里当然只有贮着一个你，没有别人能够占去的，无论何种痛苦，我都愿意忍受。不过我对于你的远行却不是十分赞成的。我觉得没有了你在我眼前，足使我减去不少精神上的安慰，然而我又是想不出什么方法来为你的前途计，也只好让你出去。但望你始终抱定宗旨，不要抛弃我就是了。"

说罢，眼泪早从眼眶里扑簌簌地落下来，把伊的蟝首倚在定远的肩上。定远心中也悲伤得很，柔声问道：

"静芳妹妹，我现在斗胆称呼你一声妹妹了，我可当天宣誓，我为了你宁愿脱离家庭，牺牲一切，将我的爱情完全献奉给你，直到我死，永无二心。"

静芳也低低唤了一声"定哥"，定远便把伊拥住，在伊的樱唇上很热烈地接了一个吻。欲知后事如何，请看下回。

第十一回

温香软玉游子梦巫山
苦雨凄风孤离悲阿母

黯然销魂者唯别而已矣，寻常的友好在河梁握手、南浦赠言的时候，尚且离魂踯躅，别梦飞扬，恋恋不忍遽离，何况是恋人呢？何况他们又在风雨飘摇楚歌声里呢？所以两人在那玩月亭上相偎相依，说不尽许多忧情暗恨，只好把眼泪来浇灌他们的别绪，脱不了环境的支配，造物多忌，于此可见一斑。看看天色已将垂暮，定远很沉痛地对静芳说道：

"妹妹，我们就此分别了，我们的话也说不完的。总之请你为我忍守，我们俩的爱情天长地久，永永无尽。虽有恶魔来破坏，也不足惧。"

静芳点点头，剪水双瞳向定远凝视勿释。定远又和伊接了一个吻，从腰里解下一块小小玉玦，对静芳说道：

"此物是我母亲在我幼时给我系上的，一直没有解去，今天赠你做个纪念的。"

遂代静芳系在伊的腰里。静芳也从伊手指上脱下一个名字金戒，套在定远的小指上，遂相将携手走下亭来，付去茶资，出得园门。

定远又对静芳说道：

"我们要再会了，愿妹妹善自珍重。我也不再送你，我的精神送你了。"

静芳也说了一声：

"定哥平安。"

低倒头忍住眼泪，神经陡觉昏瞀，同时觉得手里一松，定远已去了。一个人独自惘惘前行，因为天色已不早，故也不高兴到廖家去了。

回到家里，晚饭也吃不下，觉得毫无生趣，一切都成悲观。夜间睡梦中似乎自己和定远携手出游，一霎时自己立在海边，洪涛巨浪中有一叶小舟，随浪上下，舟上坐着一人，正是定远。那小舟被浪颠簸着，十分危险，连忙喊道：

"定哥，你到哪里去？你不是说到广州去吗？怎的坐在这小舟里呢？留心着海浪冲到你的船舷上来了。"

又见定远伸起手，似乎向伊乞援。伊想要去救，但是远隔数丈，无力可为，一阵狂风吹来，浪头涌起丈余，小舟倾覆了，定远也不见了。伊心里非常悲伤，踊身跳入海中，想跟定远同去与波臣为伍，然而软软的没有伤害。醒来见自己仍睡在床上，乃是一个梦，很认为不祥之兆。继思梦寐之事，不可凭信。或因自己思虑所致，实际上有什么关系呢？

次日到校，小曼问伊昨天几时回家的，伊道：

"天色已晚了，所以没有再到府上。但有一件事我要告诉你，就是定远出外去了。"

说罢，面上顿时露出忧闷不乐的样子。小曼惊问道：

"郑先生要出外去吗？他到哪里？敢是他真的和家庭脱离吗？"

静芳点头道：

"今天他已走了，到广州去做革命工作的，不知他何时回来……"

说到来字，潸然欲涕。小曼也觉得怅怅不欢，勉强安慰伊几句，仍要静芳到伊家里去。静芳道：

"谢谢你，我要隔几天再到府上来了，实在觉得没有精神。"

小曼回去把这事告知楚云，楚云叹道：

"我也早知定远要脱离家庭了，不想他这般迅速。好好的事情被那顽固的老头儿破裂，真是可恨！但是那个阴谋破坏的李龙光，也是可杀。换了我是静芳，一定不肯饶恕他的。"

小曼道：

"他没有凭据落人手里，也奈何他不得！"

楚云道：

"只要知道了他，便可想法报复，不过静芳是不肯为的。"

说罢，叹了一口气，从此楚云又缺了一个教伊读英文的人，伊便请俞珈美教授了。

讲起那俞珈美，很有一种手段笼络一班女子的。当他在东洋读书的时候，专和日本年轻貌美的妇女勾搭，不知偷过了多少婆娘，他自有各种手段应付，使那对手方面死心塌地地恋爱他。

有一次，他上料理店去，见那店主妇年纪很轻，生得容貌秀丽，体态轻媚，一双又白又嫩的柔荑尤使他爱慕得了不得，好似见了洛浦神女，目眩心醉。牡丹花下死，做鬼也风流。他如何肯轻轻放过？一问伊人芳名，乃春子两字，他遂天天到这个料理店来，施出他生平的手段，勾引春子动心。恰巧春子也是一个淫荡的妇女，伊嫁的店主龟田二郎以前曾当过兵。日俄之战，龟田二郎年纪尚轻，慷慨从戎，努力杀敌，伤了手臂，回国后遂开设这个料理店。隔得几年妻子死了，他一个人鳏居无俚，后来有人代他做媒，娶得这个春子。春子是小家碧玉，自恃有几分姿色，偏偏嫁着龟田二郎，是个犷悍之辈，年纪又大，所以伊时常背地里抱怨。

现在见俞珈美是个翩翩美少年，又是中国留学生，若和龟田二郎比较，真是一个在天之上，一个在地之下，相去不可以道里计了。难得俞珈美有意于她，情不自禁，眉语目成，所以不久便勾搭上了。龟田二郎不大在店里，起初没有知道，后来有人泄露了风声，他知道以后大发雷霆，誓欲得之而甘心。

一天龟田二郎托言有事到神户去，要数天后归来。果然春子便约俞珈美到伊家里幽会。二人正在楼上云雨巫山，十分酣畅的时候，不防龟田二郎突然自外归来，到厨下去取了一把切菜刀，杀气满面地跑上楼来。幸亏有一个小婢先偷偷地上去报了一个信，俞珈美大惊失色，只好宣告停战，弃甲曳兵而走，裹了一条线毯，越窗跳到屋上，急急忙忙地从屋上逃去，吓得他以后不敢再到这料理店里去了。

听说这夜春子几乎被伊的丈夫杀死，幸亏伊哀求得免呢。这样一个卑鄙人物。然而楚云阅历虽多，也被他笼络得入彀，竟倾心爱他，其中真有情魔了。

且说静芳自定远走后，心中惘惘如有所失，本来活泼泼的，现在却面上常罩着一层严雪，沉郁寡欢了。伊母亲见楚云来代女儿做媒说了一番，却如石投大海没有消息，遂向静芳探问，静芳老实告诉伊的母亲。老人家听了心中一气，肝胃气病复发，竟睡在床上生起病来。静芳当心侍奉，薛氏却在背后匿笑。

隔了几天，静芳接到定远的来信，说他在那天和静芳别后即归，暗暗摒挡行箧。次日，便同他的朋友郭任、戴光华动身来到广州，现在党部服务，起居安好，但党军正在扫除军阀余孽，大部分出发东江，军书旁午，倍形忙碌。请静芳保重玉体，毋以为念云云。

静芳遂到廖家来告诉楚云姊妹，恰巧楚云也接到定远的来信，报告他不得已而出走的经过，并托伊安慰静芳。楚云遂对静芳说道：

"大丈夫志在四方，株守一隅本来也做不出什么大事业的。现今郑先生受着家庭的逼迫愤而出走，服务党国，将来国民革命成功，郑先生有功于国，崭然露其头角。塞翁失马，焉知非福，所以请静芳妹妹不要忧伤憔悴，将来前途希望正大，暂时的打击不必沮丧，只要耐心守着便好了。"

　　静芳点头答应，但是芳草年年，天涯肠断，二人正在爱情热烈的时候，遽做分飞劳燕，如何不相思刻骨，悲痛印心呢？

　　还有定远的父亲匡时，知道他的儿子出走以后，又气又怒，大骂不肖之子，背人出亡，父子间恩断义绝，我譬如没有生过这个儿子，宁愿忍痛割掉这块烂肉，好在还有幼子文远在家中，不致为若敖氏之鬼的。遂登报声明，斥逐逆子，和定远脱离关系。可是定远的母亲舐犊情深，哀思不已，整整地哭了两天呢！

　　子俊也接到定远的信，觉得定远若要不受家庭的羁勒，除非走这条路。定远夙有爱国之志，在外做事或者可以稍解情思，但不知那林家女子又将如何呢？情海中风云变幻，真不可知。人一入情海，便难摆脱了，不觉深为慨叹，要想得便到楚云妆阁一探消息。

　　有一天下午恰值无事，遂踱到廖家来，偏偏楚云随着姓俞的出游去了，小曼也在校中未归，只有楚云的母亲在家招待他上楼。在楚云房里坐了一刻，无意中见妆台上放着两张照片，背面都是茶色的卡纸，他遂走过去。先取第一张照片看时，见上面撮着二人，一坐一立，坐的乃是楚云，新妆艳丽，云发光润，侧身坐着，以一指抿着樱唇，含情斜盼，曼妙的媚眼含有无限魔力；背后立着的便是那俞珈美了，穿着西装，一手搁在椅背，一手抚着楚云的香肩，身体微向前倾，丰神俊秀，不愧是个风流倜傥的少年。子俊暗睬着一双俪影，微微一笑。

　　楚云的母亲在旁说道：

"卞少爷，那个立着的男子便是俞少爷，是葛三公子的亲戚，家住湖南长沙，是三湘著名的富户。他是日本留学生，才学很好，不久要回故乡去做工程师。因为他也是游历到此的，我女儿和他很是爱好，近来踪迹愈密。听说葛三公子要来做媒，我也很愿意我女儿嫁一个如意郎君，因伊的年纪不小了，不要再错过芳时，以致将来抱憾。况且俞家既是富有的，我女儿嫁了过去，一生衣食无虑，我也好得个一万八千，预备储蓄了做养老费用。现在我支持着这个门户也很不容易的，小曼在校中读书，又要代伊出学费，不过小曼的性情和伊姊姊不同，你是知道的。我要托卞少爷留意，可有好官人代我家小曼介绍，将来这两件事办去，我的肩上也减轻了。"

子俊听楚云的母亲絮絮滔滔地说了许多话，只得含糊称是。放下这张照片又取过一张来看，却见楚云正在浴后，下身穿着轻纱短裤，赤着双足，上身半裸，手里执着一条浴巾，把那胸前双峰掩护着，冰肌玉肤映着乌黑的云发，令人对着生出肉感来，娇躯侧立在锦屏之前，恐古时贵妃出浴也不过如此艳丽，不觉暗暗叹道："此楚云之所以为楚云也。"遂放下那张照片，告辞而返。以后也懒懒的，没有再去探问静芳的近况，唯在寄给定远信上附带问起。

静芳在家中侍奉伊母亲的病，一面又要到校，非常辛苦。幸有薛氏，究竟亲生姊妹不忍漠视，帮着煎药煮茗，忙了多时。薛氏的病时发时愈，淹缠床褥，只是没有起色。静芳又多了一种忧虑，李龙光也时常来探望，静芳怀恨在心，绝不假以辞色，总是薛氏去敷衍他的。李龙光知道静芳的意思，好在一个郑定远已被他用计破坏而出走他方了，预备要用第二种手段去诱惑静芳，只是一时还没有机会，稍缓再试。

这样过了半年，静芳的母亲病入膏肓，医药无效，就此一瞑不起了，易箦时还对静芳说道：

"自你父亲死后，我在世苦守了这许多年，今日要随你的亡父一起去了，只是舍不下你这心头一块肉。还有一层憾事，便是在我生前没有将你的亲事定妥，以致我临终也还不知谁是我的女婿。我望你好好读书，束身自爱，将来可以择人而事，不要受人的诱惑，我就死在九泉也得安慰了。"

说罢，滴下几点眼泪来，静芳哭得和泪人儿一般。静芳的母亲又叮嘱了薛氏几句话，托伊照顾门户，善抚甥女，当作自己的女儿一般看待。薛氏也悲伤哭泣，帮着静芳料理丧事，将静芳的母亲盛殓了，卜葬在静芳父亲的墓上。

静芳茕茕孤女，一年来忧患交攻，而且顿时瘦了不少。小曼也来吊唁，用话安慰静芳。静芳总是饮泣，且说道：

"哀哀父母，生我劬劳，父母的大恩未报，一一先我而逝。从今后我是天壤间一个孤单畸零的女子，有谁来怜惜我呢？悠悠苍天，曷其有极。"

小曼也觉得静芳身世实在可怜，一掬同情之泪。其时楚云已由葛三公子为媒，在教堂里和俞珈美行过结婚礼，随着他同赴长江去了。楚云的母亲得到七千块钱作为养老费，悠游度日，所以静芳的母亲故世楚云也没有知道。后来小曼通信告知，伊送了一份赙仪前来。静芳也把母亲死耗函告定远，不到一星期，接着定远复信，语句很长，大半是慰藉之语，寄上汇票一张五十元作为赙仪，又说自己将随姓戴的朋友不久要到汉口去秘密宣传革命，联络某要人，有所企图云云。静芳立即写了一封复函去答谢，同时伊的芳心里更代定远杞忧，因为北方军阀反对革命甚烈，民众对于国民党的信仰力还薄弱，恐易遇到危险，还不如在南方安稳。欲知后事如何，请看下回。

第十二回

怅望天涯少女卧疾
猝走郊野奸徒施谋

窗外的雨潇潇地下个不住，前几天静芳偶撄小极，没有到校，睡在床上，现在稍觉好些，只觉得缺少精神了。小曼来探望过两次，但是伊一个人总觉冷清清的，病榻的边头没有知心的人来慰藉。伊听着窗外的风声雨声想起了伊的亡母，已埋骨泉壤，若是伊活着时，见伊的女儿生病一定要非常发急，昼夜陪伴了。可是现今的姨母很冷淡地不放在心上，反说些小毛病就会好的，伊还要到李家去打牌呢。岂不可叹！又想到天涯远隔的定远，不知他行踪如何？可知你的意中人正在卧病吗？但愿上天保佑他一路平安，因为刚才伊接到定远寄来的一封信，说他自己决定和戴光华等出发，一共有八九个同志，不日动身到武汉去了。伊料想此时彼等已在途中，所以默祷上苍护持。实在伊寂寞太甚，思潮坌涌，都使伊忧虑悲伤沉郁，好似一头受创的小百灵鸟，很孤零地栖身在危巢之中，多么可怜？于是伊的珠泪又落下了。

稍停，伊的姨母回来，走到伊的房中，坐在伊的床沿上，用极温和的话来安慰伊。静芳心里暗想：今天伊姨母如何这样仁慈起来？薛氏却对伊说道：

"我是难得赢的，今天牌风大盛，居然被我赢了。李龙光的母亲大输，输给我十二块钱。"

静芳哪里要听讲赌经？薛氏又道：

"甥女，你生得果然不错，因此外边很有人乐意要娶你为妇。前年廖家小姐曾代你做媒，后来没有成功。到底小姐们做媒是靠不住的，当然先要向尊长疏通，然后可有把握，哪里可以鲁莽行事呢？因此你母亲不悦，常在我面前说起，引为憾事。现在你母亲不幸去世，剩下甥女一人，前途堪虑，我想要赶紧代你配一家好亲了，使你也得归宿。李家的龙光少爷人品学问都好，家道也称小康，又是独生子，他的母亲待人和气得很，你也见过的。伊很喜欢你，要望你配给龙光为妇，以前曾对你母亲说过，可惜没有定局。今天我去打牌，伊又对我提起这件事，托我为媒，龙光心里也十分渴慕你，他们答应将来两家同住，生了第二个儿子便可把来承继林家的宗祧。你若要在中学毕业后再读大学，他们也肯代你出学费，成就你的志向，现在两家可先订下婚约。我看龙光这个人很合我意，只不知你心里如何？"

静芳听了薛氏的话暗想：原来你仍代龙光做说客，却不知山可移，海可倾，唯有我这颗心却不能动了。任你说得天花乱坠，我却古井不波，遂答道：

"姨母，并非我辜负美意，实在我已对于婚姻问题生了灰心，将来我立志自活也好。况且我现在丧服中，也谈不到这事，请姨母代我婉言谢绝吧！"

薛氏知道静芳要贯彻以前的宗旨，不肯和龙光订婚，表面上不好干涉伊的自由，心里却十分不乐。于是隔一天，伊去李家复命并告歉疚。龙光的母亲只说可惜可惜，看来他们两个人不是婚姻，前生没有注定，所以总不能成功。龙光却明白静芳故剑之情，尚不能忘，不愿委身于他，一再拒绝，遂决定要施行他的计划了。

静芳休养数天，唯有小曼时时来探望，讲些校中新闻。等到小曼一走，伊又是一个形影相吊了。一星期后，伊的病已完愈，照常到校，大家都觉得伊两颊清癯，人比黄花瘦。知道伊的处境，着实可怜。然而伊的心事又去告诉谁人呢？过了几天，伊又接到定远的来信，知道他已到了武昌，因为信是从那边区域里发来的，不好说什么，只说他们已安抵武汉，所事顺利，正在设法进行中，其余尽是写些沿路风景和问候起居的话。

静芳遂写了一封复函寄去，娓娓儿女语，对于党国大事丝毫不敢提，及恐怕泄露秘密，不是玩的。但是隔了长久，定远一直没有来信，怅望天涯积思如痗，却不知道其中的缘故。可是定远遇到意外的危险吗？还是忘记了故乡的旧人吗？然而伊总想起定远和伊看了《少女之爱》的影片后，曾对伊学着银幕上语句说道"我心已决，无论何种横逆之来，皆当忍受。君毋自馁，我侪总能安渡情海，止于乐土"。定远是一个深情的人，他对待伊用一种诚挚的爱，他临去时又明明白白对伊说：

"我为了你，宁愿脱离家庭，牺牲一切，将我的爱情完全献奉给你，直到我死，永无二心。"

所以他绝不有别种心肠。不要他生了病吗？他乡作客，有谁去服侍他的汤药呢？思来想去，一颗心如钟摆一般，摇动不已，又好似对着一门难解的算学问题，得不到准确的答案。

一天正是星期日，伊因为小曼跟着伊的母亲到亲戚家里去应酬，所以伊也没有去处，好久不练武功了，吃过饭后，走到书房里，从壁上摘下那柄青萍宝剑来，是伊父亲遗传之物，但见剑鞘已敝，鹅黄的流苏亦已色褪。暗想：近来我因家庭多故，没有心思学习武术，那位教师也到别处去了，辜负了我亡母的一番期望。我往常读稗官小史，见古时聂隐、红线一流人物，都是怀抱惊人绝技，鸣剑弄丸，行侠尚义，不女剑仙，心尚往之。但是我却再也习练不到这个地步了。遂到庭心里拔出剑来，寒光一道，使个门户，嗖嗖地舞起来，前劈后刹，左挑右盖，自觉生疏得很，不能连用得十分如意，并且气力也不能胜任，香汗涔涔，渐有微喘。小婢在旁看着却赞美不已，说道：

"小姐好本领，长久不见小姐舞剑了。"

静芳舞了一会儿，收住剑，觉得疲惫，回进书室，把剑插入鞘中，仍悬壁上，坐着休息。那小狸奴当着静芳舞剑时，躲在窗槛上旁观，见静芳坐定后，遂跳下来走到静芳身边呜呜地向静芳叫着，静芳伸手去抚摸它的颈头，小狸奴早一纵身跳到静芳身上，伏着不动。这时薛氏也到李氏家去和龙光的母亲出外烧香了，静芳独自看了一会儿书，时候已是不早，忽听门上电铃响，小婢去开门，静芳一看来的正是李龙光。急急忙忙地跑到书房里，对静芳说道：

"密司林，请你快快跟我去。你的姨母同我母亲在往城南法华庵去烧香，不料回来时，走到半途突然发起急病，一步也不能走，睡倒在一个乡人家中。我母因此托人到我家里报信，请医生前来急救，一面又教我来引你同去探视，设法使伊回家。所以我请过医生后，慌忙跑到府卜来，幸亏你没有出去，快跟我前往吧！"

静芳一时也摸不着头脑，听他说得如此紧急，不假思索，遂立起身来。狸奴滚在地上，向伊呜呜而叫。伊即吩咐小婢，当心看守门户，自己跟着龙光出门便走。龙光在前引导一直往南边走去，转了几个弯，已离繁闹的市街，渐到荒僻之区。静芳也不知道法华庵在何处，又走不到一里的光景，前面有一条小溪，溪边几家蓬户瓮牖的小屋，屋旁边有几棵大树。龙光指着左首第一家道：

"你的姨母便睡倒在这人家，也是不得已而权借的，医生大约还

97

没有来呢!"

静芳一看，见门前正立着一个大汉，一脸的疙瘩，相貌凶恶。龙光却带笑向他说道：

"对不起，我把那老太太的甥女请来了。"

大汉将手一摆道：

"请进。"

龙光便和静芳走进门去，跨过一个小天井，来到一间房内，寂静无人。静芳不觉大疑道：

"咦，我的姨母在哪里呢？怎么一个人也不在？"

此时龙光回身把房门掩上，向静芳深深一揖，带笑说道：

"妹妹请坐，待我慢慢告诉你。"

静芳见他的神情不对，怫然大怒，玉颜上泛起两朵红云，指着龙光说道：

"原来你造着一派胡言，哄骗我到这时来，心存不良，意欲何为？"

龙光道：

"我是敬爱妹妹的，常想把我的爱情输送给你，无奈妹妹总是像神圣不可侵犯一般，使人可望而不可即，不得已而出此下策，还请妹妹海涵。妹妹可怜我的，请答应我的请求，我愿做妆台下永远不叛之臣。"

静芳不待他说完，便叱道：

"你敢是丧心病狂吗？竟敢施行这种卑劣的手段，我知道你以前也曾阴谋破坏我和定远的婚姻，现在又来觊觎我了，真是狼子野心，其罪足诛。老实说了吧，我已接受定远的爱，世上没有人能夺去我们的爱，任你施行什么诡计毒谋，我是坚持到底，不受你的诱惑的，休要梦想!"

说罢欲往外走，龙光恼羞成怒，面色顿变，厉声喝道：

"哼！你这样不识抬举，真是可恨，但不知缚虎容易纵虎难，千难万难把上到此间，岂肯这样放你回去吧？你虽不顺从，我也要使你顺从。"

展开双手，拦住静芳。静芳懂拳术的，并非寻常弱弱女子可比，岂惧那文弱的李龙光？右手一扬，早把龙光直推出去，险些跌个筋斗，幸亏背后有墙抵住。龙光还不自量，奔上来想抱静芳的纤腰。静芳左手把龙光的手格住，右手疾伸过去，啪的一声正打在龙光的右颊上，清脆可听。龙光倒退几步，静芳早把房门拉开跑出屋去。龙光追来大喊：

"有人逃了，休放伊走！"

静芳刚走到天井里，忽见那个满面疙瘩的大汉听得龙光的喊声，回身走进来，见静芳要逃，忙把伊拦住说道：

"不要走，还有我在此呢！"

静芳并不答应，跳上去便向大汉腰里一拳。大汉闪身让开，还手一拳，静芳也把左臂格住大汉的拳，觉得拳势沉重，殊不可侮，疾飞一足扫去。大汉纵身跳过，说声：

"小姑娘你倒有这么几手的。今天碰在老牛手里，合该倒灶了。"

静芳心里又怒又急，展出平生本领，和那大汉拳来脚往地斗在一起，觉得大汉十分骁勇，自己虽懂拳术，究竟气力薄弱伤他不得，久战必要吃亏的，瞥见东边墙下有一处莓苔，心中一动，便佯作败退，向东边慢慢退走。大汉见静芳拳法散乱，不济事了，心里暗暗欢喜，拳如雨下，一步步地逼过去。静芳已到目的地，脚下留心向后一跳，直到墙边，似乎倾跌的样子。大汉踏进一步，来抓静芳，不防脚底一滑，咕咚一声跌倒在莓苔上。静芳乘这隙儿将身一跃，如飞地奔出大门。这时龙光早从房里跑出，握着一根木棍在旁观战，见大汉倾跌，静芳逃走，说声不好，跟着追出门去。大汉也从地上趴起，骂了一声"入你娘的"，奔进屋子，寻找一柄匕首拿在手里，也追出门来。静芳急不择路，向北奔逃。这时天色将黑，暮鸦归林，途上行人已少，又在荒野，无处乞援，看着背后二人渐追渐近，听那大汉高声喝道：

"看你逃到哪里去？"

静芳心中一慌，脚下在石上一绊，向前跌下地去。二人一见，哈哈大笑，大汉早奋身跳到静芳身边。静芳方欲爬起，背上已被大汉一脚踏住，扬起匕首喝道：

"你再敢倔强吗？快跟我们回去，今夜没有你的自由了。"

欲知后事如何，请看下回。

100

第十三回

殉义他方故人报信
献身党国弱女从军

龙光在后哈哈笑道:

"静芳静芳,你跑也跑不了,还是跟我回去吧!"

便又对大汉说道:

"老牛,你把伊两手缚起,扛着伊走,倒省力些。"

此时静芳心里拼着一死,破口大骂。忽听那边林子里"一二三四"喝着跑步的口令,奔出一队童子军来,约有三四十个,手里执着三角旗、檀木棍,都是年轻力壮的学生。当先一个队长,挺着木棍,遥见这里田岸上有两个男子正拿着武器,威逼一个跌倒的女子,知道他们不是好人,便大喊一声,带着众人奔到静芳的所在。大汉和龙光见来了这许多人,明知大势不好,三十六着走为上着,放了静芳便走。

静芳连忙立起来喊道:

"诸位休要放走这两个强徒!"

众人一齐追去,大汉发急,回转身来奋斗,众人把他围住,又有几个人过去把龙光擒住。大汉虽勇,然而寡不敌众,斗了一会儿,被众人打倒在地,用绳索把他捆住,但有一个童子军的手臂被大汉

101

刺伤了。那队长遂向静芳询问，静芳一一实告，队长道：

"原来他们诓骗女子，心怀不测，持刀行凶，罪无可逭，带他们到警署里再行严鞫。"

一面派八个童子军护送静芳回去。静芳十分感激，回到家中时，薛氏正在忧急，因为龙光做的事伊没有知道。伊今天到了李家和龙光的母亲确到法华庵去烧香的，烧罢香独自回家却不见静芳。小婢遂将龙光如何前来报信，以及引着静芳出去等情告知薛氏。薛氏听了心里明白，龙光候着这个机会一定用了计策，把静芳诱去了。现在见静芳回来，便问静芳到哪里去的。静芳遂把龙光诱至乡下，意欲强奸，自己如何逃走，如何被追，如何有童子军来援救出险等情一一告知，薛氏又不觉代龙光发急了。静芳又道：

"龙光真是人面兽心，施行这种诡计，实在郑家的婚事也是被他暗中破坏的，累得人家骨肉参商，定远出奔天涯，罪孽不小。他所以如此倒行逆施，无非是要觊觎我，无奈我始终不变宗旨，他遂悍然出此下策了，现在被人捉将官里去，真是天网恢恢，疏而不漏。那大汉助纣为虐，一定也不是个好人。姨母你以前说龙光为人如何好，今天你该知道他是怎么样的一个人了。"

薛氏面上一红道：

"这真是知人知面不知心，我也不知道龙光有这种恶毒心肠的，不然也不来代你们做媒了。龙光的母亲若知龙光被捕的情形，定要急杀哭杀呢！"

明天静芳出去探听，始知昨晚所遇的童子军是本城明强中学的学生到郊外去操练回来，恰遇见龙光和那大汉持刀行凶，遂仗义相救，即把二人送到警署里，今天要正式审问，也要传静芳到庭证明呢！所以上午便有警吏到林家来传讯。下午开审时，静芳前去对质，明强中学的童子军队长等也到庭做证，静芳侃侃而谈，申述二人行

102

凶无状，二人俯首认罪，遂判了两年有期徒刑，送入监狱。那大汉姓牛，是有名的无赖，常常恃强行凶，人家都称他为老牛，此番被逮入狱，人心大快。不过都可惜龙光是好人家的子弟，如何去勾结了老牛做这种违法不德的事，自取其戾。

龙光的母亲得知这个消息十分伤心，忙去狱里上下使用金钱，好让龙光不致受苦。龙光既入狱中，很自忏悔，但要耐守二年，方才可以恢复自由呢！

静芳自从这次脱险以后，受了惊恐，心里也不快活，定远仍无信来安慰，不觉恹恹地生起病来，没有到校。小曼闻信和几个同学前来探望，过了几天，静芳稍觉精神好些，勉强下楼看看书，聊以自遣。因为定远那边鱼雁久杳，心里是放不下，万分惦念。忽然门上一阵很急的电铃响，小婢出去开门，走进一个瘦长的男子来，目光炯炯，很有精神，问这里可是林家？静芳遂和伊的姨母一同出见，请那人坐定后问他姓名，那男子说道：

"我姓戴，名光华，才从湖北回来，特来求见静芳女士的。"

便问静芳道：

"这一位大概便是静芳女士了。"

静芳点点头，戴光华遂从怀中摸索出一件东西来，静芳看了心中不由突突地跳动，原来就是静芳在定远临去时候代他套上指头的名字金戒，怎么会在那人的身上呢？急问道：

"定远兄现在哪里？可是有什么意外的事？"

戴光华双手把戒指奉还静芳后，说道：

"女士不要惊慌，待我慢慢道来。我和定远兄是知己朋友，此番我们一同到武汉去做宣传革命工作，初时进行顺利，后来不幸被他们那里的侦探得知我们的底细，遂报告上峰，派了一连兵，在十四日夜里暗暗到我们的寓所里来，四面围住破门而入。我们都从睡梦中惊醒，有的举枪拒敌，有的上屋而逃，我和定远各拿着一柄手枪开了后窗逃走，因为后边是一个通易公司的货栈，没有人去的。不料屋上伏着一个小兵，不放我们过去，我开枪击他，他也开枪轰击，一弹正中定远兄的小腹。"

戴光华说到这里，静芳已把双手掩着面，泪如泉涌。戴光华又接着说道：

"此时幸亏那个小兵也被我一枪击毙了，我遂扶着定远兄从屋上越过去，悄悄地落下货栈，隐在秘密的一隅，但闻外面枪声如连珠价响，定远兄倒在地上挣扎对我说道：

"'我已不救了。你快快逃出去吧，不过我有一件事奉托，请你代我办到，死也感激。'

"我听了他的话，心中悲伤，便问他有何事委托，他遂从手上脱下这个指环说道：

"'请你把这指环带回我的家乡，交与静芳女士，叮嘱伊善自珍重，不要想念我。因为我已为革命而牺牲，杀身成仁，已无怨恨。'他又把女士的地址告知我后便说不动话，长叹一声和我们永别了。"

戴光华说罢，静芳悲伤过度，不觉晕过去。薛氏慌忙和小婢一齐唤伊。徐徐苏醒来，哭着道：

"我虽不杀伯仁，伯仁因我而死。定远若不是为了我，何至于背井离乡出去服务党国？不服务党国，安有今日流血之祸呢？"

戴光华道：

"女士不要过于悲伤，定远兄虽是死得可怜，然我辈既已舍身为国，危险两字丢在脑后，只知道和万恶的军阀奋斗，矢志革命，不幸而死，所谓求仁而得仁，泉下应无遗憾。将来中国革命成功，都是我们一班同志把热血来挥洒成的，这是悲壮而光荣的事，女士不要过于悲伤。"

说罢，起身告辞而去。静芳回到楼上独坐垂泪，怪道定远好久没有信来，我还有些疑他变心，不料他却捐躯于黄鹤楼头了，有谁去掩埋他的遗骸呢？有谁去凭吊他的英灵呢？大好青年化为异物，爱他的人又将如何痛惜？他抛下了儿女私情，尽忠党国，不知他的意中人听得他死耗以后，怎不哭望天涯，寸寸肠断呢？唉，当他脱下这个指环的时候，料想他心里不知怎么样的难过，现在我再也不能见他俊秀的面庞了，再也不能听他温和的语言了，一在天之角，一在地之角，永永无再见之期，此恨绵绵，教我如何度这一生呢？我还能有趣味生存在这个残酷的世界中吗？一边想一边把那指环谛视，物在人亡，更觉伤心，泪珠滴到指环上。伊把那指环丢在抽屉里，不忍再睹这个使人心痛的东西了。又伸手抚摸着腰里所系的玉玦，是定远出去时代伊系上的，一直没有解下，想不到真成了可痛的纪念物。玦者诀也，现在竟成永诀。难道有预兆的吗？

　　伊思前想后，心中悲痛终不能得释，伊唯一的希望已完了，从此世上再没有心爱的人了。薛氏虽向伊解劝，也是无效。

　　明天病魔又乘隙来扰，伊又睡倒了，校中仍不能去上课。小曼来望伊，伊把定远惨死的事告知小曼，小曼也不禁陨涕。想到莲花湾初次相遇，情丝牵绕，因此楚云的介绍遂得游泳在爱河之中，其间又风波迭兴，患难共受，结果竟如昙花幻影，徒成追忆，岂不可痛？伊一病兼旬，方又渐渐痊愈，学校里旷费了这许多天的功课，学分不足没有升级的希望，所以伊也辍读了，闷闷家居，寂寞得很。薛氏又天天出去打牌，无语慰藉，想起了伊的母亲，想起了定远，枕上泪痕没有干的时候。

　　其时小曼和人家定亲了，定的是陈家，广州人氏，夫婿在银行界服务，是个美少年，出月便要结婚的。小曼的母亲忙着代伊置办嫁时衣服。光阴如箭，转瞬已到嫁期，陈家便派人来接她们母女俩一齐到广州去结婚。原来讲明在先的，小曼和伊的母亲要住在一起，所以这边的房子便退了租。鸳鸯街上凤巢顿空，崔护重来，令人兴人面桃花的感想。卞子俊得知这个消息，不胜感喟。又得到定远的噩耗，黄垆之痛，哀思难杀，很代静芳的身世可怜。而定远的父亲也闻人家说起他的儿子到武汉去宣传革命，死在军阀手里，心里不能无动，但他顽固的脑筋依旧，认定定远是逆子，死不足惜，却不敢去告知他的妻子，恐怕老太太听了要非常悲痛的。

当小曼临去的时候，到林家来和静芳握别。静芳送了伊两样礼物，愀然对小曼说道：

"我的母亲和定远都已不在人世，楚云姊又远嫁，这里只有你一人是我最亲爱的伴侣了。现在你又要远赴羊城，使我举目无亲，岂不令人心痛？"

说罢，泪如雨下。小曼也十分悲伤，两人抱着哭泣一番。到底小曼别了静芳，和伊的母亲束装赴粤，只剩下静芳好似荒田孤雁般守在家中，在愁云惨雾笼罩之下，前途茫茫，毫无生气。楚云又好久没有信来，伊也懒于握笔去写信问候，实在也没有什么可写啊！

这样过了两个月，恰逢国民党第二届中央执行委员会第二次全体会议在广州开会，因粤省内部业已肃清，革命根据地的广州也巩固无虑，军事颇称顺利。海内外请兵北伐的请愿日有数起，国民政府建立后，声威所播，北方的军阀大为寒心，宜乘方锐之气完成北伐大功，遂积极预备北伐的计划，招募军士，补充队伍。于是两粤爱国之士纷纷投笔从军，献身党国。

静芳听了心里不禁活动起来，自思：我的亡父也是革命先烈，赍志而殁，可惜没有儿子继承他的志愿，但他临终之时曾说道：

"欲救中国的危亡，非再革命不可，倘我有了一个儿子，自然我必教他将来要从事革命了。然而古来女子也有所做事业不让须眉的，

106

如黄崇嘏、花木兰等，我希望我的女儿将来能成这样的人物。"

这些话是我亡母以前告诉我的，所以我亡母请了拳术教师来教授武术，无非希望我将来有所作为。现在是国民军将次北伐，许多爱国的同胞都往从军，我虽是个女子何不效花木兰易钗而弁，前去投军呢？况且定远被北方军阀所杀，含恨九泉，我也可以代他复仇，岂非公私两得吗？强如这般守在家里度凄凉的光阴、沉闷的生活。

想定主意，绝不犹豫，暗暗收拾些盘费，神不知鬼不觉的，先到衣庄上去购了几身男子的衣服带回家中。

一天早晨，薛氏和小婢都没有起来，伊遂把一头青丝截下，换上男装，对着镜子一看，果然是个美男子，一些儿看不出破绽来。

于是伊携了一个皮篓，背着她们两人开门出去。离了自己的家庭，星夜兼程，到广州去应征。稍停薛氏和小婢起来见门户已开，又不见了静芳，非常骇异。薛氏到静芳房中去检点一番，知道静芳出奔他方去了。但不知道伊是去从军的，主仆两个面面相觑，想不出个主意来，只好四处去探听再作道理。

却说静芳朝行夜宿，舟车劳顿，好容易到得广州，想起小曼住在商埠附近，何不先去拜访伊？继思：现在我已改装男子，正要严守秘密，不要被人窥破行藏误了大事。况且伊若知道我要从军，必以为危险，要向我劝阻的，不如不去为妙。横竖我是天壤间一个畸零的女子，死了吧，活了吧，从今以后，置身行伍，不愿有人知道我的身世了，遂先住下一个客寓。

次日，探听明白应征的所在地，便改了一个名字，自称方静林，只把伊本来的芳名倒置一下，颇觉浑成自然。伊投的正是第四军部下，勉强合格，被编入第二师第一团第一营。营长唐光汉，是一个沉勇的少年，见伊识字知书，深明国家大义，遂教伊做了第二连的排长，朝夕操练。静芳也擎着枪练习打靶，很能命中，熬苦习练，和许多健儿聚在一起，扑朔迷离，使人辨不出雌雄来。同袍觉得伊温文有礼，大家很喜和伊接近，也很服伊的说话，伊也一心一意过这军营生活了。

这一天正是中华民国十五年六月五日，湘省唐生智已和吴佩孚开战，连电乞援，时机已至，国民政府立即特任蒋介石为国民革命军总司令，简练精锐专命北伐。蒋总司令毅然就职，在广州誓师，亲授团旗，颁发动员令，士气飞扬，民心欢慰，真是应天顺人的革命义师，轰轰烈烈，千载一时。

先命第七军钟旅和第四军第十师提前出发，紧急援湘，余部在七月一日陆续向湖南永丰、衡山等处集中，第七军第一第二两路同时由广州出发，在粤部队则按照第四军第十二师、第三军、第一军、第二军、第六军、第五军的次序，从粤汉铁路广韶段开始输送，冒着溽暑出兵，虽属困苦异常，而军心严固，朝气蓬勃，沿途纪律十分严肃。湘省人民箪食壶浆，到处欢迎国民军救他们从水火而登衽席。这时静芳也随第四军赋击鼓之时，吟东山之什，登山涉水，浩浩荡荡向前推进。欲知后事如何，请看下回。

第十四回

剑光月影一军同欢
弹雨枪林二士被掳

"万里赴戎机，关山度若飞"，静芳随军到达安仁时，北军正大举进攻，赣西方面也有唐福山的军队来侵，势甚猖獗。第四军奉命从新市船湾出醴陵、浏阳进击赣敌。国民军是有主义的军队，尤有奋斗精神，所以所当者破，节节得胜。在醴陵附近作战的时候，第一团正和敌军主力相遇，双方鏖战甚力。第一营唐光汉率着部下肉搏，深入二十里把敌军击溃。恰巧第一营的第二连连长阵亡，唐光汉遂将静芳提升了连长。这一役敌军溃退萍乡，国民军大胜，而第七第八两军挟锐猛攻，克复长江，北军纷纷遁走汨罗江的北岸，总司令遂电令各军固守南岸，候令再进。

唐光汉的第一营和第二营正屯在青草坪附近，那里风景很佳。月明之夜，唐光汉遂和部下军官以及党部指导人员在河畔绿荫之下开个茶话会，大家团团儿席地坐定。唐光汉是主席，全身戎装，英姿飒爽，立在中间对大家说道：

"此次我军从出师以来，任着革命的精神，大小数战没有一次不获全胜，敌军望风而溃，可说是'所向无敌'四字。"

大家一阵拍掌，唐光汉接着说道：

"但诸君从军辛劳，至为敬佩，所以现乘片刻的闲暇，在这风清月白的良夜，邀集诸君聊以寻欢。光汉是一介武夫，还请诸君随时匡其不逮，那是光汉的大幸了。"

说罢，也盘膝坐下，早有人奉上茶点来，每人给予一纸杯，又有一个人提着水壶挨次献茶。此外有几个饼和香蕉水梨等食物，军中得此已是无上佳品，都是老百姓犒送来的。众人吃着茶点，唐光汉遂请一个党务指导员演说，便有一个穿着中山装的少年，姓项名强，起来演说国民党的过去现在和将来，慷慨淋漓，声色动人。过后有个女党员黄倩霞女士，是宣传部主任，也立起来独唱，唱得一首《血花》歌，悲壮凄越，响遏行云，大家听了不期而静默。月明如水，溪流淙淙有声，林间宿鸟也闻声飞出，磔磔云霄中。

这时第二营里有一个冯姓的连长，抱着一柄长剑，走到场中，对大众说道：

"我来舞一下剑，以佐余兴，还乞诸位见教。"

姓冯的说罢，把长剑一挥，舞起剑来，左右上下按部就班，渐舞渐急，不愧是健儿身手，舞到好处倏地停住，众人拍掌称赞。静芳在旁看得有些不耐，自思这个姓冯的剑法也很平常，若把我学习的梅花剑使出来，他们必要惊异呢！伊正在默想，唐光汉瞧着伊说道：

"方连长可有什么玩意儿使我们一饱眼福？"

静芳遂立起说道：

"舞剑如何？"

唐光汉道：

"很好。"

静芳走过去，向姓冯的借过宝剑，对大家拱手道：

"诸位我是不谙剑术的，胡乱献丑，还请指教。"

110

遂舞开那路梅花剑来，嗖嗖有声，渐成白光一道，把自己身体裹住，忽东忽西，忽上忽下，如宜僚弄丸，公孙大娘舞剑浑脱，月光和剑光相映，耀得人眼花缭乱。静芳把一路梅花剑舞毕，抱剑立住，众人瞧着掌声如雷，都说瞧不出方连长舞得一手好剑，佩服佩服。

静芳把剑还给姓冯的，反身坐下，以后又有一二样秩序，时已不早，遂宣告散会。从此唐光汉对于静芳更加青眼，常常走到伊的所在去和伊谈话。

一天午后，静芳独自走出营门到旷野中散步，忽见那边树下坐着一个女子，见伊走近，立起来向伊招呼，仔细一看，原来是那个女党员黄倩霞，遂也点头行礼。黄倩霞微笑着对伊说道：

"方连长你的剑术真使我佩服，不知你能教我吗？"

静芳道：

"小小伎俩，何足为奇？我自己还没有入室升堂，正需人指教，哪里能够教人呢？"

黄倩霞再三请求，静芳不得已只得答应。黄倩霞十分喜悦，伴着静芳同去散步，一会儿而还。

次日，黄倩霞便来请静芳教授击剑，静芳细细教伊，因此黄倩霞和静芳很是接近。击剑之暇，二人时时并肩出去散步郊原，或是坐在一起闲谈。黄倩霞本是广州某女校的学生，长兄志刚先在党部中服务，伊也入了党，国军北伐之际，伊被派到军队里来做宣传工作，豆蔻年华，芙蓉面貌，是一个时髦的女党员。

伊见静芳丰仪翩翩，言语温文真是一位惨绿少年，不禁心中十分爱慕伊，遂跟着伊学剑，渐渐由疏而密，倾吐肺腑。却不知静芳是假装的男子，哪里肯说出真话呢？捏造了自己的履历搪塞过去，但是旁人见他们亲爱的样子，疑心他们发生了恋爱。唐光汉有时也在静芳面前微露意，愿代他们撮合，静芳总把"匈奴未灭，何以家为"两句话来还绝。

一天唐光汉又和静芳谈起婚姻问题，唐光汉不胜愤慨，便把自己的身世向静芳吐个罄净。原来唐光汉是广东阳江人氏，今年只有二十五岁，自幼家道清贫，所以在中学校里读得两年，没有毕业便弃儒习商，到一个海货行里去记记账，写写信。他家中只有一个母亲，一个妹妹，很是简单。母女俩都能做活计，清俭持家。他虽是学商而抱负很大，自以为骐骥困于监车，时时感觉到不快。行主姓朱，年纪已老，膝下只有一个女儿，名唤文珍，搔首弄姿很有艳名。妻子早丧，纳了一个如夫人，是青楼中人物，年纪很轻。朱翁开了这爿行，很积蓄得几个钱，对于光汉很是合意，一力提拔他起来，想把女儿文珍许给他为妻，要招赘他，且知道他家中的情况，允许成婚后可以接他的母亲和妹妹来同住，将来这爿海货行便归他接管。

此时他心志未定，以为行主垂青于己，引为荣幸，回去和母亲商量了，一口应承。朱翁遂择日代他们文定，并不要光汉出一个钱，大摆酒宴，请行员和亲戚们饮酒。大家很歆羡他艳福独享，几生修到。尤其是行员张文祥，心中十分妒忌，因为文祥善修饰，工交际，朱翁也很信任他的。他心里常存非非想，觊觎文珍的姿色和朱翁的资财，希望一旦雀屏可以中选，坐拥娇妻和黄金，便可安度快乐的光阴了。哪知自己的希望竟被后进的光汉夺去，自不免怏怏失望。

过了一年，朱翁因自己年老多病，意欲早遂向平之愿，遂择吉招赘光汉为婿，和他的女儿成婚。蜜月中二人新婚燕尔，十分亲爱，光汉的母亲和妹妹也由朱翁接来同住。初时彼此相安，但是文珍性情很不好，欺他们家道贫穷，不把光汉的母亲看重，对于光汉的妹妹更加轻视。母女俩只得忍气吞声，受伊的气，且不敢在光汉面前告诉，因他的性情高傲，不受人家气的。

后来光汉也有些觉得了，很不赞成文珍的行为，向伊劝告，伊哪里肯接受他的说话呢？过后朱翁患病去世，海货行照理由光汉接受，但文珍却不信任伊的丈夫，反让伊的舅舅接管。文珍的舅舅是在别一家海货行里管账的，特地请他过来，光汉如何不气？伊却说光汉经验还浅，再等几年方才可以直接管理呢！

　　朱翁的如夫人不耐孤衾独守，遂和那个张文祥暗里姘上了。光汉有些风声，便和文珍商量要想觅个破绽，把他们一齐撵出去。谁知文珍却和伊庶母很要好的，不肯赞成，反说光汉多疑，因此光汉更多一重疑虑。光汉的母亲常想回到老家去，不要吃这朱家的饭，光汉恐人讪笑，几次劝住他母亲，便把他妹妹许嫁了一个姓陆的小学教员，草草成婚，从此光汉的母亲也多了一个去处。但不到半年，光汉的母亲染着时疫，魂归地府。光汉办理丧事，哀毁入骨。然而文珍却面无戚容，好似遂了伊的心愿，去了一个讨厌人一般，并且对待光汉格外骄恣，光汉实在容忍不过，夫妇之间有了裂痕。

　　一天因为一些小事，文珍和光汉吵闹不休，语多讽刺，那个庶母自然偏袒文珍。光汉自思大丈夫贵自立，寄人篱下受人白眼，得妻若此不如无，反遭行中同事嬉笑。他不能再忍，就愤而出走，到广州去寻找朋友。适逢黄埔军官学校招生，他愿效班定远投笔从戎，遂去投考，竟得录取，后来毕业时派到军队里实习，东江之役他奋勇杀敌，颇有劳绩，遂得提升为营长。一心为国，弃家不顾，但接到他妹妹的来信，知道文珍自从他出走后放浪不羁，也和那个张文祥勾搭上了，张文祥遂得管理这爿海货行。行中人员大半反对张文祥，有些本事的都辞职到别处去，因此行中营业如江河日下，年年亏折。张文祥又任意挥霍，用空金钱不少。文珍有了身孕，私到医生处去打胎，就此断送了性命。张文祥见这行行将倒歇，自己担不起这个干系，索性卷了一二千现款溜之大吉了。

光汉得知家中事情很为慨叹，好在他早已抛弃不要了，此后努力革命，天下为家。静芳听了唐光汉的话，自思同是天涯沦落人，相逢何必曾相识。你的身世可怜，我的身世也是可怜得很，可惜不能告诉你罢了。遂安慰他几句，唐光汉性情伉爽得很，认静芳是他的知己，要和静芳结金兰之交。

静芳推辞不过，遂换了兰谱，光汉年长为兄，静芳为弟。可笑唐光汉和黄倩霞都被静芳瞒过，看不出伊是个女子，反认伊为一个美少年，牵动了黄倩霞的情丝。黄倩霞本和党务指导员项强很是亲近，自从伊承受静芳学习剑以来，和项强渐渐疏远。项强看在眼里，妒火中炽，想要阴谋危害静芳的计划，但是还没有机会。静芳本是女性，自然和倩霞很能联近，不过伊恐倩霞不明白真相，或要倾心爱伊，所以常持着不接不离的态度，不敢多和倩霞亲昵。岂知倩霞见静芳如此形景，愈觉敬爱，以为她是一个血性的男子、爱国的丈夫呢！

到了八月十二日，蒋总司令已到长沙，召集各军将领会议，决定战略，提早攻击，遂颁发第二期作战计划，编组第四、第七、第八各军为中央军，直趋武汉，封锁武胜关，其余各军分左右翼：右翼集中攸、醴监视江西；左翼集中津、丰，进攻长沙。部署既定，各路军队遵令出发，真是击鼓其镗，踊跃用兵。

第四军第一团为先头部队，静芳等整军猛扑平江。这时守平江的正是敌军陆云，凭险困斗，所部九十七团的韩团长更是骁勇之将，激战一阵不分胜负。待到夜间，唐光汉奉到团长命令，第一营、第二营乘夜袭击敌军九十七团的防地，第三营袭击敌军九十九团防地，分道进攻，期在必胜。

唐光汉遂督率部下步兵前进，即命静芳率领的第二连当先。静芳握着指挥刀，同部下悄悄向前。其时正是月黑，在野田里走了一程，将到敌军阵线，突闻清厉的叫鞭声音，嗷然而鸣，接着枪声四发，砰訇动地，原来敌军早有防备，埋伏于此。静芳的军队已被包围了，静芳知道不好，下令速退，部下已有数人中枪倒地，也就还枪轰击。但不知敌人虚实，无以抵御，到底都被敌军缴械掳去。

唐光汉在后闻静芳陷阵，心中大惊，忙上前救援，也受着敌军猛力的截击，纷纷退败。唐光汉奋不顾身，向前冲锋，却被一个北兵从旁边跳过来，向他一刺刀刺中左肩，扑倒在地上，也被敌军掳去。欲知后事如何，请看下回。

第十五回

无心脱险才离樊笼
有意逃生又入陷阱

　　荒凉的郊野，有一座古旧的庙宇，围着的黄墙头已是斑斑驳驳，没有完整。可是庙门前悬着五色旗，有几个哨兵荷枪鹄立，气象严肃，一班乡民都裹足不敢前来了。庙的后进有两间小屋，屋外有一个天井，有两个军士捎着枪往来巡逻，屋中很是湫溢，只有向北一个窗洞。

　　这时天色将晚，暮色昏茫，屋里面更是黑暗，有两少年相对坐着，都穿着戎装，似乎是被掳的样子。原来这就是九十七团的团西部，驻在这个火神庙内，这两个戎装少年便是唐光汉和静芳了。两人被掳之后，押送到韩团长面前来发落。韩团长见了唐光汉，连忙笑容可掬地亲自走来，解去其缚，又把静芳的束缚也解了，弄得二人茫然如堕五里雾中，不明白他有什么意思。

　　韩团长又对唐光汉微笑说道：

　　"光汉兄，你不认识我吗？我就是韩志城，阔别十载，无怪你记忆不得。但我见了你耳边的红痣，终不会忘记在学校中和你谈笑的情形了。"

　　唐光汉听了他的话，又对他凝视着，始知是幼时同学韩志城。

前十年他离乡北行，去投考保定军官学校的，不想今天在此遇见，但我已做了俘虏，还有何说？遂勉强说道：

"原来你是志城兄，恕我眼钝，不认识了。恭喜你做了大官，将来还要升官发财呢！"

韩志城道：

"我们虽是朋友，但今天的事情是公事，不容徇私，我想最好你老兄投顺了北军，我们一起做事，岂不是好？"

唐光汉冷笑道：

"自古唯有断头将军，无降将军，我为革命而死，虽死犹荣，彼此主义不同，何必多言？"

韩志城叹一口气，吩咐手下人把他们禁闭在后面小屋内，再请上峰发落。光汉和静芳遂被锢闭室中，门前有兵严守，如樊笼之鸟，无处高飞。

枯坐到晓，光汉对静芳说道：

"我们真是不幸，昨夜中了他们的埋伏，双双被掳，既到此间，已拟一死。那个韩团长虽与我是儿时同窗，可是他在逆军效劳，正是我的仇敌，顾不得什么友谊。适才他虽未能忘情，劝我投顺，然而这种不人耳之言岂能诱惑我心？我唐光汉是个好男子，可杀不可辱的。"

静芳也说道：

"临难毋苟免，古有明训，我们既为革命军人，当然不肯屈降。但我看这个韩团长也是头脑很新的青年，只因出身关系被军阀所利用，很是可惜。如有机会，我们不如晓以大义，说他倒戈投顺国民军，参加革命。"

两人正说着话，忽地门开了，走进一个小兵来，托着一盘饭和一小碗菜，放在一张破桌子上，便回身走出去了。唐光汉知是送来的晚饭，腹中正饿，遂和静芳将就吃了一些。不多一会儿，这个小兵又走进屋来收拾杯盘，忽然走到唐光汉身边附耳低声说道：

"唐先生今夜一点钟请你们耐心守候，我必来救你们出去。"

说罢，托着盘子很快地走出，砰地把门关上。这一来弄得唐光汉十分疑奇，不知这个小兵是何许人，他竟敢来救我们出去，有什么意思呢？遂悄悄告知静芳，默思有顷，说道：

"我想这个小兵说得很是诚挚，他决然和你有什么渊源，以后自知。我们既已陷身在敌人手里，生死置之度外。他若果来救援我们，也不必管他是真是假，跟他行就是了。"

唐光汉点点头，决依静芳的说话。两人一同坐在黑暗中等候，听门外革履声来往蹀躞，知是守兵在那里戒备着，暗想：有这两个讨厌的军士，我们如何可以脱险？继思这小兵既许来救，他当然早有成竹在胸，我又何必葸葸过虑？又停了一歇，听得外面有人低低说话，一会儿却没有了。两人心里忐忑不定，到底这个小兵能否来救自己脱险还是未曾解释的答题。二人打叠起精神，守至半夜，忽闻门上锁钥响，有一个黑影推进门来，低声说道：

"唐先生，你们快快随我出来。"

唐光汉知是那个小兵来援助他们出险，毫不踌躇地和静芳蹑足走出这间小屋。那黑影在前引导，转了两个弯，走出一扇小门边。二人心里很是奇怪，外面的兵到了哪里去呢？怎么没有觉得呢？那黑影早把小门轻轻开了，引导二人走出小门，已在庙外，仰视星斗满天，野风拂衣，不觉心中大喜。又跟着那黑影走了一大段路，来到林子里，才立定脚步，唐光汉忍不住问道：

"你是谁？敢来冒险搭救我们，请你告知我姓名，当终生感谢你的大德。"

那人答道：

"唐先生大概你不记得了。两年前头，你在广东剿匪，不是有一天大破匪窟，擒获许多匪人吗？内中有一个许成栋是胁从的，某军官也要把他枪毙，你在旁劝止说：'只要杀掉几个为首的，那些胁从的小匪情有可原，不如免他一死，使他忏悔，将来还可以做个好人。'被你一句话，他便得不杀而释放了，那个许成栋便是我。以后我即洗手不再干这种生涯，随友北行，辗转到这里团部来做个勤务兵。今天午时我送饭进来，见了你先生的尊容，想起你好似当年救我的恩公，又不敢冒昧误认，遂向同伴探问，始知果然不错。我遂立志要救二位出险，以报前德，所以在送晚饭时候，我预先暗暗叮嘱了一声。但是门外有两个军士守着，怎能下手？于是我又想一条计策，先去沽了几斤酒和一些下酒物，等到团长们都睡了，我悄悄走来请他们去喝酒。我知道这两个都是酒鬼，营里难得有机会可以偷喝的，若去请他喝酒无有不答应的。当我对他们说了以后，两人立刻喜形于色，只有一个却说道：'我们若去喝酒，这里无人防守，出了岔儿不要砍掉脑袋吗？'我又道：'你们不必多虑，这两个俘虏又没有枪械在身，门已锁上，走到哪里去呢？'两人被我一说，遂欣然跟我走了。我把他们领到火神殿后一间杂物房里，席地坐下，酒菜早已安放在那边了，一同举杯畅饮。我有意少喝，让他们可以喝得多，他们见了酒，喉里便觉痒痒地要喝，一杯又一杯，不多时，将他们灌得酩酊大醉，横倒在地，沉沉睡去。我见了心中暗暗欢喜，又从他们腰里偷得一柄手枪，取了钥匙前来援救你们，幸喜无人知觉，我送你们回到本来的营地吧！"

唐光汉听了，和静芳都觉十分感谢，因为自己还在敌军地方，不敢怠慢。便和成栋寻路前行，谁知他们忘将小门关上，恰巧有一队巡夜的兵打从庙后经过，见这小门开着，知有变故，遂一齐走进去察看，看见已跑掉了两个俘虏，守兵不知到哪里去了，连忙一面报告团长，一面四处找寻。

在火神庙后杂物间里发现他们醉倒在地，忙用皮鞭将他们抽醒。两人醒来知道事情不好，中了许成栋的诡计，只得以实而告。这时韩志城也已闻警起身，得悉详情，勃然大怒，吩咐把这两个守兵拖出去枪毙。可怜两人都为贪喝黄汤遂致失去性命，真是口腹之祸了。韩志城一面又令部下快快分道追赶俘虏，号声呜呜，一小队骑兵当先进追。唐光汉等方到大道上，忽听背后马蹄声，知是追兵来了，幸亏前面道旁有许多灌丛，枝叶繁密，三人遂隐伏在里头，屏气无声，不多时马蹄践踏声从灌丛外面驰骤而过，渐渐去远了。三人正要出走，又闻有人语声，有一排兵自后追到，只听一个兵说道：

"他们怎么跑得这样快呢？我想一定潜藏在什么地方。这许多灌丛里面很深的，便有人伏着，在外面也看不出的，何况在夜里呢？不如抄他一抄。"

说罢，便见火光逼近，有十数把雪亮的刺刀掠进来，三人顿觉进退维艰，非常危险。有一刺刀的刀尖戳向静芳的面上，静芳向后闪避，刀锋从面旁掠过。许成栋便把手枪递给唐光汉道：

"我们开枪吧。"

唐光汉接到手中，还不敢孟浪开枪，无奈刺刀愈掠愈近，忍耐不住便向外放了几枪，只听外面哗乱起来，砰砰砰地一齐向着灌丛开枪，三人遂从灌丛后面蹿出，望东奔逃。同时听得有人喊道：

"快追，他们从背后走了。"

足声杂沓，一齐追来。三人向前狂奔，知难脱身，见前面歧路旁有一个坟墓，三人忙伏在墓后，黑夜里看不清楚。兵士们不知他们走哪一条路去，只留两个兵守在这里巡哨，又分作两起，向前追赶。

唐光汉瞧着追捕已远，想把眼前两个障碍物除去，一看手里的手枪还有三颗子弹，便举枪瞄准第一个黑影，一枪放去，应声而倒。那一个惊慌得很，待要吹起叫鞭时，枪声又响，正打中腰里，跌下地去。三人遂跳出来走到他们身旁，唐光汉和静芳各取得枪和子弹，便把手枪还了许成栋，商议道：

"我们走向哪里才可不被他们追踪着？"

唐光汉、静芳不明白地理，到底由许成栋发言道：

"我知道这里向南有一条间道，不过路远些。"

唐光汉道：

"不管他路远路近，只要平安无事，多走些路也是值得的，你快领我们走吧！"

许成栋点点头，引着二人沿溪向南奔跑。静芳究竟是个女子，跑了许多崎岖不平的路，肩上又掮着枪，早累得香汗淋漓，十分疲乏。唐光汉道：

"静林，人家说你有些女性，果然不错。我看你面红气喘已不济事了。"

静芳笑笑勉强努力前奔，忽见左边火光隐隐，有人抄向前来。许成栋瞧着说道：

"不好，他们要过桥来的，我们快些觅个藏身之地，不要被他们窥见。"

三人遂伏在田沟里，借道旁边的草遮蔽着身体，见一队兵呼啸而过，没有觉得。三人各透了一口气，走出田沟。不防背后还有三个兵落在队后，急急追来，见了前面三个黑影，知是逃走的俘虏，遂一齐把枪开放。三人忙伏地让过，还枪轰击，三个兵早打倒了两个，一兵退后向天开放两枪，噼啪两响，惊得林间小鸟纷飞。前面刚跑过去的追兵听得枪声都回过来，三人赶紧向斜刺里逃过小桥去，那个没有击死的兵忙跑到队伍里报告，于是一同紧追排枪接连向前开放，弹如雨集。许成栋背上受着一弹，倒地而死。二人也顾不得了，拼命奔逃，见前面有一座古刹，二人跑进庙里，把庙门紧闭，各自掩在神像背后，凝神注视着庙门。不多时，见追兵已到，有两个兵打门而入，唐光汉和静芳各放一枪，两兵中弹而颠。其余的兵明知二人在内，可以入捕但是不知他们藏在何处，恐怕要蹈前两人的覆辙，迟疑着不敢进去，回放了几枪，也没有击中。一兵提议放火把那古刹焚去，不怕他们不逃出来。

众人都同声赞成，遂四面团团围住，伏地举枪，只待二人逃出来便一齐开放，另有几个兵上前将火把向庙门上燃烧。那古刹多年尘封，极易被燃，不到一刻工夫，早已烧着，风助火威，烈焰上冲。众兵又呐喊一声，放了一排枪，瞧着火光专候二人逃出。欲知后事如何，请看下回。

第十六回

好男儿孤村喋血
黄衫客黑夜下书

二人伏在里面，见庙门口火光熊熊，黑烟滚滚延烧起来，心知军士们施用的毒计，这样一烧，自己若逃奔出庙，他们当然四面埋伏下，不消说得，一阵排枪断送了我们二人性命的；若不逃出去，少时也要葬身火窟，左右一个死，死在枪下呢还是死在火里？这倒是很难解决的。

静芳面色惨变，向唐光汉说道：

"我们已陷于绝境，无可幸免，我同你一起死了吧！"

唐光汉长叹一声，把枪口拟着自己的胸口，说道：

"我不情愿被火烧死，也不愿被他们击死，还不如自杀的好。"

静芳也觉得只有这个是最好的方法了，二人正欲举枪自尽，忽听外面枪声如连珠轰发，好似双方交射着，并不击向庙中，都觉有些奇异。这时火已蔓延到殿上，再不出走势将无及。二人遂用力推倒一处墙壁，冲出古刹。见晨光熹微，东方已明，追赶他们的北兵已向后退去，面前有一小队乡勇站着，见二人从火里奔出十分骇异。大家举起枪来拟定二人，二人立刻止步，放下手中的枪，两臂高举，表示无敌意。

乡勇们见了，便不开枪，有一个队长模样的少年走上前来，向二人询问。唐光汉知道三湘人民久已不堪军阀的残暴，各乡村组织自卫团，保护乡里，反对军队前去劫掠骚扰。他们很勇敢的，往往能以少许胜多许，可惜枪械和子弹不能充足罢了。国民军入湘很得民众拥护，也常得他们的助力，此时他们已把北兵击退，不妨据实相告，他们绝不会伤害的。遂告诉他说自己是国民军中的军官，如何奉令袭击，如何半途遇伏，以及被掳脱逃来到这里，被追兵围困，纵火危害，幸蒙贵团前来求助，不胜感谢，我们军队必须和人民合作，同把军阀打倒，为民众谋幸福。

少年听说二人是国民军中的军官，遂告知众人一齐欢迎。原来这是附近永平集的卫团，团长便是那个少年，姓赵名毅，以前也曾在军队中当过连排长，所以深知军法。乡人公举他做团长，将军法来部勒乡民，组织成这个永平集自卫团，十分精锐，远近闻名。一班盗匪都不敢来侵犯一草一木，此番因国民军和北军交战，时时戒备，深恐有溃兵前来骚扰，夜间闻得枪声，疑心或有军队来蹂躏。赵毅立即召集团丁，登垒眺望，因他们在村口筑有很高的土垒，以资防御。后来团丁瞧见古刹火起，遂报告赵毅知道。赵毅忙留了一半团丁守垒，自率一队团丁出去侦探，凑巧和北军相遇。北军以为敌军来救，两边遂开枪交战，北军究竟人少，团丁又是勇猛，抵挡不住不得已退去。

此时一座古刹已烧得七零八落，幸旁边没有房屋，不曾波及。赵毅也不去顾，他要请二人到他们集中去小叙，然后再行送归防地。二人却不过情，遂跟赵毅等到永平集。

才到集口，背后已有一队骑兵追来，乃是追兵受创回去报知，韩志城又派来追击的。赵毅吩咐众团丁四散埋伏在林中，待令反攻。骑兵冲到林子边，赵毅第一个举枪还击，众枪并发，砰訇动地，有

124

几个骑兵不防都从马上中枪下坠，一阵惊乱。

赵毅已指挥团丁从林中冲锋杀出，垒上团丁已从正面夹攻，骑兵不知虚实，纷纷败退。赵毅遂收军回垒，把唐光汉和静芳请到他的屋里，杀鸡治馔，款待二人。

静芳道：

"敌军两次失败，必然再来攻打，其势不可轻侮，我们亟须防备。"

赵毅道：

"不错，我已令团丁坚守土垒，并有斥候在外探望。我想国民军若即进攻，他们必不能用全力来对付我们的。"

唐光汉道：

"现在我还不知道我军是否预备积极地进攻，还是别出奇计以谋得胜，不如待我和方连长急速回去发兵援助，共攻北军，那么这里可以安稳无虑了。"

正商议间，早有人来报告，北军大队来攻土垒，我们如何抵御？赵毅便同二人赶紧跑到垒上，一看前面尘土蔽天，是敌军的骑兵和步兵同来攻垒。赵毅请静芳守垒，自和唐光汉督率团丁，分左右翼杀出，但是此次敌军派来一营步兵、一连骑兵，势大力厚，且有两架机关枪纵横扫射。团丁虽勇，到底抵敌不住。唐光汉见这情形，深恐徒伤团丁们的性命，遂和赵毅率队退守土垒。敌军进前仰攻，幸这里守备坚固，一时冲杀不入。天色将晚，遂在集口扎下营寨，预备明日再攻。

唐光汉在集中和赵毅说道：

"敌军究属精练的军旅，非乌合草寇可比，军器又是精良，蕞尔小村终不可以持久，只要他们派一排炮兵前来，恐永平集便成齑粉了。为今之计，一面快到我军去求援，一面最好有一个矫捷果敢的使者，代我到韩团长那里去下书。我想韩志城虽然在北军，而他很有爱国之心，非脑筋陈腐性情恶劣的军阀可比，我极愿乘此时机写一封极诚恳的信去劝他。反正不过这事须很秘密，必要有昆仑奴其人为使，方可胜任。"

赵毅听了说道：

"唐营长的话不错，你要得一个秘密使者，我这里却有一个人才足以胜任，停会儿我可招他前来听令。"

静芳也道：

"我可以先到我们军中去乞援，光汉兄一人留此够了。"

光汉道：

"恐你不识道路，反而偾事。"

赵毅道：

"这也不妨，此间可以派一团丁跟着方连长同去，不致走错路了。"

静芳道：

"好的，但是垒前都有敌军驻守，恐怕不易通过，不知有别条路可走吗？"

赵毅道：

"有的，从我们集后抄过麒麟坡便可到国民军的防地。此路敌军都不知道的，万无他虞，并且我们有两匹良驹，可以代步。"

静芳听了，便道：

"很好。请你派何人前往？事不宜迟，待我速去。"

赵毅遂唤过一个年轻力壮的团丁，姓左名大璋，令他跟静芳同行，又去牵过两匹马来，一黑一白都是风鬃雾鬣、踏雪嘶风的好马。

静芳瞧着马，怅触前尘，想起昔日自己和郑定远龙山试马的情景，仿佛如在目前，然而斯人已化为异物，悠悠生死别经年，魂魄不曾来入梦，此恨绵绵不堪回首，不觉心头一酸，几乎掉下泪来，遂和唐光汉、赵毅握手告别，骑上白马。那个左大璋也骑上黑马，加上一鞭，望集后跑去了。

唐光汉等静芳去后，便向赵毅索得纸笔，坐定了写成一封书给韩志城。其词道：

志城仁兄英鉴：

十年阔别，积思成痗，不图于疆场之上，重睹风姿，岂天欲我二人重得聚首耶？败军之将荷蒙不杀，因知足下不忘旧情，遂使弟弟漏网之鱼，此其中亦有天焉。但弟尚有不得已于言者，敢为足下一倾吐之。

古语云："良禽择木而栖，贤臣择主而事。"天生我才，自当问世，建不朽之功，扬永久之名，然大丈夫不可不慎其出处，明珠暗投，古人所讥，足下盍深长思之乎？我中华为东亚大国，然自胜清道咸以来，与列强缔结不平等条约，丧师辱国，史不绝书，瓜分之祸近于眉睫。我先总理努力革命，与诸烈士一再流血，共起义师，辛亥之役方告成功。然而巨奸窃国，民权不张，外侮又接踵而至，剑及履及，岌岌焉若不可终日，十余年来，无日不在风雨飘摇之中。尤可恨者，军阀弄兵，此仆彼起，若走马之灯，相杀无已。

甚有借外力以谋自存，甘为李完用第二者。而帝国主义者施其阴险狡狯之手段，助长我国内乱，使自趋于万劫不复之境，诚令人痛哭流涕，长太息者也。是以我先总理唤起民众，继续革命，与残民之恶魔奋斗。诚鉴于国势之危殆，军阀之当去，非全国人民一致努力，以求最后之成

127

功不可也。今总理虽死，而主义独存，举旗北伐，直捣黄龙，救斯民于水火之中，云合影从，举国同快，大军所过，何敌不摧？虽骇鲸之决细网，奔児之触鲁缟，亦未足以喻其易，天与人归，此其时矣。盖闻智者顺时而谋，愚者逆理而动，军阀之末日已至，爝火将熄，而足下犹迷恋其间，甘为驰驱，不明顺逆之理，岂是俊杰之士？一旦覆败，宁不可惜？足下即为一身计，为一国计，安能助纣为虐乎？足下素称明达，必能鉴及，毒蛇蜇手，壮士断魂，孰凶孰吉，何去何从，请早决之。若能易帜来归，共图革命，则至荣幸之事也，企余望之矣。余不白。

弟光汉再拜

唐光汉把信写好，封固讫又对赵毅说道：

"请你去把那个秘密使者找来吧！"

赵毅笑道：

"请你稍待，我去去就来。"

回身走到外边去了，隔了一刻，领着一个短小精悍的男子来，介绍给唐光汉道：

"此人姓晏名扬，是长沙精武国技会中的教授，也是我的表弟。他有些飞行本领，可以前去下书。"

唐光汉道：

"很好，我就托晏君前往。"

遂把韩志城的面貌告诉他听，叫他秘密前去相机行事。晏扬答应，带了书去。唐光汉遂和赵毅又登垒视察，一面命团丁严行防守，伫候两处的佳音。

那韩志城团长自唐光汉逃走后，觉得有些不乐，他虽派了部下

128

去攻永平集，但同时感觉到国民军的有主义、北方军阀的腐败和恶劣，自己拼了性命去做他们争权夺利的牺牲品，未免为虎作伥，又对于把大枪大炮去荼毒乡民，尤其是痛心疾首。这次为追俘虏，被永平集的自卫团击败，很不体面，不得不去问罪，所以只遣了一营步兵、一连骑兵前去，心里自思：万一部下把永平集男女老幼杀死，都是我的罪恶。又接到陆沄送来的总攻击令，明天上午八时，九十七和九十九两团向国民军阵地猛攻，务将国民军逐退，知道明天又有一番鏖战了。

到得夜来，一人坐在室中翻阅地图，忽觉屋上微有响声，不以为奇，觉得纸窗外好似有一物，很轻地落在地上，遂从腰边取手枪，握在手中，便见室门微启，有一个浑身黑衣的男子掩进室来。韩志城大惊，忙把手枪瞄准那男子，疑心他是刺客，或将不利于己。那人立定了，不慌不忙地说道：

"我是从永平集来的，唐营长有书在此，送给团长亲阅。"

韩志城听说是唐光汉送来的信，遂伸手接过，放下手枪，拆开来细细展读一过。觉得语语诚挚，打入他的心坎，一腔热血涌起，很决然地对来人说道：

"你去回复唐营长，我明天便实行归顺，叫他快快进兵，因为这里已下总攻击令了。"

晏扬见目的已经达到，答应一声，回身走出，一耸身，已到屋上，顷刻不见。待到四鼓时分，已回永平集复命。

唐光汉听得这个消息，心中大喜，赞许晏扬的技能不愧为今之昆仑，遂和赵毅、晏扬大谈革命主义。直到天明，早有团丁来报：

"垒外北军无故撤退，请团长前去察看是否有诈。"

赵毅明知韩团长召回去的，然而不得不去视察，遂偕同唐光汉来到垒上一看，果然四周没有敌军踪迹，遂对团丁们说道：

"北军退去，因有内变，我们可保无虞了。"

众人听说，一齐欢呼起来。忽然一个团丁把手指着西面道：

"我们不要快活，他们又有兵马杀来了。"

大家跟手看时，果然有一支军队很严肃地奔土叠而来。欲知后事如何，请看下回。

第十七回

俊侣言欢何来冷眼
名山探胜忽遇冤家

赵毅吩咐众团丁戒备着，看那军队渐走渐近，唐光汉眼尖，早见队伍中飘扬的青天白日旗，知道是自己的军队，便告诉赵毅说：

"大概方连长请着援兵来了。"

赵毅听了，更是欣喜。不多时，已到垒外，当先一匹白龙驹上坐着一个少年军官，丰神俊拔，顾盼自如，正是方连长。还有同去的左大璋也骑了乌骓马随在后面，到得垒下，一齐停住。唐光汉忙和赵毅出垒迎接。静芳一见唐光汉，便含笑说道：

"昨晚我和姓左的从间道驰回防地，幸喜途中安然无事，连夜见了团长，把我们被掳脱逃的情形详细奉告，知道我军已定明晨进攻，我遂带了第一营前来救援，并且把你下书韩团长劝他投顺的事也告知了团长。现在我们军队到此，不见北军影踪，他们在何时退去的呢？"

唐光汉遂说道：

"我告诉你一个可喜的消息，便是韩志城已允归顺，所以这里的兵在黎明时更撤去的。现事不宜迟，我们快些进攻，他必然呼应，平江也可一鼓而下。这个头功，我们第一营落得占先。"

静芳听说，喜上眉梢，二人便向赵毅告辞。赵毅遂把白马赠予静芳，黑马赠予光汉。左大璋跳下马来，让唐光汉坐，二人又向赵毅致谢，然后回转马头，率领部下向敌军阵地猛进。前哨正是韩志城的军队，早得了密令，见国民军前来，立即倒戈，联合着唐光汉的第一营，反向自己方面的九十九团阵地袭击。九十九团正整队进攻国民军的第四军，双方猛烈轰击，不防九十七团突然倒戈，从侧翼包抄，军心大乱，纷纷败退。国民军乘势掩杀，连夺两道战壕，敌军全团消灭，主将陆沄自杀，即在这天占领平江，声势大振。韩志城的一团便编成独立团，归第四军节制。此次战役以唐光汉第一营功劳最大，慰劳有加。

　　这时，左纵队第八军亦自长乐街蹑击，强迫渡河，进克岳阳。敌军狼狈北窜，第四军乘胜进兵，又克复通城，第七军也已进占羊楼司。黄盖湖以南没有北军踪迹。唐光汉连战皆捷，升了第一团团长，静芳升了第一营营长，不胜之喜，军队便在黄盖湖旁留驻。休息三天，再候令进攻。

　　这天，唐光汉去赴军事会议，静芳闲着，坐在营中看书，却见黄倩霞姗姗地走来，和伊握过手，含笑说道：

　　"方营长，恭喜恭喜，前天我闻你被掳，心里替你十分担忧，竟能如天之福，脱险回来。"

　　又说：

　　"服了韩团长，攻下平江，我们没有一个不喜出望外。"

　　静芳支颐答道：

　　"这也是我和唐团长的侥幸，脱逃的一夜危险得很，现在想着，也要不寒而栗。可惜援救我们出来的许成栋牺牲了性命，使我们万分对不住他的。"

　　静芳说罢，怅然有间。黄倩霞说道：

"以前你教我舞剑，我很喜欢学习，不过没有时间。现在这个休息当儿，我仍要请你指教。"

静芳正苦寂寞，见黄倩霞要伊教授舞剑，点头答应，遂把新托人购来的一柄龙泉剑取出，佩在腰旁，伴着倩霞，走到外边去。这地方山水很好，风景清丽，他们的行营正对着横嵛山，青山如沐，别饶妩媚。二人来到一处平原，面临大河，流水汤汤，在此军兴时代，帆舶亦不易见。静芳遂拔出剑来，教倩霞舞，伶俐的倩霞跟着舞得非常敏捷，静芳看了，觉得伊很是可爱。舞罢，二人在河滨席地而坐。静芳对倩霞说：

"我所学的剑法，也不过如是，只有一路梅花剑还可入目，因我常时未能精练，以致造诣不深。我闻古时有剑仙，能把剑练得能大能小，藏于无形，用起来时倏成一道白光，所当者破，能在数百里内取人首级。又有兰陵老人能抱长剑十三口，舞于庭中，剑光四溢，树枝尽削，这真是登峰造极，神乎其技了。"

倩霞也说道：

"唐代的女剑仙聂隐娘、红线一流人物，都是可惊可喜，惜乎现在没有这种出类拔萃的人了。"

静芳摇头道：

"这也未必见得，深山大泽，实生龙蛇，那些剑侠不是寻常的人，大都深藏不露。我们足迹所到的地方还少，自然遇不到他们。"

倩霞道：

"人们的遇合也是不期而然的，想我是个女子，若在以前不开通的时代，当然深居高楼学习女红，哪里可以像现在这样无拘无忌，和陌生的男子坐着谈话呢？又我若没有勇敢的心，千里从军，来做革命工作，那么怎会遇见你呢？我觉得你英才可喜，和别的少年男子不同，所以情愿跟你交游。古人云：得一知己，可以无憾。不知你以为如何？"

　　说罢，面上微有一些红晕，双目溶溶，偷窥着静芳，好似有无数情波送来。静芳心里自思：听伊的话，对我十分诚恳，难得伊能垂青于己，现在一班新女子对于戎马英雄很是崇拜的，这也莫怪伊，但惜我自身也是和伊一样的女子，叫我怎能接受伊的爱心呢？遂把剑鞘画着地上的芳草答道：

　　"承你看得起我，铭感殊深，我对于你这样离乡背井地出来努力于革命事业，尤其是敬佩得很。我们既是同立在革命战线的人，都是同志，当然相契。便像唐团长也是位爱国的少年，他的人格、他的勇敢，值得我们佩服的。"

　　倩霞听了，默默不语。因伊听静芳的话太泛，大概还不明白伊的心思，只好慢慢把情丝笼罩到他的身上去吧！其实，倩霞不知其中的一幕，以致伊自己走到烦恼的路上去，而掀动一场情海的风潮了。静芳又和倩霞讲些军事，对于革命前途很抱乐观，因为国民军的主义正大，全国民心归向，北方军阀为人民所痛恶，有志之士都不肯为他们勠力尽忠。而他们又各自猜忌，不能有坚固的联络，国民军可以取各个击破之法，先把吴氏击败，然后进兵江西，和孙氏对垒，再把孙氏驱走，夺得长江上下游各省，可以北上燕赵，和张氏的军队对垒，以谋南北统一了。再进而谋取销不平等条约，收回租界，达到总理遗嘱上所说的目的。二人说到这里，喜得手舞足蹈，好似她们已到了京津了。

　　这时，红日西坠，河水映着余光，粼粼瞻作金色。有一只帆船正向东而驶，合着"落日照孤帆"的一句古诗了。倩霞曼声低唱着革命歌道：

　　　　打倒列强，打倒列强，除军阀，除军阀，国民革命成功，国民革命成功，齐欢唱！齐欢唱！

这阕歌词很是简单而明了，当时国民军所过之处，民众或开联欢会，或举行提灯会，都唱着这歌，精神焕发，气概激昂。往往街头巷口的小小儿童也聚着行走，高声大唱，可见人心欢迎革命的一斑了。不过有人说，打倒列强的"打倒"两字，似乎激烈一些，然而在军事时代编撰的歌，须含着兴奋的意味，才能鼓动得起民众的精神呢！

倩霞唱了一遍，静芳不觉也和着伊而唱。倩霞忽然很奇异地问静芳道：

"我有一句冒昧的话，怎么你唱的声音又清扬，又温柔，和我们女子一般无异呢？"

静芳被伊突然一问，险些还答不出，勉强带笑说道：

"不错，我的声音唱起歌来很像女性。以前也有许多人说笑我的，今天果然你也奇异了。"

倩霞听静芳这样说法，也就不疑。静芳暗想：今天险些露了马脚，以后倒要谨慎些，遂立起身说道：

"时已不早，我们回去吧！"

倩霞点点头，二人遂从容走回营来。却不防在她们唱歌的时候，背后林子里正有一双很凶险的眼睛，对着她们探望了好久，才缩回去。但是，她们哪里会知道呢？

静芳回营，又去见唐光汉，知道再隔两天，大军便要人鄂，和吴氏手下精锐的军队决战，直捣武昌，占领长江上游形胜之地，然后东向顺流而下，进窥九江，以攻金陵，北则由京汉路出武胜关，底定汴洛。两人都觉眉飞色舞，很有希望。

次日，静芳听乡人谈起横髻山的风景佳绝，不啻小桃源，心中

135

决意前去一游，要约唐光汉同往。偏逢唐光汉又出去了，知道为日无多，不能再迟延，自己一人独去览胜，遂带了一根手杖，向乡人探明途径，朝前进发。遥见青山隐隐，自西向南，迤逦不绝，而横髻山真似美人梳着一个横髻，娟秀可爱，不觉想起乡人说的一段神话了。乡人说，在古时洪水以前，三苗有个美丽的少女，要想招赘某国诸侯的公子，而公子另有情妇，虽来入赘，意竟不属，一夜，乘间逃去。少女不舍，独自往追，追到此间，将要追及，而公子忽遇飞车国的王子，一同坐着飞车遁去。少女不能复追，痴立怅望，数日夜不去，遂化成这个横髻山。齐东野语虽属可笑，然姑妄言之，姑妄听之，也是很有趣的。

走了许多路，已到山下，山势很是矫捷，两旁多苍松古柏，风卷松涛，夹着泉声淙淙，令人意境一清，拾级登山，来到一个峰顶，坐在石上稍憩，俯视岗峦起伏，远远有田庄，如星罗棋布，隐隐听得鸡鸣犬吠之声，真如世外桃源。这时，伊身处静境，不由想起已死的郑定远，好多事磨，人天永隔，又有楚云姊妹，不知现在何方？她们也还能想起我吗？自己前后好似换了一个人，换了一个世界，不知此后身世又将怎么样？如何归宿？情愿拼这身躯，为革命而牺牲，埋骨沙场，亦所不顾了。想罢，立起身来，见峰后有一个谷很是幽深，遂寻路翻下峰去。当伊下去时，似乎见山坡边有一个人上山来，但一眨眼不见了，以为是樵夫等人，不去管他，披荆拂藤地走下，到得谷里风景更好，随林曲折而入，忽见前有绝壁，壁下有小溪，浅水乱流，玎玲悦耳。沿着小溪走去，尽处得一山洞，很是幽深，溪水从洞边藤萝中流出，野草遍地，人迹不到，只有一种小鸟飞来飞去，鸣声婉转可听。静芳到了这个地方，觉得幽阒清冷，不可名状，想洞中必有奇景，好在身边带得电筒，必要入内一探，不要当面错过。那洞口并不窄小，可容一人立直了走进去。静芳遂走入洞中，上面钟乳下滴，地很潮湿，水声潺潺，在左边倾出。走了十几步，渐渐黑暗，静芳把电筒照着，仍往前行，忽又豁然开朗起来。已走完这个山洞，前面绝壁高削，没有路通，仰首看时，好似一个瓮口，浮云片片，飞渡东去。石壁上刻着"卧虎"两字，笔迹大半漫漶，不知何意。立定片刻，遂反身走出，不防刚到洞口，忽见一个男子当洞而立，把手枪紧对着伊，其形可畏。欲知后事如何，请看下回。

第十八回

萍水相逢猲来异地
凤鸦非偶误适薄情

　　静芳在惊慌中向这男子面貌一看，认得是自己营里的党务指导员项强，不知他为什么也会到这个地方来，举着手枪对伊，要甘心于伊啊！只是项强双目圆睁，向伊怒斥道：

　　"方静林，今天你的末日到了。黄倩霞是我的恋人，你怎敢在伊面前故献殷勤，猎取伊的爱情，令我难堪？你仗着自己是一个军官吗？现在到了这个地方，还能逃走吗？待我结果了你的性命，看你可再能占夺我的恋人？"

　　说罢，举枪欲放。静芳听项强的说话，才明白为了倩霞的事，他因妒生恨，不恤倒行逆施，出此暴戾手段。却不知我是一个女子，哪里会恋上倩霞？他尽可以放下一百二十个心，不必做这犯罪的勾当，但在这时，又不好和项强明言，便是说也恐他未必相信，只有闭目待死了。

　　原来，项强对于倩霞十分爱慕，怀着求偶的心；而倩霞为了职务上的关系，虽常和他亲近，但没有什么爱情。项强片面的恋爱达不到目的，见倩霞从方营长学剑，二人十分亲昵，反和他疏远起来，不觉妒火中烧，处心积虑想把方营长陷害，却不知道静芳是个有名无实的男子呢！前天静芳和倩霞河畔清谈时，项强曾在林子里偷窥良久，怒不可遏，决意要乘间一下毒手。今天静芳独游横髻山，他知道了，以为这是唯一的良机，遂藏了手枪一路跟踪前往，见静芳走入洞中去，心里暗暗欢喜，掩在洞口守候，等到伊出来时，便向伊袭击。这样一来，神不知鬼不觉的，好使伊死在幽谷之中，谋杀的形迹不致败露。谁知天下有真奇巧的事，当他正要把手枪开放时，林中忽地跳出一个人来，一拳把他手里的手枪打落。手枪落在地上，砰的一声，子弹直飞出来，正射在石壁上，火星四射。项强回身一看，是唐光汉团长，明知是方营长的好友，却不防他也会在这个时候突然前来，误了他的大事，遂恶狠狠地将唐光汉当胸揪住，想把他拖翻倒地。唐光汉如何肯轻易饶他？两个人扭作一团，打了几个转身，跌在草里。唐光汉适在下面，项强腾出右手来，扼住唐光汉的咽喉，尽力地压下去，扼得唐光汉两眼插白，几乎晕去。这时，静芳听得枪声，自己却没有伤害，睁开眼来，忽见唐光汉前来救援，心中大喜，又见他们俩打翻在地，唐光汉的咽喉已经被项强扼住，十分危险，遂奔出洞来，身边本带着一柄匕首，连忙拔出，跑到二人身边，照准项强右臂用力刺去。项强臂上中了一刀，手里一松，鲜血直流出来，唐光汉乘势翻上，占了优势，把项强两手握住。静芳也帮着动手，才将项强擒住，解下他身上的皮带，把他的两手反剪着，要带他回去审判。

唐光汉又和静芳坐在草地谈话，静芳把匕首上的血在草上擦干净后放好，向唐光汉含笑问道：

"你怎会到这里来救我的？真是天意了。"

唐光汉笑道：

"今天早上我本拟去见参谋长，偏偏他已到长沙有公干去了，我遂回到营里来看你谈心，却闻你又去游横髻山，动了我的游兴，所以连忙骑着马赶来。到得山下，我把马寄在某人家里，上山一看不见你的影踪，知道你寻幽探胜，入山必深，遂到后山找你。忽见这厮正一步一步地走下谷去，好似侦探什么事的一般，离开我虽然很远，但一看他的背后影，我就认识他的。我想他为什么也独自到这里来呢？鬼鬼祟祟的，莫非不怀好意？然而我却看不见你，决意掩在他的后面追去。我走下一半，因为树林掩蔽，忽而看不见了，心中焦急得很，到得谷里，穿着林子走去良久，才见这厮悄悄地立在一个山洞，手里擎着手枪，在那里不知等候什么人。他全副精神注意在洞口，所以不觉得背后有人。此时你正要走出洞，他便把手枪对着你说话。我听得清楚，几乎失声而呼，忙轻轻地跑过来，但是赤手空拳没带枪械，只好出其不意，冒险把他的手枪打落。不料这厮倔强得很，幸亏仍有你的帮助才把他擒住。"

静芳说道：

"我本想约你同游的，恰逢你又出去，以致一人来到山上，不意这厮有心要来谋害我，本想以为我爱上了他的恋人黄倩霞，其实我岂有这种妄念呢？他简直以小人之心度君子之腹，虺蜴为性，做这种卑鄙的事。也是我命不该绝，才得你来救护。"

说罢，微微一笑。项强在旁听着，咬着牙齿不出一声。唐光汉道：

"带他回去，送交军法处讯办便了。"

遂立起身来和静芳押着项强，重又爬上山峰，走下横鬘山，时候已是不早，二人腹中都有些饥饿。唐光汉又去农民家中牵回坐骑，让项强坐着一同回营。

部下士兵见了都很惊讶，唐光汉便把项强送去讯问，自己和静芳用晚饭。原来他们军营中每天只吃两餐，早餐在上午十时左右，晚餐在下午四时，也是节省粮食的计划。二人吃罢，天已近晚了。

明日得知项强已解往长沙监禁，同时黄倩霞也被调他去，临别的时候还和静芳握手道别，不胜依恋之情。

静芳心里也觉得有些难过，因为又想着自己和定远的事了。黄倩霞去后，总司令部又颁到动员令，第四军即日全体开拔，迅速赴鄂境破敌。静芳遂和唐光汉率着部众，浩浩荡荡向前进兵。

军队到达岳州时，扎营在城外。下午静芳入城公干去，骑着赵毅所赠的那匹白龙驹，带着两个马弁。归途时走到一条街上，在一家门前见一个少妇正立在门首闲望，似乎是故乡的小曼，但伊嫁在广州怎会到这里来呢？十分狐疑，便把马勒住，再向这少妇细看时，越看越像，不是小曼还是谁？那少妇见街头来一位陌生的少年军官，停住了马对伊详视，很觉不好意思，正要回身走进门去，静芳早跳下马走前一步问道：

"请问你可是姓廖？"

少妇被伊一问顿觉呆了，只得立定脚步，回头答道：

"我的母亲正是姓廖，先生何以知道？"

静芳一听伊的声音，心里大喜，一边伸出手臂要想和伊握，一边又说道：

"小曼姊姊，你可认识我吗？"

慌得小曼缩手不迭问道：

"你是谁啊？请你快告诉我。"

静芳道：

"这里不是谈话所在，请你让我入内，再细细奉告。"

小曼听着伊的声音，心中也很忐忑，遂招呼静芳走入屋里，两个马弁却牵着马在外边等候。

小曼把静芳引到一间客室里坐定，早有几个男女在门外张望。静芳便悄悄对小曼说道：

"小曼姊，我就是林静芳，你难道不认识了吗?"

小曼听了，遂道:

"哎呀! 你是静芳姊姊吗? 怎的做了军官? 这样装束自然不认得了。静芳姊，我以前听得你脱离家庭，私自走出，不知道你到哪里去的，令我思念得很。想不到你竟有这种胆力，会乔装了男子，做了国民军中的军官，我真非常佩服你。"

静芳又道:

"请你秘密些，被人听知不方便的。"

遂把自己如何易钗而弁，到广州去投军，如何随师北伐，如何攻下平江，一路到此的情形约略告诉一遍，且说我的亡父是革命先烈，郑定远又是为了革命而牺牲的，所以我也投身革命。将来一旦死于战场，只要革命可以成功，我们流的血便有价值了。我自定远逝世后，对于这个世界已无可留恋，只是不愿平白地委弃我的性命，而愿跟随他们走到一条战线上去死。"

说罢，双目莹然有泪。小曼道:

"姊姊既有这种伟大的志愿，前途希望甚多，何必抱悲观呢!"

静芳叹了一口气，又问小曼道:

"我说了许多话，还没有问你，为什么会到这里来的? 伯母安好吗? 楚云姊近况如何?"

小曼听静芳问起楚云，伊喉间顿觉哽住，眼泪如断线珍珠般滴下来。静芳惊问道:

"怎么? 难道楚云姊姊有什么?"

小曼点头道:

"我姊姊已经在前数月病故了，静芳姊你却没有知道，伊的身世可怜得很呢! 唉……"

静芳听楚云病故的消息，不觉一阵心酸，泪珠也已夺眶而出，问道：

"楚云姊不是嫁的俞珈美吗？这个人我早知是靠不住的，伊得的什么病？"

小曼遂把楚云嫁了俞珈美以后的状况一一奉告。才知楚云跟俞珈美到了长沙老家中，哪里知道俞珈美的父母很看不起伊，待伊非常严厉，家庭之间充满着冷酷的空气。楚云是自由惯的浪漫女子，如何过得惯这种沉闷的生活？几次要求俞珈美分出去住，俞珈美总是敷衍而不实行，只把经济不能充裕来做搪塞的口头禅。

楚云又觉得俞珈美没有以前那般的温存了，看出他的为人是轻浮而虚伪的，无真爱情之可言，心里更是不乐，懊悔自己轻信他的甜言蜜语，失身匪人，早知如此，还是不嫁的好。后来楚云左腮生了一个很大的疔，溃烂出脓，医治不愈。俞珈美对伊更是冷淡，说伊不卫生，又去恋爱上一个小家碧玉。楚云悲愤交加，遂要和俞珈美离婚。俞珈美对伊狂笑道：

"你还不知道今日的你非复昔日的楚云了，要离就离，不足留恋，天下多美妇人，像你这般烂面孔的败花残柳，有什么稀罕？"

楚云听了他的说话几乎气死，立即到律师处要求离婚，结果俞珈美出了三千块钱的赡养金，楚云却被律师取去五百元的律师费用。自己得到二千五百块钱，无颜回转家乡，跟着以前在伊房里使用的老妈子，到岳州来想找哪个清静的地方忏悔一生。

不料受的刺激太大，腮上的疔溃烂得更厉害，恹恹卧病，病中幸有那个老妈子服侍，但伊心里思前想后更是悲愤欲死。缠绵一个多月，自知不起，遂想写信给伊的妹妹小曼，请他们前来收尸，扶柩回乡。此时伊自己已不能握管了，央求人家代伊写好了一封信，寄到广州去。小曼接到伊姊姊的信，万分伤感，楚云的母亲听了也不忍伊的女儿死在他乡，把俞珈美咒骂一场，恳求伊的女婿伴同小曼前往，料理楚云的后事。

小曼的夫婿陈公亮为人很优爽的，一口答应，遂请了假和小曼赶到岳州，照着信上的地址去找楚云。而楚云已等不及伊的妹妹前来，遽而物化了。幸有遗下的银钱，都由老妈子和伊的儿子去买棺盛殓，料理一切。灵柩寄在一个尼庵内，小曼只得去灵前哭拜一番，想要扶柩回乡，恰逢国民军进攻平江羊楼司等处，北兵溃退，两头都不好走，只好在那里耽搁几时。幸陈公亮有个朋友在此，请他们到他家中去住，等交通稍为恢复便要回乡。

今天小曼的夫婿出外购物，小曼很觉无聊，走到门外去闲观，不想遇见了静芳，而静芳换了军官装束，教伊如何还会认识呢？当时静芳听了小曼一番说话，眼泪倾泻而下，勉强忍住。又问小曼夫妇几时回粤，小曼道：

"我们在此也很焦急，能够早一天回去便要走的。"

静芳又道：

"现在大军正向鄂省开拔，二三日内铁路可以通行客车，你们也可动身了。"

小曼道：

"还有姊姊的灵柩呢！"

静芳微喟不语，看小曼的容貌较前丰腴；但小曼看静芳的娇容比以前黑得多了，从军生涯本是辛劳的，伊竟忍受得住。遂要留静芳在此畅聚一宵，静芳摇头说道：

"我已厕身行伍，外间不明真相，诸多不便。况且我们明天便要开拔到前线去的，不能在外逗留，请你原谅，我们后会有期，再见吧。我是漂泊天涯，当在枪林弹雨中过生活，不知何日死，请你不必记念我。小曼姊，我们再会。"

说罢，立起身来要走，小曼知道留不住伊，但听静芳的说话，更使伊心里非常难过，只说道：

"既然如此，我也不敢多留，但望姊姊在军营中保重身体，以后有便写几封信来，好使我安慰。"

静芳答应着，和小曼一握手，遂走出书室。小曼送到门外看伊坐上马鞍，长鞭一挥，向街的一头跑去了。两个马弁也跟着在后追去。小曼自思静芳的身世可怜，又很可奇，伊竟有这种本领，居然在军队中领兵上火线，真是花木兰第二了。

慢慢回进门去，众人都来探问，小曼说谎似的回答了他们几句。稍停陈公亮回来，小曼才暗底把这事告知了他，陈公亮也很奇异。隔了几天，他们等到交通恢复，遂想去扶着楚云的灵柩回乡去营葬了。

且说静芳别了小曼回到营中，一人独坐，思量前事，有无限的感慨。对于楚云的死尤其激动了伊脆弱的心弦。忽见唐光汉前来，不得已直立招呼。唐光汉道：

"我得到一坛好酒，特地命下人预备几样可口的菜肴，要请你同去痛饮一番，暂寻片刻之乐，明天便要到战线上努力杀敌了。"

静芳道：

"多谢你的美意，可惜我是不善饮的，如何是好？"

唐光汉道：

"不饮也好，我们谈谈心，此间除了你没有知己，不必推辞，请你到我的所在去吧！"

静芳不便坚拒，只好答应，唐光汉遂欣然携着静芳的手走去。欲知后事如何，请看下回。

第十九回

醇醪偶醉始识真相
故剑难忘追寻遗柩

唐光汉的团部是借在城外奉天会馆里，地方很是幽静，里面也有园林，离静芳的军营不远。二人走到那里，时候已是不早，夕阳西坠，余霞在天。唐光汉导着静芳来到团东一间旱船上坐下，那旱船虽已有几处失修，而构造得很精雅，两边都是和合玻璃窗，窗外花木掩映，境至幽清。旱船四围是个池塘，有一条三曲的小石桥横卧水面，池水澄清，荷叶已残，对岸有几株合抱不拢的大树，修柯戛云，低枝拂岸。背后一堆假山，假山上还有一个朱红漆的小亭。这时正在新秋，令人胸襟一清，唐光汉便命护兵将酒肴搬上，两人便面对面地坐在圆台旁。

唐光汉代静芳斟上一杯酒，说道：

"我们出军辛苦，难得有这一天闲暇，这里景物又很清幽，大家可以多喝几杯。"

静芳笑道：

"我是不会喝的。"

樱唇凑到酒杯上，微微喝了一口。唐光汉又道：

"前天横髻山的一幕很是危险，情之祸人至于如此。现在项强系囚狱中，黄倩霞也去，真是令人慨叹。"

静芳道：

"天下有许多不达事理的人，往往要把自己片面的恋爱强欲对方接受。若是对方不能接受他的爱，另有所恋，他便要因妒生恚，因恚成恨，不恤倒行逆施，想出种种阴谋来害人了，然而结果却是两败俱伤，都没有什么益处，不仅项强一个人如此呢！"

静芳这句话当然不但是指项强，也是说李龙光。因为伊和郑定远的幸福都送在李龙光手里，以前若没有他暗中破坏时，郑定远或不至于身死他方，自己或可和郑定远帐稳鸳鸯，早圆好梦了，哪里会得今天从军出征呢？

唐光汉并不知道静芳以前的事，所以他又和静芳说道：

"我真佩服你，不为情所倾倒，黄倩霞对你实在很有情的，你却漠然不动心，非常难得。其实人能跳出一个情字，也是很爽快的，没有什么哀乐可言了。像我当时空有了家室，不知平添了几许烦恼，现在无家无室，反觉清静，还是有知己朋友的好。"

说罢，饮了一大杯，又把自己的杯中斟满来代静芳来斟酒。静芳喝了一口，这时天色已黑，马弁掌上灯来，一钩新月好似美人的纤眉，涓涓清光射在池中，流水荡漾，大有诗意。

静芳饮了二三杯酒，桃窝上已泛着红霞，想起已死的母亲，想起定远，想起楚云，想起小曼，想起一切的一切，很有搔首问天、拔剑斩地的悲愤。

唐光汉见伊面色凄黯，遂问道：

"我看你的容色，似乎胸中有抑郁的事情，可能告知一二吗？"

静芳想这个事情，无论如何绝不能告诉你的，便答道：

"蒿目时艰，每多杞忧，不知何日能够直捣黄龙，完成北伐大业，然后整军经武，固我藩篱，防外侮的侵入，对比月色，能不有这感想吗?"

唐光汉道:

"照我看来,那些军阀已如釜底游魂,不足忧也,痛快黄龙,迟早可以达到目的。不过眈眈者日伺其傍,东北两大强邻倒是很可虑的。"

静芳道:

"意大利有三杰而兴,这也要看我国民的能力与觉悟了。但恐燕巢危幕,鱼游沸鼎,醉生梦死,醋嬉自适,偷一日之安的不乏其人呢!"

说罢,长叹一声。唐光汉道:

"听你的说话,总有些消极的色彩。我看国民军所到的地方,民众大大觉悟,今非昔比,以后若能实行我们先总理的三民主义,中国一定可以不亡。今夜我们饮酒消愁,不要反牵出愁绪来,人生得意且尽欢,莫使金樽空对月,我们且多喝几杯。"

说罢,举起杯来一饮而尽,又劝静芳多喝些。静芳不知不觉地又喝了两杯,觉得天旋地转似的,支持不得,遂道:

"不好,我今夜喝醉了吧,头脑昏昏的,好像此身非我所有了。"

唐光汉笑道:

"醉了也不妨的,我与你抵足而眠,在此睡过一宵,明天早上你可回营。"

静芳把手摇摇,正要回答,身子早伏在台上醉倒了。唐光汉连呼静林静林,不见伊回答,但听伊鼻息沉沉地睡着。唐光汉不觉笑道:

"真的醉了。"

自己又喝了一杯,遂命马弁撤去酒肴,又吩咐一个马弁掌着灯,自己扶了静芳回到他的卧室里去。那卧室在花园旁边,本是一间书房，临时借用的，一榻一几很是简单。马弁把灯放在几上，退出去了。

唐光汉扶着静芳到床边，把伊坐下，静芳倒头便睡，自己也不知到了什么地方。唐光汉在灯光下细瞧静芳两颊中酒，绀红如玫瑰，眉黛之间十分秀丽，好似一个女子，不觉默默地自思，方静林这个人很是畸零，他虽和我可称投契，然而终不肯把他的身世详告，不知他有什么难言之隐？他为人很有女性风姿俊丽，真是个翩翩美少年，但又绝没有爱情的，对于黄倩霞的相爱宁愿辜负，岂不奇特？

一边想一边去代静芳解衣，好让他安睡一宵，谁知自己的手触到他的胸前，似乎隆起有物，再一抚摸，软绵绵的，使他惊异起来，解开胸襟一看，正是唐朝皇和安禄山分咏的软温犹似鹅头肉，滑腻还如塞上酥，这一对女子胸前神圣不可侵犯的东西。这时唐光汉不觉惝恍迷离起来，因为方静林若然是个女子，何以有这种胆力和武艺到军队里来上阵打仗？若不是女子，这胸前的东西又是一个铁证，因想古时花木兰代父从军，同行十二年不知木兰是女郎，今人不让古人，或者也是有的。总之方静林实在是个奇怪的人了，无怪伊以前对于黄倩霞没有情愫，原来彼此同性，何有于爱？项强早知如此，也不必冒大不韪到山中行凶了。但料伊的身世必和常人不同，大约也是有激而为，此须要问伊自己才可知道。我唐光汉是个磊落光明的大丈夫，既然看出了伊的破绽，仍要始终代伊严守秘密，尽我爱护的责任，不可有一些儿猥亵的心呢！

遂掀过一条毯子，代伊盖上。自己又在灯下，独坐一会儿，听窗外秋虫鸣声唧唧，触起他的身世感，几乎忘却他们正在从军了。这时酒意已醒，他本来好酒量，喝了这许多酒，还没有醉，现在又遇见奇异的事，神经受了刺激，不思睡眠，取过一本书来，一页一页地翻阅，徐徐把心神镇静下去，待到鸡鸣时，他却有些疲倦，伏案而睡。

东方发白，静芳醒了，摩挲睡眼一看，很不明白自己睡在何处，翻身坐起，见唐光汉正伏案睡着，才想起昨夜在园中喝酒了，大约他扶我到此睡眠的。再看自己胸襟上的纽扣已松，明知自己的秘密已被唐光汉窥破，所以他独自伏案不来和我同睡一床。这时伊心中又感激又佩服，觉得唐光汉的人格十分高尚，换了别个轻狂的男子，早已将伊玷污了。遂把纽扣扣上，走下床来，把唐光汉推醒说道：

"昨夜我怎的醉得失了知觉，竟睡在尊处呢？累你没得安睡，抱歉得很。"

说时面上微微泛着红云。唐光汉对伊带笑说道：

"方营长你真是一个奇人，使我非常佩服。假若昨宵你不喝醉，时至今我仍懵懂不知，一直被你瞒过呢！我和你是很知己的，请你不要因为被我识破行藏而起什么疑虑。我敢宣誓，绝不在人家面前泄露一句话。"

静芳听了他话，更是感激，遂道：

"我也很敬佩你的人格，对于你绝不有什么疑虑，既蒙你代我守秘，我真感激不尽。"

唐光汉又道：

"请你稍坐，我知道你的身世也必有难言之隐，平日问你，你总不肯回答，便是为了这个缘故，现在我们大家明白了，你可肯告诉一二吗？"

静芳遂坐下说道：

"不堪回首话当年，若要旧事重提，倍觉凄惶，满拟把我的愁恨深深地埋在心坎里，再不和人家道及，而愿断送我的一生在硝烟弹云之中。现在既已被你看破，诸承爱护，一再辱问，我也不能再秘而不宣，辜负你的厚意。"

遂将伊以前情场失败以及离家从军等事一一告知，说时剪水双瞳莹然有泪。唐光汉听伊自诉身世，如巫峡哀猿，蜀道啼鹃，不胜凄凉悲感之情，触起了他的悲哀，不觉相对咨嗟。隔了一歇，静芳因为今天午时所辖军队须要动身开拔到鄂境去，军事不可耽延，乃向唐光汉告辞回营。唐光汉当然也要开拔，送到会馆门前，握手而别。

静芳回到营中便命部下快快准备，到了开拔时候，便督率军队向鄂境推进。那时吴氏正以重兵扼守汀泗桥，国民军奋勇进攻，两边各殊死战，汀泗桥得而复失，很为剧烈。蒋总司令亲到前方督战，指挥学生军向前猛击。

第四军也从旁包抄，北军守不住向后溃退，国民军乘势追杀，吴氏仰天长叹，不得已也带着随从退走。同时鄂军一部分在汉阳、汉口地方，突然向吴氏倒戈，归顺国民军，弄得吴氏狼狈北遁，全体瓦解。国民军得了内应，长驱直入，青天白日旗早飘飘地悬挂在大江之滨。静芳的军队到了汉口，暂时驻扎下，伊不觉想起了定远，遂偷得半日的闲暇出去探问通易公司，好容易被伊探得地址，便到公司里去查问他们的货栈在什么地方，前年曾有一个国民党，是广西人，因被军警搜捕，中了枪弹逃到他们的货栈中，死在里面，可有这么一回事。

公司中人有几个都说不知，却有一个四十多岁的男子姓阮的，是公司中的庶务员，他记得有这事的，遂告诉静芳说：

"确有一个少年是国民党，死在我们货栈中。隔了一天，才得发觉。公司恐怕被累，连忙报官勘验，由公司中自愿出资购了棺木，把死尸收殓后葬在义冢地上。"

静芳遂道：

"死者是我的表兄，他为革命而牺牲，非常可敬。自己现在统兵到此，愿意把他的灵柩找到，重行设法安葬。这个冢地在什么地方？你们可能指点我去一认？"

姓阮的见静芳是个国民军中很有礼貌的军官，十分情愿陪伴静芳同去，且说棺上曾经公司中写过记号，他可查得。静芳遂请他领导前往。

到了义冢地方，寻着两名工人，由姓阮的指点所在，命工人将棺木掘出，仔细一认，果然无误。棺的横端还书着桂人郑某几个字，但那棺木很是薄陋，已朽坏了。静芳对着棺木，不觉潸然泪下，遂问姓阮的：

"此地可有寄柩的殡舍？暂时把他一寄，然后再来营葬。"

姓阮的答道：

"有，有。离开这里不远，正有一个普安殡舍，可以寄在那边的。我和其中主者很是熟识，代你找到一个上房便了。"

遂吩咐工人扛着棺木一同到普安殡舍去。不多时已到门前歇下，先由他和静芳进去，见了殡舍中人，商量要一个上房，暂寄一口棺木。殡舍中人一来敬重伊是个国民军中的军官，二来又和姓阮的认识，满口应允，便去开了一间很洁净的上房，命工人将棺木扛进来，安放在里面。

静芳呆呆地立定，对着棺木，心里不胜悲哀。想起了以前的一切，回肠荡气，不忍就此走开。不知定远英魂有灵，可知道今天他的情人在此吗？人们往往说生离死别，但是生离虽隔数千里之遥，八年十年之久到底有一天会得晤面的，例如楚云姊妹一生一死，我也想不到自己会在岳州邂逅小曼。至于楚云却已香消玉殒，终生不得再见了。可怜的定远也是如此，若然他在外面没有死，今日总能重遇，现在遗骸在前，无话可说了。想到这里，便要怪怨造物不仁，造成他们这种悲惨的状况，珠泪很快地落下，不得已勉强忍住，回身走出，丢下这灵柩，孤居在殡舍中与异鬼为邻，又出钱赐给两个工人，向姓阮的多多致谢而返。

回营后又去见唐光汉，把这事告诉了他。唐光汉也很太息，遂和静芳商量具文向军事当局要求觅地安葬，把这事托了一个姓冯的党员，姓冯的慨然愿为设法，静芳心中稍安。唐光汉见伊悲哀的情景，遂又用话去安慰伊。

静芳听了唐光汉诚恳的说话，稍杀悲思。其时吴氏部下坚守武昌，负隅顽抗。那武昌城高池深，十分险固，国民军屡攻不下，遂把这城四面围困起来。静芳自告奋勇督率部下向东门进攻，可笑那城中守将反要学那张巡、许远死守睢阳的故事，不明顺逆，不识时务。两边猛烈的炮火，徒然苦了老百姓，无家可归，流离载道罢了。但是天时不如地利，地利不如人和，民心已失，困守何益？一人愚忠，万民遭殃。

欲知后事如何，请看下回。

第二十回

酬夙愿佳人逝世
读绝书烈士成仁

汉阳后防医院里一间病室中，有一个少年军官躺在榻上，面色惨淡，精神疲呆，双目时开时合，好似很觉无聊的样子。忽听室外叽咯叽咯的鞋履声，有一个穿着白色衣服的女看护，轻轻开了室门走进室来，立在榻前，见病人醒着，遂低声问道：

"唐团长在外求见，可有精神接待？"

少年军官点点头道：

"你去请他来便了。"

看护回身走出，不多时领了一个相貌英俊的唐团长前来，面上一些儿没有笑容，眉峰紧蹙，不胜忧愁。进得室来，便和那少年军官握手问道：

"静林，今天可觉得好些？"

少年军官举起疲倦的眼睛答道：

"依然如此，并不觉有起色。"

原来那少年军官便是静芳，而唐团长自然是唐光汉了。静芳督领部下猛攻围城时，敌兵死守不退，静芳冒着弹雨大呼而前，指挥自己统率的一营奋勇前进。哪里知道一弹横飞而来，正中左肋，倒在地上鲜血直流，昏晕过去。被部下抢还，将伊送到后防医院来医治。因为枪弹入而未出，留在身子里，立刻就有生命之忧，经过医士用爱克斯光照得枪弹所在，取出来，但是人却又疲乏又痛苦，不堪支持，徒唤奈何。

唐光汉闻知静芳受创，非常惊慌，遂亲到医院里来视病，累得他天天前来慰问，且知静芳肺叶已有伤处，更是放心不下。当时唐光汉坐在床边，瞧着静芳憔悴可怜，几乎落下泪来。静芳说道：

"我很感谢你天天前来探望，你是有军务的人，如何抽得出这个空工夫？"

唐光汉道：

"自从你受创归来，我心中便不得安宁，恨我自己不能住到医院中来伴你。但是我的身体虽然不能在此间，而我的一颗心已完全系在你的身上，一天不来看你便使我惦念万分，寝食不安。我自己也不知道为什么如此啊。但愿你快快痊愈，重入军营一同工作，我的精神上可以得到不少安慰。"

静芳道：

"是的，我也觉得一人住在此，终日殗殜床笫间，很是无聊，也时时想念你。因为我漂泊天涯，实在没有亲近相知的人，只有你是我最知己的一人了。不过现在正当军书旁午之际，王事靡盬，不遑启居，不能为了我而耽误你的公事，所以你天天来望我，固然很可感激，然也望你努力国事要紧。不知这几天武昌可曾攻下吗？"

唐光汉摇头说道：

"城还没有破呢！非有重大的牺牲不可，现在且把它围住，只好待它自毙，谅城中粮食不多，军心动摇，也未必能够久守吧。但闻苏军援赣，九江、南昌之间，大军云集，孙郎是个劲敌，部下又多善战，不可轻视。我军正在分道入赣呢。"

说到这里，眉头一皱停住了。静芳道：

"那么我们的军队可要开拔？"

唐光汉不得已点点头道：

"再有三天，我们便要前攻九江了，只你的伤处还没有好，我有些放心不下。到了前敌去，却不能来榻前探望了。"

静芳听了唐光汉的话，正色说道：

"军事重要，还是私事重要？我不敢将我的私事有误你的公事，现在正是我们国民军和万恶军阀奋斗的时候，愿你尽力杀敌，不必顾恋着我。况且我的病一时不会就好，因医生对我说，我的左肺叶有些损伤，须要充分休养，那么你还能够恋着我不走吗？"

唐光汉被静芳一说，便道：

"你的说话义正词严，使我无可置辩，本来我想请假一月在此伺候，现在我打消这个念头了。"

静芳瞧着唐光汉微微笑了一笑，说道：

"这是革命的光荣了。"

唐光汉又和静芳谈了长久，看护进来给静芳药吃，唐光汉恐伊精神多费，遂告辞而去。

明天下午又来看伊，到第三日唐光汉因为军队便要出发了，特来和静芳握别，叮嘱伊善自珍重，不胜惜别之情。

静芳表面上虽劝唐光汉去赴前敌，不要依恋着伊，然而心中却很舍不得他去，因自己除了唐光汉实在没有知己的人了，此后一人独居病室，再没有人来问候，何等的凄凉？况且伊觉得自己精神异常委顿，肺部隐隐作痛，夜间亦少安眠，种种病状没有告知他，恐他知道了更要发急，但恐他去后病势转剧，此生便没有和他相见之日了。心里这么想，眼眶中的眼泪不住地滚出来。唐光汉见静芳泪下，也忍不住挥洒几点眼泪，又和静芳说道：

"我去后当时时写信来问候你，若能握管时也请把病状报告我听，若能痊愈出院，那么我就快活了。"

静芳点头答应，直谈到天晚，依依不舍。唐光汉不能不走了，握着静芳的手叮嘱几句而去。静芳自唐光汉去后，更觉寂寞，肺部忽仍作痛不止，虽经医生注射，病势不见减轻，实在伊受的伤过重了。

静芳知道自己的病难以治愈，为革命而牺牲也是伊意中的事，没有什么遗憾，反而找到一个死的方法了。其时伊得到姓冯的党员来函，说当局拟在武昌城外建造一个阵亡将士的公墓，将来郑定远的灵枢也可附葬在内。伊知道了很觉安慰，便复了一封信，托他代谋。又接到唐光汉的来鸿，报告行军状况，问候静芳病情，写得很长很关切，知道国民军正和联军相距南昌、瑞安之间战斗甚烈，九江亦有联军重兵驻守，而第四军现正驻扎黄梅地方，相机进攻。

静芳正想答复，忽然大吐其血，万念俱灰。医生注射了一针，依旧无效，昏迷不醒。睡到次日，才觉稍为清醒，明知照此情形，没有几天存留在世了。忽然想起小曼是伊最亲爱的同学，在岳州晤面时，曾嘱伊通信，但伊只因戎马倥偬，所以没有写过信去，现在自己将和这个世界告别，不可不写一封最后的信告诉伊。又有唐光汉是一个天涯知己，对伊可算十分诚恳，也不可不写一封信和他永诀。

想定主意，遂向看护借取笔墨，勉强支持着起坐，写了两封信，不觉头晕目眩，又呕起血来，睡倒床上，非常痛苦，唯求速死。但伊千叮万嘱，请求看护把伊所写的两封信代付邮筒。第一封写给唐光汉的，上面写道：

光汉吾兄英鉴：

我今以最后之函致兄，想兄展读此书时，我已长逝人间

157

矣。逆料兄若知我死耗，当必悲伤惋惜，不能自已，徒增我之罪戾耳。然而兄爱我者，当我临死之前，乌可无一言以告乎？我之身世兄已明悉，漂泊天涯，万里从军，非有激而为此乎？马革裹尸，我之志也，求仁得仁，又何怨哉？

日来呕血盈升，方寸已乱，医生虽施以注射，如水沃石，复有何效？窃笑其多事。自知命在旦夕，力疾起坐，握管尽此数行。

嗟夫吾兄！此后一生一死，不可再见矣！昨梦定远趋我身旁，与我握手，面有笑容，欲言不言，适看护送药至，乃遽然而觉，意者定远知我之死，含笑来迎耶？颇恨看护之惊人睡梦也，实则我之死期已定，伊虽殷勤劝我进药，奚有裨补者？

嗟夫！我固日求死神之速临我身，早与此残酷之世界脱离也。吾兄少年英俊，前途方长，虽曾丁家庭之惨变，尚望积极奋斗，为国努力，毋以我死为念。至兄待我之情，虽死不忘。前者劝兄出发，亦恐兄恋恋于弟，贻误戎机，不敢以私事偾公事。实则在我未死之前，天壤间亦唯有兄一人能慰我知我而已。方今我国受帝国主义之压迫，危如累卵，唯有国民醒悟速起，完成革命事业，出全力以奋斗，庶能于此优胜劣败天演淘汰之时代，稍得立足耳。

《诗》云：其亡其亡，繁于苞桑。顾亭林云：国家兴亡匹夫有责。先总理亦云：现在革命尚未成功，凡我同志，务须努力。吾兄其勉之哉！鸟之将死，其鸣也哀；人之将死，其言也善。所望兄能勿以我之身死为悲，而更奋其牺牲之精神以与反革命之敌军力斗，则他日痛饮黄龙、班师回粤时，便道一来荒冢之旁，以鲜花凭吊我之孤魂，俾我或能知北伐之成功，吾兄与诸袍泽之凯旋，虽在地下，亦当破涕为笑也。我书至此，心跃跃然，如欲透胸而出，喉间亦觉奇痒难忍，或将咯血矣。适一吐不止而死，则此时已与吾兄永别矣。言有穷而情不可终，不能多写，即止于是。最后更欲重言者，所望吾兄不可闻我灵耗而加重哀痛，则虽死亦安矣。秋风多厉，唯为国自受。

静芳绝笔

又有一封信写给小曼的，写道：

小曼学姊如握：

前日道出岳阳，无意中与吾姊邂逅重遇，甚慰我心，但闻楚云姊逝世之耗，心中曷胜悲痛。美人从古如名将，不许人间见白头。尝诵此诗，不能无疑，及今而始信也。以楚云姊冰雪聪明之姿，乃为荒伧所买，天下知楚云者孰不痛惜，不得不叹造物之不仁矣。即如妹之身世，所遇抑何惨痛？皆吾姊之所知，勿容赘言。

万里从军，奔走天涯，欲以此不祥之身稍供国家之用，死向枪林弹雨中耳。今日而妹志偿矣！盖敌军困守武昌，妹率部下力战，身受重创，送往后防医院，绵延两星期，卒不能救。当妹写此书时，妹之魂魄，恍焉忽焉，将离躯壳而去矣！杀身成仁，为革命而死，妹与定远虽在地下，亦觉光荣，吾姊幸勿为妹悲，而当庆妹之死得其所也。

嗟夫吾姊！生死异途，从此逝矣，愿贤伉俪幸福无穷。珍重万千。

妹静芳绝笔

看护尊重伊的意思，便把两信寄去。到晚上看静芳病势益凶，呕血不止，再请医生来注射时，医生一把静芳的脉，说道：

"危在旦夕，注射无效，待她死了吧！"

便在这夜，静芳一缕香魂离开这个世界了。看护们敬重伊是个烈士，也掉下几点眼泪，连忙报告院长，怎样去收殓静芳的遗骸。以后便将静芳的灵柩送往殡舍暂厝，待到阵亡将士之墓造好时一同安葬。这样静芳可以和定远同葬在一地，风清月白之夜，幽魂有知，亦当把臂共话当年事了。但人家只知道方静林先烈为革命而战死的，不愧大好男儿，殉身党国，哪里知道方静林便是林静芳，不是须眉男子，却是一个巾帼英雄，其间还有一段可歌可泣的历史呢？

唐光汉身在前敌，心里很是惦念静芳。他觉得静芳的病有些危险，前天握手分别时，伊的泪眼紧瞧着我，好似有一个预兆，便是我们俩恐怕从此不能再见面了，这是何等悲哀的事啊！又觉静芳确乎是一个可怜的女子，伊的身世比较我还要悲痛，世上竟有这样一个畸零的女儿遭逢如此，真可为之同声一哭。不知伊现在芳体如何？没有信来，更令人朝夕萦念，所恨胁下不生双翼，不能飞回汉阳到伊榻前一视罢了。

唐光汉正在思念，忽然接到静芳的来信，剖开一读，不禁放声大恸。部下听得方营长逝世消息，也是非常悲悼。唐光汉连忙发了一个电报到汉阳去，请求当局优恤阵亡将士，要把静芳好好盛殓，用上等棺木厚葬。当局者自然格外郑重办理静芳的后事，但是唐光汉自知静芳死后加重了他的创痕，引起他无量的悲哀，虽然静芳信上劝他不要因为伊死而为伊悲伤惋惜，然而人非草木，孰能无情？事实上教唐光汉如何能够不悲哀呢？所以他心中惘惘如有所失，自念静芳已获死所，但我又将如何呢？

恰巧探得联军有一师以上兵马从间道来袭击他们的阵地，唐光汉遂自告奋勇，自带领部下前往，乘敌军行至中途时，突起截杀，敌军仓皇迎战，纷纷退后。唐光汉当先率众陷阵，敌军以迫击炮队应援，一弹飞起，正中唐光汉的左臂，部下劝他退后，唐光汉瞋目斥道：

"今天我们只有'向前'二字，谁敢言退？"

扬起右臂，指挥部下速攻，冒着弹雨前进。又一弹飞至，正中唐光汉的头颅，向后而倒。国民军被唐光汉的义勇激动，大呼而前，敌军遂大败而走。国民军于是役竟获胜，夺得军械不少，九江震动，但是唐光汉却死于疆场了。真是伟大的牺牲，值得后人纪念的。直到今日，国民军北伐大功已告完成，万恶的军阀也已打倒，国民政府成立。

这一辈先烈，其功不小，而唐光汉和静芳的血战功绩尤足系人思想了。

小曼自从在岳阳无意中和静芳谋面一次以后，扶柩回乡，把楚云葬在祖坟，回转广州时，常和伊的丈夫谈起静芳，敬佩伊是个旷世罕有的奇女子，盼望伊有信来告知行军状况。披览报纸，知道国民军已得鄂省，唯有武昌城还没有攻破，大军正入赣和联军鏖战，但是雁沉鱼杳，静芳没有书至。

一天小曼和伊丈夫自外归家，见桌上有一封信，一看是静芳寄来的。小曼大喜，笑逐颜开，忙把信拆开展阅，谁知读不到数行，伊面色骤变，心中一阵悲伤，泪如雨下，对伊丈夫说道：

"静芳姊死了。"

陈公亮遂接过信来一看，也很慨叹。小曼因静芳的死想起了伊可怜的姊姊，心头蕴着不少悲哀，回想自己以前和静芳同学的时候，莲花湾泛舟同游的时候，想不到有今天这样悲惨的结果。旁观者怎不心酸肠断呢？

光阴很快到了来年春天，小曼想回家乡去扫墓，遂商得陈公亮的同意，带了两个下人同往。小曼到了故乡，觉得风景犹是，人物已非，寄居在一家亲戚家里，遂到楚云墓上和伊父母的坟茔前展拜，一抔黄土深深埋香，听树上黄莺娇啼，心里难过得很。四下省视一遭，挥洒几点眼泪而归。

　　次日，亲戚们伴伊同去游莲花湾，划了一会儿小舟，遂到水榭上饮茗憩坐，忽见那边有一只画舫，缓缓摇来，到水榭边停住了。走上一对少年男女，携手并肩走入小榭。那女子是个年可花信的少妇，风姿清丽，装饰文雅，男的也生得很美，大有五陵年少、雍容华贵的样子。一对儿鹣鹣鲽鲽，走近小曼身边，男子忽然立定脚步，向小曼细细打量了一下，突然问道：

　　"你可是小曼女士吗？"

　　小曼被他一问，才认得他是当年郑定远的好友卞子俊，也和伊姊姊熟识的，近来却好几年不见了，便答道：

　　"先生尊姓可是卞吗？"

　　少年笑道：

　　"不错，我就是卞子俊，谅你也还认得。"

　　又代少妇和小曼介绍相识，便是他的夫人。大家坐下细谈衷肠，子俊向伊问起楚云的状况，小曼含泪把楚云过去的事，以及身死惨况一一告知。又将静芳如何改装从军，如何在岳州遇见，如何有信来诀别种种情形，倾吐与子俊夫妇知道，说话的时候泪珠不断地滴下。子俊听了，也觉得回肠荡气不能自已，对小曼说道：

　　"令姊性情爽直，易受人欺，俞珈美是个儇薄子弟，不足恃的。我以前也曾向令姊说过，无奈令姊已入了他的牢笼，不肯听旁人的话，我也早知没有好的结果，却想不到就此蕙折兰摧，真是红颜薄命，古今同悲。还有静芳女士，本和我的亡友郑定远两情浃洽，可以有成功的希望，偏偏被人暗施诡谋，打鸭惊鸳，误了他们的良缘，遂致定远弃家远走，身死武汉。如今静芳也漂泊天涯，为革命而牺牲，徒留下可歌可泣的逸事给他人悲叹罢了。想我以前和定远泛舟湾中，也在此间遇见你和静芳女士。不想现在也会和你相见，得聆这许多断肠的哀史。天道何知，人事难料，使我也有深深的悲感，不易淡忘了。"

说罢，遂和他的夫人告别，临走时又对小曼说道：

"还有，我也要告诉你的，那个倾陷静芳的李龙光已瘐死狱中，而定远的父亲也于今春故世了。"

小曼点点头，看子俊和他夫人走下画舫，打着兰桨，望东而去。这时有一阵春风吹来，水榭外的绛桃落英片片，飘坠而下，又听树上子规婉转哀鸣。小曼看着，好似觉悟到什么，仰天叹了一口气。真是：

啼鹃有恨花空落，流水无情草自春。

163

红蚕织恨记

第一回

碧海茫茫清言霏玉
柔情渺渺噩梦惊心

这一天天气温和，春风骀荡，海面上波平若镜，一些儿风浪也没有。远望青山隐隐，好像美人临镜梳头，风鬟雾鬓，清丽可喜。点点海鸥随着风帆上下回翔，可爱的阳光照在海面上，好似耀着万道金蛇。此时秦佩玉和他的表妹罗秋痕坐着一只小艇，在海上泛游，佩玉荡着桨，秋痕唱着歌，歌道：

> 春山含笑兮，
>
> 美人多情。
>
> 美人多情兮，
>
> 灿烂如天上之明星。
>
> 花为容而月为貌兮，
>
> 玉洁冰清。
>
> 我心如烈火之焚兮，
>
> 愿与美人共此生。
>
> 情网笼罩余身兮，
>
> 如醉人之中醒。

予怀渺渺兮，

安得一聆美人之莺声？

歌名《我思美人》，是日本诗人石川大郎作的。佩玉习过日文，他从报纸上翻译下来，教给秋痕唱的。秋痕常喜唱这歌，莺声流利。佩玉听了，真像歌中末一句，"得聆美人莺声"，艳福不浅。

秋痕歌罢，剪水双瞳注视着佩玉，脉脉无语。

佩玉道："石川大郎是个青年诗人，他作这首《我思美人》歌，其中有一段情史。"

秋痕道："你可能讲给我听么？"

荡着桨，小艇只顾向前行去，说道："石川大郎现在已作古了，我从日本小说杂志上看见的。原来大郎已有妻子了，后来在一个诗社里认识一个女友文子，诗才清高，容貌美丽。石川大郎很是佩服。二人常常唱酬，渐渐相熟。文子性情温淑，尤其是像一块磁石，吸引得大郎紧紧贴伏。可是大郎已是使君有妇，怎能再向人家青年女郎发生恋爱呢？所以大郎心里充满着忐忑狐疑，不知怎样办起。起初想一挥慧剑斩断情丝，然而文子吐的情丝已织成了一个柔密的情网，把石川大郎笼罩住了，再也挣扎不脱。只要大郎有几天和伊不见面，伊就要下书问罪。大郎看见了信，好似接到哀的美敦书，不知不觉又做南人不叛了。久而久之，两人已由精神上的恋爱发生肉体上的情爱。这样大郎和文子的关系终不能摆脱了。文子也知道大郎是个有家室的男子，自己不应该和他接近，尤其不能和他发生恋爱。但是恋爱这样事情十分神秘，文子心里虽如此想，然而事实上却反走近。春蚕吐丝，作茧自缚，这真可怜极了。"

佩玉说到这里，叹了一口气，把桨微微荡着。秋痕将掺掺玉手掭着樱唇，只是不响。海风一阵阵吹来，觉得很是凉爽。

佩玉又道："文子知道已陷于三角恋爱之境，将来绝无良好结果，又听得石川大郎夫妇间感情本来很好的，现在加入第三者，大郎的心里又怎么样？自己本是一个好女子，何必自己走入这条不可解结的路程？越想越怨，抑郁无可告语，竟怏怏成疾起来。后来跟着舅母去海滨养病，大郎怀想不已，就作出这首诗来，刊在《光明报》上。文子见了，更触起伊的愁绪，又偷空回来一次，和大郎会晤在一家旅馆以后，病愈加重。文子死在海滨，大郎接到噩耗，越觉对不起文子，心中悲哀都寄托在诗调里。直到老时，这一幕悲剧终深深地刻在他的脑膜上，哪里忘掉？真是'天长地久有时尽，此恨绵绵无绝期'。"

佩玉说到这时不说了，打着桨向前行去。秋痕道："情场即是恨场，往古以来，不知有多少人陷溺其中，不能自拔。石川大郎和文子是诗人，也勘不透这关头。明知无益，未免有情，把他们的自制力消失去了，到底结成不欢之果。"

佩玉叹道："秋妹你不要这样说，一个人身入其境，自己做不动主的。谁有慧剑能斩断这一缕柔密的情缘？百炼钢化为绕指柔，所以我说恋爱是一件神秘的事情，造化小儿颠倒众生，这又何说？在日本又有一个名小说家有岛武郎，他竟恋爱上一个有夫之妇的波多野秋子。后来两人为了此事，双双情死。中日两国报纸争相传载，震动一时。波多野秋子和伊的丈夫爱情淡漠，遂致和有岛武郎由文字上而发生恋爱。后来两人觉得他们都有不是的地方，断不能融于现代的社会，有岛武郎更觉对不起伊的丈夫春房氏，两人心里说不出的痛苦。天地虽大，难容此身，不得不出于一死，以求心安。岂非也是可怜虫么？"

秋痕道："不错，即如我国稗史上所载男女恋爱的事，哪一件不是可泣可歌的呢？我前天晚上读了一篇《小青传》，不觉泪湿襟袖。

红颜薄命，我们女子比较男子更觉可怜，是不是?"

佩玉道："女子的性情大概悱恻缠绵，若是恋爱上一个男子，伊就把一颗心牢牢系住了这人了。虽然苦楚备尝，伊总是甘心忍受。而且情绪抑郁，没有可以告诉的人，因此促短伊的年寿，消灭伊的幸福。古语说'痴心女子负心汉'，足见两刺戳人比较，女子总是情深一些。但是男子们有真心恋爱的也很多，钟情的朋友大都讷讷然不会说什么话，一切横逆之来，也能瞑目忍受。天荒地老，此情不灭。若那些自命风流的儇薄少年，多情是多情了，可惜不专。他喜欢用着甜言蜜语，在女子面前做功夫，献出百般殷勤，有些小才的，便写情书啊，作无题诗啊，把那对方的人捧之九天之上，一般女子自然很容易上他的钩饵，而用出伊的真爱来。不知道他何尝有真的爱情? 弃旧怜新，玩弄女子罢了。所以初入情场的女子不可不谨慎。自由恋爱，自由结婚，果然是女子解放后的新生活，然而社会的黑暗，一般素丝未染的女子，往往不容易看得出，以致一失足成千古恨，给小说家、新闻记者等许多资料。佛说孽缘，就是这种了。"

秋痕听了，面上露出深思的样子。佩玉又道："像我们俩的爱情，可算心心相印，和好无间了。这几年来我和秋妹相处，觉得秋妹完全用诚挚的爱来待我，而我也不知不觉一步步地恋爱着秋妹。且喜我们学术不相上下，性情也很投契，只有家庭方面尚不能爽爽快快地通过，未始不是遗憾。我愿天下有情人都成眷属，尤愿我和秋妹的姻缘到底能够成功，达到我们理想中的婚后快乐。秋妹，你也这样想么?"

秋痕不觉向他微微一笑，点点头，似乎默许的样子。佩玉停了桨，挨近身去，想和伊接吻。忽听背后一声吆喝，回头一看，见有一只小船，扯足风帆，箭也似的追来。船头立着一个不相识的男子，厉声喝道："秦佩玉，怎么带了你家表妹来到这里讲情话?"

佩玉面上一红，也就答道："你是什么人？口里胡言乱语，敢来干涉人家的自由？"

男子哈哈笑道："我便是你的情敌。我一心要罗秋痕女士和我结婚，无论如何，必要达到目的，所以不许你和伊亲近，你可知道？"

这时船已接近，佩玉听那男子口中说出这些尴尬的话，勃然大怒，也道："你这人敢是疯了么？秋痕和你有什么关系？如此信口诬蔑，难道没有法律么？"

那男子道："什么法律不法律？我不懂。"随即把手一扬。

佩玉见他手中举着一支勃朗宁手枪，心知遇着匪徒了，生恐秋痕受伤，把身体掩护着伊。忽听风声狂吼，水花斗溅，船后有一片黑云飞奔而来，一霎时日色无光，漫漫大海，四下阴沉，怒浪汹涌，奔鲸骇蚪。浪头作白线，接向小艇打来。佩玉说声不好，觉得小艇已被浪头卷起，好似腾云一般，重又堕下，海水已到艇内。佩玉明知无幸，把秋痕紧紧抱住。又有一浪打来，小艇立翻。佩玉被怒涛所卷，一阵昏瞀，醒来时忽觉秋痕已不在怀中，心中大痛。幸他尚能泅泳，和海浪抵抗。不多时，风静浪平，恐怖时期已过，漂流到一个孤岛上。坐在沙滩边，海水鼓动，时时冲荡到滩上。

其时天色已黑，繁星满天，一轮明月慢慢从云中姗姗而出，月光映射海波，白沫泡泡，发出银光。回望岛上黑森森的都是树影，暗想我那可爱的秋痕大约被浪头卷去，葬身鱼腹之中了。天有不测风云，人有旦夕祸福，古语真是不错。我们海滨打桨，情话依依，蓦地来了个不相识的冤家，横加无礼，甚至要拿手枪来向我拼命。忽地又起了风浪，以致演成惨剧，好一个如花如玉、多情多义的秋痕妹妹，不料先我而死，我还有什么趣味再生在人间呢？不由放声痛哭。

后见海浪里有一件东西浮在波面，顺流而来，已到滩边停住。

佩玉过去，见是一死尸，抱上来细细一看，不是秋痕还有谁来？见伊肚腹胀得很高，玉容惨白，双目似闭非闭，一头云发早已披散，淋淋漓漓地沾满着水。可怜在一点钟以前的秋痕还是好好的一个美人，现在香销玉碎，魂兮何归？只落得陈尸在恋人眼前。多情的佩玉觉得肝肠崩裂，三魂六魄早已跟秋痕一同去了。

忽又见海面上有一叶扁舟驶向岛边而来，暗想：莫非这不相识的冤家追踪而来么？难道他偏能避去这大风浪么？现在秋痕已是死了，他来也没有用啊。

少停舟已傍岸，却见有一个少女风姿清丽，走上岸来。佩玉大为错愕。少女趋前瞧着秋痕的尸身，微微叹了口气，又走过来，似乎要安慰佩玉的样子。但此时佩玉心中如割，不愿再和他人应对，所以别转身去。再一回头，少女已不见了，秋痕的遗尸也不见了。黑云又如雾起，把月亮掩没。海水澎湃的声音，惝恍如梦。一想秋痕已去世了，我在这孤岛上如何是好？不如和伊一块儿去了吧。随向右边一块大石上一头撞去。

砰的一声，微微睁开眼睛，却不见了大海，不见了孤岛，自己正坐在桐秋馆里。桌上一盏电灯绿澹澹地发着光，摊着的一本《海神》诗集，才看得几页，原来是梦。窗外一阵风响，桐叶上淅沥有声，正在秋雨潇潇。佩玉立起身来，摩挲睡眼，暗暗叫了一声惭愧。

欲知后事如何，请看下回。

第二回

忧愁困苦独坐思前尘
滑稽突梯信口讲赌经

　　佩玉独坐在桐秋馆，听窗外雨声，夹着一片秋虫唧唧的鸣声，孤灯荡漾，想起梦境，心中止不住跳跃。晚上正和秋痕及伊的母亲喝了几杯酒，有些醉意，迷迷糊糊地回到这里，怎么做起这种噩梦来？照梦境细想，自己和秋痕沉溺大海，前途当然没有什么好的结果。但梦是虚幻的，不能凭信。虽有古人做的梦很应验的，也有适得其反的。并且梦的构成都由于脑府的变化，我和秋痕两人的感情不可以说不融洽，可是还有种种阻碍，是我心里常常惴惴忧惧的，所以有这个梦了。幸而是梦，若是真的，岂非极可怜的事么？

　　想我自幼便没了父亲，母亲单单生了我一人，祖上又没有什么遗产，可以说得无一瓦之覆，一垅之植，只靠着十个手指来养活我，教育我，又迷信什么世代书香，要我做个读书种子。其实在现代生活程度日高的社会里过日子，还是有些实在的技术，倒好糊口，不至于今日依人篱下了。我又自作聪明，喜欢研究美术，不知研究美术虽是一种很高尚的生活，然而像我这种窭人之子，实在是饿了肚皮走路。所以饶我镇日里孜孜用功，寒暑无闲，至今在文艺界上博得一些微名，可是两手空空，还不能博得金钱。唉，要把美术换黄金，真是一件苦恼的事了。我若有资财，可以维持生活，谁要什么劳什子的钱呢？可知美术和寻求生计是背道而驰的。古今美术家出名的虽有不少，然而穷途潦倒、一贫如洗的占居多数，我不幸也难逃出这公例了。

况且我那亲爱的母亲又在前几年患病去世，因此我变成孤儿。幸亏舅父舅母仁慈，料理我母亲身后之事，又代我出学费收养我。去年在美术学院里毕了业，又在舅父家借这桐秋馆作为画室，潜心学术，希望将来的成功。孟老夫子不是说的么："故天将降大任于斯人也，必先苦其心志，劳其筋骨，饿其体肤，空乏其身，行拂乱其所为，所以动心忍性，增益其所不能。"又说："独孤臣孽子，其操心也危，其虑患也深，故达。"那么我幼年时代的苦痛是天之玉成我了。但是逝水韶光，行年二十，读书不成，学剑又不成，空负这昂藏七尺之躯。

他想到这里，抬起头来，见东边画架上有他自己画的一幅未成之画，是一个女子的半身，恰才画好一个面孔。绝齐的前刘海覆到蛾眉边，两个漆黑而活泼的星眸，水汪汪地对人做凝视的模样。瓠犀微露，嫣然欲笑。香颊上两个小小的酒窝，多么娇艳，多么娇憨。佩玉对着画，瞧得出神，似乎画中的女子将要变成活的，姗姗地走下来了。他是欣赏他的艺术呢，还是别有所思？

你道这画里真真呼之欲出的女子是谁？原来便是他的表妹罗秋痕了。他瞧了这幅画，又想起梦境，心中思潮岔落，觉得自己和秋痕的前途还是茫茫然不能预测。

佩玉的舅父士先，现在京中交通部里供职，带了姨太太汪氏，分居在京，舅母却仍住在松江城里。这座大宅子半已换修，宅后也有小小园林。秦佩玉现住的桐秋馆便是舅父的内书房，地方很清幽的。庭中种着一株梧桐和美人蕉，还有一株贴梗海棠，绿荫上窗，恬静可爱。罗夫人是享用惯的，又爱好场面，膝下只有这位秋痕小姐，十分疼爱，极力栽培伊的教育。秋痕生性也很敏慧，现已从女子中学里毕了业，在本城美化女子中学校里当算学教员，伊的算学确是精妙的。在罗夫人的心里，希望将来可以得一个既富且才的乘龙快婿。这一点佩玉用冷静的头脑看出来的，因此在他心中深深地印着了。

佩玉是个心高气傲的男子，为着他的命运不济，受了人家许多肮脏的气，有许多地方真是使他心有余而力不足，争不出气，只好委屈忍受。他住在桐秋馆，也是有了秋痕的缘故，不知不觉，甘心株守。觉得一天不见秋痕，便有万斛情绪向谁告诉？若是没有秋痕时，他早已走了。

那夜佩玉想了一会儿，没奈何上床安睡。次日乃是星期日，佩玉早晨在桐秋馆看了一会儿书，写了两封信，便走出桐秋馆，转过花厅，来到秋痕的书房前。只听里面有笑语的声音，佩玉定住脚步，在玻璃窗边一瞧，见里面靠东沙发上坐着两个女子，一个身穿一套白纺绸的衣裙，颈项里套着一根紫色的自来水笔丝带，梳着爱丝鬒，身儿长长的，面貌也还生得不恶。脚上一双白帆布的网球鞋，乃是秋痕的同事体育教员密昔斯李。在伊的右面侧身坐着的一个娇小女郎，也梳着爱丝鬒，打着前刘海，身穿一件白地红格的布衫，白条布的裤子，脚上一双白帆布跑鞋，正是罗秋痕了。

佩玉和密昔斯李是熟识的，便放心踱将进去。密昔斯李一见佩玉，便立起招呼。佩玉也就在一只藤椅上坐下，问道："你们笑什么？"

秋痕道："密昔斯李正讲一个笑话给我听，所以好笑。"

佩玉道："什么笑话？我可听得么？"

密昔斯李道："听得听得，我来重讲一遍吧。你们知道我家李先生，他生平没有什么别的嗜好，最欢喜一百三十六张。起初天天晚上要到邻家去打牌的，遇着我偏不喜赌博，便不许他在晚上去打牌。但他在日里遇到暇时，仍要出去打牌，而且咬文嚼字说什么看竹了，游竹园了，手谈了。真是俗谚说的，若要戒赌，头横边点火了。前天星期日下午，他到邻家去打牌，不到一个钟头忽然回来，面上笑嘻嘻的。我问他道：'你不是去打牌的么？怎么此刻回家了呢？'他说道：'今天我遇到一桩笑话。'我道什么笑话，他道他的赌友中有个姓王的，很是惧内，常常瞒了他夫人出来打牌。他夫人不许，因他输的钱很多。今天他又来入局，不料刚才碰得两圈，轮到他坐庄，他把庄子丢出来，买十和，手里拿着一副大牌，东风碰出，一索暗杠，还有白板三只，二索三索双碰，和出来不是要大赢而特赢么？正在钩心斗角时候，忽然外面闯进一个少妇来，柳眉倒竖，杏眼圆睁，一把揪住了姓王的说道：'今天家里有事，叫你不要出来打牌，你偏偏瞒着我到这里来打瘟牌，累我打听了好几处，方才探得明白。现在跟我回去。'姓王的还要分辩，他夫人却不由他做主，拖了便走。这一场牌打得好没趣，众人面面相觑，都说好一个河东狮。等到一看姓王的牌，却又不禁大笑起来。料想姓王的大牌在手，还不曾和出，却被床头人生生捉回家去，何等懊恼？可以算得季常第二了。他说完后，我道：'如此说来，你不曾被我捉回来，还是你的便宜了。'"密昔斯李说罢，佩玉和秋痕都大笑起来。

佩玉道："赌博本是一件废时失业的害人东西，甚至使人败家丧身，种种不道德的事间接从赌博而来。但是现今一般名流士绅、政界伟人，大都喜欢赌博，甚至有许多想尝官瘾的人，情愿辇了重金到都中去，和一班达官贵人打牌。只求输，不求赢。便等输得多了，便好央人去说，某某输去好多了，手中来不得，请给他一个差使吧。这样一来，自然成功的多。本地有个姓郑的，他到京里去谋事。一天去拜访某要人，恰逢某要人正和几个朋友打牌，他立在旁边看着，不多时某处有电话来，要某要人即刻前去议事，某要人遂向姓郑的招招手，道：'你来代我打一下吧。'姓郑的连称是是，便代某要人入局。某要人匆匆而去。直打到傍晚始止。他们用码子计数的，姓郑的竟获全胜。三个人各签一张支票给他，他接了一看，都是英文字，不好意思问个明白，便揣在怀里，也就去了。明天一早，忙接了某要人，请安说明昨天代打得利，将支票奉上。某要人睡在烟榻上，看也不看，便道：'这一些你拿去是了。'姓郑的连声称谢，少停退去，便到某银行收款，行里的会计员问他道：'你要一起取出去么?'姓郑的点点头，会计员道：'此刻行中一时凑不齐这项现款，请你在下午再来一趟吧。'姓郑的要钱用，只得下午再去，只见会计员捧出一束一束的钞票，一卷一卷的银币，一百一千地点给他。姓郑的惊喜莫名，一算共有八万六千之多。姓郑的领了这笔款子，喜出望外。次日又至某要人处拜谢，声言不日将回家乡。某要人问他官还没有做着，何以便要回乡? 姓郑的老实告诉，某要人哈哈大笑道：'知足不辱，很好很好。'姓郑的遂束装回里了。"

秋痕见佩玉大讲赌史，遂道："姓郑的也是侥幸。这种玩意儿我也不喜欢，我只喜欢出游。"

密昔斯李道："不错，我和你性情相投，自然界的美景很是使人流连不舍。去年暑假我和外子到莫干山去住了一个月，山顶看云，涧边听泉，觉得精神上非常愉快，魂梦恬适。"

佩玉道："春秋佳日，邀得二三知己，或泛舟湖上，或蜡屐游山，很快乐的。尤其是我们喜欢美术的人，觉得自然界供给我们不少画稿。"

秋痕听了这话，好似蓦地想起一事，开口问道："玉哥你给我画的一稿可画好么?"

佩玉道："大约明后天总好了，你不要心急。"

密昔斯李又道："下星期日校长约同全体教职员借城外黄家花园，效西人辟克匿克（Picnic）的游法，开一个教员同乐会。大约你我都要去了。"

秋痕道："这位许校长花头真多，可是讲起话来太觉啰唆些。"

密昔斯李道："校长做人尚算平易，只有那位舍监杨令娴先生，人又生得肥头胖耳，令人可厌。更加伊对着校长百般献媚，一种胁肩谄笑的样子，真是十八个画师也画不出。"说得佩玉和秋痕都笑了。

当时三人说说笑笑，已近午时。下人来请用午饭，秋痕邀密昔斯李到里面用饭，佩玉因有女客，遂到外面和账房先生一起去吃，饭后密昔斯李又约秋痕出去访友，佩玉回到桐秋馆看报作画。到明天，秋痕坐了车子到校去。不料校中却发生一出惨剧。

欲知究竟，请看下回。

第三回

受诱惑侈言社交
为谴责顿萌短见

　　作者在披露惨剧之前，先要把美化女学的内容大略报告一下。那许校长名厚人，是一个日本留学生，家中很有些资产。回国以后，要想提高女子教育，造成女界人才，因此提出一部分的款来经营规划，创办这个美化女学，广延男女教员，订定最新课程。学生一年多似一年，名声也大起来。秋痕是密昔斯李介绍进去的，教授算学，每月薪水三十五元。许校长待伊很为优渥，又教伊当初中一年级的主任。因为秋痕热心做事，许校长时时请伊到校长室去谈话，商量校务。

　　密昔斯李是专教体育兼舞蹈的，还有一个胡粹芳女士是小学部国文主任，和秋痕、密昔斯李三个人在校中最为莫逆之交，常常聚在一起，大家称她们是刘关张桃园三结义。秋痕智谋最好，便称伊为刘备，粹芳娇小玲珑，而两颊红喷喷的，像海棠果一般，便称伊为关公，密昔斯李当然是张飞了。粹芳口才极好，常喜面折人过，疾恶如仇，而性子却坦直得很，只要你和伊表示亲近，伊总当你是一个好友。

　　女同事中还有一个舍监杨令娴女士，便是密昔斯李在秋痕家中提起的一个人，和许校长有亲戚关系，因此得做舍监。讲到胸中学问，远不及秋痕和粹芳两个。伊又和粹芳在幼时同居过的，所以十分熟识。但秋痕早看破杨令娴的为人不可与交，暗地曾劝粹芳少和伊亲近。粹芳究竟年轻，反以为秋痕多疑，不甚相信。

令娴做了舍监，管理学生十分严厉，夜间十时熄灯，不许私自偷点洋烛。寝室里不许高声胡闹，熄灯后独自在阳台上蹑着足东西逡巡，看学生们可有不守规则。晚膳后须至教室自修一小时，有教员值日督察，往来书信都须先由舍监检查一过。星期六离校又须家中人来领，不放学生单身出去。一众学生无不背地将伊痛骂，说伊头脑陈旧，思想不进步。然而有许多家庭倒赞成伊这般紧法，送女儿来读书。

但其时正在五四运动以后，新学生澎湃汹涌，各处学校无不受着影响而趋于新的道路。男女社交公开，恋爱自由，好新恶旧的女学生当然不愿雌伏。也有许多不彻底明了的女学生，借此做出不道德的事来，所以饶杨令娴管理严密，也闹出岔乱来了。

中学二年级里有一个学生姓赵名云霞，是泗安镇上人，来此求学，寄宿在校，和一个姓孙的同学最相好，后来姓孙的因事退学，云霞仍继续肄业。姓孙的时时要来探望，不料姓孙的有一个表兄，姓奚名晓初，曾在上海某大学读书。因为他性喜冶游，品行不良，校中勒令停学。遂回到家乡，打打牌，唱唱戏，时常穿着一身很漂亮的西装，东走走，西荡荡，信口吹牛，自称大学学士，专喜结交女朋友。

有一天校中放假，姓孙的来校要请赵云霞到伊家中去吃饭，向舍监来申说，要一同出校。杨令娴一因今天放假，学生大都回去，二因姓孙的是旧同学，所以答允了，限在五点钟时一定要回校的。云霞大喜，便换了一身衣裙，梳头掠鬓，打扮一新，和姓孙的出校去了。谁知到了孙家，遇着奚晓初。晓初见云霞容貌美丽，又是美化女学的高才生，便竭意献媚。姓孙的又夸赞晓初如何品学兼优，愿介绍两人交友。饭后又相偕出去郊游，直到五点钟的限时到了，才恋恋不舍而别。云霞情窦方开，更兼耳濡目染都是情爱的事，胸中一缕情丝早已飘荡出来。现在遇见晓初这样的时髦青年，满口新名词，一定是神圣恋爱的同志，心中不由倾慕。姓孙的见二人有意交友，极力拉拢。和云霞商量好，每星期六由这边差女佣前来迎接，假托是云霞的戚家钱姓接去盘桓。因为云霞的表姨母住在本城，曾有一次到过校里来探望的。他们这样偷天换日地竟把杨令娴悄悄瞒过。

日往月来，云霞和晓初的恋爱已到沸热时代。晓初百般勾引，姓孙的又得了晓初的一只十六 K 打簧的手表，极力代他们拉拢。云霞遂甘自失身于晓初了。但是天下的事，任你怎样秘密，总有穿漏的一天，好像老天有意要代为揭晓世间的一重重黑幕。

有一个星期六下午，杨令娴坐在办事室里看报，忽然赵云霞的表姨带了一些食物，坐着车子来校。令娴心中不由一愣，暗想今天云霞出校不是有她家的女佣来接去的么，怎的这位老太太特地光降起来？其中恐有蹊跷。连忙出去招待，请到来宾室中坐定。云霞的姨母见了杨令娴，便说："杨先生好久不见了，我今天有暇来此探望我那甥女，近来伊的身体好么？快请伊出来见我。"

此时杨先生不觉呆了，云霞的姨母见令娴呆着不响，便道："杨先生，云霞在哪里？"

杨先生只得说道："咦，怪了。今天下午有你家下人来接伊去的，怎样不曾见啊？"

云霞的姨母面上显出奇异的样子，答道："杨先生，你大约弄错了。今天我并没有差人来接，不然我怎么会赶到贵校来呢？"

令娴觉得这事很离奇了，遂把以前的事一齐奉告，说云霞自言姨母每星期要接伊去盘桓，所以每星期有尊处下人来接去的，直到五点钟回校。

云霞的姨母遂道："哪里有此事？我已好久不来接伊了。哎哟不好，我的表甥女不知在哪里干些什么事了。今天我只好守在这里，待伊回来质问，务须弄个清楚。杨先生，你何不早来问我一声呢？"

令娴被云霞的姨母埋怨了一句，也不好多说，心中十分难过。细细思索云霞的举动，觉得并没有什么可疑之处，又无男子通信，何以有此暧昧举动？不过近日喜欢妆饰，功课有些躲懒，不言不语，好像有什么心事罢了。遂到伊的寝室里搜查伊的箱箧，却喜并没锁上，在皮箱里寻出一张男子的小影，穿着西装，侧身立着，旁边写"云妹知己惠存，晓赠。某月某日"，又有一封情书，署名晓初，不是寄来的，乃是托人转交的，其他没有什么凭据。

令娴取了出来，交与云霞的姨母，她看了叹口气道："好好的女子，一入学校，三朋四友，便有这些不端的事做出来。家庭把女儿寄宿在校，完全是信任学校，不料学校的管理者失于检点，不负责任，未免疏忽。所以我家两个女儿要出外读书，我却一定不许，不情愿她们将来玷污我的家声。"

令娴听了这些话，十分闷气，暗想云霞并无他友牵引出外，只有姓孙的学生常来探望，看她们唧唧哝哝的，不知讲些什么，或者便是此人的毛病。时许校长尚在校中，一听这事，叮嘱杨令娴从严办理，以饬校风，令娴当然秉承意旨。但是等到六点钟后，天已晚了，云霞不见回校。云霞的姨母急道："杨先生，你说云霞在五点钟时要回校的，怎么此时还不回来？伊可是常常要住在外边的么？"

令娴道："平常时候总是准时归校，不知今天何以偏偏不回。"

这时校中锵锵地敲动晚饭钟，令娴急得只在来宾室中踱方步，云霞的姨母焦灼万分，立起身来道："家中有事，恕我不能再等下去。一切奉托先生，明朝我再来。务乞先生将我甥女交出。"说罢，遂带了东西告辞去了。

令娴送出校门，回到里面，急和教务长刘先生商量一番。刘先生主张请令娴快到姓孙的学生家里去探听一遭。忽然门房送上一张条子来，令娴接过一看，原来是赵云霞的请假条。上写道：

敬启者：

学生今日在表姨母家盘桓，忽患头晕，故今晚不能归校。明日如能痊愈，一准来校上课，尚乞允准。此请

杨先生大鉴

美化女学校学生赵云霞　拜上

令娴看了，知道这事不妙，忙问门房来人何在。门房道："他送到了条子，便去了。"

令娴道："是个什么人？是男是女？"

门房道："是男的，看他形影有些像旅馆中的茶房。"

令娴点点头道："你去好了。"随又把请假条上的字细细观察，觉得很有些像姓孙的笔迹。

杨令娴道："我只得跑一趟了。"遂坐了车子出去，到城里城外各旅馆去寻找。后来在新开的大吉旅馆里，一看水牌上有奚晓初三个字的大名，住着第十七号房间，随即按着号数寻去。走到楼上，靠东一间门上写着十七号，一看洋门却虚掩着，里面隐隐有笑语之声。杨令娴不由立定脚步，一阵踌躇，因伊自己尚是一个未出嫁的小姐，怎好意思去捉奸？然而事已如此，不得不干。遂毅然决然伸

183

手过去，把门推开，踏进房中。只见窗边沙发上坐着一个女郎，正是姓孙的。里面床沿上并坐着一男一女，男的穿着西装，大约便是奚晓初了，女的不是赵云霞却是谁。

三人正在谈笑风生，十分快乐时候，忽见杨令娴走进房来，都吃了一惊。赵云霞羞得立不起身，低倒头不语。还是姓孙的上前叫应，要想推说，令娴板起面孔说道："事体做得好。不容说了，快跟我回去吧。"一把拖了云霞便走，走出得旅馆，雇了两辆人力车坐着回校。其时已有八点钟。

令娴唤云霞到伊房间里训斥一番，将伊的表姨母如何来校探问、对穿说诳、搜出小照情书等事，一一告诉，并说道："校长已知道这事，命我要严重办理。我很惭愧，一向没有觉察。今天被你的姨母埋怨一番，你做出这种事来，连我也没有面目。为顾全学校名誉计，只有将你开除。明天你家姨母来，你可收拾收拾，跟伊去吧。我们学校方面担不起这种责任了。"

云霞听说要把伊开除，不由放声大哭起来，哭得好不凄惨，说道："我若被开除，回到家里，给我父亲知道了，稳是一死。"

令娴冷笑道："你若早先细细一想，便不跟人胡闹了。所谓一失足成千古恨，孽由自作，别人也怜惜不来。"

云霞听了这话，也就止住哭，知道舍监素来言出法随，无可幸免，遂低头走回寝室。此时校中同学有几个已耳闻这事，又见云霞哭丧着脸回来，便过来冷言冷语地讥讽，云霞听了，心中好不难过。幸有同房间的学生劝慰，方始脱衣安寝。明天早上，那同学起来，见云霞没有起身，见伊睡在被中，面上泪痕纵横，两颧微赤，去摇摇伊，云霞睁开眼来，泪如雨下，一句话也不说。那同学又用好话安慰一番，才下楼去吃早饭。

到九点钟，云霞的表姨母来了，杨令娴遂把昨天的事告知。云霞的姨母叹口气道："那小妮子一时昏迷了，若被伊的父母知道，伊一定不能活。因为云霞的父亲非常古派，性烈如火。若然校里把伊开除回去，他当然要把女儿处死。校中既失察于先，何忍陷之于后？最好想一个两全的方法。大约伊也没有面目再在此读书了，不如由我带去，瞒过家中，且待下学期转学他校。"

令娴听云霞的姨母如此说法，觉得女孩儿面皮嫩，家庭中又是有这样情形，所以也先赞成伊说的话。两人遂走上楼来看云霞，云霞一见表姨母，便哭道："姨母，我很惭愧见你老人家，愿你饶恕我。学校要把我开除，我断不能回家去的……"

云霞的表姨母见云霞哀哀哭泣，倒也不能责备伊了，便道："你既然可能翻悔，可跟我去。我总在你父母面前瞒起。杨先生也答应了。"

云霞呜咽道："姨母，多谢你的美意，我来生再报答你吧。"

令娴见云霞面上不对，形色大异，便说："云霞，只要你以后改过才是。你可曾吃过什么？不要自寻短见。"

云霞不响，姨母凑上去闻着云霞口中一阵磷气，忙道："不好，杨先生，你们这里有医生么？"

令娴道："有的，校医张继明先生便在本巷，待我便去请来。"说罢匆匆下楼而去。

此时罗秋痕正到校，伊平常很爱赵云霞的，说伊很聪明，人又姣好，不料出了这种岔子。一听消息不好，便跑上楼来。云霞一见秋痕，叫得一声罗先生，早已泪下如雨。秋痕本来心肠软的，过去拖住云霞，一颗颗的泪珠滴将下来，说道："云霞你为何要轻生啊！凡事总有个办法。我是肯原谅你的。你受人之愚，这是社会的罪恶，你是一个不幸者罢了。停一刻医生来了，千万要进药的。"

云霞一句话也没有回答，只把头倒在秋痕怀里伤心痛哭。云霞

185

的姨母也在旁揩着眼泪。其时令娴已请了张医生前来，张医生把过脉，又察验云霞的眼睛，听听心口，说道："这是服了火柴，毒中得很深，现在须使伊呕吐。到得晚上没有变动，可望无恙。"

不料云霞昨晚服了三匣火柴，又吞下一只金戒，所以虽经张医生施救，也无及了。直挨到下午五时，活泼泼的赵云霞竟一瞑不视，魂归忉利了。秋痕和云霞的姨母还有几个同学围在尸旁痛哭一番，明日便草草安殓了，舁到会馆里去暂寄。一面由云霞的姨母发信到云霞家中去，推说云霞急病身亡，请他们来领枢，这且略去不题。

只是美化女学发生了这一出惨剧，校中三三两两议论这事，有的说云霞咎由自取，大可引为殷鉴。有的说恋爱自由，云霞在外交男朋友，也没有什么大不了的事，何至于死？有的说杨先生操之过切，害人一命。教职员中独有秋痕怪杨令娴平日不能明察，到得事发，又一味操切，反陷云霞于不救。令娴受了秋痕的话，不好说什么，许校长心中也有些不快，吩咐令娴以后更宜谨慎。令娴受了各方面的责备，不由暗中哭泣，因此伊心中深恨秋痕，在许校长方面媒蘖伊的短处。不料校长一片痴心钟情于秋痕身上，哪肯听令娴的话？

欲知后事如何，请看下回。

第四回

筑新冢伤心埋玉
会名园击鼓催花

　　许厚人的学问也还不错，他自幼配下昆山徐子盛绅士的女儿绍英，也是父母之命。后来他的父母相继故世，他认为这种婚姻是桎梏式的婚姻，很不赞成。所以读到大学毕业，一直没提起婚事。东渡以后，消息沉沉，徐家以为厚人受了新学说的洗礼，翻悔前意。那位徐绍英小姐，年华渐长，在上海读书，也另外认识了一个男朋友，因此徐家央媒出来，要求取消婚约，厚人当然愿意。后来厚人在日本新交着一个女同学管女士，两个人情投意合，每当假日，时时联臂出游。不料在厚人将近毕业的时候，那位管女士不幸生寒热逝世，厚人不胜悲哀，便在日本卜地安葬，费去不少银钱，代管女士建筑新坟，造得又典雅又伟丽。都用白石砌成，墓上刻着一只神鹰，展开双翅，做欲飞状。四周白石栏杆，种着冬青杜鹃百合等花。墓前竖立一碑，上书"中华许厚人未婚妻管女士之墓"，反面刻着墓志铭。厚人天天来此凭吊，大家笑他是个情痴。回国时，厚人又在墓前拜别，洒去不少情泪，惘然返国。

　　创设美化女学后，觉得教职员中唯有罗秋痕最使人可敬可爱，脑中不觉深刻着伊的倩影。但是秋痕心中早已有伊的表兄秦佩玉盘踞在内，并且伊心地坦直，不懂得别人家对伊有什么心思，所以许厚人未敢鲁莽从事。

秋高气爽，正当赏心行乐之时，许厚人早约好本校教职员到本城黄家花园去楂游，前回书中密昔斯李已和秋痕佩玉两人说过的，后因校中出了岔子，许厚人心里着实有些不快，故而暂缓下来。直到重阳节，遂实践前约。厚人吩咐厨房备好几样酒菜和茶点，吩咐校役挑了，跟到黄家花园去。

那黄家花园在本城很有名的，占地数亩，种下许多花木，中西名葩，搜罗殆全。还有许多盆景供着，任人观赏，只是庸夫俗子不许入内。园主黄天一是松江旧家的一鼎，田地拥有得不少。他生性爱花，且善于培植，因此造起花园，盖筑花房，有了许多花匠，帮他浇养。另辟一小部分做休坐之地，也有亭台池沼之胜，优哉游哉，自享清福。自署护花主人，松江地方很有名的。

且说秋痕在这天早晨起身，临镜梳洗，薄施脂粉，换上一套花哗叽的衣裙，颈里围着珠链，在玻璃橱前顾影自赏。自觉如花如玉，端的是一个窈窕淑女。少停和佩玉相见，佩玉知道她们今天到黄家花园去辟克匿克，可惜自己不是美化女学里的同人，不能和秋痕一起去。到十点钟时，秋痕翩然出门，佩玉目送伊姗姗而去，回到桐秋馆去作画。待到天晚，自去郊外接秋痕返之。

秋痕到街上雇了一辆人力车，坐到黄家花园门前，付了车钱，拿出名刺来，递给看园的，便踱将进去。见园中红芳翠蔓，繁英旖旎，中西名卉，色香媚人。一处处走去，只觉得玉蕊瑶枝，如入众香国里，心目都快。曲曲折折沿着荔枝小径，走到菊圃。两旁篱边各种着菊花，圆蕊幽姿，在清丽之中透出高傲之气。黄的、紫的、白的、墨色的、金丝的、蟹爪的，形形色色，目不暇接。

东边撷英堂上，许厚人和密昔斯李、杨令娴等早已在那里等候。

秋痕上前相见，密昔斯李道："罗先生，今天我只觉得你益发美丽了。"

许厚人也对伊笑笑，秋痕面上红了一红道："你又要说笑了。我不过换了一身衣服罢了，不是仍旧一个罗秋痕么？"

说着话，胡粹芳和一个英文教员夏令之先生也走到了。粹芳过来便和秋痕令娴等闲谈，各人在园中四散走走，赏览名花。粹芳又和秋痕同坐在一块太湖石上，唧唧哝哝地讲话。

到得午时，许厚人请教职员到撷英堂入席，仿吃西菜式排次而坐。男女教职员一共十六位，因有几人没有到，许厚人遂坐了主席，秋痕便坐在他的右首第一座。各人面前斟着酒，所用菜肴是西式中菜。

许厚人先说道："今天请众位在此聚餐，因诸位平日服务辛劳，难得逢这样好的天气，理应同乐同乐。黄家花园我们平日也不容易到的，恰逢菊花盛放，正可持蟹赏菊。昨天有个朋友送我两篓阳澄蟹，风味想还不错，所以今天特命校役拿来煮熟，请诸位尝尝。我们务须极饮尽欢，方不负同乐的意思。"

许厚人说罢，众人一齐拍手。酒过三巡，许厚人要行酒令，拈一花字为击鼓飞花令，命校役带上一面小鼓来，说道："我这令是先由令官击鼓一通，然后说出一句古诗或古文，点到不论何人，便由他接说下去，且饮酒一杯。此时有令官击鼓五下，在五下的时候一定要接令。接不下去再罚酒一杯。"

密昔斯李道："好的，就请校长做令官吧。"

厚人遂卷起衣袖，握了两根鼓槌，击起鼓来。一通完毕，便道："春城无处不飞花。"一数数到密昔斯李，厚人遂把鼓连敲五下，密昔斯李早接着道："落花时节又逢君。"正轮到夏令之先生，令之不假思索，便接令道："弹筝乱落桃花瓣。"飞到体操教员洪先生，洪先生接道："仙桃正发花。" 又飞到许厚人。

许厚人一面击着鼓，一面说道："此花开尽更无花。"

令娴问道："这个令中有两个花字，如何飞法？"

厚人道："当然第一个花字作准。"

那么轮着秋痕了，秋痕笑道："校长把我寻开心了。我也来一个花字吧。'吴宫花草埋幽径'。" 正飞到陆先生。陆先生喝了一杯酒，接下去说道："阁道回看上苑花。" 厚人把鼓槌点去，却点到胡粹芳。粹芳不慌不忙对秋痕笑笑，接口道："春心莫共花争发。" 却飞到英文教员孔德贞。德贞英文程度很好，在白门女子大学毕业，可是中文程度很幼稚。面上一红，说道："这个我不来了。"

厚人击鼓相催，正击到第五下，被伊挣出一句道："人比黄花瘦。" 大家都道很好，恰合时令。孔德贞遂笑着说道："侥幸侥幸。" 这个令又挨到许厚人了。厚人便指着秋痕道："梨花一枝春带雨。" 又飞着秋痕。秋痕笑笑，遂接令道："陶然共醉菊花杯。"

胡粹芳道："秋痕姐姐这句诗不是即景生情么？借用得好。我们应该各尽一杯。"

厚人道："好。" 大家遂举起杯来，一饮而尽。

这令飞到密昔斯李了，密昔斯李道："感时花溅泪。" 飞到国文教员鲁先生。鲁先生有须髯的，便拈须说道："还来就菊花。" 花字又飞到洪先生。洪先生于诗学一道，素无门径，不免慌张起来。厚人已击鼓五下，秋痕道："洪先生，我来代你想一个吧。'云鬟花颜金步摇'。" 厚人忙拦住道："不行，有人代接者，各罚酒一杯。"

大众道："该罚该罚。"

秋痕笑道："算我多嘴不好。" 遂喝了一杯。这个令中的花字正飞到音乐教员李其英，其英道："我是胸无点墨的，勉强说一个吧。'上林繁花照眼新'。" 又飞到秋痕。厚人哈哈笑道："这个不是我来寻密斯开心了。"秋痕点点头，喝了一杯酒，不慌不忙接着道："唯见林花落。"花字飞到杨令娴，令娴道："挨着我了，我说。'岂宜重问后庭花'。"大家不觉笑了。花字飞到图画教员袁先生，袁先生喝了一杯酒，说道："朱雀桥边野草花。"又飞到许厚人。厚人微笑道："名花倾国两相欢。"这一令又飞到秋痕。

秋痕知道厚人有意和伊闹，咬着银牙喝了一杯，说道："秋花落更迟。"花字飞到地理教员密斯田畹，田畹接着说道："枫叶荻花秋瑟瑟。"花字飞到刘先生。刘先生道："长乐钟声花外尽。"花字又飞到胡粹芳。粹芳道："又来了。'小园花乱飞'。"飞到理化沈忆琴，忆琴道："难得轮到我的，我也来一句吧。"遂道："东风无力百花残。"又飞着许厚人。

厚人喝了一杯，此时两大盘的蟹已端上来了，厚人道："请啊请啊。"各人两手顿忙，一只只的横行介士，到此已被人烹食，再不能倔强称雄了。

厚人接令道："梨花满地不开门。"第二个花字当然又飞到秋痕。秋痕已喝得有些醉意，两眼水露露的，颊上微微红晕，更见妩媚。笑了一笑，又斟满一杯喝了，接令道："云想衣裳花想容。"又飞到刘先生。刘先生也喝了一杯，接着道："春风桃李花开日。"花字飞到胡粹芳，粹芳笑道："应接不暇了，我是腹俭得很的。"

厚人道："不要客气。"咚咚咚已敲了四下。粹芳忙接令道："今日花开又一年。"却飞到洪先生。洪先生早已预备好，便道："美人如花隔云端。"花字飞到刺绣教员密斯周美新，美新接令道："桂花秋皎洁。"又飞到许厚人。厚人喝了一杯酒，一面击着鼓，一面向着秋痕，又道："杨花……"

密昔斯李立起来道："我们酒也免喝，再也说不出花字，请令官收令。"

厚人笑道:"也好,我再说'花团锦簇'。"遂喝了一杯,收过令。

众人一心大嚼,觉得阳澄湖的蟹果然名不虚传。就中算洪先生的食量最好,一气吃了五只蟹。胡粹芳从身边摸出一包东西,乃是捉曹操酒令的牙筹,说道:"我们玩一下这个吧。若怕喝酒,只要对众一鞠躬。"

秋痕道:"好的。"

粹芳约略说明如何玩法,随即派筹。众人将筹握在手里,问谁是孔明。刘先生微微笑道:"孔明在此。"说罢拿出牙筹来,放在桌上。

粹芳道:"很好,刘先生足智多谋,不愧孔明。请发令遣将吧。"

刘先生遂喊道:"张飞何在?"

许厚人大喝一声道:"燕人张翼德在此,丞相有何吩咐?"

刘先生道:"你快捉曹操,不得有误。"

厚人道:"得令!"引得众人大笑。厚人遂取出牙筹,向众人面上细细端详,说道:"曹操面有奸相,总看得出的。"

其时孔德贞呆瞪双目,默无一语,众人疑心伊是拿其当曹操了。厚人便道:"敢问密斯孔是不是曹操?"

德贞取出牙筹一看,面上一个曹字,下面一个仁字。粹芳道:"两将相遇,必要一战,你们猜拳吧。"

德贞摇手道:"我不会猜拳的。"

粹芳道:"那么可猜纸刀石。"德贞点点头。

粹芳道:"一二三。"两人各把手一扬。德贞伸出两指,算把剪刀,厚人摊开手来,算是纸头。厚人输了,喝一杯,又对众人瞧着道:"曹操在哪里?"

秋痕道:"在这里。"

厚人道："看你神气不像。"便对洪先生道："足下可是曹操？"

洪先生取出牙筹一看，乃是许褚，是曹操手下的骁将。

鲁先生道："张飞遇着许褚，可以大战一番了。"

厚人道："我们抢三吧。"

洪先生道："好的。"二人遂猜起拳来。洪先生声音浏亮，三星四喜地连胜三拳。

厚人连喝三杯，说道："不好，我这个张飞实在不济事。"又对密昔斯李道："曹操可在你处？"

密昔斯李取出牙筹一看，乃是关羽。密昔斯李笑道："校长先生捉错了。"

厚人道："那么我喝一杯，请密昔斯李看自家人面上，代捉一下吧。"连忙斟酒喝了一杯。

密昔斯李道："担子挑到别人肩上来了。我看密斯周美新大概是了。"

美新道："不是，我乃张辽是也。"

粹芳道："这要交手了。"

美新道："我也不会猜拳的，我们也来纸刀石吧。"

密昔斯李道："好的。"两人一出手，周美新伸的剪刀，密昔斯李伸的石头。美新输了，怕喝酒，便向密昔斯李一鞠躬。

密昔斯李四下察看各人的面孔，秋痕笑道："曹操曹操，近在眼前，远在天边。"

密昔斯李道："秋痕姐这样多说多话，莫不是拿着了曹操故意欺人么？我就捉你如何？"

秋痕道："你喝酒吧，我乃赵云是也。"

粹芳道："便请常山赵子龙出马。"

秋痕指着杨令娴道："你是曹操。"拿出筹来一看，果然曹操。

令娴遂被罚酒五杯，大呼倒霉。

刘先生道："到底常山赵子龙厉害，一捉便着。"

秋痕道："我冷眼观察，众人都有说有笑，而杨先生独自沉默着，好像有心事一般。人家眼光射着伊，伊便避去。所以我要猜伊。"

众人都说厉害厉害，杨令娴喝了五杯酒，红上两颊，也不说什么，心里却恨秋痕。直到三点多钟始散席，大家又在园中散步一番，分头回去。粹芳见秋痕有些醉了，要伴伊回家。恰巧许厚人也要进城，三个人一同走。

厚人伴着粹芳秋痕一路闲谈，才进城门，见那边来了一个俊美少年，穿着哔叽西装，拿着一根司的克，见了秋痕便立定。秋痕过去和那少年点头，少年笑道："我来接你的，不想你却有人送来了。"

秋痕道："我来介绍吧。"遂指着厚人道："这便是我们校里的校长许厚人先生。"指着粹芳道："这位是同事密斯胡粹芳，也是我的好友。"又指着少年对两人说道："这是我的表兄秦佩玉。"

佩玉脱下呢帽，向两人微微鞠躬，两人也都答礼，略说了几句话，佩玉便伴秋痕回家。

刚到家中，忽报门外有人送电报来，早已译好了，下人递到秋痕手中。秋痕道："哪里来的电报啊?"接过一看，不觉大叫一声，晕倒在地。正是：天有不测风云，人有旦夕祸福。

欲知后事如何，请看下回。

第五回

惊耗报到哀哉苍天
伊人不归杳如黄鹤

佩玉见秋痕看了电报晕倒在地，不知何事，非常惊慌，忙将秋痕一把拖起，抱住唤道："妹妹！妹妹！"

只见秋痕星眸微启，悠悠醒转，哇的一声哭出来道："爹爹啊，我今世不能见你面了！"

佩玉忙把电报一看，才知秋痕的父亲已于前日在京中猝然病故，想起舅父往日待遇的恩情，也不禁临风陨涕。此时早有女仆入内报告给老太太知道，秋痕的母亲号啕大哭，哭到前面来。秋痕听得母亲哭声，便走进去，母女两人相抱而哭。佩玉在旁解劝，哪里劝得住？直哭得力竭声嘶，方被佩玉劝到里面去。于是大家坐定了，商量如何去扶枢还乡。

原来秋痕的父亲罗士先这几年来一直在北京做事，罗夫人喜欢住居家乡，所以不肯跟出去。士先便在京中爱上了一个小家碧玉姓汪的，花去一千多块钱，娶作姨太太。士先喜欢抽大烟，那位姨太太是个善于挥霍的妇女，因此士先非但没有钱寄还来，反而在外亏空。罗夫人度量很宽的，一任所为，不去管他。这番士先患着急症逝世，临终时又没有什么遗嘱，急电飞来，罗夫人究属和他多年伉

195

俪，秋痕又天性纯孝，母女两人哭哭啼啼，反而想不出主意。

佩玉道："舅父享年五十有八，此次骑箕而去，也不可算夭寿。况且事业也曾做过一番，舅母还当保重身体，徒哭无益。现在灵柩尚在京中，最好有人前去扶柩回乡。"

罗太太拭泪道："不错，但是远隔数千里之外，此间有谁能去呢？而且这位姨太太水性杨花，断然不肯南下守节。那边的事必须有人前往料理。"

秋痕道："阿爷无大儿，秋痕无长兄。我情愿上北京去扶柩回乡。"

罗太太道："你是个弱女子，平日娇养惯的，从没有单身到别处地方，我怎能放你独自前去呢？"说时向佩玉紧瞧着。

佩玉明白他舅母心中的意思，便开口道："若是秋痕妹妹愿去迎柩，我要陪伴伊一路同行，好使舅母放心。并且我受舅父舅母栽培的恩，现在不幸舅父故世，理当尽力襄助丧事。况且那边朋友很多，将来运柩诸事可以托人照料。"

秋痕道："王筱庵姑丈也在那边，他对于运输颇熟，当然他能帮忙的。表妹文琴以前伊到松江来时，和我很是要好，可惜姑母早已辞世，因此两家往来稍疏，但我父亲在京是常同筱庵姑丈一起的，不消说得，父亲殁时他一定曾去照料。我们前去可先拜访他，一切自能明白。"

佩玉点点头，当夜母女俩一夜泪眼未干，到得明天，本地有几个亲戚和朋友都来吊问。秋痕整理行囊，忙碌了一天，又请了一个朋友姓周的代伊到校中去上课。

许厚人听得秋痕要到北京去，便说："你不曾出惯门的，怎么千里迢迢，敢独自前去呢？"

秋痕道："我没有弟兄，父亲单生我一个。我若不去扶柩，还有

196

谁来？不过此去幸有表兄伴行，想总能帮助一些。"

厚人一愣道："便是前日我们送你回家时遇见的少年么？"

秋痕道："正是。"

许厚人对秋痕只是瞧着不响，秋痕满怀悲哀，不高兴多说话，只把校务交代清楚。

到了动身的那一天，罗夫人千叮万嘱，实在不舍得伊的爱女远离膝下。又想起伊的亡夫，珠泪错落，秋痕也把手帕掩住了双目，说不出话来。还是佩玉对罗夫人道："舅母放心，诸事有我照顾，不妨事的。"遂命家人把行李挑至火车站，拜别了罗夫人，坐着两辆人力车赶到站中。

见密昔斯李同胡粹芳两人手里挟着东西，早在那里等候送行。秋痕过去和她们握手道："多谢你们来送我，实在不敢当的。"

粹芳道："我们今天上午都没有课，所以来送姐姐。愿姐姐一路顺风，早到京师。老伯福寿全归，姐姐不必过于悲哀。姐姐的身体本来软弱的，北方早寒，千万善自珍卫，早日扶柩回乡。"

秋痕一听粹芳的话，止不住眼泪直淌下来。此时佩玉提着皮箧，早买了两张二等车票过来，说道："行李已送到行李房里去了，只有手提箱我们可以随身携带，我来拿好了。"

秋痕又代他们介绍一番，这时站上铛铛铛地敲动铁板，大家挤到月台上去，说道："火车来了。"四人也就走去。不多时，果然车到，大家拥挤上车，佩玉和秋痕等四人走到一节二等车里去，却喜还有空座。秋痕等三人遂相对坐下，佩玉立在座旁。密昔斯李把两人手携的东西递给秋痕道："这是一条粉色的毯子，还有两瓶罐头食物，是校长托我带来送你的。还有四匣饼干，是我和粹芳买了，请姐姐在路上用的。一些些东西，不值一笑。"

秋痕道："多谢姐姐等前来相送，还要赠物，教我如何报答呢？

还有校长的隆礼，只好托姐姐等回去代谢了。"

三人又说了几句话，密昔斯李和粹芳一齐起立道："车要开了，我们再会吧。愿姐姐一路平安。"说罢匆匆下去。

只听火车汽管叫了两声，车便蠕蠕而动。密昔斯李和粹芳立在月台上，各人把雪白的手帕向空中招展，秋痕探首窗外，也把素巾扬着，车声隆隆，飞也似的离了松江车站去了。

两人在车上坐着谈话，佩玉道："我在十六岁时曾随亲戚到过一次北京，其时年纪还轻，不曾去探访名胜。此番有便，要去一游颐和园，不知有没有这个机会？"

秋痕只是紧蹙双眉，长叹不语。佩玉又指点两旁风景，要使秋痕解忧。这时正在九月下澣，红枫如醉，白萍似雪，凉风拂面，已有些萧飒景象。秋痕心中悲哀，在在都使伊触景伤怀。

车到上海，两人下车，佩玉去认取了行李，雇了一辆送客汽车，驶到孟渊旅馆，住下第十六号房间。佩玉独自出去探访朋友，秋痕在上海地面不熟，又少戚友，所以独守房中，寂寞无聊，幸喜十六号房间长窗外面有阳台，正临大新街，秋痕便立在阳台上闲眺。但见车水马龙，人如蚁聚，洋场繁华，哪里有松江的清静？

无意中忽瞧见西边马路旁有一个时装少妇，姗姗而来，头上梳着一个横爱丝髻，耳边荡着珠环，身穿绿色华丝葛的夹袄，其时还盛行大圆角，四周滚着花边，下系黑色印度绸裙，踏着高跟革履，叽咯叽咯地走近前来。瘦长的面孔，依稀认得是昔日在苏州挹秀女学里的同学江小珍。

那少妇渐渐走近，恰巧抬起头来，正瞧着秋痕。秋痕不禁喊道："小珍姐，你可认识我么？"

小珍也有些认识秋痕，忙道："哎哟，你是秋痕姐姐么？怎的在此地啊？我来看你谈话。"说罢向旅馆走来。秋痕也就回到房里，将桌子上的物件整理整理。只听履声响，江小珍已走进房来了。两人上前握手道故，秋痕亲自倒了一杯茶送给小珍喝，一同在沙发上坐下。

秋痕道："我们大约已有五六年不见了。我记得姐姐在挹秀时，恰正和我同房间，朝夕聚首，很多乐趣。姐姐时常要和一个姓曾的同学闹同性恋爱，我在旁开玩笑。后来姐姐和姓曾的半途辍学，都不来读了。我很记念姐姐，只知道姐姐住在上海，却不知道详细住址，不想今日邂逅于此，真是巧极了。"

小珍道："可不是么？我自离开母校以后，时时思念姐姐。只因当时我的母亲故世了，所以不能继续求学。现在我也嫁人了，再没有求学的机会。前年听姐姐在松江一个女学校里教书，你我两人比较起来，真是大不相同了。现在姐姐戴的什么孝？到上海来有何贵干？可能告诉我一二么？"

秋痕被小珍这么一问，不由一阵心酸，珠泪早已夺眶而出了。一边把手帕拭着，一边还答道："可怜我父亲前天在北京急病故世了，我又没有兄弟姐妹，只好一个人前往京师扶柩回乡，归葬祖茔。幸有表兄秦佩玉相伴。此番要坐海轮前去了。"

小珍道："原来老伯仙逝，姐姐惨遭大故，又要出外奔波，无怪伤心了。但是老伯年近六旬，也不好算短寿。劝姐姐还是想开些吧，保重身体要紧。"

秋痕叹道："人家都是这样劝我的，但我心中的悲哀哪里能够消释呢？哀哀父母，生我劬劳，从今以后再不忍诵《蓼莪》一诗了。"

小珍道："不错，可是还有老伯母在堂，膝下只有你一个女儿，现在能安慰老伯母的，亦只有姐姐。姐姐能保重身体，安慰老人，即是孝了。"

秋痕也还问小珍的近况，小珍却含糊地回答，秋痕也不便深询。

两人又讲了一些话，小珍便起身告辞，说道："姐姐大概要耽搁一两天吧，明天我若有暇，当再来问候，请姐姐看夜戏去。"

秋痕道："多谢姐姐美意，今天我表兄去看轮船了，如有开往北京的，说不定明天便要动身。"一面说话，一面送小珍下楼。送到旅馆门口，小珍握手告别，向东走去了。

秋痕回到楼上，不多时佩玉已回，转告秋痕，已订下了房舱。恰巧有一只招商局轮船在后天要开到北京去，价钱也不贵。秋痕听了，心中很慰，也把遇见昔时在苏州挹秀女学里的同学江小珍的事告知佩玉。佩玉以为旧友相逢，并不为奇，也不多问，就谈别种事情。

次日上午，两人用了早饭，一同到大马路去买些东西回来，下午因佩玉要去拜访一个画家，所以仍留秋痕一人在旅馆里。佩玉出去，东奔西走，直到五点钟才回转旅馆。想秋痕一人独居，不知怎样寂寞了。天晚后要和伊到卡尔登去看影戏，但不知伊可有这种心情么？伊虽不肯，我必要强伊同去的。

走到楼上，见房门紧闭，早有茶房过来，代他开门。佩玉不见秋痕，很觉奇异，便问茶房道："小姐呢？到哪里去了？"

茶房道："小姐么？在三点钟时有个女客坐了汽车前来邀伊出去游半淞园了。小姐临去时曾对我们说，若然少爷回来，可说和朋友逛半淞园去了，迟到五点钟就要回转。"

佩玉听了，心里想什么人约伊去呢，难道便是那个江小珍么？只好等伊回来，再作道理。见椅上抛着一本短篇小说，知道秋痕正在看书，遂取了闲览。但是意不在书，时常走到阳台上去探望。谁知等到五点钟时，不见秋痕回来。旅馆中正要进晚膳了。佩玉万分心焦，暗想秋痕并非浪漫式的女子，即使被人家邀去，此刻必要回来。况且伊曾知照茶房说五点钟回来的，何以此时不见伊姗姗归来呢？莫不是途中出了什么岔子？伊在上海道途也不熟的，但既有朋友同去，当然有人照应，可惜不知那女友究是何人，是不是江小珍。我只好赶到半淞园去探问一下，再作道理。

想定主意，立刻吩咐茶房说："我到半淞园去看小姐了。若然小姐回来，教伊先用晚饭，我就要转来的。"

匆匆出得旅馆，到汽车行里雇了一辆，坐着开到半淞园去。到底汽车快，不到三十分钟，已停在半淞园门口。其时天色已黑，园门已掩闭。一辆车儿也没有，游人早已散去了。佩玉跳下车，敲门进去，问园中可有游人。管园的冷笑道："此刻园中还有什么人呢？早已散完了。"

佩玉也知她们绝不会流连到晚的，便又问道："那么你可曾见过两个女郎，一个穿白哗叽衣裙的，年纪更轻。她们坐汽车来的。"

管园的摇手道："我哪里管得这许多？坐汽车来游园的太太小姐们不计其数，教我哪里辨得清楚？"

佩玉一听这话也不错，没奈何只得再坐了汽车赶到大马路先施永安两公司里去寻找一番。偌大一个上海地界，教他到何处去寻呢？垂头丧气地回转旅馆，打发开了汽车，跑到楼上。茶房早上前说道："小姐仍没有回来。少爷可曾找到？"

佩玉连连摇手，只急得他好似热石上的蚂蚁一般。好好两个人来到上海，如何偏偏不见了秋痕？究竟为了何事？欲知详情，请看下回。

第六回

半途遇险误入樊笼
绝处逢生幸脱虎穴

佩玉心中的惶急，断非作书的一支秃笔所能描摹。他不觉顿足道："秋痕平日为人何等慎重，伊既说五点钟回来，断不会到别地方去耽搁的。我本来到半淞园去寻伊，也是徒劳往返。此刻不归旅馆，稳是出了什么岔子。唉，教我到哪里去寻伊呢？我伴伊来沪的，舅母怎样叮嘱我，完全把伊托付我，现在万一真的有什么三长两短，我有何面目回见舅母？并且秋痕是我恋爱的人，伊若有失，我更有何趣味？伊宛如我的一盏明灯，明灯去了，教我如何走路？踏遍天涯海角，总要找伊回来，我虽死亦愿的。"

此时佩玉在房中椅子上坐定，细细推想。昨天秋痕遇见的江小珍，也来得突兀，今天邀伊出去的女子，不知是不是姓江的？可惜我昨天不在这里，不能认识。并且这人的住址，秋痕也没有告诉我，但知伊也在苏州挹秀女学里读过书的。若欲知道伊的下落，只有到苏州去一探问。但是姓江的离校不知长久与否，是否可靠，难于决定。事不宜迟，还是到苏州去跑一趟吧。遂从衣袋里皮夹中取出火车表来一看，知道在半夜十一点钟还有一班夜车开宁，要在苏州站停靠的。遂匆匆用了晚饭，知照了茶房，把行李物件交代账房保管，独自赶到火车站。

离开买票时候还早，一个人在外边踱来踱去，思想这事，很为蹊跷。无论如何，那个坐了汽车前来邀秋痕出去的女子，一定不是个好人。秋痕若然不和伊相识，绝不肯跟他人走的。然而秋痕才到上海，熟人又少，伊也绝没有到过人家去，他人怎会知道伊来沪呢？看来这女子大概就是江小珍了。此番前往苏州探听成功不成功，还不能知道，但愿苍天见怜，默佑秋痕在患难之中得着平安，使此案早早水落石出，珠还合浦，这是最大的幸事了。

过了一刻钟，票门已开，佩玉过去买了一张三等票，走上车子，拣了一个座位坐定。等到车开了，车上旅行的人纷纷闲话，苏州风景如何温柔妩媚，歆羡不止。原来每年春秋佳节，上海人多喜到苏州去遨游一两天。或是骑驴虎丘，或是泛舟天平，离了甚嚣尘上的洋场，到那山明水秀的苏台，自觉得别有一种境界了。佩玉一人闷坐在那里，哪有心思去听旁人说话？好容易走了两个多钟头，汽笛呜呜地连响，一众旅客都呵个哈欠，立起来道："苏州到了。"在车窗中可以望见黑暗的平原，渐渐有几点灯光。到后来电灯大亮，已到苏州站。众人纷纷下车，佩玉也跟着众人验票出站，坐了一辆人力车，拉到三新旅馆，暂宿一宵。

到得明朝，寻到挹秀女学，校长是陆良言女士，年纪已有四十多岁了，办学很有经验。当时佩玉见了校长，略说寒暄，遂把秋痕失踪的事大略报告。那陆校长很爱秋痕的，忙说："这事怎样办呢？先生既和秋痕是至亲，当从速报告捕房追究，为什么跑到苏州来呢？"

佩玉又把疑心江小珍的经过，要想来此探听那人的住址。陆校长道："天下难道有这种巧事么？请坐一刻，待我去查看同学录。"说罢走出校长室去。

隔了不多时，重又走入，手中拿着一张纸条，递给佩玉道："这是江小珍的住址，在上海爱文义路顺德里第一巷五十八号。但这是五年前的通信处，现在说不定是否仍在原处。"

　　佩玉接过道谢，校长又道："敝处有个姓于的教员，是上海人，听伊说伊在去年曾见江小珍跟着一个少年流氓同走。有人说起小珍已堕落了。若是小珍果然变了歹人，那么此事或者和伊有关系。请先生精密查访。"

　　佩玉得了地址，便道："事不宜迟，我还要坐十二点四十分的快车回到上海去。再会再会。"遂别了陆校长，匆匆出城，仍坐火车回沪。

　　回到旅馆里一看，秋痕仍无影像，遂照着所写地址去寻访。见五十八号是一个石库门，上面挂着梁士义大律师的铜牌。佩玉心中不觉带着失望，只好上前叩门。里面有一个车夫出来开门，问道："先生有什么事？我们老爷刚出去了。"

　　佩玉道："请问你一句话，这里可有姓江的人家么？"

　　车夫摇手道："我们只有一家，并无同居。先生莫非认错了人家吧。"

　　佩玉道："不是你家以前曾住过姓江的么？"

　　车夫道："我们怎能知道以前的人家？况且我也来得不到半年，请你别处去探问便了。"扑地把门关上。

　　佩玉没奈何，刚要回身，恰巧对门是二巷的后门，有一个老妇立在那里闲望，便问佩玉道："你来寻江家的么？"

　　佩玉点点头道："正是。老太太可知道有这一家么？他家有一个女儿名小珍，曾在苏州女学校里读过书的。"

　　老妇道："不错了。那是阿珍。你是他们的亲戚么？"

　　佩玉道："不是，因为我有一个表妹，是和江小姐同学的。现在很思念伊，托我来探访一下的。"

老妇道："原来如此，我和他们很熟的，不妨告诉你一些。江小姐的生身母青年便做了寡妇，只生得这位阿珍女儿，又没有遗产。后来便和一个伶人姘上了，做了他的外室。江小姐渐渐长大起来，伊的母亲遂送伊到苏州去读书。前年江小姐的母亲染着疫气而死，江小姐便不到苏州去读书了。以后见伊和一个姓赵的少年混在一起，竟嫁了他，搬到小东门去。听说姓赵的是个帮里人，常常贩卖妇女，借此图利了。江小姐也变了模样了。"

佩玉便道："你既然和伊认识，可知道伊的详细住址？"

老妇道："但知在小东门，却不认识哪一家。"

佩玉皱了皱眉头，一想江小珍的男人果真是贩卖妇女的，那秋痕一定有危险了。为今之计，务须到小东门去查访一下，还要去通报捕房帮同缉拿才好。

其时天色已晚，佩玉遂回到旅馆里用晚饭，一个人坐在房中，凄凉寂寞，觉得食不下咽。正在这时，忽然茶房笑眯眯地跑进来，说道："好了，小姐回来了！"

佩玉连忙丢下碗筷，跳起来道："真的么？"早见秋痕玉容颦蹙，匆匆走进房来。背后还跟着一个西装少年，英气勃勃，立在门外，却趑趄不进。

秋痕一见佩玉，不由珠泪莹然，直滴下来。走到佩玉面前，各把双手紧紧握住。佩玉问道："秋痕妹妹，你前晚到哪里去了？使我真急死了。怎的今晚会回来？"

秋痕道："人心鬼蜮，世路险恶，此番险些儿不能再和玉哥见面了。"

佩玉道："不错啊！可是妹妹着了江小珍的道儿么？"

秋痕道："说来话长，待我慢慢儿把我脱离虎口的情形讲给哥听吧。不要怠慢了客人。"

秋痕便把手向着门外的少年一招道："密斯脱沈，请进来坐坐。这是我表兄秦佩玉。"又对佩玉说道："这是我的救命恩人密斯脱沈侠隐。"

此时少年也走进室来，和佩玉行礼，三人一齐坐下，秋痕遂把经过的事细细告诉。

原来那天佩玉出去后，秋痕因为枯坐无味，便在佩玉箧中取出一本小说集来闲览解闷。忽听门外高跟皮鞋声响，闯进一个人来。抬头一看，见是江小珍又来了，忙起立相迎。小珍坐定后便道："我因姐姐旅居无聊，所以特来邀姐姐同去半淞园一游，请姐姐便去。"

秋痕道："多谢珍姐姐的美意，但我没有心绪出游。我的心是早在北京亡父那里了。辜负美意，不情之至。"

小珍听了，却微笑道："这是姐姐的孝思。但我昨天说过的，你为伯母起见，也应节哀。今天我是特地唤了汽车来的，请姐姐不要推却。我们暌违了好久，难得聚一回首，还是寻些快乐的好。"

秋痕被小珍两三劝驾，只好答应，换了一件衣服，系上裙子，略把头发梳掠一遍，便和小珍走出房来，叮嘱茶房道："我到半淞园去了，少爷回来时，你对他说，迟到五点钟，必要回的。"茶房连声诺诺。

二人走下楼梯，出得旅馆，早有一辆轿式汽车停在一边，小珍便和秋痕走上去，坐了汽车，汽车夫便把汽车向前开，左转右旋，渐渐离了繁华之地，已走到冷僻的马路了。两人在车内闲谈，指点风景。此时南火车站已近，汽车忽然开得慢一些，忽见路旁矮屋内走出一个少年，斜戴着鸭舌头的呢帽，把手一招，汽车立刻停住。小珍也把车门向前推开，少年一跃而上，不管三七二十一地便向秋痕身旁坐下。秋痕蓦地见一个陌生男子坐上车来，刚要跳起责问，忽见那个少年把手向伊一指，一管勃朗宁手枪紧对着伊，吓得不敢动弹。

少年怒目说道："罗女士，请你见机些，跟我们到一块地方去，不要声张。"

秋痕无奈，只好一声儿不响地看着汽车前行。不多时，小珍取出一块手帕，少年拿来把秋痕双目扎住，遂一些儿也看不见了。但听车声轧轧地不停颠簸得很厉害，约莫又走了几里路，汽车方才停住。秋痕觉得有人扶伊下车，走进一家人家。又听扑的关门声响，才有人把伊的眼睛上的手帕解除。秋痕见一起共有三个男子，一个中年妇女，内中一个少年便是向伊用勃朗宁示威的，其余两人都像北边人，却不见了江小珍。

秋痕问道："你们把我弄到此处，到底是什么意思？我并不是有钱人家的女儿，你们若想接财神，却接错了。江小珍在哪里？我当伊是好人，谁知是个女骗子。"

少年大声说道："不要啰里啰唆。你既到了这里，当然要听我们的指挥。"回头又对中年妇人说道："请你把伊好好看着；伊虽不是财神，也是我们的钱树子哩。"遂又把秋痕推到一间黑暗的小房间里去，恶狠狠地说道："你若要性命，不许走动一步。"

秋痕至此，已觉堕身虎穴，性命便在眼前，只好耐气忍受。少年把门拽上，走出去了。停一会儿，便见那个中年妇女走了进来陪伴伊，明明是监视伊。秋痕静坐着，想起佩玉，若不见伊回来，必然要十分惊疑，哪知我自不小心，中了人家的诡计，陷身在匪巢里，可怜有谁来拯救我呢？母亲在家又不知怎样盼望，盼望我一到北京，便有信件寄还家乡，好慰老母之心。哪知平地风浪，自己女儿落在贼人手里了。唉，我的前途怎么样呢？万一有什么强暴加来，只好拼得一死，保全我清白的身体。秋痕想到这里，不禁一阵伤心，泪下如雨。

直到黄昏，妇人掌上灯来，伴秋痕闲谈。秋痕见伊并不恶强，便用话向伊刺探，大略知道那个用手枪的少年便是江小珍的丈夫，妇人的丈夫也是同党，专做拐卖妇女的生活。不想自己不幸会遇着江小珍，被诓到此间，交友真不可不谨慎。又想他们一定要把我转卖去，到时我可见机行事，弄破他们的奸谋，但愿苍天默佑才好。

妇人又去端了夜饭来和秋痕同吃，秋痕哪里吃得下？看那妇人狼吞虎咽地吃了两大碗饭、一大碗粥，收拾而去。秋痕看看门窗紧闭，墙壁牢固，绝没有可以偷逃的机会。晚上便和那妇人同睡，翻来覆去地睡不着。远近村狗四吠，孤灯荧荧，愈见得凄凉万分，直到天明未曾合眼。

妇人把门关上，自去做事。到了午时，妇人又走进来，代秋痕梳头。秋痕不要她梳，自己草草梳了一个爱丝头儿。见有一个长大的男子在门外探首道："老四，我要出去了。饭后我们都要来的，你可好好把伊看守着，不得误事。我便要回来的。"

妇人道："你放心好了，万事有我。"

那男子出去了，妇人出去把门关上，又把秋痕的门锁上，却去厨下烧饭。秋痕东张西望，要想逃走。靠东有两扇窗，外面有铁直棱护着。秋痕把窗开了，去拔铁条，哪里拔得动？长叹一声，自知绝望。停刻，妇人又端进午饭，此时秋痕肚里虽饿，仍不要吃。妇人独自吃罢，撤去碗盏，再来和秋痕对坐。

忽听敲门声响，妇人认为伊的丈夫回转，便走出去开门道："来了。"不防走进来的乃是一个少年，全身猎装，挟着一管猎枪。妇人吃了一惊，忙问："先生到此何事？"

少年道："我走得非常口渴了，所带水瓶又不留心跌在河中，所以要想向你家讨一杯茶喝喝。"

妇人不好回绝，只得去倒了一杯茶，给少年喝。少年接过来喝时，秋痕都听在耳里，知道机会到了，万不可失，便大喊："先生救命！"自己奔出房来。

少年见那小屋内却有一个很好的女郎奔出来求救，知道其中有异，便向秋痕道："你是谁人？"

秋痕道："我被他们诓骗到此的，不能脱身。望先生救我。"

妇人此时也惊得呆了，强辩道："伊是我的侄女，有精神病的。先生你不要听伊的胡说。"

秋痕又道："先生千万请你救我。伊说的都是谎言。"

少年知道秋痕的话是真的，又见伊的形状十分可怜，便拖了秋痕的手道："那么跟我走吧。好一个匪窝，我还要去报告警署，前来追捕。"

妇人见秋痕要走，竟上前拦住，却被少年一手推开。妇人再奔过来时，少年陡飞一脚，把那妇人踢翻在地，拉着秋痕一齐奔出门来，向东便走。转了几个弯，正是高昌庙。幸喜不曾遇见匪党，遂坐上电车，秋痕心中略定。

少年道："舍间在静安寺路，女士可到舍间小坐，使我明悉其中实情。"

秋痕点点头，车上也不好多讲话。换了几路电车，已到静安寺路马霍路口，少年遂和秋痕下车。见左边有一座小小洋房，门前一片草地，种着许多花木，很是清幽。少年引着秋痕一路走进去，到东边一间客室内坐下。客室中布置悉仿欧化，明洁无尘。二人坐在沙发上，早有下人送上香茗。秋痕先请教少年姓名，少年答道："鄙人姓沈，名侠隐。家父早已故世，老母在堂。现方到苏州去了。鄙人在梵王渡某大学毕业，现在却惭愧得很，在交涉使署里供职。不知女士姓甚名谁？何以遇此危险？还请明以告我。"

秋痕遂把自己出身来历以及北上扶柩，在沪遇见江小珍约游半淞园，中途被劫等情，细细奉告。

侠隐道："罗女士，我们说起来大家都熟了。我有个亲戚姓杨名令娴，是我的表姐，也在贵校服务。还有贵校的胡粹芳女士也相识的。"

秋痕喜道："原来如此？我将来回到松江，必定将先生救我的经过告诉她们。先生的大德也永永不忘。"

侠隐笑道："这是天意使女士脱险，鄙人偶然因讨杯茶喝而和女士相遇，鄙人不敢居功。但姓江的女士简直是女匪了，我想去报警缉访。"

秋痕摇手道："这可不必，此时大约他们已闻风远飏了。他们党羽甚多，幸我安然无恙，未遭毒手，不必再去结下冤仇，好在我就要离沪的。沈先生，你想对么？"

侠隐道："那么便宜了这些狗了。"

秋痕遂要侠隐伴伊回寓，侠隐颔首允诺，遂命汽车夫阿牛开汽车伺候，两人坐了汽车，一刹那早到孟渊旅馆。下车进来，才和佩玉相见，又悲又喜。

当夜秋痕腹中觉得饥了，佩玉遂喊茶房去喊三份虾蟹面来，三人一齐吃了。侠隐道："我们饶了他们，不去追捕，但他们白费心思，不知道要不要再来寻事。你们两位不如今晚住到舍间去，倒可安然无事。"

佩玉见侠隐说话优爽，很爱结交朋友，便答允了。喊茶房进来，算去了账。三个人一齐走出旅馆，坐了汽车到侠隐家里去了。

欲知后事如何，请看下回。

第七回

乘风破浪何来巨舰
轻歌曼舞忽逢美人

沈侠隐把佩玉秋痕两人招接到家中，十分优待。这是他好客的天性，两人也觉侠隐为人很有血性，可以交友，秋痕尤其感激侠隐的援助。两人因为错过了轮船日期，只好再等三天。在这三天之中和侠隐饮酒论文，十分快乐。到第四天，两人要坐轮船走了，侠隐又送到船上，送了几样礼物，依依不舍而别。

秋痕没有坐过海船，船近黄海，忽然起了风浪，震荡得很厉害。秋痕不觉头晕呕吐，再也坐不住，睡倒在床板上，只是作呕。房舱又小，关了门空气窒塞，佩玉本想到甲板上或大菜间去走走，因为秋痕睡倒，他也不能出去，只好守在房舱里陪伴伊。船过青岛，正在天明时，风浪平了，佩玉遂扶了秋痕到甲板上去呼吸些新鲜空气。其时一轮旭日从海平线上升，金光四射，红霞纷披，波平如镜，好似捧着红日，如迎如拥，煞是好看，回望青岛已成隐隐一黑线。忽见从东有一铁甲巡洋舰鼓浪而来，黑烟缕缕，袅入晴空。舰上挂着一面日本国的国旗，迎风招展，向青岛驶去。

佩玉见了，不觉长叹一声。秋痕道："我国的领海权久已失去，一任外国兵轮往来驶行，肆无忌惮，海洋门户不啻完全撤除。帝国

211

主义武力政策的压迫何等厉害！至于我国的海军呢？只有几只巡洋舰，忽而投南，忽而投北，宗旨不定，只求饷项，把来壮壮军阀声势也足够了，还有什么战斗力和外国的海军抵抗呢？帝国主义者稍不满意，便接一连二地把军舰开来，向我人示威，是可忍孰不可忍，说起来令人愤气填膺。"

佩玉道："我国海军始创于李鸿章，假使在那时极力振兴和扩张，当然有些成绩了。可惜甲午之战，我国海军提督丁汝昌，畏葸无勇，高度乖方。黄海一战，败在日本人手里，全军覆没，元气大丧。现在国家财政既然这样窘迫，哪里有力量来振兴海军呢？"

秋痕又道："我国东南形势，在海而不在陆。沿海七省海岸线也不好算短了，英得印度，美得菲律宾，日本又和我国隔一黄海，朝发夕至。我国若没有海军，断不能自己保守，免去外侮。而今沿海港湾，大半为外人租借去，帝国主义者手段何等严酷啊。"

佩玉道："武力侵略，还是看得见的，最危险的是经济侵略，真像膏火自煎，漏厄日溢，不待人家用武力来灭亡你，而自己国家破产，民生断绝，奄奄一息，束手待毙了。"

两人叹息一回，遥望那只铁甲巡洋舰去得远了。红日已徐徐上升，船舱中人都活动起来，两人遂回归舱中。

三天后，船到天津，开进大沽口，停在码头上。佩玉遂和秋痕吩咐船役取了行李，一齐上岸，耽搁在一家旅馆中，歇息一夜。到得明朝，再坐京津车到京。秋痕是南方人，初次到京，觉得异方风俗，大有不同。幸亏佩玉还老练，便押着行李，坐着一辆轿车，向头发胡同而来。

原来秋痕的父亲的公馆便在这头发胡同里。秋痕的父亲在京中任事，喜欢交友，用钱很宽。况且又娶了侧室，当然入不敷出了。姨太太汪氏性喜奢华，常常和几位总长的如夫人或小姐们来来往往，今天吃大菜，明天上戏院，十分挥霍。因此秋痕的父亲非但没有钱多，反举了债。故世时候，幸得王筱庵看在至亲面上，一力帮忙。姨太太无意守节，王筱庵曾对伊说过的，须要守到松江家里有人来迎柩回去之后，才可自由出去。姨太太自然只好答应。这番见两人前来，十分欢喜，招待进去。

两人入内，见素帐白帷，灵柩停在中堂，桌上供着放大的铅照，遗容宛然，而人天永隔。两旁悬挂着许多挽联。佩玉连忙点了三支香，在灵座前拜下。此时秋痕心中一阵酸楚，在灵座前磕了头，便到帷里抚棺大哭，凄凄切切，哭得好不伤心。姨太太也在一旁陪哭。佩玉在帐前听着哭声不止，滴下泪来。听秋痕哭得长久了，便进去劝住。姨太太见秋痕不哭，也就干了眼泪，过来和秋痕讲话。把秋痕父亲怎样得病、怎样医治、怎样逝世的事，细细告诉。作书的以为可以从略，也就不多交代了。

当夜秋痕便和姨太太同住在一个房里，佩玉却住在客房中。次日秋痕带了几样礼物，便和佩玉坐了车子，赶到姑丈王筱庵那里去。筱庵见侄女来了，几年不见，益发长成得温文美丽，便请到里面坐下，命仆妇快请太太和小姐出来，松江的罗小姐到了。一面又和佩玉敷衍。

不多时筱庵的继室钱氏和文琴小姐出来了，秋痕没有见过钱氏，遂上前行礼，佩玉也走来见礼。文琴握住秋痕的手道："好姐姐，我们长久不见了，我觉得你近来面庞消瘦了一些，恐怕是舅父故世，悲伤过度所致。"

秋痕道："爹爹故世，我们都不在京中，不能送他的终，白养了我一个女儿。欲报之德，昊天罔极，怎不令人泣血椎心呢？琴妹，我看你近来却丰润多了。你去年寄给我一张照片，还没有这样好呢。"

佩玉和文琴虽然也是表兄妹，但是因疏远之故，却没有见过面。此时见伊一头云发光润而黑，梳着一个爱丝髻，明眸皓齿，两颊红润。身上穿着一身淡灰哔叽的短衫和裙，足上穿了跑鞋，一派女学生神气。询问之下，方知在北京女子大学的中学科读书。

当时各人坐定，饮过香茗，秋痕又向筱庵致谢道："爹爹病故时，幸有姑丈在此照料一切，母亲十分感激。将来运柩时侄女人地生疏，还要请姑丈等帮助。"

筱庵捋着胡须说道："讲起士先兄的病，实在无法可救。名医请过了几个，总算尽了人事了。他临终时也没有什么话叮嘱，那位姨太太又是靠不住的，所以我只好做主怎么办了。一切丧仪都从府上的老规矩，一口楠木棺材也是拣的上好的料。不过他生时还有许多债务，这是我不知道的，且待缓日再和侄女细谈吧。"

当时筱庵父女便留两人午饭，饭罢筱庵有事出去，筱庵夫人吩咐文琴陪着他们谈话。二老去后，他们快意畅谈，文琴要伴秋痕到中央公园去一游，秋痕一想，我不是来游玩的，便托言婉却。到了晚上，才和佩玉向文琴等告别回家。

灯下修书，写了两封信。一封寄给伊的母亲，报告一路平安，已到京师，和筱庵姑丈等会过一面，等到择期开吊后，便可扶柩回乡，请母亲保重身体，免劳悬念。却把在上海遇险的事瞒起不提。一封是寄给密昔斯李和胡粹芳的，也是报告平安到京的话，并谢谢她们的送别。佩玉也写了封信给那上海的沈侠隐，然后各自安寝。

秋痕自到京以来，除有一天被文琴拉着到中央公园去散步了一回，其余却是杜门不出，守父亲的丧。好在筱庵已择定十月十四日在定慧寺中开吊一天，专待那天过后，可以扶柩南下。便是佩玉却借此一游北京名胜，连日出去探访朋友，到各处游览，自朝至夕很忙，秋痕有些不悦。佩玉见伊的颜色，猜上了几分，也不敢多出外

214

了。幸有文琴常常来陪他们谈天，不过文琴是要到学校的，没有多暇。

有一天是星期四的晚上，文琴独自坐着车子到秋痕处来，和佩玉等在书房里闲谈。文琴道："这个星期日北京文艺家联合美术家、戏剧家、音乐家、跳舞家等，开一个艺术联欢大会。到那晚北京有许多闻名的中西男女跳舞家加入跳舞，可算一时的盛会了。假座陈家花园，不卖门票，拒绝俗客。只印请柬一千张，外间人不容易得着。被我在父亲处取得一张，想和姐姐等一同前去，以饱眼福。"

遂取出那张请柬来，秋痕接过，同佩玉一齐观看。见那请柬是折叠式的，共有四面，三寸长，四寸阔，粉红色印着蓝色的铅字。四围黄色的花边，鲜艳可爱，上面还印秩序，有万国音乐会的合奏，有汤丽青女士的国旗舞，有俄国歌女奥德琳的独唱，有国乐大家金绝聪的琵琶独奏，有北京票友客串《汾河湾》《空城计》《八蜡庙》，以及梅兰芳的《太真外传》、杨小楼的《长坂坡》、李吉瑞的《连环套》，有交际舞、古装舞等种种名目。

佩玉道："果然好看得很。"便怂恿秋痕同去，秋痕也就答应了，三人因此讲起跳舞来。

秋痕道："我是守旧的，不喜欢男女偎抱着像这样地跳舞。他们以为交际中所必需，我以为交际之道尽多，何必要跳舞呢？中西风俗各异，习惯不同，我们何必效颦呢？至于学校中的跳舞，以为戏剧中的单人跳舞、化装跳舞，也是一种艺术，我并不反对。"

佩玉道："今日的跳舞虽自外国传入，但我国古时本来有舞。《论语》中'八佾舞于庭'，也是舞的一种。古代帝王诸侯都广置姬妾宫女，讴歌曼舞以行乐，也是舞的滥觞。唐有公孙大娘舞剑器，明皇时且有舞象，现在梅兰芳新排的古装剧都有跳舞，新旧兼取，可见并非专学外人了。不过男女跳舞以为交际之娱乐，却是外人的

215

一种礼节。也因外人富于热烈的情感，随时随地喜欢极力发表出来。例如他们家人相见，不论在门内或是外边，便抱起来接吻。我国虽亲密如夫妇，久别相见，也不过含笑叫应罢了。"

文琴道："我是喜欢跳舞的。现在从我们校里舞蹈教员密斯葛丽娜学跳舞和钢琴，你们要笑我学时髦么？我记得以前在一个教会女校里，校长是一个美国教会里的女教师，她很反对跳舞，以为有伤道德。所以校中开会时她只许有舞蹈，不许有跳舞的。你们可想到外人中也有守旧的女道学家么？"

佩玉道："教会中人当然不同的。我以为跳舞之中能守礼，那就是最好了。"

三人说了许多话，文琴告辞而去。

到了星期日上午，文琴先开汽车来接佩玉和秋痕过去吃中饭，饭后同到陈家花园。两人遂坐车而往，见文琴穿着新制绿色闪光绸的衬绒旗袍，印着一串串的葡萄，光彩夺目。颈里套着一条珠链，粒粒晶莹。足上踏着漆皮镂花革履，越发富丽了。此时筱庵不在家，筱庵夫人要和几个女戚打牌，无兴出去。于是吃饭，三个人坐了汽车，开到陈家花园。

门前扎着电灯牌楼，有招待员分开站着。三人下了车，吩咐汽车夫到晚上来接，文琴取出请柬，给招待员验了，早有一个女招待走上来招接三人进去。那园子占地很广，花木池沼，亭台楼阁，很足令人入胜。游艺会的场所是在楠木厅后的跳舞厅上，本来有戏台可以做戏的，其时秩序已将开始，三人不暇赏观园景，便跟了招待员走到场里，在第十排坐下。有茶房泡上香茗来，佩玉给了四角钱，见座客十分拥挤，珠光宝气，鬓影衣香，大都是上流社会中人。会场中有各种文艺杂志出售，并有画片样张，赠送来宾。注明每幅之价，以便人家要买。

少停有一个西装的男子上来报告开会宗旨，随后便是万国音乐会的合奏。老老少少，男女，一共有三十多个人。其中英国人、法国人、日本人、俄国人、德国人、意大利人、美利坚人、荷兰人、西班牙人、印度人、菲律宾人、埃及人、比利时人，各色人种都有。中国人也有二男一女，身上衣服都穿得光怪陆离，不可名状。有两个中国少女按着钢琴，众人唱起歌来。分着四声，悠扬疾徐，高下曲折，从来没有听过这种歌曲。其次便有琵琶独奏、国旗舞、独唱、客串京剧等各种节目，都很好看。天色晚了，电灯一齐亮起来，灿烂夺目。

园中备有大菜点心，三人遂喊了三客大菜，一边吃一边看。其时已轮到古装跳舞了，台上先下黑幕，便听得梵哑铃和批霞那的乐声渐渐由轻而高。幕开时，只见台上立着许多化装的奇怪人物，有的化装古代的仙人，有的化装白发老翁，有的化装戎装健儿，有的化装皇帝，有的化装村妇，有的化装古代的美女，有的化装中古世纪的骑士，有的化装妖魔，有的化装小丑，一对对地跳着，穷形尽相，煞是好看，来宾拍手不止。跳舞以后是交际舞，当时北京那些艺术界的闻人和五陵少年、香闺名媛，都邀着良朋腻友，登台跳舞，也有中国男女杂在其中。

佩玉的眼光却注射在一个少女身上，那少女穿着巴黎花香绸的跳舞衣，翩翩跹跹，宛如孔雀开屏。天生得一副娇容，在电灯光里看去，眉如春山，眼如秋水，桃涡生春，樱唇吮玉，赛过天上安琪儿，却和一个碧眼儿对舞。佩玉便指着对秋痕文琴二人说道："这些跳舞的俊侣，要算东边那个娇小女郎为翘楚了。姿势也很美好，你们请看。"

秋痕文琴两个瞧去，文琴却道："我想是谁？原来是梁月娟学姐。伊是一个音乐家，前在我们校中很有声誉的。比我高一年程度，但伊很和我友好。我知道伊的家世，伊是南洋新加坡人，父亲名福华，是南洋的富翁。伊到中国已几年，随了伊的叔父住在北京。听说伊的叔父要回去养病，所以伊也要回新加坡去了。伊是交际明星，你们要认识伊么？我可介绍。"

少停跳舞完毕，台上锣鼓敲得震天价响。杨小楼的《长坂坡》上场了，跳舞的男女一个个都从台上走下，回到原位，预备着看戏。此时那个梁月娟忽然像穿花蛱蝶般从佩玉座旁掠过，文琴忙立起来喊道："月娟姐！月娟姐！"不知梁月娟听见与否。

欲知后事，请看下回。

第八回

意绵绵酒楼小宴
情切切病榻谈心

梁月娟正走着，听得有人唤伊的芳名，回过脸来瞧见了文琴，便一纵跳地过来，和文琴握手道："文琴姐，好久不见了，一向好？"

文琴道："多谢你，我看你的跳舞实在出色。那个西人是谁？"

月娟面上一红道："献丑献丑，我的跳舞你要说好么？那个同我舞的西人名约翰·乔弗莱，是美国公使馆里的秘书。他一定要我和他跳舞，所以跳了一下子。"

文琴遂代秋痕佩玉两人介绍道："这是我的表姐罗秋痕，现在松江美化女学执教鞭。那是我的表兄秦佩玉，是江南的名画家。他们这番北来，是因我舅父在京故世，所以来扶柩回里的。"

月娟便和两人握手道："失敬失敬。"

文琴又对两人说道："这是我的同学密斯梁月娟，伊是北京交际之花，不可不认识。你们看伊多么美丽呀。"说得三人都笑起来。

文琴便要月娟一同坐下看戏，恰巧旁边有一个座位，那个看客不知到哪里去了，月娟遂即坐下。其时台上正做到赵云救主一幕，小楼饰赵云，精神饱满，动作言语活像常山赵子龙再世。两人只顾讲话，文琴问伊何时南返，伊说下月就要放洋了，请文琴到伊家中

219

去谈谈。不多时，那个座客来了，月娟便告别而去。

三人看了新《长坂坡》过后，很觉疲倦，时间又不早了，梅兰芳的《太真外传》还不上场，秋痕一看手表上已是九点三十五分，遂道："时候已晏，我们不如回去吧。"

文琴道好，一齐立起身来，走出场所。见花园中四面亮着，门外的电灯牌楼也照耀得如同白昼一般。汽车夫正立在门前伺候，一见三人出来，忙过去将汽车开近，三人坐上车去，汽车夫把喇叭捏了几捏，向前开行。文琴先送秋痕等到头发胡同，然后回转家中。

光阴易过，罗士先的设奠日到了，秋痕和佩玉办事很忙，那位姨太太却一概不管。到了正日，只跟着秋痕等到定慧寺去。王筱庵一清早便到，文琴和伊的继母也坐着汽车前来，其余部里许多朋友都来吊唁。寺门前车马拥挤，鼓乐齐奏。大殿上有十七个僧人正在那里念经做佛事，都穿着大红袈裟，虔诚拜跪。秋痕父亲的遗像挂在东厅，女客都在一进方厅上。佩玉在外招接众宾客，足足忙了一天，直到下午四五点钟，众宾客陆续散去，佩玉遂得入内和秋痕文琴等谈话。又在寺中游览一会儿，众僧徒念经已毕，才回家去。

次日筱庵过来，姨太太遂说："罗家若不能养我，我只好自去寻活。"

秋痕道："若能回到松江去住，当然奉养。若定要在京，那是不能答应的。"

筱庵早知那位姨太太的心思，便由他做主，把姨太太首饰衣服以及房间里的东西一起让姨太太取去，以后和罗家断绝关系，姨太太自然愿意。筱庵又告诉秋痕，说伊的父亲在京一共亏空三四千元，其中一千元是向筱庵借的，当然且慢提起，但是还有两千多元是欠的朋友和店家的钱，士先死后，他们早已有债务团来，要求偿还。筱庵极力担保，暂且捺下。现在要秋痕回到松江后想了法儿寄钱来，好让筱庵打折头把那些债还清。秋痕虽然答应，但是一想母亲那边也没有多钱储蓄着，不觉蛾眉颦蹙。佩玉在旁听着，也觉得很不快活。

又过了两天，姨太太去了，临走时雇了一辆汽车，把伊房间里的东西一股脑儿都搬了去。秋痕叹道："今世的大人先生都喜欢娶姨太太，声色自酣，以为至乐。其实广田自荒，哪里有一个姨太太肯有忠心？不到几年，下堂求去，或者帷薄不修，丑名外扬，这又何苦？死后更像风流云散，别抱琵琶去了。"

佩玉见秋痕容貌戚然，心事很重，便用话劝慰。又向筱庵商量，要择日扶柩南返。准托转运公司运载，一切领护照诸事，都托筱庵接洽。商定于廿五日他们要乘车南下，因为上次来京，是因津浦路有战事，遂打从海道走。秋痕恐晕船，此时战事过去了，故改坐火车，反较爽快。

文琴知道秋痕要回乡了，很觉不忍别离，遂在廿二日的夜里请佩玉秋痕两人到北京饭店吃夜饭，作为饯行。饮过三杯，文琴道："人生离散无常，此次表姐来京，相聚数十日，很觉投合。而表姐又要回乡去了，虽以后可以鱼雁常通，然而相见何日，不可预期。暮云春树之思，情何能已？今日南浦伤离，黯然魂销。我心中非常难过，想表妹也是一样。"说罢，眼眶已渐渐红了。

此时秋痕伏在桌上，只是把手帕揩泪，一句话也说不出。佩玉在旁也觉难过得很，勉强说道："人生本如浮萍，有时聚，有时散，所贵者同心而已。他日相见有期，不必惆怅。况且今日交通甚便，将来文琴表姐在暑假中，不妨到南边来一游，赏览江南风景。"

秋痕听了，抬起头来道："我要请妹妹在明年暑假中到我家中盘桓一个月，或是一同到莫干山去。"

文琴答道："江南风景清丽，久思南下。明年荷花香里，我当来拜望表姐，一慰别离之情。"

佩玉遂代她们斟酒，劝她们不要多抱悲观，遂又谈些时事以及文学，直到十点钟席散。文琴付了酒账，三人出得北京饭店，佩玉和秋痕向文琴告别，文琴道："后天你们可是坐十二点钟的京津车么？我再来相送。"

秋痕道："不敢当的，后天是星期一，妹妹要到校中去，岂可旷课？"

文琴道："不妨事的。今晚表姐多喝了几杯酒，还去早些睡吧。"遂看他们坐上了一辆马车，自己也雇了一辆人力车回家去了。

这日正逢阴天，到夜里风雨潇潇，十分凄凄。秋痕身上穿得单薄，坐在车中，觉得凉风拂面，玉臂生寒，忙把车窗下了。到了寓中坐定，命仆妇烹茶，再和佩玉谈话。佩玉见伊有些醉意，心中又不快活，遂劝伊早睡，自己也到外边睡去。

这夜下了一夜的雨，滴沥不止。明朝佩玉起身，整理行李，要想吃了朝饭去看几个朋友，向他们道别。却不见秋痕起来，等了长久，仍不见伊的影子。天又下雨，十分烦闷。便问仆妇道："小姐可起身么？"

仆妇回报道："小姐有些不适意，还没有起来。我摸伊额上很烫，像是发寒热。"

佩玉听了，不由心中一惊，便顾不得什么避嫌，跑到内室门前，轻轻咳嗽一声，只听秋痕在里面问道："外面是玉哥么？"

佩玉答道："正是。"便走进室去。

见罗帐半挂，秋痕横睡在铜床上，面上有些晕红。佩玉走到床前说道："今天早上我等你出来，等了好久，总不见你。问了仆妇，方知妹妹芳体有些欠和，所以进来看看。不知妹妹觉得怎样？"

秋痕道："昨晚归来，我多喝了些酒，到半夜酒醒，便觉得周身发冷，头脑发涨，心神不宁，不能安眠。直到曙色上窗，才蒙眬睡去。恰才醒时，又觉周身发热，难过得很。你看我的两颊不是很红么？"

佩玉见秋痕只盖了一条棉被，绒毯已掀在一旁，一只玉臂伸出在被外，露出白嫩的皮肤，好似雪藕一般。头发微蓬，两眼水汪汪地对着自己瞧着。佩玉遂又道："我看妹妹盖得太少，发热时也不可贪冷，是要让它出一身汗，便可早些好了。想必前因路途辛苦，近又事务繁忙，心上又不快活，感受了些风寒，就此发作了，望格外保重要紧。"说罢，遂把那条绒毯抽过来，代秋痕盖上了，说了几句话，退出室去。心中暗想，真算不巧，动身在即，秋痕忽又病了，看来又只好改期哩。一个人吃了饭，自去友人处告别。

秋痕吃了一些粥，觉得口中淡而无味，不想吃了，只要喝滚烫的茶，昏昏然地睡了一觉。到得晚上，佩玉回来，又到秋痕房里，觉得秋痕病势非轻，不是三天两天的病，必须请医诊治。北京医生又不熟，筱庵本约今天前来，不知何以没有来？明天只好早上去见他，请他想法吧。

当下秋痕对佩玉说道："我们不是便要动身么？我忽然病了，怎生是好？前日接到母亲来信，望我们早日回乡。天气又冷，北京早寒，我们又没多带衣服，不知玉哥身上可嫌冷么？"

佩玉道："并不……妹妹不要代我顾虑，即使缺少衣服，我也可以想法的，但愿妹妹明天便好，我就喜悦了。"

秋痕叹道："我自觉十分疲惫，寒热很高。后天如何能够动身呢？我真忧愁得很。在此地生病，也很不宜。筱庵姑丈今天不见前来，不知何故？"

佩玉道："大概他有什么公事羁身，明天我可去看他，托他找一个医生前来。"

秋痕摇手道："不用请医生，我发了几个寒热，总要好的。这里女下人又粗笨得很，恐怕煎药也煎不来的。"

佩玉道："有我在此，请妹妹放心。这一些些事，我可负责。"

秋痕道："烦劳玉哥也于心不安。"

佩玉道："妹妹不要说这种话，我们亲如骨肉，况又身居异乡，更当尽心尽力地护持。譬如我生了病，妹妹也绝不会袖手旁观的。今晚请妹妹安心睡觉，盖得暖些，明天或可轻松些，也未可知。"

这时窗外雨声如珠抛屋瓦，一阵紧一阵，北方难得下雨的，今番却下了一天的雨。两人都是作客京华，对此风雨，怅触愁绪，更觉得愁上加愁了。此时晚饭已好，秋痕是不要吃了，佩玉独自回到外边去用了晚饭，在自己室中披览小说，想起秋痕的病情，心中说不出的愁闷，书也无心看了。呆坐了一会儿，便上床去睡。

次日一早醒来，连忙起身盥洗毕，用了早饭，出门跑到王筱庵家里来。筱庵还没起来，佩玉坐在书房中等候。过了一个钟头，筱庵方才出来，佩玉上前请安，筱庵道："昨天因有应酬，故而不能到你那边来。明天你们可以动身了，运柩的事我早已接洽，你们可以先走。"

佩玉道："姨夫，恐怕我们明天还不能动身哩。"

筱庵大奇道："却是何故？"

佩玉道："秋痕妹妹忽然生起病来，所以我过来要问问北京可有什么良医。"

筱庵道："秋痕病了么？病情如何？"

佩玉答道："寒热很高，不思饮食，病势非轻，不得不请教大夫来医治。"

筱庵道："那么请医生的事我可代办。这里有一个大夫姓蒋，专治伤寒症。下午我可同他前去。"

佩玉道："多谢姨夫费心，我要去了。"遂告辞回去。

仆妇上前告诉道："小姐的病不能算轻，昨夜我在房中陪伊，听伊口中吃语喃喃，摸摸伊的额上很烫。少爷你可去请大夫么？"

佩玉听了，忧形于色。跑到秋痕房中，恰巧秋痕睡着，佩玉不敢惊动伊，轻轻走到床前，掀起罗帐，见秋痕向里睡着，鼻息微微，陡然一跳而醒，回过脸来，见佩玉立在床前，忙道："玉哥救我。"伸出玉臂来。佩玉握住伊的纤手，问道："妹妹何事惊慌？"

秋痕道："我梦见有一个似人非人、似鬼非鬼的东西向我追赶，其时我正在一个园中采花，这个东西忽从假山石旁蹿出来，向我猛扑，吓得我连忙逃走。逃出园间，只见一片荒野，怪物仍在背后，一跳一纵地追来。我慌得拼命飞奔，见前面有一条小溪，溪边坐着一人，正在野外写生，我忙喊救命，那人回过身来，正是玉哥。此时你已看见我了，跳起身来，要想救我，只是我们中间还有那小溪隔着，玉哥不能过来。那怪物已追及我了，我足下一绊，跌在地下。怪物扑到我的身上，伸出血红的舌头来吞我。我急喊救命，这才醒来，几乎把我吓死了。"

佩玉道："妹妹不要胆小，这是幻梦，不足凭信。但是妹妹的手心烫得很，寒热仍没有退。今天早上我到姨夫家里去的，他答应在下午请大夫前来。妹妹服药以后便会好了。"

秋痕道："多谢玉哥费神。我要请你写封信到母亲处去，只说我们因有他事，又将改期了。一俟行期确定，再当函告。这样可以免她老人家朝夕盼望。"

佩玉道："我理会得，停歇写了便寄，请妹妹放心。妹妹千万要静养，不必多所思虑。"

秋痕叹了一口气，黯然无语。佩玉坐在床边伴伊，但是心中想起了以前做的梦，和现在秋痕的梦，两两相证，更觉得梦境不祥。

225

又不敢把他做的梦一五一十地告诉秋痕，只好闷在肚里。

下午筱庵坐着汽车，请了姓蒋的大夫前来。姓蒋的年纪不过四十左右，留着一撇小须，穿着紫酱花缎的棉袍子，元色直贡呢的夹马褂，戴着金丝边眼镜。佩玉迎接进来，先在书房里敷衍了几句，然后请到房里。

秋痕见了筱庵要起来叫应，筱庵道："你不必多礼，我们都是亲戚，现在大夫在此，要看你的病，南下的事只好暂时搁置。明天琴儿也要来探望的，我已去知照伊了。我却还有些事，便要走的。"

佩玉遂拿了几本书，预备大夫把脉之用。大夫也过来坐在床沿上，秋痕把右手伸出，大夫把书托住，细细诊脉，筱庵佩玉都坐在旁边静听。两手都诊过了，遂教秋痕张开嘴来，看看舌苔，又问了几句话，才立起身来。筱庵佩玉一齐陪着出去，到书房中开方。大夫把方开好后说道："罗小姐的病不但是感冒风寒，而且心中有抑郁的事，伏而不发，体质素亏，肝阳上炽，这个病一时不能奏效的，须好好调治。今天先从发表入手，明天再看病状吧。"筱庵遂仍同大夫坐着汽车而去。

佩玉送过了大夫，再回到房里，恰接到胡粹英和密昔斯李的来函，先给秋痕看了。信中无非是道念的话，盼望秋痕早日南返。秋痕遂托佩玉代写回书。佩玉出去，教下人拿着方子和银钱出去购药，自己代秋痕写了两封信，一寄家中，一寄美化女学。自己也写了两封信，等到下人撮药回来，遂按着药方检点，有没有多少。然后放在罐里，命下人去煎。自己常常留心着，煎好了便送到室里。看秋痕服下，再煎第二次。直到黄昏，秋痕服了药，安然睡去。佩玉暗暗祷告上苍，使药到病除。

明朝起身，再到秋痕室中问问秋痕病情，觉得寒热热度稍减，尚未退净。九点钟时文琴来了，还带了许多物件，是送给秋痕的。

文琴握着秋痕的手说道："今天我想来送行的，不料昨天得知表姐玉体有恙，非常怀念，今天请了假前来探问，不知姐姐服了药后，觉得好些么？"

秋痕道："多谢妹妹挂念，又要送我许多贵重礼物，使我感谢不尽。我服药后也不觉得什么，不过现在寒热似乎退了些，心中却有些气闷。"

文琴道："今天大夫要来么？"

佩玉道："要来的。"

文琴道："我看姐姐多愁善感，况又遭逢大故，心中抑郁。北方水土恐又不服，病魔遂乘机侵入了。恨我不能在此侍奉，诸事要赖佩玉表哥当心了。"

佩玉道："理所当然。我心中也忧闷得很呢。"便请文琴在此用饭，陪伴秋痕闲谈。

秋痕在午时喝了些薄粥，吃两片南腿，但觉胃口不好，没有滋味。饭后大夫前来，此时秋痕寒热又厉害了，头脑涨痛，胸中还要气闷。大夫把脉之后，皱皱眉头，出来开了药方，对佩玉说道："这病真是难弄，且再试服一帖。"遂告别而去。

佩玉又命下人去撮来煎服，文琴道："我们校中的校医陈子佳先生，中西医学都有根底，若然姐姐吃了这帖药再不见好，可要请他前来看看？"

佩玉道："很好，我可到琴妹校中来接头的。"

文琴道："他住在柳条胡同第九号。佩玉哥哥可以直接去请。"

他们又讲了些话，秋痕有些疲倦，遂下了帐子睡着。佩玉和文琴一面料理汤药，一面谈谈文琴校中的事情。文琴要请佩玉代她画把扇面，预备明年夏天用。佩玉道："我有一幅《江山月明图》，将来还到松江要以寄来送给琴妹。"

文琴道谢不迭，看秋痕吃了头次药，才要告辞回校，并嘱秋痕珍重，星期六当再来慰问。佩玉送至门口，文琴坐车而去。佩玉回到秋痕室中坐着伴伊，心中很是烦闷。可是秋痕服药之后，夜间寒热不退，一些儿不见减轻。

次日王筱庵又来探望，佩玉把情形告诉他听，又说文琴表妹那边有一个校医陈子佳先生，想去请来参看。筱庵道："也好，你就去请来试试。但是蒋大夫的本领不错啊，何以一些儿没有起色呢？"

筱庵又道："你们若是手头短少，不妨到我那边挪移。"佩玉称谢。

筱庵去后，佩玉遂去请陈子佳。等到下午，姓蒋的先来诊察，秋痕的病状依然一样，只得仍照原方增减几样药材而去。少停那位陈子佳先生来了，短小精悍，穿着西装，好似日本人。把了脉，问过病情后，出来又看了姓蒋的方子，便对佩玉说道："罗小姐的病原不一，神经中受了刺激，所以头脑涨痛，病须各路兼顾。蒋大夫开的方子原算正路，只是不能照平常伤寒看法，而且药的分量也用得似乎轻些。今天且吃了我的药再说。"便壹志凝神地开了一张药方，又取出一包安眠药粉和两粒凡拉蒙，教秋痕夜间吃了可以止痛安睡。佩玉遂付了医资，送得陈子佳走后，又忙着吩咐下人撮药去。

到黄昏时，秋痕吃了药，佩玉坐在床沿上，此时室中只有两人，秋痕对佩玉凄然说道："玉哥，多谢你这样费神费力，我怎样可以报答你呢？我自己知道病势很重，前晚又做了那个噩梦，或者不久于人世了，所以深恨不能酬报玉哥于万一。玉哥和我如亲兄妹一般，我若死后，父亲的灵柩仍要有烦玉哥代领回去。我的臭皮囊也要玉哥代我收拾了，带回祖茔。种种恩情，当俟来世报答。并求玉哥代我安慰老母，你就算了她的儿子吧。可怜她老人家一个也没有亲爱的人了。"秋痕说到这里，一阵悲伤，眼泪早像泉涌。

佩玉不禁把衣袖去代伊拭泪，自己忍不住也泪承于睫，说道："妹妹的病，一半是由忧郁而起。忧能伤人，妹妹在此病中，切莫再抱悲观。怎知道妹妹的病不会好呢？今天吃了陈先生的药，当可见效。然而药力一半，人事一半。妹妹吃了药后，当静心安睡，不宜多转念头。至于我烦恼一些，也应该的。想我孤苦伶仃，早失怙恃，幸赖舅父舅母热心栽培我，养育我，如此大德，还未图报。尤可感激的是妹妹待我的一片真情，使我漂泊的心得到不少安慰。妹妹是我心房的血流，血流一止，我的心不再跳跃，我也死了。生在世上，还有什么趣味呢？我今只有希望妹妹早日痊愈，可以一同南返，也好使我在舅母面前交代得过。记得你在上海失踪时，我急得东奔西走，懊丧欲绝。幸得吉人天相，会遇着那个沈君脱险归来。我想此次也绝不致像妹妹所说的，请妹妹不要多愁。"

秋痕听佩玉的说话，又缠绵又恳挚，心中很觉安慰。伸出纤手，把佩玉的手紧紧握住，说道："玉哥，我听你的话了。"

佩玉又把第二次煎的药给秋痕喝下，然后退出房去，吩咐女仆好好当心，服侍小姐。

不知秋痕服了陈子佳的药，可能驱走病魔，霍然而愈？欲知后事如何，请看下回。

第九回

转危为安名医施妙手
有胜无败健儿逞奇能

　　明天佩玉起身，心中悬念着秋痕，盥沐毕，便到里面来看伊。秋痕刚才睡醒，佩玉问道："妹妹服了药后，昨夜觉得好些么?"

　　秋痕答道："觉得轻松些，夜间亦安眠。"

　　佩玉也见伊面色较好，便喜道："果然陈医生的药有效，今天仍去请他。那个姓蒋的大夫不必再去请了。"遂坐着伴秋痕闲谈。秋痕腹中有些饥饿，要想吃些粥汤。佩玉便命下人去端整，自己出去请医生。

　　到得下午，陈子佳前来，把了脉，对佩玉说道："恭喜恭喜，小姐的病已有转机了。今天再吃了一剂药，包可渐渐痊愈。只要调养得宜，不再受新风寒好了。"遂回到外面，开了新方子而去，佩玉又命下人去赎药回来煎服。

　　凡是病症，只要用药对路，总可救治。医生的本领，第一能辨病状，第二能用药剂，世人有许多的病都误在庸医手里。他们病情没有完全明了，胡乱开方，把病人来尝试。虽然他没有害人的心思，可是人家的病却被他耽误了，岂非可叹?

　　秋痕服了陈子佳开的两次药，十分的病势去了六七分。到了后

230

天，文琴和伊的父亲王筱庵一同前来探望，见秋痕的病已过了危险的时期，轻松多了，都很快慰。那天仍请陈子佳前来，所以下午陈子佳到临，文琴和他叫应了，陈子佳看秋痕病势大轻，便又开了一张方子，说道："吃了这剂药，如再觉得好些时，明后天不妨连服两剂，可以痊愈，不必再用药了。"

佩玉道："这都仗着先生妙手回春，不胜感谢。"

陈子佳谦谢不遑，告辞而去。王筱庵也先去了，房中只有佩玉文琴两人陪伴着秋痕。文琴从身边摸出一个小纸包，递给秋痕的手里道："其中有纸币五十块钱，是爹爹命我转送的。现在北方天气冷得早，姐姐等身上轻薄，可以添些衣服，请姐姐收了。"

秋痕道："时蒙姑丈照料，使我们感谢不尽，何以报德呢？"

文琴道："姐姐说哪里话来？我们彼此是至亲，理当帮忙，何足挂齿？但愿姐姐早日痊愈便好。"

佩玉见文琴为人很是伉爽，暗暗佩服。文琴看秋痕吃了药后，天色将晚，遂告辞回去。佩玉心中比较前两夜是快乐多了，夜间和秋痕讲了些话，也觉得精神有些疲乏，早些去睡。

次日出去代秋痕添置一件棉衣，恐伊病后怕冷。至于他自己身上的衣服早已从友人处想法借到款子，买了一袭了。秋痕又连服了几天药，病已告愈，便下床坐坐，吃些烂饭。佩玉也不出去，伴着伊谈笑。直到十一月初，秋痕已精神恢复，健康如常。家中接连寄来快信，催促两人速速南下。于是佩玉和秋痕到王家去辞行，择定初六日动身，房子退租等事早已弄清楚了。

那天正是星期日，文琴雇着汽车送两人到车站。临别依依，各道珍重。秋痕坚邀文琴明春南游，文琴答应，洒泪而别。

佩玉和秋痕两人坐了火车，回转江南，一路平安无事，唯路过兵燹之地，战争遗迹，还有得看见。国家多一次内战，便多伤一次元气。那些军阀把人民的金钱搜刮拢来，去到外国购买军械，大放其外国鞭炮，耗费国财，荼毒人民，真是全无心肝的了。

两人回到家乡，拜见了秋痕的母亲。母女相见，不胜快慰。秋痕遂把父亲身后诸事和自己生病等事详细告诉，唯有在沪遇骗一事，始终守秘密。隔几天，灵柩运到，便寄在城外大庆寺设奠一天，许多戚友前来拜唁，许厚人也来吊孝。秋痕把这事办过了，又和伊母亲商量，要把房子抵借二千金，去还父亲在北京欠的债务。先寄一封信到北京去，向王家父女道谢。这是后话，暂且不提。

且说秋痕到校中销假后，照常授课。送了一些北京土货给许厚人、密昔斯李、胡粹芳等三人。粹芳和密昔斯李问起伊北京的风景，秋痕道："我到北京去只有表妹王文琴陪去游了一次中央公园，看了一次艺术联欢会，其余地方都没去观赏。因为我心中充满着悲哀，更有何心寻乐呢？你们可以到舍间来，让表兄秦佩玉讲给你们听，他倒去过好几处呢。"

密昔斯李道："要得，我们可在星期日来。"

秋痕忽又问胡粹芳道："沈侠隐这个人你认识的么？"

粹芳面上一红，点点头道："是的。"

密昔斯李道："是不是那上海的沈先生？正是一个俊美的青年。前月我们校里开游艺会，他来参观过的。杨令娴还和他有亲戚关系哩。"

粹芳道："我和沈君相识，也是杨令娴代我介绍的。秋痕姐姐所以认识他的经过，沈君也已告诉过我了。"

密昔斯李道："那么你为什么守口如瓶，不说出来呢？"

粹芳道："我因秋痕姐姐自己没有发表，或者此事伊要守秘密的，因此一个也没有告诉，连杨令娴都不知道。"

秋痕笑道："沈先生来过的么？好了，待我讲个明白吧。"遂把自己在沪无端邂逅旧时同学江小珍，不料伊已变了歹人，心存不良，将伊诓骗出外，幽禁在同党家中，险些着了她的道儿。幸亏苍天见怜，再巧也没有遇见沈侠隐，将自己救出虎穴等事告知。

密昔斯李十分痛恨江小珍，却顿足说道："可惜可惜，当时姐姐为什么让凶人逍遥法网之外呢？若是换了我，一定要报官缉获，把他们置之于法，然后心中爽快。"

秋痕道："一因那些人羽翼甚多，必有报复。二则我立刻要北上的，也没有时间去做这事。所以便宜了江小珍等一干人。可是天网恢恢，疏而不漏，将来他们绝没有好结果。"

粹芳也不胜太息。作书的作到这里，要把秋痕的事暂搁一搁，先将沈侠隐和胡粹芳相识的小史写一个明白。

原来胡粹芳在十三四岁时候，曾和杨令娴同居，令娴比伊年纪大四岁，已在十七八妙年华了。两人都在女子高小学校里肄业，同出同进，亲爱异常。粹芳年纪虽轻，却是兰心蕙质，聪颖非常。校中教师很是器重伊，说伊敏而好学。伊的家中只有一个母亲，单生伊一个女儿，珍爱得如掌上明珠一般。粹芳的父亲生时曾在杭州政界中服务，很有名声。但在粹芳五岁的时候，忽然一病去世，幸有些积蓄，所以母女两人能够安度光阴。杨令娴的父亲是个盲子，在家抽抽大烟，不管事情，一切都由她们母女主持。也有一些遗产，敷衍度日。令娴还有一个小兄弟，常来伊家走动。后来偷了一座自鸣钟去，令娴的母亲向他吵闹，遂不许他上门了。

令娴母亲有一个表姐妹，嫁给上海富商沈子臧，便是侠隐的父亲了。侠隐在十岁上也没有了父亲，他母亲只有他一个独生子，所以竭力栽培他的学业。十五岁已在中学二年级了。在那年的夏天，他的母亲带了侠隐到松江来，住了一个多月。令娴的母亲扫榻相待，竭诚款接。侠隐少年活泼，常和令娴粹芳一起游玩，弈棋咧，猜谜咧，拍台球咧，三个人一天到晚厮混着，也不觉日长如年了。令娴已在破瓜年华，情窦初开，见侠隐生得剑眉星眼，英气勃勃，未免有情。粹芳还是天真未凿，只知嬉戏。令娴的母亲见侠隐人品好，学问也好，家中又是富有，很愿把女儿配给他，一重亲做两重亲。哪知侠隐的母亲沈夫人以为令娴年纪比侠隐大，俗语说的女大三屋脊坍，不情愿成就这头亲事，反看中粹芳。见伊生得娇小玲珑，讨人怜爱，有时粹芳走来，沈夫人常要拉着伊白嫩的小手问长问短，粹芳也像小鸟投怀般，和沈夫人很是亲近。

一天粹芳和令娴两人伴着沈夫人闲谈，侠隐也在旁边，沈夫人问粹芳读的什么书，因为沈夫人自幼读过四书五经，胸中很通文墨，所以试试粹芳。粹芳答道："在校中读的是古文。"

沈夫人道："你可能背一篇给我听听么？"

粹芳遂信口背诵道："晋太元中，武陵人捕鱼为业，缘溪行，忘路之远近。忽逢桃花林……"把一篇《桃花源记》背得朗朗上口，一了无讹。

沈夫人笑问道："那个桃花源现在何处呢？你可想去一访，多么好玩啊！"

侠隐听着，也咯咯一笑，看粹芳如何还答。粹芳不知沈夫人有意试伊，便笑答道："伯母，那《桃花源记》原是一篇寓言文章，并没有真的地方。作者陶渊明，生在乱世，气节清高。那时正是五胡乱华、烽烟遍地的时候，中原人民受尽战争的苦痛，陶渊明感慨时事，所以有这等作品。可以算后世寓言小说的滥觞。篇末一结，大足令人悠然神往。现在我国也在战乱时候，读了这篇《桃花源记》，更令人不胜慨叹。"

沈夫人听粹芳说出这些话来，好一个聪明的女孩儿，竟理会得古人作意，将来必定是个扫眉才子，心中十分爱伊。便摸着伊的头发，笑嘻嘻地问道："好小姐，你真通文达理，不知你肯配我家的侠隐做媳妇么？"

粹芳不觉两颊晕红，低倒了头，回身望外一溜。侠隐在旁听了，记在心中，也觉得粹芳多么可爱，将来若能给我做妻子，真是窈窕淑女，君子好逑，我的艳福不浅哩。

过了两天，侠隐在无人处忽遇见粹芳，便拦住伊问道："粹芳妹妹，前天我母亲的说话，你听清楚没有？怎么不回答？"

粹芳急道："你母亲的说话听清楚怎样？不听清楚又怎样？干你甚事？我不懂。"

侠隐道："你不懂么？我也不来逼你，只愿和你做个朋友。"

粹芳道："朋友是可以的，我答应你便了。"

从此两人愈觉亲近。杨令娴心中觉得有些不自然，后来沈夫人和侠隐回到了上海去了，粹芳的母亲也因别的事情迁居到别处去住，和杨家渐渐疏远。粹芳也转学到上海一个女子中学里去读书。沈夫人思念粹芳，有时在寄给杨家的信上问起胡氏母女消息，令娴虽然知道，但她们不愿意沈夫人和胡家来往，便推托说业已迁居，不通音问，沈夫人也就罢了。

粹芳在校中将近毕业的那年，一天春风和暖，草色尽绿，正是礼拜六的下午，校中有吴先生带领着十几个学生，要到梵王渡某大学去看足球，伊一时高兴，也愿随往。坐了两辆汽车，风驰电掣般开到梵王渡学校门前停住。粹芳等下车走进校中，来到球场，占地甚广，四周种着许多大树，垂杨丝丝，摇曳生姿。那时足球比赛还没有开始，两旁作壁上观的已有无数人。粹芳等也占了一隅，坐着观看。原来梵王渡大学和徐汇大学每年比赛足球，提倡尚武精神，练习健儿身手。徐汇大学的足球队在江南战败各大学，执足球的牛耳，久负盛名。梵王渡大学的足球队也是威名远振，无坚不破的。

两校历年比赛，互有胜负。今年梵王渡足球队加意练习，一心想夺锦标。此次比赛，未知鹿死谁手，所以很好看的。

不多时，远远听得军乐声响，是欢迎两校足球队上场。等到军乐声止，忽听一阵拍手声，便见东边有一队球员，都穿着白地红条的球衣球裤，足上套着球鞋。一个个如生龙活虎般跳到场中。大家指着道："这是梵王渡大学的足球队。"接着又是一阵拍手声，西边有一队球员，都穿着白地绿条的球衣球裤，足上也套着球鞋，一个个如俊鹘穿云般蹿到场中，这是徐汇大学的足球队来了。两边球员都往来跳跃，蹴着自己的球，好似跃跃欲试。此时公证人是一个西国人，也走到场中。两边挥旗的人也已立好，两校啦啦队都整队立着。

什么叫啦啦队呢？原来两校比赛足球，两校的学生也跟着来看。大家希望自己的学校获胜，所以组织啦啦队，鼓励球员的勇气。每逢球员进攻时，啦啦队便啦啦啦地大声呼喊，操着英语助威。若得踢进一球，欢呼若狂，足使敌人气为之馁。

啦啦队既到，两边十一个球员，一共二十二人，按准步位立定，银角一鸣，双方夺球进攻。忽东忽西，各出全力猛搏。起初徐汇右卫盘球过了二门，如飞将军从天而下，一球踢向梵王渡的球门。幸亏守门的从容不迫，双手将球接住，向外力掷，被这边二门踢出去，方才化险为夷。不料徐汇中坚一球又蹴到梵王渡的二门，接着徐汇的左翼冲到，又传给徐汇右翼，乘势一踢，直向梵王渡球门而去。徐汇的啦啦队大声呼喊，梵王渡的守门又把球接住，而徐汇的先锋已冲到身边，把球拍落。幸这里二门守卫已回身防御，把球一钩，向横里踢去。又被徐汇的左翼接住，觑准球门，一球飞来，守门的迎上去接时，脚下一滑，跌下地去，把球也压在身下。徐汇球员来抢，守门的歘地立起身来，将球高高地一脚踢了出去，观众一声喝彩。

粹芳在旁边看了，很替守门的捏了一把汗。此时梵王渡球员益觉抖擞精神，球遂盘旋于徐汇球门之前。粹芳见梵王渡队中右翼是一个英俊少年，很有几脚好球，凑巧有一球落到他的面前，那少年遂盘球而进，守二门的上前来抢，被他向旁边一避，冲过了二门，将脚踏住球，疾向球门一蹴，那球便如流星般从徐汇守门的右胁下进去了。梵王渡啦啦队欢声雷动，军乐队奏起乐来，徐汇球队输了一球，极力反攻。少停梵王渡那边罚球，竟被徐汇一蹴而中，徐汇啦啦队也欢呼起来。但不到三分钟，梵王渡的右翼，便是那个少年，又接到一球，便传送给中锋，三个先锋队员像三匹怒马冲进徐汇阵地。守门的来和中锋抢球，中锋又轻轻一踢，传到右翼，那少年举足一蹴，那球直飞球门，被守门的抢住，正要掷出，那少年已冲到他的身边，双手猛力一拍，竟把那球拍落。那时两边啦啦队大声呼喊，观众目光群集在徐汇球门边。守门的既失去了球，要想踢出去，球却碰在少年的肩上。少年把肩一耸，那球便滚进球门去了。梵王渡的啦啦队欢呼不绝，军乐队又吹起来。粹芳很佩服这个少年，又敏捷又强固，不愧健儿身手。

又踢了数分钟光景，已是半点，到了柠檬时候，便暂停十分钟，到下半时双方交换阵地。徐汇球员奋力冲锋，梵王渡球队取保守主义。那个少年已调任内卫，徐汇先锋队有几次盘球到二门上，都被他还踢出去。防御得法，好似一重铁门。徐汇球队竟不能取胜，梵王渡球队也没有踢进，直到最后五分钟时，两边奋斗愈急，有两个徐汇球员传球而进，被少年冲上去，一个双飞，将球直踢出阵地。大众拍手喝一声彩，却被自己的中锋接着，传送给左卫，左卫又传送给右翼，但见一球从门角里飞进去，梵王渡又胜一球。徐汇球员锐气尽堕，只有招架了。时间已告终止，银角一鸣，两边人都走拢来，结果为三与一之比。梵王渡球员和啦啦队都脱下帽子，向空中力掷，大声欢呼，夹着军乐悠扬的声音。

看客渐渐散去，粹芳看得呆了，见诸同学拔步而去，便随在后面走出来。忽见那个少年还穿着球衣，和一个穿西装的学生大踏步走来。一抬头看见粹芳，走上前问道："前面是密斯胡么？"粹芳不防那少年叫伊，对他细细一瞧，也觉有些熟识，只是一时想不出是谁。

欲知那少年何人，粹芳是否和他相识，请看下回。

第十回

绿意红情风光细腻
慧心粲齿况味温存

少年见粹芳发呆，便笑道："密斯胡已不认识我么？我便是沈侠隐。好久不见了。"

粹芳被他一句话提醒，想着此人就是杨令娴的亲戚，前数年和杨家同居时曾和他相识。遂答道："原来是密斯脱沈，一别多年，几乎令人忘怀了。"

侠隐道："女士难得来的，不妨坐一刻去。"

粹芳道："谢谢你，我有许多同伴要一起去的，改日相见。今天恭贺贵校足球队胜利，密斯脱沈的足球本领也使我们非常佩服。"

侠隐笑道："这次侥幸得胜，实在我们的足球队未必比他们高强啊。女士现在何校肄业？"

粹芳道："三马路自由女学。"

侠隐道："有暇当来拜访。"

粹芳道："很好很好，回头见。"同学们早走远了一大段，只有两个和自己要好的，还站在那里等。伊忙道："我要去了，密斯脱沈，再会。"遂向侠隐点点头辞别。

侠隐也点头答礼，说道："密斯胡晚安。"

此时斜阳一角，照在草地上，好似留恋不忍别去的样子。侠隐立着看粹芳同伊的同学，跟着碎乱的人影，走出校门去了，才和那个朋友走去休坐。

粹芳和伊的同学走出去时，一个同学早问伊道："姐姐和这位少年是朋友还是亲戚？"

粹芳不肯说谎，便道："是旧时相识的。"

又一个同学道："今天他出足风头，被他连胜两个球，可算梵王渡球队中之健儿了。我前次曾看过南京大学和歇浦大学足球比赛，南京大学中有一个球员，别号飞将军，往来冲突，如入无人之境，还要比那个少年勇猛呢。"

三个人说着话，来到门口。吴先生和一众同学都已经在等候，有几个瞧着粹芳笑笑，仍坐上汽车，驶回校去，以后粹芳也不放在心上了。

过了几个星期，又是一个礼拜六的下午，粹芳没有出去，正在室中温课，却见门房递进一张名刺来，说有人求见。粹芳接过一看，见上面印着沈侠隐三字，知道他果然来了，忙跟着下楼，劈面又碰着同室的姚梦芙笑嘻嘻地对伊说道："粹芳姐，外边有一个美少年，特地来见姐姐。姐姐试猜是哪一个？"

粹芳急于走路，便答道："我早已知道了。"

跑到应接室中，见沈侠隐穿着一身簇新的绿色西装，反背着手，正看室中挂着的照片，一帧一帧的，四壁都有。粹芳踏进室中，便道："原来是密斯脱沈，请坐请坐。"

侠隐回转身来，见了粹芳，便道："胡女士，今天星期六，敝校休息半天，知道贵校也放假的，所以特来拜访。"

粹芳道："不敢不敢。"两人便在室中大菜台旁面对面地坐下。

侠隐道："我们一别已有多年了，前天忽地相逢，我一看便认识密斯胡的。因为密斯胡右颊下的朱砂小痣，当初我看得多了，多么美丽，使人不会忘掉。"

粹芳听了，面上一红，也答道："沈君好眼力，佩服之至。现在肄业在梵王渡，几时毕业？"

侠隐道："明年可以毕业。女士在此校中读了几年了？我一向没有知道，不然早来奉访。"

粹芳道："已有四年，今夏将要毕业。"

侠隐喜道："可贺可敬，到时当来观礼。"

粹芳道："一知半解，所得无几，说出来也很惭愧的。听说令娴姐姐却在家乡一个美化女学里做舍监了。"

侠隐道："是的，那美化女学的校长许厚人是伊的亲戚，所以伊设法进去的。我是好久没有和伊见面了。"

粹芳道："我们也难得见面的。伊进了美化曾有一信通知我，在那校里我另有一个朋友密昔斯李，和我很投契的。"

此时有几个同学悄悄掩来偷看，都认得是那天梵王渡足球队中的健将，不知粹芳何以相识。粹芳见有人窥探，也有些不好意思。侠隐又道："家母也很思念女士，前天我曾告诉伊和女士邂逅相遇的事，伊十分快活，所以今天特地教我来接女士光临舍间，盘桓一天。"

粹芳道："哎呀呀，不敢当的。伯母近来康健么？承蒙宠招，不胜感幸，改日再来请安吧。"

侠隐道："请女士不要客气，务请到舍间去谈谈，我们都是同志，声应气求的。"

粹芳见侠隐很是诚恳，不能固辞，遂点头答应。侠隐道："那么请女士便去，舍间有汽车在门前伺候。"

粹芳于是起身回到里面，换了一套衣服。大家来问伊，伊只说是亲戚要接伊去相聚，便到舍监处请了假，然后回到应接室中，和侠隐走出校门。侠隐将手一招，便有一辆青色汽车从外面发动轮机，慢慢开来。跟侠隐跨上车去，并肩坐着。侠隐说一声家去，叭的一声，汽车夫开快速率，向前疾驶而去。侠隐在汽车上和粹芳又谈些学校中事，片刻之间，早到了静安寺路沈家门前停住。侠隐招呼粹芳下车，粹芳见侠隐住的是一座很精致的小小洋房，来到客室中坐定，侠隐便去请出他的母亲沈夫人。

沈夫人听得粹芳已来，十分欢喜，连忙走将出来。粹芳一见沈夫人，上前拜倒，说道："久违尊颜，想伯母福体清健的。"

沈夫人握着粹芳的手道："胡小姐，多谢你，贱躯无恙。我记得在杨家和小姐相见时，小姐还是年幼，有些孩子气。现在却长得容光焕发，几乎不认得了。小儿却偏偏记得小姐的红痣。一旦巧遇，今日幸能见面，我心里非常喜欢。不知道令堂太太身体安好么？"

粹芳道："多谢伯母，家母近年来却喜健康得很。"

沈夫人遂请坐下，侠隐也坐在一边。沈夫人又道："我是膝下没有女儿的，很喜有年纪轻的小姐时常来一起盘桓，胡小姐以后请你每星期六要到舍间住一夜，陪伴我谈谈。此间好似你的家庭一般，一切不要客气。"

粹芳道："承蒙伯母如此见爱，敢不遵命？"

沈夫人道："好，以后一到星期六的下午，我当开汽车来接。"

侠隐听了，心里不胜之喜。这天粹芳便在沈家闲谈到晚，沈夫人一定要留伊住下，粹芳推辞不过，好在沈家有电话的，便打一个电话到校中去说胡粹芳被亲戚留住，今夜不回校了。夜间吃了晚饭，沈夫人便带着侠隐请粹芳去天蟾舞台看戏，明天星期日，三个人又到大马路去闲逛，吃点心。沈夫人到先施公司里购了一件印度绸的衣料和两匣上好的饼干，送给粹芳，粹芳很是感谢。沈夫人又送伊到校，才和儿子回家去。从此每星期六粹芳必要到沈家去，沈夫人见伊依依膝下，宛如亲生女儿一般，也十分爱伊。侠隐和粹芳有时弈棋，有时论文，有时拍球，有时联臂出游，有时促膝谈心，好似兄妹一般亲热。

时光很快，转眼已是石榴花开，天中节过，粹芳毕业的日子到了。此次粹芳用心攻书，竟被伊考列第一。毕业秩序中要伊担任中文演说。粹芳预备了一个题目，是《何谓新妇女》，朝晚练习。到举行毕业典礼的那一天，沈夫人和侠隐特地前往参观，见粹芳登台演说，舌底澜翻，汨汨而来，加着态度活泼，妙语横生，来宾大为激赏。演说完毕，掌声如雷，侠隐也用力击掌，击得手心都痛了。晚上又有游艺会，表演新剧《最美之妻》。粹芳为剧中主角，做一个容貌美学问美交际美的妻子，神情毕肖，看得沈夫人只是嘻开着嘴好笑。散会时粹芳换了衣服出来，送沈夫人和侠隐出校。侠隐对伊说了许多赞美的话，沈夫人道："胡小姐，你这里明天当可舒齐了？后来早上我开车子来接。"粹芳点头答应，沈氏母子坐上汽车而去。

次日粹芳摒挡各事，晚上同学又有聚餐会，十分热闹。后天早上已正式放暑假了，许多同学都束装返里，大家惜别依依，洒了不少眼泪。粹芳早上梳好一个爱丝髻，换上一件白色印度绸的单衫，便是沈夫人送给伊的。下系黑色福晋绸裙，白帆布的鞋履。衣襟上套着一支紫罗兰色丝带的自来水笔。妆饰完毕，和诸同学立在阳台上谈话。忽见门房上来报道："沈家有汽车来接小姐前去。"

粹芳点点头道："知道了。"便回进房去，唤佣妇把行李相帮搬出，伊自己携了一只手提箱，向诸同学告辞，又到教员室去向诸位先生告别。有几个要好的同学都送伊出来，看伊把行李放在汽车上，然后一个个上前，说一声再会，跨上汽车。汽车夫便关上车门，拨动轮机，载着粹芳径到沈宅。

沈夫人见粹芳来了，心中大喜，便命小婢阿香将行李搬到楼上去，特地命厨房办了酒菜，代粹芳庆贺。侠隐又代粹芳在草地上摄了两影。粹芳喝了酒，有些醉意，两颊绯红，越显得妖媚。沈夫人要留粹芳住一个月，粹芳无可无不可地说道："明天待我写一家信回去，禀明了母亲再说。"

当夜沈夫人便留粹芳同居一室，侠隐却独住在东边房中。长夏无俚，沈夫人爱听弹词，便请粹芳读《珍珠塔》给伊听。粹芳每天要读一会儿，曼声低吟，却很好听。沈家又有一台钢琴，侠隐时和粹芳合奏，红楼琴声，别饶幽趣。粹芳住了一个星期，接到家信，准许伊住在沈家，但要伊先回去一次。粹芳告知沈夫人，明天便束装遄返松江。沈夫人购了不少礼物，命侠隐送到车站，叮嘱粹芳早日来申。

粹芳回到家中，见了母亲。粹芳的母亲见女儿已得毕业文凭，非常快慰。粹芳又告诉伊的母亲，说起沈夫人如何优待伊。粹芳的母亲知道沈夫人做人十分好的，沈家又是富室，所以很放心许粹芳去住。粹芳又去探访朋友，和密昔斯李相见，密昔斯李告诉粹芳说，伊的校中小学部缺少一位国文主任，正在物色中，要想把粹芳介绍过去，彼此同在一块儿做事，可以朝夕聚首，不知粹芳可有这个意思。粹芳道："若和姐姐同在一处，真的再好也没有的事了，况且又在本地，免得出外去。请姐姐力为介绍是幸。"

密昔斯李次日遂去见校长许厚人，说胡粹芳新从上海自由女学毕业，名列第一，学问优美，国文尤其精通，情愿介绍伊入校，担任教务。厚人当然允诺，须等后日见面后订约。密昔斯李到粹芳家来告知粹芳。

到了后天，密昔斯李偕同粹芳到美化女学里来见许厚人，厚人和伊谈了几句，很觉惬意，遂取出聘书来，讲明薪金，双方订了约，告辞而回。粹芳的母亲得知伊的女儿将在美化女学教书，自然十分喜悦。

隔了几天，粹芳买了些土货，坐车到上海去，住在沈夫人处，又告诉他们说伊下学期要到美化去执教鞭，沈氏母子也很快慰。

一天下午，沈夫人出外去了，上午赤日当空，挥汗如雨，梧桐树上的蝉声絮聒不住，寒暑表升到九十七度。下午四点钟时候，西北角上忽然堆起一团乌云，势如奔马而来，一霎时把那一轮红日遮得无影无踪，一阵阵的狂风刮向树枝东西摇摆。那时粹芳正在楼上浴室中洗浴，家人们以为有阵雨到了，哪知洒得几十点雨，没有大雨，打个空阵。但觉凉飔入户，暑风尽消。

粹芳浴后新妆，换了一件白罗纱衫，挂着一个茉莉花球，走到阳台上。清风徐来，爽快得很。凭着栏杆，看那天上乌云，还是一堆一堆地望东南角上拥过来，好似千军万马，衔枚疾走，料想别的地方稳有大雨了。静守寺路上的电灯一齐亮起来，呜呜呜的汽车声往来不息。自思连日闷热，今天可以爽快地睡一夜了。

却听扶梯响，侠隐走上楼来。阳台上本放着几只藤椅子，侠隐道："密斯胡才出浴么？我一人无聊得很，特地走来谈谈。"

粹芳笑了一笑，两人遂面对面地坐下，早有使女阿香走过来，掇一只藤几放在两人面前，又倒上两杯雨前茶。侠隐喜欢打猎的，遂和粹芳讲些猎景，说什么新疆的牦牛，印度的象，非洲的虎豹巨狮，南美洲的响尾蛇、鸵鸟，澳洲的袋鼠，无不诡奇可喜。粹芳听得十分有趣。

侠隐又道："去年我在卡尔登影戏院看过《古国奇缘》的影片，真令人抛开繁华都市的思意，而得见洪荒大野的奇迹。白种人的冒险精神，于此可见一斑。内中有一奇兽，身躯硕大无朋，颈长如塔，后被白种人带到伦敦，要想陈列在博物馆中，供人研究。不料那奇兽逃走出来，走在伦敦市上，大模大样地如入无人之境。他的头颈伸起来，正齐到三层楼洋房一样高。所以它走过的地方，许多巍巍高厦被它的鼻尖一拱，身子一挤，便坍倒了。一路逢屋屋倒，遇楼楼倾。伦敦市上人出世也没有见过这种奇兽，大家惊惶失措，纷纷奔逃。几百辆的汽车东西退让，真好看煞人。"

侠隐说到这里，立起身来，伸长脖子学那奇兽模样，在阳台上走了几步，引得粹芳笑将起来，说道："我也看过一部小说，名《野人记》。你可看过么？这部书叙述白种人到非洲探险，留下一个小儿，给人猿养大，名唤泰山，能威伏狮虎。在蛮荒中经过不少奇迹，听说也有影片演映的。"

侠隐道："《野人记》么？我也见过的。我真喜欢做泰山这种一流人，强似在文明的都市中讨不自由的生活。"

粹芳道："深山大泽，实生龙蛇。非洲地方，虽是虎穴龙潭，其中却尽多可喜可愕的奇人异迹。"

侠隐道："可惜我们不能前去，若有机会，我总要想去游历一番。彼丈夫也，我丈夫也，我何畏哉？"

粹芳笑道："游历远方，要有学问，有金钱，有强固的体魄。三者全备，然后可以言游。我们中国人大都觊觎趑趄，足不喜出里闬，拘泥着父母在，不远游的古训。即如你家中有母在堂，单传一子，伯母断不肯容许你出外远游的，不要说什么非洲了。"

侠隐点点头道："你说的话不错。前年我想跟一个友人去游衡山，我母一定不许，未能成行。我就是有这个阻碍。至于游历必要学问、金钱、身体三种要素，这也未必。现在很有人提倡步行游历，如俄国有两个童子，能从彼都步行来到我国，不带盘缠，到处全仗地方人士的资助。这也是一种别开生面的游历，所以游历的要素还是以学问身体为首要。我国明季有个徐霞客，周游国内名胜之地，现在书肆中有《徐霞客游记》一书出售，详记各地山川形势险要，可算得我国一位大游历家了。外国人却当游历是一件极可喜、极有味的事情，往往集合许多同志，组织远征队、探险队，计程出发。如哥伦布发现新大陆，麦哲伦环游全球，李文斯顿传道非洲，斯考脱探险南极，在历史上都有极大的价值。而他们国内的小说家也极力鼓吹，激发国人探险的精神。如《鲁宾孙漂流记》这部书，几于家弦户诵。最后如爱伦丁格尔等周游我国，回去著书立记，给国人知道中国一切情势，大有深心。至于我国人却大都以为秀才不出门，能知天下事。三山九州都归笔底，五湖四海尽在掌上。孙兴公遥赋天台，宗少文卧游五岳，皆可得之几案枕席之间，所以荒唐寓言，几乎一切都以海市蜃楼视之了。而一般小说家亦投合世好，靡靡言情之作，吟风弄月，摘艳熏香，以取悦读者。如女士代我母所读的《珍珠塔》弹词，落难公子中状元，私订终身游花园，这种陈腐的思想，充满在一般人的脑中，还有什么大丈夫出来做石破天惊的事呢？"

粹芳听了侠隐一大段议论，也笑道："弹词小说大都如此，这原是供给闺中人的读物，在现代的社会当然是不适合的了。可是书中自有魔力，竟能流行民间，为酸秀才吐秀，唾骂天下势利人，且打破婚姻以金钱为目标的观念，也自有它的价值。"

侠隐道："你为《珍珠塔》辩护么？现在读到什么地方了？"

粹芳道："哭塔。"

侠隐道："哭塔么？那一段事多么哀感顽艳，赚人眼泪！前年我在新世界听一个弹词家唱过这段书的，陈小姐怜才心切，一往深情，作书的借一个小小塔儿，竟生出赠塔、当塔、哭塔等许多波澜来。如陈小姐的为人也是书中第一流人物，你以为如何？"

粹芳觉得不好回答，低垂粉颈，默然无语。那时忽听楼下仆妇喊道："太太回来了。"两人忙立起迎接。

沈夫人含笑对两人说道："起了凉风，爽快得很。我正从大马路回来，购得一些食物，请你们吃的。"遂命阿香取过两个罐头和一黄篮水果来，大家坐了分吃。少停用过晚饭，坐在草地上的摇椅中，谈天说地，大家又尽开话匣了。

有一天，粹芳正伴着沈夫人闲谈，流萤点点，飞舞墙垣间，仰视繁星满天，正近七夕。沈夫人忽然开口向粹芳道："胡小姐，我有一句话要冒昧向小姐一说。我很爱小姐，可惜不是我的女儿。现在虽能做伴，将来到底不能常在一起。侠儿也很爱慕小姐的，我看你们两人性情很近，他在梵王渡大学读书，成绩不错，明年也要毕业，若是和小姐缔了良缘，那么小姐可以永远和我们厮守在一块儿了，便是令母也可一同住到我家来，没有什么不便，我和伊也谈得下的。不知小姐意思怎样？"

粹芳不防沈夫人说出这些话来，不觉两颊晕红，如何还答伊呢？怔了良久，才说道："这事还要家母做主的，我不好还答。请伯母原谅。"

沈夫人哈哈笑道："我也知道小姐不便还答，我只要在小姐面前表明一下，以后我可向尊大人请求便了。"粹芳却把别的话来支开。

沈夫人心中暗暗打定主意，专待侠隐毕业后再提起婚事。不过从此粹芳见了侠隐，心中不免有些异样。侠隐也愈和伊亲近，终日伴着伊盘桓。

大凡愁闷的日子嫌长，而快乐的光阴却嫌短。金风乍起，美化女学开学期近，粹芳预备回乡去，沈夫人送了不少贵重礼物，一定要粹芳收受。侠隐又知粹芳爱听留声机，便去百代公司买了一座新式的留声机，拣了许多新片子，送给粹芳。动身的那一天，沈夫人握着粹芳的手，实在不舍得伊去。粹芳也觉得住在沈家已有些惯了，心中也觉非常难过，硬着头皮告别。侠隐又送至车站，看那无情的火车载着意中人飞也似的去了，嗒然而归。

粹芳到了松江家里，立刻写信寄到沈家，谢谢沈氏母子款待的盛情。次日便到密昔斯李家中，送了两样礼物给伊。后天便是开学的日子了，密昔斯李到那天先到粹芳家里，伴伊同去行过开学礼，粹芳和一众同事相见，其中杨令娴是老友，格外要好。授课以后，学生们很信服伊，校长也很器重。同事中和秋痕令娴密昔斯李最为接近，时常聚在一起。前回书中俱已表过，这是补叙以前的事，不必多赘了。

但是粹芳和侠隐相遇以及在沈家过夏的事，令娴却没有知道。粹芳和侠隐后来虽时有鳞鸿往还，令娴仍未知晓，伊只奇怪侠隐母子何以和伊家日见疏远。直到今年十月初旬，美化女学开歌舞大会，那时秋痕正和佩玉在北京，校中举行歌舞，秩序很为热闹。粹芳和密昔斯李创制一种落花舞，大家做起新式的舞衣来，侠隐听知这个消息，请了假前来参观，粹芳自然竭诚招待。杨令娴见粹芳和侠隐的情形，不觉奇异，自思他们还是幼时相遇，何以一见如故呢？遂向粹芳探问，始知他们在去年早已交友了。又见粹芳留侠隐在家中下榻，心中又妒又恨，说不出的酸溜溜的醋意，才悟侠隐所以和自己疏远的缘故了。

侠隐住了三天，便回沪去了。粹芳心地坦白，还把沈夫人如何爱伊，要伊住在沈家的事，告知令娴。不料令娴为人胸有城府，惯弄阴谋，于是处心积虑要想一条毒计，把粹芳陷害。俗语说得好，明枪易躲，暗箭难防。不知杨令娴想出什么毒计来，请看下回。

第十一回

别绪万端美人憔悴
骊歌一曲名士飘零

光阴过得和箭一般的快，秋痕自北京扶柩归乡以后，赶办开吊、营葬等事，又把房契去抵押了一千金，凑足现款两千块钱，托中国银行汇到北京去，还给王筱庵姑丈。忙忙碌碌，转瞬已是腊尾年头，秋痕校中也已放了寒假，觉得穷阴杀节，急景凋年，一些儿没有快活。秋痕的母亲自从秋痕的父亲逝世以后，时常想起丈夫，哭哭啼啼，秋痕勉强安慰。加着家中进款骤少，又负了债，渐呈衰飒景象。别人家忙着热热闹闹地过年，自己家里冰清水冷，所以芳心中不胜抑郁。

佩玉知道伊的心事，他也觉得舅家状况不佳，自己不能不出去努力奋斗。若再寄人篱下，局促如辕下驹，岂是男儿？但是现今的社会，为着内乱不息的缘故，百业萧条，人浮于事，我又是学的美术，要想谋生，更是困难了。心中辗转思维，也是十分无聊。看看新年到临，一声声的爆竹，真是大地春回，万象更新，人民自有一番快乐状况。佩玉却觉得光阴虚度，马齿空加，人生难得是青年，但这青年也是容易过去的，若不奋发有为，及早干些事业，不要老大徒伤悲么？古人说得好，一年之计在于春。今年再不能株守在此了。

　　恰巧佩玉正在忧虑的时候，忽然从上海寄来一封快信，佩玉拆开一看，不由心中大喜。原来他有一个同学姓马名仲文，几年前到南洋新加坡去做事，一向鱼雁鲜通。去腊那位姓马的朋友因事还国，现在要回南洋去创办一个美术供应社，专代办图画文字广告等项，要想请佩玉同去担任图画部主任之职。因有富商黄某愿在经济上帮忙，所以很有把握。如佩玉愿就此职，即请到沪接洽。那马仲文将于正月底动身，可以同行。佩玉正想出外，难得有此机会。马仲文又是老同学，意气投合。久闻南洋是个富饶的地方，国内没有事做，不妨到外洋去走一趟。大丈夫志在四方，何必株守乡里呢？

　　想定主意，遂奔到里面来。那时秋痕正坐着伴伊母亲谈话，见佩玉笑嘻嘻地走进，手里还持着一封信，秋痕便问道："玉哥，谁来的信？"

　　佩玉道："你猜猜看。"

　　秋痕道："可是文琴来的？"

　　佩玉道："不是，文琴来信，我岂能擅自开拆的？"

　　秋痕笑道："那么可是沈侠隐？"

　　佩玉摇摇头道："不是。"

　　秋痕仰着头寻思道："这倒难猜了。密昔斯李和胡粹芳是不会写信给我的，近在咫尺，何用通信呢？别处我又没有什么知己朋友。玉哥你说了吧。"

　　佩玉道："不是你的朋友，是我的朋友。"

　　秋痕立起来道："好啊，既然不是我的朋友，你教我猜什么？我怎样会知道你的朋友呢？"

　　佩玉把信递给秋痕道："妹妹，你看吧。"

　　秋痕接过读毕，才道："原来玉哥的朋友要请你到南洋去，你的意思又怎样呢？"

佩玉道："我以为这是一个很好的机会，本来我年华渐大，蹉跎光阴，一些儿没有建立，早想出去寻事。难得他来请我，当然应诺。"

秋痕的母亲听了问道："佩玉你要到南洋去么？南洋在什么地方？可是外国？"

秋痕道："新加坡是英国的属地，在太平洋和印度洋之间。此间前去，在上海乘轮过东海南海，而到太平洋大约十几天才到那里。"

秋痕的母亲道："要漂洋过海的么？如此路远，佩玉怎生去得？"

佩玉道："舅母，这倒不妨的。我有老同学陪我前往，诸事皆有照应。我去了几年也要回来的。"

佩玉一边说话，一边看秋痕蛾眉颦蹙，眼眶中隐隐含有泪痕，却还强自镇定，心中也很觉得难过。又道："舅母请放心，在昔交通不发达的时候，远渡海洋自然有些危险，但现在航行大便，有很大的邮船，坐卧都极适意。驶行又快，不畏风浪。每年出去留学欧美的男子学生也很多很多。在这大洋中有许多轮船来来往往，再远的地方，他们也要去的。有个世界旅行团，男男女女组织成一个团体，到世界各地游历，认为一件极有趣味的事。还有什么海上大学，学生在船上读书。那船便是一个学校，宿舍、饭堂、演讲厅、跳舞场、图画馆、球场样样都有，学生甚多。这不是破天荒的学校么？"

秋痕的母亲听了，叹道："真是民国世界，可谓闻所未闻了。那么你一定要去的么？"

佩玉点点头道："是的，我为将来事业计算，要想出去走一遭。明天我便要到上海去见那个朋友，详询一切。如能合意，我要作客海外，和舅母表妹等暂别了。"

秋痕低着头，却不答言。秋痕的母亲虽不舍得佩玉远行，但见他志向坚决，也是无可如何。佩玉见二人没有话说，也就退出外边去。

这夜佩玉在桐秋馆中，细细思量，忽见秋痕翩然走进，佩玉忙道："妹妹请坐。"

秋痕坐在佩玉的对面，双目凝视着佩玉，却不说什么。佩玉道："妹妹须原谅我，实在不能不出外去找事做了。一向依靠在舅父母手里，不幸舅父故世，妹妹家中的景况也非复昔比，我还不要立志奋斗么？不过去国远游，更是舍不得和妹妹相离，再不能朝夕奉伴了。然而我的身体虽将到距离六七千里的南洋，我这一颗心却仍系在妹妹身上。等到稍有积蓄，不久便要回来，另谋发展。妹妹爱我的，必能为我忍守。"说罢，瞧着秋痕，看秋痕如何还答。

秋痕叹了一口气道："我和玉哥相聚已久，一旦玉哥远赴外洋，怎不令人依依不舍？想去年我和玉哥北上迎柩，我病倒客邸，幸赖玉哥辛勤扶持，得庆重生。所以我心中也满贮着玉哥，实在不愿玉哥离开我们。但是玉哥自有你的前程，我也希望你将来飞黄腾达，做一个社会上有用的人，不可因为我的私心而耽误了你。只愿玉哥不要忘记我们罢了。"

佩玉道："我早已说过的，舅母的恩德、妹妹的情爱，铭记我心，便到天涯海角，我总不会忘记。但望我们将来有一天花好月圆，才是幸福了。"

佩玉说到这里，感动已极，眼中滴下泪来。秋痕的一块鲛绡早已湿透。二人又说了许多话，秋痕才回出桐秋馆去。

次日佩玉便坐火车到上海去。在东方旅社中见到了这位马仲文好友，两人数年不见，一朝握手，各自欢慰。剪烛西窗，话雨巴山，大家将别后状况细告。佩玉方知马仲文在南洋娶了一个华侨之女，便在那里成家了。此番回国为了一桩遗产讼事，现在官司告终，所以他也要回南洋去了。至于那个美术供应社，没有许多资本，因那边美术家很少，而工商业很发达，这种人才很需要得着。佩玉的画已成一家，且带着西方的色彩，那边必能欢迎，遂想着请他前去。佩玉也把自己侘傺无聊的情形告诉他听，情愿跟到南洋去。仲文和他谈妥，若佩玉到南洋去，膳宿可由社中供给，每月有薪金四十块钱。若然营业发达，自当增加。船票也有仲文代他购买。佩玉欣然允诺。在上海耽搁一天，便和仲文约好正月廿八到沪，因在三十日有一日本邮船名热田丸的将开往新加坡，仲文想乘这船动身前去。

佩玉回到家乡，告诉秋痕母女，忙着预备行李。新加坡地近赤带，天气常热，用不着冬衣，只要多带些单夹前去。秋痕赶做两个十字布的枕头套，给佩玉套上，挑就英文"甜梦（Sweet Dream）"两字，又设宴和佩玉饯行，请密昔斯李、胡粹芳来相陪。席间大家说些勖勉的话，秋痕和佩玉你看着我，我看着你，各人心中说不出的愁绪情思。佩玉喝到大醉，到桐秋馆里拿了梵哑铃出来，拉了阕西国名歌，是哀伦氏作的：

Good – bye，my lover，good – bye

Chorus. The ship goes sailing down the bay,

   Good – bye, my lover, good – bye!

We may not meet for many a day,

   Good – bye, my lover, good – bye!

My heart will ever more be true,

   Though now we sadly say a dieu;

Oh, kisses sweet I leave with you,

   Good – bye, my lover, good – bye.

Chorus. The ship goes sailing down the bay,

254

Good – bye, my lover, good – bye!

Sad to tear my heart away!

Good – bye, my lover, good – bye.

I'll miss you on the stormy deep,

Good – bye, my lover, good – bye!

Shat can I do but ever weep?

Good – bye, my lover, good – bye.

The heart is broken with regret!

But never dream that I'll forget;

I love you once, I love you yet,

Good – bye, my lover, good – bye.

Then cheer up till we meet again,

Good – bye, my lover, good – bye,

I'll try to bear my weary fain,

Good – bye, my lover, good – bye!

Though far I roam across the sea,

My every thought of you shall be;

Oh, say you'll sometimes think of me,

Good – bye, my lover, good – bye.

别矣我爱（意译）

船将出海湾兮，

别矣我爱。

长与子违久兮，

别矣我爱。

我心益挚兮，

虽行将再会。

请与我一吻而别兮，

别矣我爱。

船将出海湾兮，

别矣我爱。

忧能使我心碎兮，

别矣我爱。

我将惘然不能自已兮，

别矣我爱。

徒哭又何能为兮，

别矣我爱。

忧愁碎我心兮，

永不忘怀。

爱情永永不变兮，

别矣我爱。

其欢欣待再见兮，

别矣我爱。

我将忍受此苦痛兮，

别矣我爱。

虽远隔重洋兮，

我心如海。

知子当思我兮，

别矣我爱。

　　歌词悱恻缠绵，更加佩玉的手法精妙，拉得如珠走玉盘，莺语花底，宛如浔阳的琵琶、赤壁的洞箫，令人黯然销魂。秋痕早低着头，泪承于睫，好比听《阳关三叠》，无限悲怆。密昔斯李和粹芳两人也觉愀然不欢。秋痕的母亲虽不懂歌曲，见此情形，心里也很难过。佩玉放下梵哑铃，又一连喝了三大杯，不觉玉山颓倒。秋痕忙道："醉了醉了。"便和女仆扶佩玉到桐秋馆去安顿他睡下，密昔斯李和胡粹芳也告别去了。

明天佩玉醒了，秋痕告诉他的醉后情形，佩玉叹道："别离在即，便尔忘形。妹妹是知我的，当能原谅我。"秋痕对他笑笑。

临别之夜，秋痕又到桐秋馆来和佩玉絮语不已。秋痕送给他一个皮夹，说道："玉哥此去，客中必然缺钱，无以相赠，这一些些是我平时积得的，敬以奉赠。"

佩玉开出一看，见有四十块钱的中交两行纸币和十块雪亮的国币，连忙摇手道："这是妹妹辛苦积蓄的钱，我何忍白白受用？还请妹妹藏着吧。"

秋痕道："请你不必客气。这是我情愿奉赠玉哥的。玉哥和我还要斤斤于此么？若是不收，未免小视我了。"

佩玉见秋痕如此诚恳，不好推却，只得千多万谢地受了。心中非常感激，以为茫茫宇宙，芸芸众生，唯有秋痕可算得红粉知己。

秋痕又道："听说南洋那边瘴气很多，玉哥去时，恐水土不服，一切饮食还请格外珍重。多多寄些信来，免得我们悬念。"

佩玉道："多谢妹妹关爱，当努力自爱，以慰爱我者的厚意。妹妹和舅母在家，亦望珍重玉体，不要多所忧虑。我虽出外，心中总要怀念着家乡的。"两人直谈到子夜，秋痕才回到里面去，让佩玉安睡。

明天早晨，佩玉动身了，秋痕和伊母亲出来相送。佩玉见秋痕睡眼惺忪，好似一夜没有睡的样子。秋痕见佩玉的面上露出失睡状，也知道他夜来未得安眠，碍着母亲在旁，只说些普通的话。佩玉向舅母告别，秋痕的母亲也觉有些舍不下。秋痕又送佩玉至车站，和佩玉握手叮咛而别。佩玉坐在车中，看那车儿渐渐离开了松江的城郭，意中人的倩影也不见了，心中怅惘不已。

到得上海，见了马仲文，仲文早已摒挡就绪，在沪勾留了两天，便同坐热田丸赴南洋。佩玉和仲文都购的二等舱，所以还觉舒畅。那船十分高大，停在黄浦江中，好似一座高楼。但到开出吴淞口，涛澜汹涌，一望无际，船便渺小极了。两人在船上讲些南洋风俗人情，和美术供应社的创始计划，很不寂寞。

过了两天，早到香港。船要停泊一夜，仲文便和佩玉上陆一游。见香港市政十分完美，都建筑在山上。两人在一家粤菜馆里吃了一餐，回到船上。早晨船又启碇，愈行愈觉暖热。在上海要穿皮衣，到香港穿薄棉，现在要穿单衣了。

此时已到太平洋面，起了一些风浪，佩玉不觉睡倒在床。幸亏次日天气晴朗，风浪平息，两人遂到甲板上来闲眺。遥望菲律宾群岛，星罗棋布，佩玉遂想起明成祖遣者郑和出使南洋三次，那时轮舶来通，中国特地造了战船，大举南下。南洋群岛各处土酋擒的擒，杀的杀，势如破竹，都来归降，中国的声威早传扬在太平洋上。无奈国人目光浅小，不知经营，以致后来被泰西各国夺了去，而几百万的华侨在今朝不得不仰他人的鼻息，受他人的苛待，岂非可惜？还有那些马来各岛弱小民族，也是一样受强国的宰割束缚，不能得到自由。帝国主义者的势力何等厚大！最好联合世界上一切弱小民族，一齐起来，要求自由，达到人类平等、世界大同的目的。

仲文见他呆呆痴想，便问道："佩玉兄，你在那里想什么？"

佩玉被他一问，打断了他的思想，遂答道："没有想什么，海中风景真是好看得很。"

仲文道："你又可多些写生稿子了。"

佩玉笑笑，两人立了一刻，重又回到舱中去了。

过了两天，已到新加坡。佩玉听得到了新埠，立到甲板上来看。见对面还有一个小岛，隐隐有一带铁屋。仲文便指给他看道："这个岛名叫栅栏岛，这里对于华人上岸检查很严，若遇有疾病的人，不许上岸。或逢有传染病的客人，便将一船的人尽行驱到这个岛上，禁闭铁屋之内，要过一星期，如没有疫病发生，方才释放自由。在这禁闭期中只有冷水喝喝，得到粗劣的饭食。热日晒着，身体软弱的旅客初到异地，便逢困厄，每有因此而死的。"

　　佩玉道："有这等事么？"

　　仲文道："荷兰属地对待得尤其严酷呢。"

　　佩玉道："那么我们也要受检查了？"

　　仲文道："我们买二等船舱的可以免此手续。况且你有我相伴，不必多虑。"佩玉才放了心。

　　船进港口，见码头上已有许多人在那里欢迎。仲文和佩玉等到船停了，便命苦力相帮，搬取行李下船。走到码头上，见人丛中有一个美貌的少妇，穿着青纱衣裙，戴着白帽子，伸手扬着素巾，奔将过来。仲文一看，忙迎上去，两人抱住便接了一个吻。佩玉知道是仲文的夫人，仲文便代他介绍，密昔斯马伸出柔荑，和佩玉握手为礼，遂引两人走到一辆红色汽车边，把行李载上去，付了脚力，然后三人坐上汽车，开向前去。佩玉见道路整洁，风景清丽，来来往往的汽车很多，行驶若飞，觉得耳目一新。不多时已到马仲文的家中，见是一座小洋房，陈设华丽，都有欧化色彩。仲文夫妇极诚招待，当夜又请佩玉到剧场中去看马来戏，轻歌曼舞，悦耳娱目。

　　次日佩玉忙写了一封信，寄给秋痕，报告途中平安，已到新埠，并写些沿途所见的风景和新闻，遂一心一意和仲文创办那个美术供应社了。

　　欲知以后情形如何，请看下回。

第十二回

杨令娴邀功做蹇修
胡粹芳游春遇恶痞

秋痕自从佩玉远游南洋以后，顿觉家中只有一个母亲，少了伊的知心的人，无限寂寞。桐秋馆锁闭已久，庭中那株贴梗海棠已开着烂漫的花，梧桐树也是嫩芽抽绿。对此春景，心中更觉无限伤感。幸伊每天要到校中去授课，又有密昔斯李和胡粹芳等和伊厮缠，稍觉好一些，否则深居闺中，春愁黯黯，不要做了多愁多病的林妹妹么？伊写了一封信到北京去，要请文琴南下一游，以践前约。但文琴因为学业上的缘故，不能荒废功课，所以回信来说去年之约竟成虚愿了。

秋痕常接到佩玉来信，知他旅况安好，生了一次热病，两天后便好。现正干办社中的事，前途很可乐观云云，心中略觉安慰。也时常写信去告诉佩玉走后，家中怎样寂寞，自己怎样思念等语。可是究竟路远了，来往的信需要二十天方到呢。

许厚人知道秋痕新丧父亲，家中有些亏累，很觉可怜伊，平日又是爱慕伊的，至是又请伊兼做校中图书馆主任，每月加薪金十元，以示优待。他心中常想，我自恋人死后，灰心情场，现在遇到秋痕，觉得伊温文美丽，无一处不可人意。能得这样一个女子共组新家庭，当能美满。只可惜秋痕和他情感淡漠，没有间隙可以施用他的情爱。也知道秋痕有一个表兄姓秦的，和伊同居，去年曾一起到过北京去的。那人的品貌潇洒出尘，秋痕或者倾心于他，但何以没有婚约呢？现在听说已到南洋去了，此时正是机会，我且邀伊夜宴，看伊来不来。

打定主意，次日便在家中预备一切，见了秋痕说道："罗女士，今晚六时请到舍间吃便饭，我要和女士谈谈下学期如何扩充图书馆以及添设国文学专科等事。"

秋痕见他态度诚恳，便坦然答应了。到晚上前去，许厚人引到一间精室里，果然陈设精美，地无纤尘。一盏杏黄珠罩的电灯挂在室中，四壁琳琅，悬着名人书画。厚人请秋痕坐在新制的红木小圆椅内，早有两个十六七岁的婢妇走进来，一个奉上一壶香茗和两个小金杯，一个把朱漆小盘托着四只高脚玻璃盆子，一齐放在正中面灵台上。那四只盆子，一盆是西瓜子，一盆是五色锡纸裹着的可可糖，一盆是松子糖，一盆是杏脯。婢女斟好两杯茶，一人托着一杯，送到两人面前请用茶。秋痕觉得许厚人家中都很奢华，带着贵族色彩，未免暗暗好笑。

厚人遂和伊谈起下学期另外筹款，要把图书馆扩充，一切改进情形要请秋痕建议。又说现在女子的国文程度，总觉幼稚，所以要想试办一个国文专科，提高女子文学上的智能。秋痕很是赞成。

谈了半点多钟，厚人揿着叫人铃，吩咐预备晚膳，便陪着秋痕走到后面一间餐室里，相对坐着。厚人开了一瓶葡萄美酒，请秋痕喝。秋痕不肯多喝，只喝了一杯，所上菜肴都是上品。

秋痕道："校长说是吃便饭，所以我老实前来。今夜肴馔如此精美，何以克当？"

厚人微微笑道："难得的，请女士不必客气。"

两人用罢晚餐，洗面漱口毕，重又回到屋中，厚人开着留声机，渐渐和秋痕谈些家庭状况，秋痕因为和许厚人是客气的，不肯多说。厚人却把自己以前情场中的恨事细细奉告，秋痕见厚人有些醉意了，自己是一个处女，不便和他谈什么恋爱问题，况且正事也早讲去，晚膳也已用罢，不必逗留，以惹人疑。听了几张唱片，便立起告辞，向厚人再三道谢。厚人见秋痕有些凛若冰霜的样子，不便强留，遂命自己的包车送秋痕回去。

明日校中同事闻校长夜宴秋痕，妒忌的也有，艳羡的也有，唯有杨令娴知道厚人中馈犹虚，看他优待秋痕的情景，必然有情于伊。不知秋痕何以规规矩矩的反有女道学家风范，和校长的感情也不过如此。想待自己去和校长说说，情愿做个媒人，吃一杯喜酒，去向秋痕说项，如若许罗两姓能订朱陈之好，自己当然是一位功臣，校长感谢伊的美意，稳有好处。况自己和厚人还是亲戚，这个媒人舍我其谁？将来我更可进一步和秋痕联盟，把那胡粹芳撑掉，不怕密昔斯李袒助了。

令娴想定主意，一天下午，伊特地去见许厚人，把伊的意思婉言陈述，愿以塞修自任。厚人本来缺少一个中间人，难得这位杨小姐肯出来做媒，当然喜悦。便请令娴速即去，说速成后当有重酬。令娴连声诺诺。

隔得一天，秋痕放学回家，正想写封信给佩玉，忽见令娴前来拜访，忙接待到书房里坐定，问道："令娴姐今日光降敝舍，不知有何见教？"因为秋痕在校中还和伊见面，有话尽可讲论，此番特地前来，谅有别的事情了。

令娴笑道："特地前来和秋姐闲谈。"

两人遂随便谈了一刻话，令娴渐渐谈到校长去，说校长家道富厚，才学超群，所以至今没有娶妻的缘故，一因自幼订下的婚事，以为双方没有爱情，完全父母做主，所以早取消了。二因校长东渡时曾恋爱上一个女学生，不幸香消玉殒，早就去世，校长心灰意懒，便一心在办学校兴教育身上。现在已有多年了，难道他抱定独身主义么？也不是的，只因没有相当的人罢了。

秋痕一面听着，一面暗想道，许厚人早已对我说过的了。令娴又道："伯母单生吾姐一人，心中也想早得一个乘龙快婿。不知吾姐心中如何？我要不揣冒昧，斗胆为吾姐做媒。便把校长介绍给吾姐，能垂青眼么？如能成功这事，真是珠联璧合，美满良缘。"说罢带笑地望着秋痕，候伊回答。

秋痕听了，暗暗骂一声讨厌的杨令娴，你自己还没有订婚，倒要来和人家做媒人，真的不揣冒昧了。伊又想起前夜许厚人饭后和伊所说的话，恍然大悟，知道此夜宴也别有作用了。然而他们哪里知道我的心已专属在一个人身上呢？天荒地老，海枯石烂，我和此人的情是永永不变的了。遂毅然回答令娴道："多蒙令娴姐的美意，但我新遭大故，心中悲伤，不愿意提起婚姻事。我现在奉侍老母，尽力教育，女代子职，情愿淡泊过我一生。区区苦衷，还请原谅。许校长人才出众，声望优美，一定能够得到美好的配偶。薄命如我，自以为不足奉侍巾栉。"

令娴笑道："姐姐的话未免说得太自谦虚了。校长久慕吾姐才貌，所以我向他说起吾姐来，他十分满意。我想校长家中没有什么尊长，将来你们两家合住，婿即是子，女即是媳，吾姐也不必女代子职了，岂不是好？"

秋痕只是摇头道："我此时总不愿意提起这事，难免辜负盛情。"

令娴见秋痕抱定宗旨，十分决绝，只得告辞而去，背后恨恨地骂道："这种人真不识抬举，谅你也没有福气做校长夫人。以后我总要设法排除你出去，使你知道我的厉害。"便到许厚人家里来复命。

厚人问令娴道："可有好消息么？"

令娴叹了一口气说道："说也惭愧，我要做媒人，媒人却不给我做了。秋痕的性情竟使人不可捉摸，好意当作反意，反说自甘淡泊，奉侍老母，有服在身，不敢提起婚事。这种人我们和伊结交不来的。"

厚人有些失望，便道："听说伊有一位表兄，不知他两人可有爱情。"

令娴道："是的，伊的表兄是一位青年画家，但是没有订过婚约，现又到南洋去了。伊家自伊的父亲故世后，有些债务。闻伊的母亲也很担忧。校长不妨以后再托人去向伊的母亲说亲，或能生效。我是不去的了。"

厚人笑道："难为你空行一遭。"

令娴道："我们都是亲戚，我也很希望校长早日大婚，大家热闹热闹。"

厚人心里暗想，令娴明明是想要邀功，不料空费唇舌，不生效果。我也是一团希望，等于幻想，真是落花有意，流水无情，遂道："且等后来吧。"

杨令娴讨得一场没趣，回到校中去，却见胡粹芳靓装明艳，正从校门里走出来。遂问道："粹芳姐，到哪里去？"

粹芳道："回家。"

正在这时，门房跑出来，手里着一封信，向粹芳说道："胡小姐有信。"

粹芳接到手中一看，不觉面上一红，忙塞在怀中，回头对令娴道："令娴姐，明天会吧。"匆匆去了。

令娴见一个紫蓝色信封，依稀用铅笔写的字，明知是沈侠隐寄来的，所以粹芳不愿意给伊看，立刻藏过。又恐我问伊，便急速去了。不觉一缕酸情醋意从心头涌起。把足一顿，暗暗咬着牙齿说道："非用毒计不可，我早已预备下了，事不宜迟，我要进行。也好使侠隐灰了这条心。"

伊一个人呆立了一刻，却被校里的晚饭的钟声惊醒，才走到里面去。

春风和暖，陌上花开，天上白云一丝丝地袅着，在晴空里草绿花红，蜂酣蝶舞。连日嬉春士女都联翩出来踏青。星期六的下午，令娴见粹芳将回家去，便对伊说道："明天是星期日，请到我家来便饭。我的母亲很想见见你呢。饭后趁这般晴和天气，我们可以到郊外去踏青，玩赏春景。"

粹芳道："好的，明天上午十时后我准到府拜望伯母便了。"

令娴见粹芳应允，心中好不快活，遂道："明天千万不要失约啊。"

粹芳道："令娴姐，你见我几时失过约的？请你放心。"

令娴道："当然很放心的。"看粹芳出了校门，伊也匆匆出校，自去干伊的勾当。

明天早上，胡粹芳换了一件新制的软绸夹旗袍，穿着镂花革履，把云发梳理清楚，临镜顾影，自觉妩媚。暗想前天侠隐来信，要我到上海去春游，可是校中功课繁重，我也有些懒怕出门，所以写信去回绝。现在想想近日春光大好，人家都要出去游山玩水，他是喜欢人，自然要动游兴。我去回绝他，未免使他扫兴。心中觉得有些懊悔，对着衣镜只是发呆。

伊母亲却唤伊道："芳儿，你说今天杨小姐请你吃中饭，你既然妆饰好了，为什么不早些前去，反对着镜子发痴般转念呢？"

粹芳被伊的母亲一问，不觉笑了一笑，娇声说道："母亲，我去了。"出得大门，走到令娴家里来。

265

令娴见粹芳果然惠临，便请伊到房间里坐。令娴的母亲也出来招呼，粹芳立起行礼，令娴的母亲说道："长久不见，粹芳小姐越发长成得美丽了。老太太安好么？"

粹芳答道："多谢伯母下念。家母近来很健康，命我在伯母前请安。"

令娴的母亲道："不敢当的。你们姐妹俩现在一校中做事，自更亲密了。以后请小姐不嫌怠慢，时常到此游玩。"

粹芳道："要的，伯母有暇也到舍间谈谈。"

令娴的母亲道："我是难得出去的，隔几天也要造府一聚。"又和粹芳说了一刻话，才道："你们姐妹多讲些吧，我失陪了。"遂去到厨下和仆妇料理午膳。

粹芳和令娴嗑着瓜子，谈些学校中事情。不多时，仆妇请用午膳，令娴请粹芳到外面客堂里去。粹芳见桌上放满许多菜肴，鸭咧，鱼咧，火腿咧，便向令娴母女道谢，一同坐下用饭。粹芳不十分会客气的，很爽快地吃了两碗饭，令娴的母亲还要伊添，粹芳不肯再吃，把筷向碗上一搁，说声"慢用"。

令娴笑道："不要客气。"代伊取下筷子，仆妇绞上面巾，请粹芳揩面。等到令娴吃罢，又命仆妇送一盆面汤水到房里去，两人还到房里，重行洗面。令娴细细妆饰，粹芳只敷上一层白玉霜。

隔了一歇，令娴握着粹芳的纤手道："我们去吧。"遂向令娴的母亲告辞出门。

从杨家出城没有多路，两人慢慢踱出城来，令娴只拣冷僻处走去，说道："城中烦嚣，怎及郊外清静？"

粹芳见田野间菜花开得如一片黄金，许多蜜蜂嗡嗡嗡地飞来飞去，还有许多野花，红的红，紫的紫，开遍在道旁。小溪一曲，有几只捕鱼船在溪中缓缓地摇驶。几株垂柳飘拂着它们的柔条，满目

266

春光，真足令人心怡神悦。

令娴指着远远的一座青山说道："这便是天马山。"

粹芳看那边一带青山，内中最高的一山，其形如马，便答道："这山果然像马，名副其实。我以前到过苏州去游天平山，半路也见一小山，形如狮子。苏人呼为狮子山，真是天工夺人巧了。"

令娴道："形似的山真多哩，我们在书上读过的什么牛头山、黄牛岭、金鸡岭等等，都是象形。在这个天马山上古迹很多，以前我曾随家母去游过的，有千将殿、八仙石、试剑石，还有上峰寺内一个铜观音，高大无比，有几千斤重。所以这里乡人有句俗语说，天马山穷穷穷，还有三千六百斤铜。以后有暇，我要奉陪你前去一游。"

粹芳道："最好人多些，方为有兴。"

令娴道："是的。"

两人一路走去，转过几座小桥，愈走愈冷落了。所遇见的只有两三个乡人。粹芳道："我们走得远了，不如回去吧。"

令娴道："我们再走些路看。"

两人又走了百多步路，见那边一带黄墙，有一个庙宇。令娴道："前面是一个报恩寺。听说是前清同治朝，有一个裘孝子，为纪念他的母亲而造的。数年前我进去过一次，虽已颓败，而寺后有一个小榭，还有鱼池、假山，很饶幽趣。我们何不进去一游？"

粹芳欣然答应，两人一同走到报恩寺前，见匾额报恩寺三个金字已剥落漫灭，庙门虚掩着，阶上小草丛生，两人推开庙门，走进去。正中神龛里一个弥勒佛，袒胸露腹，张开着嘴，对她们微笑着，好似欢迎来客的样子。转过龛去，便是一个庭院，两株很大的柏树，亭亭如盖，在寺外早已望见了。正中是大雄宝殿，两廊已倾圮，有一铜钟高挂着，令娴嬉戏似的走过去，一拉钟旁的绳，便听喤的一声，廊尽处似乎有一个人头探出一张，便不见了。

粹芳笑道："怕不要惊动了寺僧。"

令娴道："这里不过几个蹩脚和尚罢了，不妨事的。"

两人携着手，走上大雄宝殿。窗槅半已残坏，观世音的神像也满堆着灰尘。蒲团也破了，供桌上香烟灭绝，大概没有人来烧香的。旁边只有一个老僧，伏在一张旧桌上打瞌睡。令娴绕到殿后，粹芳跟着，又见有一个门，里面有一间小殿，殿左有一个月亮式的门，走进门去，便是一带很长的回廊。粹芳立定了脚，不要再望里去。

令娴道："粹芳姐随我来，到小榭中去坐坐吧。"

粹芳不得已再走进去，又有一个小庭院了，院里蔷薇花开得鲜艳悦目，对面是一间经室，正锁闭着。令娴又向前走去，粹芳道："小榭在哪里啊？"

令娴道："到了。"再转两个弯，才见有一间小榭，四边都是和合玻璃窗，后面有许多花木，绿影上窗，前面乃是一个鱼池，池水却澄清得很。榭上也有些桌椅，有些楹联。粹芳看那榭的题额是"濠上"两字，榭后又有一块石碑，上镌着《裘孝子建报恩寺记》一文，有许多字已漫漶不可辨识。

粹芳叹道："裘孝子纪念他的亡母，而费了许多金钱，建造这个寺院，未免迹近迷信。何如为社会上多做些公益事呢？虽然责令道德沦亡，非孝声浪很盛，骂爷打娘的大有其人，把孝的一字看为迂愚之行，不知道一个人能尽其孝，才能仁民爱物，立身行道。世人舍本求末，岂不可哀？"

令娴道："好了，你是女学士，又要借此发泄心胸。可还去作篇《游报恩寺记》吧。"

粹芳笑笑，慢慢走到榭外，凭着石栏，看到池中有几条很大的金鱼，掉尾游泳。令娴道："前次我来时，金鱼还要多呢，现在少了。"

粹芳很爱金鱼的，便道："我家里淡水缸中也养着几条，只是没有这般大。"

令娴对粹芳道："你在此看鱼，不要走开。我到那边去采些蔷薇花来。"说罢便匆匆走出去了。

粹芳看着鱼，听着树上鸟声杂碎，很觉幽静。池水清涟，照见伊的倩影，正自凝视着，忽见水中在伊自己的倩影背后，又有一个人影掩过来，连忙回头一看，见是一个不相识的男子，面貌凶恶，穿着一件玄色呢马褂，玄色华丝葛夹长衫，两只眼睛对伊眈眈视着。那人走得声息没有，见粹芳回过脸来，陡地一呆，也就很快地走到池边来。粹芳暗想，哪里来的这个不三不四的人？料他不怀好意，连忙侧转身要走，那人边去把伊拦住，说一声"不要走"。粹芳心中吃惊，勉强镇静，叱道："你是谁？敢来阻住我的去路？"

那人一声冷笑，奔过来把伊一把抱住，低下头去要和伊接吻。粹芳一手掩着面，一手用力要想把他推开，心头小鹿撞个不住，颤声喊道："令娴姐快来……令娴姐快来救我！"

欲知粹芳可能免去强暴的凌辱，请看下回。

第十三回

为鬼为蜮故搞毒谋
违法违良潜污娇女

粹芳被那人抱住要和伊接吻的时候，另有一个瘦长的男子隐在池沼对面的树中，手托着小快镜向这边摄了一影，回身便去。粹芳正在惊慌，自然没有知道。此时杨令娴急忙从外面跑进来，手中执着几朵红蔷薇，见粹芳被人抱住，慌得伊也呼喊起来，那人见又有人到，便一溜烟地逃出去了。

粹芳惊魂初定，对令娴说道："这里不是好地方，怎么来了个歹人？险些把我吓死。现在到哪里去了？"

令娴见粹芳玉容失色，云鬟蓬乱，立在小树前十分惊惶，遂道："他见粹芳姐一人在此，所以大胆前来调戏。我在前面听得你的喊声，便起来探看，他才走了。不知哪里来的小流氓，粹芳姐不要惊吓，有我在此。"

粹芳走过来，握住了令娴的手道："我们去吧。"伊的声音颤动，像要哭出来的样子。

令娴遂和伊出来，走到大雄宝殿，见那个老僧正立在阶边，对她们很奇异地注视着。两人一直走出庙去，令娴一路安慰着，送伊回家，然后回去。

粹芳不敢把这事告诉伊的母亲，只闷在肚里。很是奇怪，那人无缘无故如此无礼，不知哪里来的，难道有心侮辱伊么？幸亏令娴立刻进来，不然要受伊的羞辱了。

明天见了秋痕，便把这事告知伊听。秋痕细细思想，对粹芳说道："令娴何以要引你去报恩寺呢？好似伊故意设下的陷阱，否则天下哪有这种巧事呢？"

粹芳想了一想，摇手道："不要冤枉令娴，或者是偶然的事。若是令娴要害我，伊又何必在我危急的时候前来解围呢？"

秋痕道："我看令娴的人很是阴险，我早已叮嘱你少和伊交好，你还要当伊是老友，偏偏和伊亲近。以后休要再跟伊出去吧，不要中了人家的诡计。"

粹芳点点头，但是这个闷葫芦仍不明白。谅看书的也有些怀疑，这件事的内幕到底怎样的，且待在下把这个闷葫芦打破吧。

原来这正是杨令娴要请粹芳吃苦头呢，自然是为了沈侠隐的问题，早想设计把粹芳陷害了。前几天伊从校中归家时，忽然有一男子走到伊的身边来，问伊借钱。定睛一看，却是伊的表兄蔡其杰，在第九回书中表过的，偷了伊家一只自鸣钟去，伊的母亲遂不许他再来。他是本地的小流氓，令娴不觉心上一动，暗想我好利用他了。遂对蔡其杰道："你要借钱么？若肯帮我做成一件事，必定重重谢你。"

蔡其杰一看令娴的说话，直钻到耳朵里，忙把帽子向前一推道："表妹，你有用我之处，我总代你出力，包打相打，一定得胜。谁个不认得我黑地鞭蔡小和尚？"

令娴不觉笑道："此地非谈话之所，你且随我来。"

蔡其杰答应一声是，遂跟令娴走到一个隐僻地方，又着腰静候令娴说话。

令娴道:"我有一个仇人,那人是女子,姓胡,和我同在美化女学里做教员。前头是我的老乡邻。我想加些重创于伊,要请你帮忙。"

蔡其杰伸拳捋臂地道:"可是要我殴打伊一顿么?"

令娴道:"不是的,你听我的话。下星期日我约伊一同到城外踏青,那里有一个报恩寺,你可认识么?"

蔡其杰道:"认得认得,那里头的老和尚也相识的。"

令娴道:"最好的了。我伴着那个姓胡的女子,假意去游寺。寺中有个水榭,你可先伏在那边,待我诓伊入内,我便设法剩下伊一人,你就悄悄走出来,掩到伊的身后,和伊相并立着,另请一人在对面预备一只小快镜,把你二人的影摄在一起,这样可以诬蔑伊了。若伊觉察你时,你不妨抱住伊,假作接吻的样子,也可以摄一下的。待我进来时,你便逃去,使伊不致疑心我有意陷伊。这件事你若办得成功,我自当谢你。"

蔡其杰点头道:"可以照办。我有一个朋友,惯会拍取人家妇女的小影,我就邀他同去,只消请他吃酒便了。表妹我代你做好这事,你报酬我多少呢?"

令娴把五个指头一伸道:"五十块钱了好么?"

蔡其杰摇摇头道:"不来的,要我露形,又在佛地调戏妇女,又要转谢朋友,我到手不多,犯不着做。"

令娴道:"你要多少呢?"

蔡其杰道:"至少两百块钱。"

令娴道:"那是不成功了。我出不起这许多钱。我不要了。"回身便走。

蔡其杰发急道:"不要走,一百五十块钱吧。我代你做得满意就是了。"

令娴立定，想想要害粹芳，只好多出些钱了。将来嫁得成功沈侠隐，何惜这些金钱。便道："也罢，我出你一百块钱。"

蔡其杰道："譬如勿做，准其一百块钱。"

令娴道："如若拍得不清楚，我出不到一百块钱的啊。"

蔡其杰道："代你做好便了。现在请你先付些定钱。实在这几天没钱用，难过得很。"

令娴道："也要定钱的么？明天早上你到我家门前附近候我，我准先付二十块钱，少了也打不倒你的啊。"蔡其杰欣然允诺。

令娴回家去了，明晨到校，蔡其杰早候着，令娴给他两张十元的中国银行纸币，又对他说道："星期日如下雨，便顺延到再下星期日，下星期六放学时，你再在道旁候我，那姓胡的女子如若去的，我和你点点头，万一不去，我向你摇摇头，不必多讲话，时间是三点钟左右。你们必要早去。"

蔡其杰道："一切都遵命。"把纸币揣在怀里，口中唱着"小东人……闯下了……滔天大祸"，扬长而去。以后令娴把粹芳诱到报恩寺去的事情，前回已表白，不必再行补写。

且说令娴见粹芳果然堕入伊的觳中，十分快活。隔了一天，伊出门早遇见蔡其杰，蔡其杰从怀中取出一张四寸软片的底子，交给令娴道："好了，你看吧。"

令娴接过一看，却因粹芳挣扎的缘故，摄得不十分清楚，令娴道："成绩不佳，恐怕即此一片，他人未必相信。"

蔡其杰道："既然不能使人相信，你教我摄什么影？我只要钱好了。"

令娴道："不要急，我不要赖你的。不过要请你帮我想想，还有什么办法把那姓胡的弄得名气变坏，我可多报谢你。"

蔡其杰听得有多的报谢，十分得意，仰起头想一刻道："有了，

273

一不做，二不休，你只告诉我，知道那姓胡的住址，我可以黑夜前去，把伊强奸一番，将伊的亵衣寻取到手，再命我的弟兄们去敲竹杠，包伊声名堕落，再没颜面去做教员。这条计可好?"

令娴道："好是好的，可惜伊必要不从而大声叫喊时，反而坏事，累你吃官司，还不稳妥。"

蔡其杰又想了一想道："不要紧的，我处有春药一包，你可取去，只要你想法在某天适当时间，使伊服下后，不怕伊三贞九烈，包管伊欲火中烧，自己情情愿愿地失身。我自那天见面之后，很喜欢伊的美貌，可惜没有接吻，被你来赶走。此计若行，我也可快乐一番。但请多给些报酬是了。"

令娴想此计未免太毒，然而也是一条决胜之计。我要达到目的，非起狠毒不可。遂道："你既然有这种药，那是最好了。待我约定日期再来通知。现在你住在什么地方?"

蔡其杰道："西门城门外第三家小屋内，门上有一个福字的，便是我的老家。每天上午九点钟以前我在家中，过了九点钟时找不到我这个人了。"

令娴道："好，准其如此。"

蔡其杰道："请你再付些钱，我要请客哩。"

令娴遂从身边取出皮夹来，又付他二十块钱。蔡其杰谢也不谢，接了便去。

令娴一路到校，一路盘算如何倾陷粹芳的计划。自思前次诓伊到报恩寺去，伊已有些疑心我，所以近日伊和我稍稍疏远。我若请伊出去，伊未必应允。若到伊家中去，如何下药，迹太明显。想来想去，才想定了一个入手的方法，暂不发表。

过了几天，伊忽然请校中许多女同事到伊家里聚餐，并有丝竹余兴。大家都答应了，秋痕、密昔斯李、粹芳等当然都去，令娴暗暗快活。

这天是星期六上午八点多钟，令娴走出校门，径到蔡其杰家来。蔡其杰正在服侍两只画眉，一见令娴，连忙立起招呼，同到无人处立定。令娴道："你的药呢？请你交给我，今晚我要请客，可以乘间进药。在八点钟时，你候在门旁，见客人去了，你便立在门前，我来叮嘱你好了。"

蔡其杰道："你现在告诉我便是了，何必再来伺候？"

令娴一想，道："也好，胡粹芳家的后门是在小猪弄，很是冷僻。只有三个石库门，都是人家后门。第二个石库门便是伊家，里面是东西两院落，东首三开门便是伊的住处。伊性喜种兰，窗前有许多兰花盆的便是伊的卧室，切莫认错。"

蔡其杰一边听，一边点头道："记得了。"回到里面去取出一个很小的纸包，交与令娴道："你可用三分之二，已足够了。只是不要弄错。"

令娴笑道："当然格外小心，绝不会害别人的。夜里你也要当心些，祝你成功而回。"

蔡其杰道："你要重重谢我的。"

令娴道："贮款以待，绝不食言。"遂把那包药藏在贴身衣袋中，到校去了。

晚上端整酒筵很是忙碌。六点多钟，大家一齐到临。令娴分开两桌坐下，对众说些客气的话，请众人畅饮，众人也向伊答谢。席间又行酒令，很是尽兴。席散后，令娴又请众人稍坐，搬出许多乐器来，要大家合奏一阕《梅花三弄》，令娴弹琵琶，粹芳吹笙，秋痕弹月琴，密昔斯李拉胡琴，其余各人有的吹箫，有的奏笛，一齐合奏起来。清音靡妙，十分好听，奏了一曲又奏一曲。

看看时候不早，已有八点半了，大家要想告辞，令娴道："且慢，还请吃一杯咖啡茶去。"说罢放下琵琶，走到外边去。少停，有仆妇托着一盘杯子，跟令娴进来。令娴仿照西国主人办法，亲自取着杯子，一杯一杯地送到各人面前。各人欠身道谢，末后，令娴自己也拿了一杯，坐着和大家谈话，仆妇拿着空盘而去。粹芳不大喜喝咖啡的，喝了两口便不喝了。令娴很惊异地问道："粹芳姐，你不是爱喝咖啡的么？"

粹芳笑道："不是，秋痕姐爱喝的。"

令娴道："那是我记错了。今天的咖啡茶我自己冲得很好，你可以多喝些。"粹芳遂又喝了一口。大家都喝完了，起身道谢辞去。

令娴送到门外，回进去命仆妇收拾一切，伊的母亲此时也走出来相帮。令娴对着灯光，心中暗暗思量，幸亏把这药下得多些，包管伊回去后有一出活剧表演，明天还有人登门羞辱，看伊如何有脸面见人？但同时伊的良心也发现，好似责备伊道：你这种鬼蜮伎俩太厉害了，好好一个女子，要被你的毒计害死了。伊究竟有什么罪孽？不过为了你一人有私心，便把伊置于死地。你是一个教育界中的人，应该有道德，要保全你高尚的人格。现在却和流氓合做犯罪的事了。你于心何忍呢？

令娴想到这里，很觉懊悔，恨不得跑出去关照蔡其杰不要前往了。然而罪恶之魔已盘踞在伊的心头，把良心打败。妒念方炽，一些善良的念头生长不起来。更一转念，我要把沈侠隐从伊手里夺回来，非把自己的情敌摧残不可。顾什么良心？怕什么罪恶？令娴这么一想，心便安了。

却说粹芳从令娴席上回到家中，略觉心内有些热烘烘的，大约喝了些酒，血液流得快了。见伊母亲正同邻居殷三嫂坐在客堂里谈话，那殷三嫂便住在对过的三开间里，和粹芳的房正对照着。伊的丈夫在上海经商，只有伊一人和一个叔婆住在这里，为人很是和顺。

见粹芳回来，便带笑立起来道："粹芳妹妹回家了。今天喝了多少酒，面上挂了招牌哩。"

粹芳道："三嫂嫂，我没有多喝，实在量浅得很。"又问伊母亲道："晚饭用过么？"

伊母亲答道："早已吃了，三嫂嫂来伴我闲谈，你再不来时，我要睡了。这几天疲乏得很。"

粹芳笑道："时候还不晚，十点钟还没有到呢。"

殷三嫂本是来伴粹芳母亲的，现在粹芳已回，伊也就走到自己房里去睡了。粹芳又喝了一杯茶，脱下裙子，伊家里不装电灯的，便命仆妇点了一盏洋灯，走到房中去。伊的母亲道："你也早些睡吧，明天要起早，我也要回房去睡了。"说罢，随将客堂的窗关上，掌了灯走进对面房中去，仆妇也到后面去安睡。

粹芳又到母亲房里去转了一转，只觉得头脑有些昏昏，伊的母亲又催伊去睡，遂回到自己房里，听母亲已把房门关上，也把自己的房门关上了，坐到沿窗的写字台边去。原来粹芳性喜清洁，在自己房里布置得半像书室，半像卧闼，夜间便在房里看书改课卷，窗明几净，十分精美，所以不和伊的母亲同房而睡。

这夜伊坐下来要想写封信给侠隐，不觉心里一阵荡漾，立起身来，走到妆台边，照见自己两颊深红，好似中酒的样子。心里又热得很，四肢都有些懒懒的，便想安睡。忙宽衣解带，熄了灯，上床拥被而睡。但是翻来覆去，休想睡得着。暗想酒也喝得不多，为什么心乱意烦，不自安静？大约吃了咖啡茶是提神的，渐渐心里有些胡思乱想，想到侠隐多么年轻秀美，真是一个如意郎君。我几时可以和他正式结婚，洞房春暖，效于飞之乐？荀郎熨体，张敞画眉，才如我心头之愿。愈想心愈觉跳得很急，只恨侠隐远在上海，不能此时前来和伊绸缪温存。坐起身，撩撩云鬟，自言自语道：怪哉怪哉，今夜我为什么起这样污秽的思想，不能自持呢？遂勉强抑制，重又睡下去。意马心猿，总是弃不下这种念头。不好了，心里愈觉难过，欲火上升，此时顾不得什么贞操了，顾不得什么道德了，迷迷糊糊地似乎侠隐已来，把伊抱住了。伊把被角咬住，只在床上滚来滚去，如醉如痴，心里一半明白一半糊涂，周身都觉发热，难过极了。

这时蔡其杰已掩到后门前，他在晚上便到邻近小酒店里去喝酒，喝了两斤酒，看看时候不早，已过十点钟了，便付了酒资，出得酒店，向小猪弄走去。寻到粹芳后门，认定第二个石库门，幸喜墙垣不高，旁边又有一根电杆，巧极了。他壮了胆，从电杆木扒到墙头上，一看里面有一个小天井，四下寂静无声，轻轻跳到地上，先过去把后门闩拔去了，预备出路，再一步步地掩进去。见东西两个三开间，正像令娴说的一般。蔡其杰色胆如天，暗想我是来采花的，不是做贼的，先寻粹芳的卧房。又听两边都没有人声，灯火皆熄，而当空一轮明月泻出它的银光来，照到屋上地下都很清楚。蔡其杰看定那边一间窗前，摆着许多兰花盆的，知道是粹芳的卧室了，施展本领，轻轻把窗上了鸟拨去，开了窗，轻轻跳进房中，轻轻掩过去，月光下见帐门下垂，绿缎子的女鞋放在床前。听床中微微鼻息，心中大喜，以为今夜可以大乐一番了。急忙掀开帐门扑上床去，把绣被一揭开，见一个女子穿着粉红小衣，侧身向里睡着，一条雪藕似的粉臂露出在被外，不是粹芳却是谁？双手把伊一抱，早已搂在怀中，叫一声"乖乖，我来也……"

欲知后事如何，请看下回。

第十四回

入邻室枉费心机
蒙奇冤难明贞节

以前有一个国文教员，有一次问学生道："天下最可畏者为何物?"有的回答说鬼，有的说老虎，有的说毒蛇，唯有一个学生回答是人，那教员点头称是。因为人要坏起良心，设计陷害人家时，比鬼比老虎比毒蛇一切都要厉害。只要看令娴妒心一起，要把粹芳这样地残害，真是人面兽心了。

那蔡其杰为虎作伥，搂住粹芳正想行乐，忽听啪的一声，颊上被伊打了一记耳光。那女子大声呼喊道："哪里来的贼啊! 对面胡家伯母粹芳妹妹等快些起来捉贼!"一面极力挣扎。蔡其杰听伊呼喊，不觉大吃一惊。那女子回过脸来，便对伊定睛一看，月光下也很清楚，却变作一个不相识的妇女。蔡其杰便知有误，三十六着走为上着，连忙把那女子一摔道："唉，原来你不是胡粹芳，弄错了。"跳出窗来，直望后门边逃去。粹芳的母亲听得声音，吓得索索抖，还是那个仆妇胆大些，穿衣起来，开门出视，蔡其杰早已从后门里逃出去了。

你道蔡其杰——都照了令娴的吩咐如何会弄错的呢? 这其中也有天意了。凑巧粹芳那边住屋，房东因为污旧了，这天特命匠人来

279

修理涂拭。粹芳卧室前窗下的白墙也被泥水匠刷白，那泥水匠见兰花盆满放着，足以妨碍他的工作，遂搬到对面殷三嫂窗前去。晚上躲懒，没有搬回，不料因此却救了粹芳，没有被强暴污辱。蔡其杰哪里知道呢？他只认了窗前的兰花盆，忘了左右首，以致闯到殷三嫂房里去。

殷三嫂是清醒的人，被他一抱抱醒了，忽见来了一个莽男子，要行非礼，心中又惊又怒，顺手打了一记耳光，叫喊起来，那男子便跑了。伊遂点亮了灯，出来照看。和胡家的仆妇走到后门口，见后门开着，知道从这里跑了。遂关好后门，回到里面，粹芳的母亲也披衣起来，此时粹芳还在难过，耳畔听得清楚，只是像瘫痪般起身不得。

却听殷三嫂说道："真奇怪，那人到底是贼不是贼呢？我是睡着了，觉得有人把我抱住，惊醒一看，是个男子，便打了他一记耳光，喊叫起来，他便逃了。逃去的时候，口里还说：'你不是胡粹芳么？弄错了。'不知他何以说这种话？难道他本来想看粹芳妹妹的么？咦，粹芳妹妹呢？"

粹芳的母亲也道："芳儿怎么没有声音？"

粹芳不得已喊道："我正有些不适，不起来了。"

殷三嫂道："好在贼已去了，你也不必起身哩，我们大家睡吧。"遂回房去了。

粹芳的母亲听粹芳说有些不适，心里挂念，遂问道："芳儿，你有什么不适意？"

粹芳道："有些头晕，不要紧的，请母亲放心！快去睡吧，不要受寒。"于是伊的母亲和仆妇也去睡了。

粹芳仍是难过，直到天明时才觉平息，香汗淋漓，湿透了一片，被角都咬碎了，十分疲乏。伊非常羞惭，蒙眬睡去。直睡到九点多

280

钟，才穿衣起身，终觉得口中淡而无味，像要呕出来的样子，周身无力，开了房门。

伊母亲进去问伊的头晕好些么，粹芳道："还没有好，胸中胀闷，今天不能到校了，快命仆妇去请一天假吧。"粹芳遂伏案写了一封信，命仆妇送去。

这时殷三嫂也走过来问好，粹芳道："昨天我家来贼了么？我正头晕，不能起身，亏得三嫂嫂把他惊走。"

殷三嫂笑道："这个不是偷钱的贼，是偷人的贼。妹妹你还是便宜了，我听见贼说是要来看想妹妹的，走错了地方，也算我触霉头。"

粹芳听了一惊道："要来找我的么？哪里来的贼徒？可惜没有男子，否则捉住了，问他一个底细。"

殷三嫂道："大概他也知道这里没有男子，所以大胆前来。妹妹常常出去的，或者有人看上了妹妹，夜里想来采花，不料采到我身上来了。那贼人虽然逃去，也要懊悔呢。"

粹芳面上一红，没有话说。伊的母亲却道："多谢神佛保佑，一个也没有被他凌辱，总是两家的运气。以后倒要严密设备，以防他再来。"

殷三嫂说了几句话，走出来了。粹芳的母亲也走去做事，粹芳一人坐定，思想昨夜的事，有些蹊跷。我喝了几次酒，从没有这个现象的。怎么心里这样难过？好似吃了什么东西。我听说市上有种春药，给人吃了便要欲念大发，失去贞节。我倒像吃了春药，难道令娴给我吃的么？莫非伊要陷害我，所以暗暗下药，又遣人来采花，好使我在迷惘之中堕落贞操？想到这里，不觉打一寒噤。伊令娴这种阴谋狠毒极了。伊前次邀我出去踏青，游报恩寺，突来一个莽男子，把我窘辱。此事诡谲得很，莫非也是伊设下的牢笼么？又想令娴和自己究竟有什么深仇宿怨，必要把我置之死地而后快呢？幸我平日没有什么歪邪的行为，引人嫌疑，否则殷三嫂岂不要疑我么？

伊想了一刻，才想到沈侠隐和令娴是亲戚，或者令娴知道他和我交情亲密，起了妒意，遂不惜甘冒不韪，施行这种阴谋诡计，不利于我。若果是的，伊遭了两次失败，一不做，二不休，当然还有第三步计划，我不可不防。又想令娴也是学界中的人，达理而闻道，何至做出这种卑劣的事情来？也不能说定是伊的。

此时伊的母亲进来，问伊可要吃些粥。粹芳回答不要吃，重去睡了。到下午五点钟时，秋痕和密昔斯李因闻粹芳患病，同来探问。粹芳因她们两人都是知友，遂把昨夜的事详细奉告，很觉惭愧。

秋痕听了忙道："哎哟，这是杨令娴的阴谋无疑，天下哪有如此巧事？粹芳姐若非吃了春药，怎会有此情景？本来我疑心杨令娴无缘无故请起客来做什么，总有些作用。现在明白伊的诡计，伊必将春药放在咖啡中，所以临走时特地亲自预备，请我们喝咖啡茶。伊的心肠何等狠毒啊？伊为什么要害你呢？"

粹芳又把和沈侠隐交好的事告知两人，秋痕道："对了，伊所以在害你，便为了沈君之故。幸那贼子误走到邻室中去，粹芳姐还是不幸中的大幸呢。"

密昔斯李道："可惜没有把那贼子捉到，否则教他供出令娴来，诉之于法律，也教伊名誉堕落，坐监牢吃官司，追悔无及。"

粹芳道："谅他也不敢再来了，只是我总觉有些羞愧。人家不知道的，反要疑心我不贞呢。"

秋痕道："那位殷三嫂和你很相契，绝不会出去胡乱传说的。不过以后请你慎防着杨令娴便是了。"

粹芳点头道："那是自然。"两人谈了一刻话，方才告辞而去。

282

粹芳歇息了一日，次日觉得精神恢复了些，勉强到校。杨令娴见了伊，依然点头招呼，问道："昨天有些贵恙么？"

粹芳道："是的，前夜自尊处席上归后，便大发其病，想来没福消受。夜中又忽来窃贼，小受惊恐，幸被殷三嫂吓去。想那贼子也是枉费心机了。"

令娴笑道："这是粹芳姐的便宜。"说时面上有些微红。

粹芳也冷笑道："算我便宜。"走到教室去上课了。

令娴见粹芳走去，旁边无人，便把手一指道："算你便宜，然而你不要快活，你的命运还不可知呢。"原来令娴已进行第三步的计划了。

蔡其杰那夜一心想来采花，误走殷三嫂房中，吃了一记耳光，逃走回去。自悔鲁莽，明天便候着令娴，把失败的事告诉令娴知道，且向伊伸手要钱。

令娴道："你事体做得失败了，还要钱么？"

蔡其杰见令娴说出这话，便冷笑道："那是你许下的，我们没有说过成功有钱，失败没钱。况且我只应许你报恩寺里摄影的事啊，我白白吃了一记耳光，你还要不给钱么？我也做不成这光棍了。"

令娴道："不是这般讲，事情做得不十分美满，要我出钱，我总觉不情愿的。也罢，我就再给你三十块钱是了。"遂从身边取出三十元纸币授给他。

蔡其杰接了，藏在怀中，又道："还有五十块钱，几时给我？"

令娴道："过一星期再说。"

蔡其杰背转身便走，口里咕哝着道："我的钱是一个也少不下的，早晚总向你要。"

令娴叹口气，也到校中去。晚上特地请人代伊的职务，自己回到家里，把报恩寺摄的一影，写起一信，备述自己亲身闻见粹芳的秽史，署名"壁上观者"，故意把字体写得奇怪形状，好让他人辨不出是伊的笔迹，寄到上海沈侠隐那边去，实行伊的阴谋。

沈侠隐本因粹芳谢绝春游，心里微有些不乐。忽然接到这封无头信，拆开一看，好似从他顶上浇了一桶冷水。信上写着道：

侠隐先生大鉴：

仆与先生久耳声誉，无缘识荆。此次所以贸然上函者，特因有不得已于言者也。夫人非木石，孰能忘情？情之所钟，端在我辈。但爱情贵纯洁专一，所谓天可荒而情不可荒，地可老而情不可老。女子尤宜以礼自守，宝贵其神圣高尚之爱情。若既有知友，两情缱绻，而复为桑中淫奔之事，何以对爱我者之诚意乎？

微闻先生与此间胡粹芳女士夙称爱好，订有鸳盟。而仆前偶游报恩寺，忽见粹芳女士与一形似流氓之男子携手来游，一种媟亵之状，未可以笔墨形容。以为隔墙无人也，遽拥而接吻。仆携有摄影器，急摄一影，以留真相，寄上请先生一阅。虽微有模糊，而面目可以辨识，先生当见自己之情人已入他人怀抱中矣。抑有奇耻者，前夜粹芳之邻妇殷氏夜睡正酣，突有一男子入其室，欲行非礼，经妇大呼，男子始踉跄逃去。临去时尚语曰："我误走他室矣。"是可知粹芳女士必与此男子有约，而彼人于匆忙间误奔邻室也。此事如先生不信，可问殷氏。

噫，先生以至情待人，而彼粹芳女士者，水性杨花，甘自堕落，反以贞洁蒙蔽先生，是可忍孰不可忍？此仆之所以愿为先生告也。如此秽行昭彰之女子，窃为先生名誉计，前途幸福计，速与绝交而远之，庶几不受其害耳。唯先生孰图利之，余不白。此请

　　文安

壁上观者启　某月某日

　　沈侠隐是一个烈性的少年，他和粹芳缔交，自以为彼此深情款款，可称知己的腻友。满怀着将来的热望，而且认定粹芳是一个贞洁静娴的女子，把自己的情爱不断地输给伊。现在读了这函，觉得像粹芳这般女子尚要寡廉鲜耻，做这种越轨行为，真使他心灰意懒。所以起初似一桶冷水从他顶上浇下。继而从失望之中生出愤怒来，一想像这种不要脸的女子，我再和伊做什么朋友，真要坏我的名誉了。那个写信来的人，倒是个热心者。他说的话，均确凿有据，不和粹芳绝交，人家将要笑我情愿戴绿头巾了。想定主意，拿着信走到里面来见他的母亲。

　　沈夫人见伊的儿子一脸怒气，不知有谁得罪了他，便问道："侠隐，你有什么不快的事？"

　　侠隐把信和照片递给他母亲看，沈夫人先看照片，见有一个形似流氓的男子，正抱着一个年轻女子要和伊接吻的样子，下身却糊涂了。细看那女子的面貌，不觉失声道："哎哟，这不是胡家小姐么？怎么一回事呢？"又看了信，才道："我想胡家小姐的品性多么贤德，伊是有学识的人，何至于此？其中或有什么别的道理。我却有些不信。"

　　侠隐道："母亲我本也有些不信，但是这照片不可假造，明明是

285

粹芳的真影儿，况信中又说如若不信，可问邻居，当然不冤枉了。这般轻狂的女子，我愿和伊立即绝交。此事真使我痛心得很，以后我总不敬礼女子了。"

沈夫人见侠隐如此决裂，虽觉粹芳不是这种人，然而也没有言辞辩护，只索让儿子怎样办罢了。侠隐气愤已极，无暇细思，立刻奔到书房中挥毫落纸，写了一封很长的信，寄给粹芳。

这封信好似催命符一般，寄到粹芳家中。粹芳正从校里归来，想起心事，闷闷不乐。苦没有凭据去破露令娴的阴谋，又不好去告诉侠隐。不知令娴还有什么恶计来害伊，很觉不寒而栗。忽见仆妇送进一信，见是侠隐寄来的，忙拆开读道：

粹芳：

读到"粹芳"二字，心里不由一惊，暗想侠隐平日来函，或写"粹芳我妹青鉴"，或写"芳妹爱鉴"，或写"我至爱之芳鉴"，或写"亲爱的粹芳"……总是很恳挚的，为什么此番连称呼都没有，而字体又写得十分潦草呢？重又读将下去，心里却跳得很急。

我写这封信给你时，我的心中实在万分痛苦！万分激荡！我的脆弱的心弦几乎禁不住了，不知道你读了我的信后，心中有何感想。

我一向以为你是一个好女子，所以非常爱慕你，常常把你的倩影镌在我的心版上。情情愿愿把我纯洁真挚的爱情，整个儿奉献与你。蒙你不弃，施以青眼，我们两人在以前，可称是一对亲密的朋友，大家沉浸在爱情中。尤其是我对于你实有很大的希望，很热烈的。现在呢？我的希望完全抛弃了。你问问自己的良心，可对得起我么？我不知道你在表面上很静娴，而暗中却轻薄得很。像你这种行为，简直是淫娃荡妇，还讲什么爱情呢？报恩寺中和人接吻，私约情人，误走到邻居室中，种种不德的行为，使我知道了，又气又恨。你以为我远在沪滨，不会知道的么？若要人不知，除非己莫为。天下虚伪的事，早晚总要穿破的，现在你该知道了。

唉，知人知面不知心，像你这种人也会干淫奔的事情，真正出人不料。我代你想想，你是一个有学问的女子，身为人师，更宜如何贞洁自守，保全高尚的人格。却甘心堕落至于如此，岂非聪明一世，懵懂一时？我代你痛惜，我为自己也很痛惜。不幸当初遇见了，和你做下朋友，以致今日受这十分难忍的苦痛。我心上的创痕，实在一时不能平复的。从今以后，我痛恶爱情，看破一切，不愿再谈恋爱了。

我想了又想，不得不和你立刻绝交。我是疾恶如仇的人，谅你也知道我激烈的性情。我不愿再认识你，即此一封书，算为你我绝交的证券。在你蓴由自作，必不怪我忍心了。我为你痛哭，我为你可惜。迷途未远，从速觉悟。你若灵根未灭，望你早早忏悔吧。

言尽于此，恨无穷时。一失足成千古恨。粹芳粹芳，你自己仔细思量吧！

沈侠隐　某月某日

粹芳读完这信时，大叫一声，晕倒于地。伊的母亲闻声入内，急忙将伊扶起，向伊呼喊，伊才悠悠醒转，伏在桌上，只是痛哭。伊的母亲又惊又急，莫名其妙。只见桌上堆着几张信笺，上面滴满眼泪，忙问道："芳儿，你为什么这个样子？把我几乎吓死了，有什么冤屈，快快告诉我。"

粹芳摇摇头道："母亲，我的事情你也管不了，我自伤我的心。"

伊母亲道："敢是沈侠隐来的信么？"

粹芳道："是的，他冤枉我……"说至此，又哭了。

伊的母亲道："冤枉你什么？他若不要和你做朋友，也不要紧，我不一定要把你嫁给他的。哪一家不爱你，何愁没有佳子弟做我的坦腹东床？痴丫头，你何必这样哭呢？"

粹芳把足一顿道："完了完了，我这个人是去死不远了。"

伊的母亲仍是把话安慰，粹芳也不高兴把这事的详细原因去告诉伊，独自哭了一番，呆呆地坐着思想，夜饭也不要吃。伊的母亲见伊神情不佳，便不放心让伊一人独睡，要搬过来同睡，粹芳勉强笑笑，让伊的母亲睡在自己床上。伊把那信放在抽屉里，垂头丧气地坐在椅中，伊母亲用话来劝伊，伊终不答一语。邻居的殷三嫂因有些小恙，早已睡了，仆妇也已入睡，四下寂然无声，伊的母亲几次劝伊安睡。末一次，伊点头答应。但等伊的母亲睡了，伊仍没有睡，直到三点钟敲了，伊被逼不过，才解衣上床。

伊的母亲倦极了，沉沉地睡去。粹芳在床上思前想后，悲怨到极点。觉得这事莫须有已成冤狱，有口难辩，妒我者如此阴谋我，爱我者如此弃绝我，他人待我这样的不仁，我还生在这个世上做什么？我的名誉被仇人毁坏了，只有一死以明心迹。人生迟早一个死，我何必顾惜呢？

一口怨气难消，轻轻掩下床来，走到桌子边，见有一匣火柴，便倒了出来，剪下不少火柴头，把冷水灌下，再把火柴匣子和梗子藏在抽屉中，回转身来，仍往床上睡下。心中和刀割一样，自念明天我将长辞人世了，别的没有眷恋，只舍不下我的母亲，但我也顾不得了。回头见伊的母亲满脸忧容地睡着，不觉珠泪如泉水般地滚下来。真是天下伤心之事，无有过于此了。

　　要知粹芳服毒以后的事情，请看下回。

第十五回

片言释憾同调重赓
几番索酬作恶自毙

鸡声叫喔喔，东方发白时，粹芳的母亲醒过来，见粹芳啼痕满面，泪湿枕函。两颧绛赤，神情迥异，便问道："芳儿，你没有睡么？"

粹芳点点头，伊的母亲叹道："何苦如此。你一向很听我的话，现在竟不听么？"

粹芳听了伊母亲的说话，更觉伤心，泪如泉涌，忍不住说道："母亲，你不知道当中的委屈呢。我受了这种冤枉，还有颜面见人么？"

伊母亲又道："你告诉我，我代你办清楚。人家或要疑心你，但我却知道你是一个好女儿。"

粹芳摇摇头道："母亲，对不起你了。请恕我不孝之罪吧。"

粹芳的母亲见粹芳变了样子，心知有异，连忙披衣下床一看，桌上一匣火柴却不见了。大吃一惊，拉开抽屉，见一匣火柴都剪去了头，只剩些断枝零根，不觉跳起来道："不好了，芳儿服毒了。"

奔至床边，对粹芳说道："你好忍心，为了这一些小故，情愿轻生，

290

抛弃了我而去么？唉，怎么好呢？芳儿，你何至于此啊！"说罢大哭起来。

仆妇早已起身，在客堂中扫地，听得太太哭声，忙丢下扫帚，来叩房门。粹芳的母亲开了门，仆妇问太太何事痛哭，粹芳的母亲道："小姐吃了火柴，命在旦夕，你快去唤殷家少奶前来。"

此时殷三嫂亦已听得这边的哭声，已穿了衣服走过来。粹芳的母亲忙把昨夜的事告知，殷三嫂也走到床前来劝粹芳。粹芳只对伊饮泣，殷三嫂便对粹芳的母亲道："事不宜迟，快去请西医施救。"

粹芳的母亲急得手足无措，揩着眼泪问道："去请哪个呢？"

殷三嫂道："本巷的尤医生医道高明，快些请他前来，或可救治。"

粹芳在床上说道："我决意一死，你们休要去请什么医生。"

粹芳的母亲道："芳儿，你休要固执，总要听你母亲的说话。我只有你一个女儿，岂忍看你白死么？"

殷三嫂道："不要多讲了，去请吧。"遂命仆妇开门出去，请尤医生。仆妇也不明白小姐为什么要寻短见，但伊也很爱小姐的，所以伊急忙忙地跑去了。

不多时，尤医生拎着皮包跟仆妇前来，粹芳的母亲告诉他大略情形，请他施救。尤医生到床边把了粹芳的脉，知道服毒的时间不长，而且吃得也不多，便道："还来得及救治。"忙命仆妇端整开水，把药配好，要给粹芳灌下。粹芳一定不肯服药，弄得尤医生束手无策，只是摇头。

粹芳的母亲向粹芳劝说，粹芳总是不听，殷三嫂对粹芳的母亲说道："看这情形我们说也没用了，不如请伊的好友罗小姐前来，让罗小姐去解劝，或可挽回。"

粹芳的母亲道："不错。"便命仆妇去请罗小姐。仆妇答应一声，急速跑去。

这天秋痕上午没有功课，所以起来得略迟，正在梳头，一听这个消息，急得不知所云，别了伊的母亲连忙赶至粹芳家中。见尤医生正和粹芳的母亲殷三嫂二人讲话，一见秋痕走进，立起招呼。粹芳的母亲一把拖着秋痕的衣袖说道："罗小姐，你快快来救我女儿。可怜芳儿昨夜服毒，今晨被我察觉，请了医生前来，伊还不肯服药，如何是好？"

秋痕走到床前，伸手握住粹芳的右手道："粹芳姐，你为了何事这样轻生呢？"

粹芳见秋痕前来，掩着面痛哭，秋痕不觉也堕下泪来。又道："万事总可商量，不要一时怨恨，为此愚笨地自杀。你不爱惜自己么？你不顾念你的母亲和朋友么？"

粹芳呜咽道："我不得不死了，所以一死以明心迹。秋痕姐姐，请你一读抽屉里的信便悄然明白，我也不愿再说了。"

秋痕忙走到写字台边，开了抽屉，寻见沈侠隐的那封信，展读一边，恍然大悟。转了一个念头，便对粹芳的母亲说道："原来粹芳姐被人诬蔑，受了沈君的责备，所以如此。现在请你们退出去，待我一人来细细劝伊，好歹要使伊吃了医生的药。"

粹芳的母亲不得已和殷三嫂尤医生等走到外边去了。秋痕放下书信，又坐到床沿上，对粹芳说道："我们是知己朋友，我有几句话务要和你细讲。你为什么要自尽呢？"

粹芳道："姐姐已看了信，大概也知道了，我还有什么面目去见侠隐？不如一死，还我干净。"

秋痕道："那么你中了奸人之计了。人家所以一再设计害你，无

292

非要达到这个目的。你若自尽，明明自甘让步，被那人匿笑。况且自杀是愚懦的政策，你是聪明人，如何也会出此下策？似这种莫须有的事情，不足损坏你的名誉，沈君怎可把一张照片作为铁证，贸然出此绝交的信？我想他以后也要醒悟的。待我去到上海见他，把这事的内幕老实揭穿，他一定相信的。我料这封匿名信是杨令娴寄的，现在一时没有得到伊的凭据，我们不妨徐徐查出被伊主使的人，然后想法弄一个水落石出，看杨令娴再有什么颜面在松江立足。好姐姐，你还要想想伯母年老无子，单靠你一人娱伊暮年，若然你一旦自尽，教伊以后如何过活？不要也使伊为你悲伤而死么？总之你不必死，快快振刷精神，和倾陷你的奸人奋斗。你快快吃了尤医生的药，时间不可耽延的。"

粹芳听了秋痕一番说话，也觉得自己这样一死，太示弱了。我也舍不下我的母亲，且等秋痕和侠隐说明了再说吧，遂点头道："姐姐能安慰我的悲哀，我听姐姐的话便了。"

秋痕大喜，忙走出房去，对粹芳的母亲说道："好了，粹芳姐姐已听我的话，肯服药了。"

粹芳的母亲本来正在揩眼泪，一听这话，直立起来道："谢谢罗小姐。"

殷三嫂笑道："我早知非罗小姐的大力，说不动伊的。"便请尤医生进房去。

尤医生配了药，给粹芳吃下，不多时，粹芳大呕大吐，呕过了，尤医生再给伊药吃，又呕起来，一连呕了几次，把吃下去的火柴头尽行呕出。尤医生然后再留下几粒药丸，对众人说道："现在可以无妨了。"

粹芳的母亲付了医资，送尤医生出门后，回来见粹芳呕得精神都没有了，偃卧床上，只是呻吟。秋痕又劝导了伊几句话，才道："时候不早，我要到校了。明天请了假，代你到上海去走一遭。凡事不要抱悲观，一时的阴霾终有一天云破月来，大放光明。多行不义必自毙，那人不久终有恶报，我们也看得见的。"遂别了粹芳等三人，走到校里去授课。只把这事告知了密昔斯李，其余众人一概瞒走。

密昔斯李听得这个消息，十分不平。见了令娴露出一种鄙夷之色，令娴也不知其中缘故。伊心里正思量今天胡粹芳没有到校，敢是受了这封书的影响，但愿侠隐相信我的话，会和伊决绝。

下午放学后，密昔斯李和秋痕来看粹芳，密昔斯李也说了许多劝慰的话，粹芳很感激她们。到了晚上，两人回去。明天秋痕又到粹芳处来看伊，见粹芳精神恢复了些，坐在床上，和秋痕谈话。秋痕要坐午车赴沪，粹芳请秋痕在家用午饭，自己喝了些薄粥。

秋痕用了午饭，刚要动身，忽听叩门声，思量哪一个来了？仆妇前去开门，只听叽咯叽咯的皮鞋声音，走进一个西装少年。秋痕出去一看，不觉惊奇道："咦，原来是密斯脱沈。"

粹芳的母亲却冷冷地说道："沈少爷来了。"

侠隐叫声："伯母，我今天特地坐早车来的。"又道："秋痕女士也在这里么？巧极巧极。"

秋痕知道侠隐所以来此，必然生了悔心，便道："密斯脱沈，你这一封信险得闹出祸殃来啊。"

侠隐听了，心里一跳，便问道："粹芳女士在哪里？"

秋痕笑道："正睡在房里，请你随我进去看伊。"

侠隐道："好的。"便跟秋痕进房，走到粹芳床前，轻轻唤道："密斯胡可好？"

粹芳见侠隐前来，想起前情，不觉背转身去，掩着面痛哭。侠隐不知所可，呆立床前。

粹芳的母亲也走进房来，仆妇倒上香茗，退出去。此时室中静默了一刻，粹芳的母亲说道："沈少爷，我对于这事至今也弄不清楚。但芳儿自从接到你的信后，只是哭泣，说什么受了冤枉，坏了名誉，夜间背着我便服毒。幸亏罗小姐来说了许多话，方才救活。现在你来了，你们可以弄一个明白吧。"

秋痕便把经过情形细细告知侠隐，又道："密斯脱沈，我不该怪你轻易听信人家的匿名信，便写这种极严重的信来。无怪粹芳姐要受不下这种冤枉而悲愤自尽了。"

侠隐道："是的，这是我一时的愤激，遂有此信。后来我思量又思量，觉得像胡女士有道德学问的人，绝不至做这种污秽的事情，其中恐有别故，自悔一封信写得太过激了。家母也以为须亲自调查。所以我到此一问。"

秋痕笑道："密斯脱沈你早该缜密地思量一下，岂不好呢？请坐，我来奉告。"

侠隐遂坐在旁边，秋痕把令娴如何约粹芳游报恩寺，寺中忽遇歹人侮辱，以及后来令娴请客，粹芳中计，有贼夜来误走邻室等情节，一五一十地讲给侠隐听。粹芳的母亲听了，才知杨令娴要害伊的女儿，便惊奇道："杨小姐这样坏良心的么？真不应该。"

侠隐也勃然大怒道："令娴无耻已极，可称人面兽心。等我去告伊一个诬陷好人的罪。"

秋痕摇手道："蛛丝马迹，虽属可疑，但是没有凭据，请你暂时守秘密，以后再作道理。善有善报，恶有恶报。令娴心术这般阴险，绝没有好结果。"

侠隐遂立起身，又走到粹芳床沿边说道："密斯胡，请你恕宥我吧。我知道你是冤枉的，这张照片是他们给你不防时摄下的，我不相信了。你要保重玉体才好。"

粹芳顾不得秋痕在旁，不觉呜咽道："侠君，你现在觉悟了么？我受的创痕深重极了，我自愧德信未孚，以致受人谗间，此后更要谨慎修身。你一时愤怒，便要和我绝交，绝交不要紧，可是你不想想受你信的人伊一朝蒙此不白之冤，心中何等的悲哀苦痛呢？"

侠隐笑道："是我错的，请你不要生气，原谅我的粗莽。此后任凭他人造什么谣言，我永不相信了。"

粹芳见侠隐说得如此诚恳，不觉怨恨全消，回嗔一笑，也道："我也并不深责你，只恨奸人用计巧妙，险些堕入人家的陷坑。"

侠隐道："是啊，若果是杨令娴的阴谋，那是我对不起密斯胡了。"

两人的误会至是消释，言归于好。秋痕在旁看着，不觉想起佩玉来，海天遥隔，梦想徒劳，心中很是怅惘。粹芳的母亲见自己的女儿已没事，也就不胜欢喜，便拖秋痕到伊房中去，要请伊出来做媒，使两人早日订婚，奸人无从倾害，也给杨令娴死心塌地，完完大结。秋痕当然赞成，便请侠隐出来，和他密谈。告诉他说自己为了粹芳的事本要到上海来代伊剖白，难得侠隐前来，既然彼此都有爱情，不如早早订下婚约，以杜奸人恶念。

侠隐道："我此来也有这个意思，等我回上海禀告了家母，然后拜烦女士执柯。"

秋痕道："很好。"于是侠隐把这事弄明白了，便坐夜车回去。秋痕也放心归家。

粹芳歇息了一天，仍旧到校授课。杨令娴见了粹芳，私心内疚，自恨失败，枉费心机。伊一天正从校中返家，却遇蔡其杰，拦住了伊，向伊要钱。令娴对其杰说道："我所以许你酬谢，是要所谋成功之后。谁知前次我好好安排下了，被你粗莽误事，我不来怪你，又给你钱，好了，还要向我要钱么？"

蔡其杰："无论如何，其余的钱你总要给我。我代你做事，并不写什么包票的，我管什么成功不成功，失败不失败？我只知道要钱。"

此时已有人走拢来看，令娴见其杰这种穷凶极恶的神气，生恐被熟人窥见，反为不妙，没奈何从身边摸出五元纸币，授给他道："我也没有钱了，你拿去吧，下次再不请教你。"

蔡其杰冷笑道："没有大钱，做得出甚事？你下次不要请教我，我也不上你的当了。过一天再来和你算账。"

令娴也不答话，低头就走，回家想想很有些懊悔。那蔡其杰本来不是个好人，我如何去同他合伙干事？现在自己受累了。

从这天以后，令娴常住在校中不出去，以为可以避免了。谁知蔡其杰到校来拜访，令娴不能不出去见他，心里说不出的苦。出去见他时，蔡其杰只是要钱，令娴没奈何，向同事借了十块钱付给他，只推说是伊的穷亲戚。隔了几天又来了，令娴没有钱，蔡其杰在客室中大闹起来，好似索债一般。凑巧被粹芳看见，便去唤密昔斯李和秋痕等来看，说报恩寺中遇见的流氓便是此人，现在想和令娴办理交涉了。不知夜里到伊家中来的可也是他？

令娴见粹芳等在旁相窥，知道事情穿破，登时两颊红涨，暗暗应许其杰，明天把余款付给他。蔡其杰方才大踏步走出去，见了粹芳，还努目看了伊一眼。粹芳不觉打个寒噤，先走进去。

令娴心里说不出的懊恨，当夜回去，明天便遣下人来请假，于是秋痕密昔斯李一齐告诉校长说令娴结交歹人，来校胡闹，有坏学校名誉。况且伊身为舍监，自犯不葸，如何以身作则，管理学生？要请校长撤换。许厚人本来常听学生说令娴的短处，只因碍于情面，依旧维持。现听秋痕如此说法，不能再徇情了，遂写了一封信去，请令娴自行辞职，一面允许下学期大伙儿介绍伊到别处去做事，保全令娴的面子。

令娴接到这信，宛似青天里下了一个霹雳，暗想必是秋痕粹芳等去说的。秋痕的话当然格外有力，不想自己饭碗打翻在她们手里，而自己的名誉又因之败坏，害人自害，真是悔之不及。从此不能到美化女学校去了，每日在家闷坐，伊的母亲也十分忧虑。

过了一天，忽然接到蔡其杰的来信，责备伊为何不交款子，有意失信，要把伊陷害胡粹芳的事，当众宣布。令娴发了急，忙把饰物去质了钱，亲自送去，如数交清，以为可以不再纠缠了，只是在家自忏。哪知蔡其杰不消几天，早把傥来物用得精光，却亲自走上门来借钱。令娴的母亲要把他撵出去，蔡其杰却道："你的女儿做的好事，若不借钱，我情愿自首，请你女儿吃官司，我不怕的。"

令娴没奈何，又凑了十块钱给他。蔡其杰以为竹杠敲得甚容易，隔了三天又来了。令娴的母亲一定不肯再给，令娴躲在房里不出去见他，蔡其杰大骂一顿而去，临走时还说道："我去控告你，不要懊悔。"

杨令娴被蔡其杰如此索诈，顿觉一念之错，堕入黑暗地狱，要追悔已是不及，又恐他真的去控告，自己出乖露丑，要去对簿公庭，那是一生名誉全断送了。想到这里，万念俱灰，痛哭一场，便在夜里暗暗吃了三匣火柴，立意自尽。等到伊的母亲觉察时，已救治不及，魂归地府了。

这个消息传到美化女学里来，粹芳秋痕等反觉代令娴可怜。许厚人也十分可惜，送了五十块钱的礼去。秋痕等也差人送去奠仪。沈侠隐知道了，也不胜叹息，送了一份厚礼前去。

　　又过了几天，侠隐和粹芳正式订下婚约，请密昔斯李和秋痕做介绍人，珠联璧合，天生佳偶。杨令娴死而有知，永不瞑目了。

　　光阴很快，转瞬已是暑假，秋痕在家无事，一天请粹芳密昔斯李来合弄音乐，你吹笛我弹琴的正在有兴时候，忽然仆妇递进一信，秋痕接过，知佩玉从新加坡寄来的，拆开一看，不觉玉容变色。不知又是出了什么祸事？

　　欲知究竟，请看下回。

第十六回

借名园大开画会
览佳作巧遇丽人

少年做事，总有一种朝气，怀着热烈的情绪，伟大的希望，秦佩玉也是如此。自从跟随着他的知己朋友马仲文到了新加坡，开设美术供应社后，努力工作，社中事业渐渐扩展，果然十分发达。佩玉有时虽然思念秋痕，但他所以到星洲来，是要想做一番事业，好使他日回去安慰秋痕，而达到他唯一的目的。因此他充满着未来的希望。在新加坡地方，美术家不多，佩玉的画学于中西都有根底，更加有马仲文和富商黄某的鼓吹，渐渐有些声望。而他心中还不十分满足，想在那地方开个个人作品展览会，把他平日所有的成绩精华一齐取出，供人阅览，并可借此售得一笔款项。遂和马仲文商量。

仲文很为赞成，对佩玉说道："南洋地方的人很欢喜什么会，你若有这种计划，一定可使你的声誉增高，富商黄祝年他也很赞美你的画学。在他的家中有个黄园，是私人的园，风景十分美丽，若能假他的园林做展览会的会所，一定能够号召观众。此事我情愿前往说项，大约可以成功的。"

佩玉大喜，便道："拜托拜托。"

隔了几天，马仲文告诉佩玉说，展览会这事他已去和黄祝年商量一遍，黄祝年答应把他的黄园特地开放一星期，并在红雨楼上作为佩玉画品展览的地方，教佩玉预备一切。佩玉听了，很是高兴，便把历年积藏的画轴整理整理，还有许多油画要配上镜架。检点共有一百四十多件，大大小小，各色全备。又把一幅油画绘的乡村之夏，有几个赤身的乡农，在茅亭里踏水车，远远田岸上有一个牧童，牵着两头黄牛走来。赤日当空，阳光照在水里，闪出晶莹的光。绿柳飘曳，显出有些微风。画得风景人物惟妙惟肖，送给马仲文。还有一幅中堂，绘的两鹤，一鹤立在松下白石之上，俯首而啄，一鹤方展翼飞来，矫然不群，把来送与黄祝年。黄祝年得了佩玉的画，很是快活，请佩玉先到黄园中去游览，设宴款待。佩玉非常感谢，遂择定日期，布置会场，登报通告，柬邀各界人士参观。

到了展览会的第一天，新埠许多喜欢美术、爱慕风雅的男男女女，都到黄园中来观画，顺便一游园景。所以车马盈门，非常热闹。佩玉自己在园中和一辈美术供应社中的职员，竭诚招接，每幅画品上都标出售价，自十金起至四百金各个不等。其中要算一幅小艇泛月的立轴绘得最为出色，设色和写景俱臻上乘。小舟中一个舟子，立在船首，以篙点水。水中的月银光粼粼，和天空的月相映着，境亦幽静非凡。大众看了，没有一个不啧啧称美。不过标价却要四百金，一连四天，售去画品不少，而那幅小艇泛月图只是没有人舍得出这重金购去。

在第五天的下午，佩玉正陪着一个报界中的记者，立在那边谈话，忽见黄祝年带了两个少女走来。那两个少女年龄不相上下，一样生得娇美无匹。一个穿着一身咖啡色的衣裙，漆皮革履，鼻架金镜，小圆面孔，手里握着一个皮夹。那一个身穿一身苹果绿的衣裙，脚登的帆布网球鞋，秀眉覆额，丰韵便娟。看了伊的春山般的纤眉，秋水般的明眸，好似在哪里曾见过一面，只是想不起来。

连忙上前和黄祝年招呼，黄祝年笑道："足下的画很受此间人的欢迎，外面舆论大佳，可喜可贺。"

佩玉答道："全仗诸位吹嘘之力，感谢不尽。"

黄祝年指着那穿咖啡色衣裙的少女道："这是小女。"又指着那个穿苹果绿色衣裙的少女道："那是我的姨甥女。她们也很景仰足下的丹青妙手，所以今天特来参观。"又对两人说道："这就是秦佩玉先生。"

两人遂向佩玉微微一鞠躬，佩玉也即答礼，引导她们观画，并且讲给她们听。那个穿苹果绿色衣裙的少女见了那幅小艇泛月图，大为赞赏，愿出重金购去。黄祝年点头道："姨甥女的眼力果然不错。"

佩玉道："既是这位女士要买，彼此都有交情，我也愿减价，以八折计算。"

那少女道："很好，我就出三百二十金吧，不过太便宜了。"遂从怀中取出一卷纸币，检点出三百二十金之数，双手奉上。

佩玉连声道谢，接过了纸币，便把这幅画取了下来，卷好递与那少女。这时众人见那幅重价的画，被一个少女购去，一齐过来围住他们瞧看。他们见人多了，便退出去。佩玉送下楼来，走到一个池塘边，那池塘里养着几只白鹅，在水中游来游去，用嘴掬着水去洗濯它的毛羽。

那个购画的少女忽然立停了，回头对佩玉说道："密斯脱秦，你可认识我么？"

佩玉本来和伊有些面熟，只因自己以前没有到过南洋，绝不会认识的，以为或者见过和伊面貌仿佛的女子罢了。这时被伊一问，不觉呆了，遂道："幸恕眼钝，不知女士芳名，还请见教。"

少女笑嘻嘻地说道："我姓梁，名月娟。"

佩玉听了梁月娟三字，才想起前年曾在北京艺术联欢大会中见过的，伊是一个音乐家，是表妹文琴的同学。文琴不是告诉我说伊是南洋人，不久要回新加坡么？是了是了，遂道："原来是梁女士，一向好。"

月娟道："多谢，文琴学姐可好么？我长久没有和伊通信了。还有一位某女士，恕我记不得了。"

佩玉道："文琴仍在北京。还有一位女士姓罗名秋痕，也是我的表妹，现在祖国松江当教员。我此番随我的朋友到这里来，创设美术供应社，不想会和女士相见，巧极巧极。"

黄祝年道："原来你们是相识的。我的姨甥女又多一位祖国的朋友了。"

月娟又和佩玉说了几句客套话，也就辞别而去。

再隔两天，一星期的展览会业已满期，佩玉检点一共售去四十五件画品，得了一千二百余金。便把一千金托马仲文储藏起来，二百金购了一枚钻戒，预备将来回国送给秋痕的。他又写了一封信，寄到祖国，把展览会的事大略告诉一二，总算把这件事结束了。果然佩玉的画名因此而声价特高，自有许多人来请教他作画，社中薪水也加了二十金一月。佩玉心里很是快慰。

一天，他正坐在写字间里精心作一广告画，黄祝年忽然前来和他讲话，说他的姨甥女梁月娟性喜研究美术，愿请佩玉教伊习画，每日到梁家去教授一个钟头，薪金当然特别重酬。月娟的父亲梁福华也已赞成，特挽他来恳商，幸勿推却。佩玉听黄祝年如此说法，自然允诺。黄祝年回去复命，梁家遂定下星期日请秦佩玉过去。到了星期日的上午，梁家开了一辆白色的汽车来接佩玉。

原来月娟的父亲在南洋是个富豪，办有橡皮公司、面粉厂、烟草公司等商业，共生三子一女，所以把月娟看待得和掌上明珠一般，

303

月娟要什么便给什么。他们家中共有七辆汽车，这辆白色汽车是福华新近特地购下，给月娟一人坐的，很是讲究。月娟自己也会开汽车，有时独自开了出外兜风，此次是月娟特地开来接他的。

当时佩玉坐了白色汽车，到得梁家门前，见梁家住的高大洋房，门里有一片草地，中间一条煤屑路，两旁种着许多棕榈树。芳草芊绵，绿荫如盖。汽车一直从煤屑路上开进去，到得白石柱下，汽车捏了一声喇叭，慢慢停住。汽车夫先跳下车来，开了车门，佩玉下车，整一整领带，取出一张名片，递与汽车夫。汽车夫遂引着佩玉一步步从这白石阶沿上走进门去，便是一条甬道，旁边陈列着许多花盆，左折走了十多步，汽车夫把右边一扇洋门开了，乃是一个会客室，请佩玉进去。

佩玉到得室中，一看陈设悉仿欧式，又精美又洁静。很厚的地席，踏上去声音很轻。那汽车夫请佩玉在沿窗一只藤椅上坐下，那窗有白色花纱的窗帘遮着，从玻璃中隐隐看得出外面的草地。佩玉坐了，汽车夫又伸手向壁上揿动电铃，便有一个仆人走来，汽车夫说道："你去通报老爷，说秦先生请到了。"

仆人回身走去，汽车夫也把门带上去了。佩玉坐在里面，寂静无声，不多时门开了，早见一位五旬年纪的老者，额下略有短髭，穿着一身白胶布的西装，露出俭朴而忠实的气概。背后跟着月娟，换了一身蜜色花绸的衣裙，瓠犀微露，笑容满面。佩玉忙立起身来，向月娟的父亲梁福华行礼。月娟也上前敬礼，三个人一同在圆台旁分宾主坐下，仆人送上香茗。福华和佩玉彼此说些景慕的话。

福华又问问祖国的情形，其时正是直奉两大军阀对峙的时候，佩玉叹口气道："军阀弄兵，争权夺利。他们不明人民倒悬的痛苦，残杀同胞，扩充自己一系的势力。招兵购械，都在做武力的迷梦。其实不过为外人利用罢了。外人和军勾通一气，把款项和军械接济他们，那些军阀遂甘愿订结许多卖国条约，贻祸国人，讲起来真是可恨。所以有志的青年正在酝酿一种革命运动，将来要从广州出兵北伐，打倒军阀，取消不平等条约，挽救中国的危亡。"

福华点点头道："不错，我们华侨也很愿祖国快快爽利地大革命一下，好渐渐振兴起来，因为我们华侨屈居在他人势力之下，受着种种苦痛。倘使祖国富强，我们也可稍稍自由了。"

两人又讲了一些话，月娟遂说自己如何佩服佩玉的艺术，情愿拜列门墙，要请佩玉指教，佩玉谦逊不迭。这时月娟的叔父和马仲文等还有几个客人，都是南洋的富商，陆续来了，福华预备的午宴，要请佩玉，并邀众人前来陪坐。见众人齐集，大家高谈阔论地讲话，月娟也早退出去了，便请佩玉到楼上餐间中去坐席。佩玉谢了，和众人上楼去，见福华预备的西餐，大家就了位，入席痛饮。佩玉不脱书生习气，文文静静的，不大会和人家敷衍。大家也知道他是一个美术家，也就原谅他，各谈各事。席终后，众人都散去。马仲文和秦佩玉也向梁氏昆仲告辞，约定每日下午四时佩玉到家来教授画学。梁福华仍把汽车送佩玉和仲文两人回去。

次日佩玉在社中办事，看看壁上大钟已近三点四十分，便把未完的稿件一一放在写字台的抽屉中，锁上了，整整衣冠，走出门来，早见东边飞也似的来了一辆公共汽车，佩玉迎上去把手一招，汽车立刻停住，佩玉跳上去，汽车叭的一声，依然向前疾驶。佩玉付了四个铜子，不多一刻，转了两个弯，梁家已在眼前。佩玉向司机打个招呼，汽车缓缓停下，佩玉跳下汽车，向道旁走去，一转眼汽车已老远去了。原来新加坡地方的公共汽车，土人唤为"路里"，很多很多，路中随时可见。不论何地，坐车的只要一招手，便停下让你上去。若到目的地，也只消一举手，汽车又停了，让你下去，十分便利。而且车价也很低廉，每站只取两个铜子，每铜子值大洋一分。

梁家虽离美术供应社不过两站路，所以一刻就到了。

佩玉下了汽车，走到梁家来，下人早认得是秦先生，便请佩玉上楼，到月娟的书房里去，这是月娟预先吩咐好的，月娟的书房在楼的西边，门前阳台上一排碧纱长窗，摆着几盆鲜花。室里叮叮咚咚地正在弹批霞那，那下人揿着门上的电铃，便听琴声停了，室门半启，梁月娟立在门中，见佩玉前来，连忙含笑行礼，请佩玉进去。下人回退到楼下去了。

佩玉踏进月娟的书室，见正中摆着一张写字台，台旁还有一座英文打字机，两边放着些沙发长椅，都有白色绣花的垫套。窗边有一座钢琴，琴上放着些古玩和照相架。东边又有一只半圆台，台上雨过青的瓷瓶中供着几朵黄色的花。正中悬一盏粉红色珠罩的电灯，两边墙壁上挂着些名画和照相，月娟遂请佩玉在长椅中坐下，点动台上叫人铃，便有一个雏婢在门外望了一望退去，不多时奉上一壶香茗和两个本子来。月娟请佩玉喝茶，闲谈了几句，佩玉遂把习画的方法教伊。月娟早把画具和颜料购置齐备，先从简单的图画入手，教了一个钟头，佩玉辞别而去。明天又带些画谱来，亲自绘些范画，给月娟临摹。月娟天资聪颖，一个月以后，已窥得门径。佩玉也十分高兴，诚意指导。

可是天天聚首，有时佩玉无事，便和月娟随意谈谈。两人都是少年，感情渐渐融洽。佩玉异乡作客，难得有此一朵解语花做他的女弟子，不觉精神上有很多的安慰。而月娟性喜美术，自跟佩玉学画后，见佩玉为人十分诚挚，而且温和可亲，确是个人格高尚的青年，心中敬爱。所以两人常在课后，或是促膝谈心，或是把臂出游，名称虽是师生，而实际上为朋友了。月娟又喜拍网球，夕阳西下时，常嬲着佩玉在伊家中的网球场上拍网球，兔起鹘落，往来迎送，各施出本领来。月娟的哥哥暇时也来加入。佩玉没有月娟的便捷，常要输给伊。

一天正是星期六，佩玉到梁家来画了三把扇面，送给月娟的父亲和哥哥，月娟代收了。等到课后，两人坐在阳台上纳凉，残阳如血，天气很热。雏婢送上两瓶汽水来，两人开了，倒在玻璃杯中，一口一口地喝。月娟忽然立起道："今晚我想和秦先生到海滨去兜风，不知秦先生可有这逸兴？"

佩玉因为天气真热，夜里也没有事做，遂答道："可以奉陪。"

月娟大喜道："那么请先生稍待。"叽咯叽咯地走到内室去。

隔了良久，天色已黑，遥望马路上电灯灿灿，鼻子里忽觉一阵荟萃馥郁，便见月娟走将出来，换上一身白印度绸的衣裙，足穿白丝袜，白色皮鞋，周身雪白，衣领上系上一块紫罗兰色的手帕，手里握一柄白鹰毛扇，越显得清丽非常，如天上安琪儿。佩玉陪着走下楼来，月娟吩咐汽车夫把伊的白色汽车开出来，要出去兜风哩。

原来月娟的母亲早已故世，伊的父亲娶得一位姨太太，一切事不去管伊。两个嫂嫂又和伊很客气，所以伊出出进进，除了父亲要问问，其余的人一概不能顾问。

当时伊的汽车夫早把汽车开在门前，月娟又道："呀，我忘记了。"回身奔上楼去。

佩玉不知何事，片刻月娟带了一只梵哑铃下来，交与汽车夫，自己和佩玉坐上汽车。汽车夫把车驶出门来，转弯向东面大道上风驰电掣般地行去。

欲知后事，请看下回。

第十七回

驾轻车纳凉饶逸兴
办画报细语获罪戾

南洋地近热带，气候火热，日间寒暑表常在八十度以上，夜里渐渐凉爽，所以坐汽车兜风的人很多，这时马路上呜呜的，东一辆汽车，西一辆汽车，碾尘疾驰。佩玉和月娟坐在汽车中，觉得很是爽快。又见马路两旁有许多食物摊，什么莲子汤了，燕窝粥了，各色齐全，土人都到摊上去购食，马路上很是热闹。

走了一大段路，渐渐清静，不多时已到海滨。汽车夫遂把汽车停住，两人走下汽车。月娟去取梵哑铃，佩玉忙代伊提着，一同走向海滨去，同时也有些青年男女，一对一对地在那边散步，也有在海水中洗浴的。两人只向冷静处走去，起初谈些外国的风景，再谈到祖国，再谈到佩玉的身世。佩玉想到身世飘零，很多怅触，所以言语之间很有些悲愤。月娟虽是个金枝玉叶，生长在绮罗丛中的富家女儿，但伊前在北京读书，常和中产阶级人交接，并不以富厚自傲。生性尤喜风雅，不屑与伧夫俗子为伍。对于佩玉很有一种同情性，知道他的状况可怜，极愿意帮忙。然而也知佩玉虽是寒士，生就傲骨，断不肯无端受人之助，仰面求人的，更觉生了敬爱的心。佩玉也觉得月娟非寻常女子可比，又豪爽又高雅，和伊交友如饮醇酒，如嚼雪梨，自然十分愿意。

两人且说且走，来到一块大石旁，遂并肩坐下。又谈起各人的人生观来。佩玉未免带些悲观，而月娟却充满着乐观。这也是因为两人环境不同的缘故，所以观念亦异。

谈了一刻话，月娟道："秦先生，在这风清月白之夜，待我来奏一曲梵哑铃给你听，好不好？"

佩玉道："你是个音乐家，一向佩服你的。难得你肯一奏，我愿洗耳恭听。"

月娟笑道："秦先生这样赞美，更使我惭愧无地了。"说着话，从佩玉手中取过梵哑铃的琴盒开了，把弦线紧了一紧，左手托住，抵在香肩上，右手便拉起来。拉的一阕西方名作《海神曲》。梵哑铃的单调凄清哀怨，月娟又是能手，拉得弦弦掩抑，如听蜀道鹃啼。凉风习习，吹动衣襟。佩玉耳听着凄楚的音乐，眼看着碧海茫茫，虽在夜里，而波浪一起一伏，幻成无数黑影，停泊在附近的轮船上，隐隐有几点灯光。天上繁星如沙，明月一钩，照在草地上，映着月娟亭亭的倩影，不觉想起祖国的秋痕来，无限相思，低回欲绝。

月娟一曲奏罢，笑道："不好听的，秦先生勿笑。"

佩玉道："实在佳妙，待我也来胡乱拉一曲，那是真要请女士勿笑了。"

月娟把梵哑铃递给佩玉道："原来秦先生也精于此道的，我倒不知，很愿一聆佳音呢。"

佩玉接过，向月娟立着，拉起一阕《秋蝉曲》来，这曲也是西方的名著，用秋蝉的悲吟来引起一个漂泊天涯的女子，怀想伊的情人。所以如怨如慕，如泣如诉，竟使快乐的月娟听了也觉愀然不欢。

等到佩玉拉罢，月娟道："秦先生真是多才多艺。方才我好是班门弄斧，贻笑大方了。"

佩玉笑道："我是野狐禅，还要请女士指教。"遂放好了梵哑铃，仍和月娟坐下清谈。

言谈间月娟很露怜才的意思，佩玉因为心中已有了秋痕，所以虽和月娟亲密，却如明镜般一尘不染。两人谈了多时，月娟一看手表上已近八点钟，便道："今夜我和秦先生出游，心中很畅。现在时候不早，我们回去吧。晚餐也没有用哩。"

佩玉答道："也好。"遂立起来，和月娟向汽车停歇的所在走转。一看汽车夫正在车上打瞌睡，月娟遂唤醒了汽车夫，重行坐上车去。那汽车夫便循原路向家中驶回来。

开到半途，见道旁有几个少年在那里散步，汽车从他们身旁擦过，内中一个少年瞥见月娟，忙举手向月娟招呼，但是汽车已如飞地过去了。

佩玉问月娟道："你可曾见有一个少年招呼你么？"

月娟道："是的，那人是此间富商李某的幼子，名振亚。前在祖国香港大学肄业，现在跟着他父亲办橡皮事业。他和我家哥哥是朋友，时常到我家中来，所以和他认识。但我细察这人浮滑成性，又很阴险，不喜和他交接。他反故意来献殷勤，可鄙亦复可笑。"

佩玉听月娟老实告诉他，也不再探问。此时月娟知照汽车夫先送秦先生回去，汽车遂转了一个弯，向前疾驶。不多时已到美术供应社门前，徐徐停住，佩玉下车和月娟说声再会，月娟也道："秦先生晚安。"汽车遂打转身开回梁家去了。他们这番海滨之游是偶然高兴，彼此心地坦白，没有不可告人之处，但是很大的风波因此不久要掀起了。

月娟既见佩玉会拉梵哑铃，引为同调，有时课毕请佩玉拉梵哑铃，月娟自己弹批霞那，合奏一二曲。佩玉自知月娟的技艺高明，也向伊请教。月娟偶见佩玉为伊的哥哥速写一影，好似摄影，便请佩玉和伊写生。佩玉遂先请伊立在白石柱侧，构成一个影线，然后逐渐描绘。不到十天，业已画好。果然此中有人呼之欲出，神情逼肖。月娟大喜，把来配了镜框，悬在自己的卧室中。所以佩玉远处南洋，虽然时常要记念秋痕等众人，但他的事业颇称顺利，更有月娟做伴，也不患寂寞，心上很觉快活。

一天，有他的社中同事姓郑的对他说道："佩玉兄，现在有一个人要请你和他合作办一些小事业，不知你可有这个意志？"

佩玉问道："办什么呢？什么人要想请我呢？"

姓郑的道："我的朋友李振亚，是富商李某的儿子，他因南洋报纸不十分发达，要办一种画报，三日刊。他自己可以兜揽广告，缺少一位编辑。自在画会拜读你的大作后，很是心折，所以他央求我来和你商量，要请你去担任编辑的职务。"

佩玉道："先要有些资本才好干事。"

姓郑的笑道："这倒不妨。李振亚很愿出钱的，几千几万他都拿得出，只要你能答应。我想你若办了这画报，大作也可借此披露，未始不是传播声誉的好机会。画报销路畅盛后，李振亚也绝不薄待你的。"

佩玉听李振亚三字很熟，却不知道是何人，便点头答应道："如一定要我帮忙，总可如命。"

姓郑的道："很好，我明天便去回复他，约个日期，好使你们见面，亲自去谈这事，可以早日进行。"

到得明天下午，姓郑的又来对佩玉说道："李振亚听得你肯应诺，不胜欢喜。明天夜里教我邀你一同到杏花春餐馆中去饮酒，细细谈论。"

佩玉也不推辞，明天从月娟处教了画，回到社中，姓郑的早已等候多时，忙走到杏花春去。有侍者招接到十七号，早见一个穿西装的少年在室中等待。一见姓郑的和佩玉到临，连忙立起来含笑相迎。姓郑的代他们介绍，佩玉一见李振亚的面，才认得这是前晚兜风回来和月娟招呼的少年。月娟曾说他浮滑，然而见他态度诚恳，也未必尽然啊。

当下三人入席坐定，李振亚先说了许多恭维的话，佩玉只是谦谢。遂点了几样可口的菜和一瓶白兰地来吃喝。佩玉不惯喝酒，遂喝些啤酒和汽水，坐在电汽风扇旁，李振亚遂和他商量，请佩玉撰述时评及艺苑的稿件，图画一类也归佩玉担任。至于发行广告两事，由振亚自己担任。印刷校对两项由姓郑的担任。另外要用一个书记、一个下人。创办时的经费都由振亚垫付，将来如有盈余，当提十分之四为佩玉的报酬，现在先由振亚每月致送佩玉车马费二十金。佩玉一想此事对于自己有益无损，又不要我填本，李振亚的为人若然果不容易对付，我将来也可把职务辞去，并不受何节制的，遂一口允承。先要拟定一个报名，三人都拟了几个名称，什么大鹏、星光、真美，总觉不妥，到底定了南洋两字，觉得又爽快又熟口。散席后，李振亚付去酒资，告辞而去。

隔了几天，李振亚已把房屋租定，印刷所亦已接洽，订了合同，广告也兜揽得不少，很有希望。地方上也费去一大笔钱，经英政府注了册，定了日期，请佩玉先去办事。马仲文知道了，也很赞成。

再隔一星期，《南洋画报》出版了，封面是佩玉画的《娇慵》，文字图画都很精美，排法也是新颖，果然纸贵洛阳，不胫而走。月娟见了画报，才知佩玉和李振亚合作，很不赞成，语气之中怪佩玉何不早把这事告诉伊知道，伊必要坚决地劝他拒绝李振亚的聘请。佩玉笑道："我看振亚并不十分浮滑，年少嬉戏或者也是有的，但这次他很有办报的热诚，未尝不可合作。况且我和他没订合同，如他日意见不对，尽可辞去。"

月娟终觉不惬于心，遂道："秦先生，你和他交友，凡事总要谨慎些为好。"

佩玉点头道："敬受良箴。"又写了一封信，寄了两期画报到祖国去，给秋痕阅读。这时秋痕正为着胡粹芳的事情甚忙，得悉佩玉在新加坡诸事顺利，很是快慰，哪里知道恶魔正在背后张着口要吞人呢！

一天晚上，佩玉正到报馆里去发稿，忽见一个英侦探带了几个巡捕，走到馆中来，要见编辑先生。佩玉请到会客室中，英侦探操着华语问佩玉道："你是这里的编辑主任么？"

佩玉点点头，英侦探遂命手下的巡捕把佩玉捕住，带着向外边走。佩玉惊得不知所云。这夜凑巧李振亚出去应酬，不在馆中，只好跟着他们前去。到了那边，押在一间室中。佩玉不知自己犯了何罪，遭他们拘捕。不多时开审了，他才明白个中缘由。原来昨天新出的一期画报，佩玉曾有一篇评论当道对待侨民的小言，有几句未免袒护了侨民，触犯了英人的禁网，说他有意煽惑，毁谤政府，判决监禁西牢一年，画报馆勒令封闭停办。在外人的势力下，当然没有什么反抗的能力，照令施行。那南洋画报馆的门前已贴了封皮了，佩玉也被押入西牢。

可怜佩玉只因一时笔下不慎，受此飞来横祸。暗想这一小篇时评还是李振亚和我商量了作的，他还说很好，不料有此奇变。英人的蛮横无理，令人发指。我华侨受其鱼肉，是可忍孰不可忍？弱国的国民真是可怜，等于做亡国奴了。又想到自己跟从朋友到南洋来，满望干些事业，为我前途计算。不料事业方在发轫，凭空受此无妄之灾，一年的牢狱生活，如何耐受得过？无异老天在他的命运上重重打击了一下，一腔热烈的心怀，浇了一桶凉水。想到这里，掩面痛哭。

隔一天，马仲文得了这个不祥的消息，连忙贿通了守者，特地进来探望。佩玉对着马仲文只是堕泪，马仲文见他的好友陷在缧绁之中，心里也很悲伤。勉强用话来安慰他，请他保重身体，自己正和黄祝年梁福华等商量，设法营救他出狱。至于李振亚也因赔去了不少金钱，自己被他的父亲严行训斥，大挫锐气，闭门不出。对于佩玉的吃官司，很觉抱歉，托他声明歉意。佩玉只怪自己的三寸不律不好，听说马仲文等要设法营救他，非常感激，遂借了纸笔，在狱中写了一封家书，寄给秋痕，托马仲文付邮。告诉秋痕自己如何陷身禁网，命运不济，请伊不要忧虑，也不必写信前来，因为狱中不便通函，现正有友人等设法援救，不论何时，若然出了牢狱，即当束装回乡云云。写得十分沉痛。马仲文出去代他付了邮，这就是秋痕接到的信了。

佩玉在狱中无限凄凉，无限悲愤，过一天如过一年。一天下午，他正痴坐着，忽见守者进来，对他说道："有一个女子前来看你，你好好地随我到那边去。"

佩玉遂跟了他，走到前面一间小室。守者推开室门说道："你进去吧。"随即把门关上。

佩玉暗想，身居客地，有什么女戚来看他呢？大约是梁月娟了。走进室中，果见那边立着的女子正是梁月娟，不觉悲喜交集。握了一握手，坐在沿窗椅子里讲话。

月娟道："我自从得了秦先生被捕的消息，不觉十分忧虑。我本来劝秦先生不要办报的，这里禁网森严，言论不能自由，办报很是困难。你不看什么《南洋日报》等，他们的编辑敢作倡言无忌的时评么？无如先生不肯听我的话，情愿和李振亚合作。这次的时评锋芒过锐，在印刷以前李振亚可曾见过么？"

佩玉道："见是见过的，但完全是我作的。"

月娟道："说不定李振亚有意让你吃官司呢。"

佩玉道："未必见得吧？又不是他出主意教我作这时评的。报馆突地封闭，他也大大受了一笔损失，哪有这样害人的呢？这是女士的多疑了。"

月娟见佩玉这般坦然，也不再说，但笑了一笑，又道："秦先生怎能受得起这一年的拘禁呢？黄祝年等已和家父商量，要想方设法保释秦先生。我在家父前极力求他一定要达到目的，家父也很可惜秦先生受此奇祸，已答应前去想法。大约总可成功。所以我来通知你，千万望你保重身体，不要悲伤，将来仍有自由的一天。"

佩玉见月娟如此关切，不禁心中铭感，落下泪来。月娟又从身边取出一百块钱的纸币，奉赠给佩玉道："狱中总要使用，这戋戋之数，请秦先生收用了。"

佩玉不肯接受，说道："我自己也有钱在姓马的地方，怎能无端受此赠金，难为女士费钱？"

月娟见佩玉不肯收取，便道："也罢，这就算了秦先生的薪金吧。"

佩玉又道："前月我已领过款子，此刻也不能多取。"

月娟有些不悦道："区区之数，秦先生何必如此？反使我惭愧了。请不要再推辞。"

佩玉知道月娟的为人很是慷爽，便老实取了。月娟又安慰了几句话，外面的看守人已来催了。月娟才向佩玉告辞而去。

佩玉得月娟前来探望，难得伊肯纡尊降贵，亲自到这狱中来，可知伊对于自己有很丰富的感情了，心中非常感激。回到原处，把那纸币藏好了慢慢地使用。同时又因听了月娟告诉伊的话，很盼望月娟的父亲能极力想法，把他从囹圄之中救出来。

欲知后事，请看下回。

第十八回

鼙鼓动地军阀鏖兵
烽火连天弱女避难

秋痕接到佩玉从海外寄的一信，得悉佩玉因办报得罪，正在那里尝铁窗的滋味，怎不使伊心痛如割？不知文弱的佩玉可能受得起这苦么？可怜他是天涯游子，一个人踽踽凉凉、凄凄惨惨的，还有谁人在那边安慰他呢？不觉眼中滴下泪来。

密昔斯李和粹芳见秋痕接到书后，面容戚然，像是有惊人的消息，连忙询问。秋痕便把佩玉的信授给她们俩看，蛾眉紧蹙，强把眼泪收住。两人读了佩玉的信后，也很代佩玉着急。知道秋痕和佩玉一者是至戚，二者更有密切的关系，无怪伊如此情形。但相隔千里之遥，徒然忧急，也是无益。于是遂向秋痕解劝，说信上不是告诉你在那边已有几位体面的富商设法进行援救他出狱么，大约不久便可保释。好在他不过言论稍为激烈些，并没有别的举动，英政府也未必不可宽容。你在这里发急也是无用，还是再等消息吧。

秋痕默然无语，叹了一口气。少停，两人告辞去了，秋痕又进去把佩玉的事情告知伊的母亲，罗夫人也很焦急。终因相隔数千里之遥，也是无可为力，只希望佩玉能得早日保释才好。秋痕心中非常忧闷，伊和佩玉有了热烈的情感，休戚相关，祸福与共，恨不得立时腹生双翼，飞到南洋去讲几句话，安慰安慰伊的心上人。但这是不可能的事，却告诉谁人呢？所以自从接到这封信后，没精打采，郁郁不乐。因为佩玉知照现在身羁囹圄，不必去函，遂没有写信去。盼望佩玉有第二封信前来，告知伊出狱的佳音，早些回转家乡，免得到异地去受外人的凌辱。但是望穿秋水，哪里有第二封信寄至？

看看天气渐凉，已到七月中旬，校中快要开学了。知道佩玉没有第二封信前来，明明是他还未出狱。想他在狱中不知捱受几多苦痛呢？在这暑假期内，秋痕的心神飞越在数千里的海外，不觉饮食锐减，玉容憔悴。虽有粹芳和密昔斯李时来相劝，然而伊心中的阴霾终难除去。不识相的许校长曾到秋痕家里来访谈，约伊去游西湖，秋痕哪里有这种情怀？婉言谢绝。又因伊的母亲有一天正在洗浴，不料天上忽起阵雨，黑云蔽空，狂风大作，连忙揩干起来，已受了凉，咳嗽不已。秋痕心上更加昏闷，购了枇杷叶露及药梨给伊的母亲喝，可是终不能痊愈。

这时忽然战云笼罩，鼙鼓声喧。江浙两省将起战争，大家秣马厉兵，有山雨欲来之势。秋痕的家乡虽在江苏省里，而跟着全国商业中心的上海，归入浙江管辖的范围，这是很特别的事情。原来这也是以前完全为了私心起见，把这个精华的商埠从苏省割归浙省，所以牵制江苏的大吏的。但这上海是个最好收入的地方，每年烟土一项的进款也不知有几千万。做了江苏督军，眼看着自己省里的好地方被邻省去享用，卧榻之旁，任人酣睡，是可忍孰不可忍。所以这是江浙两省和平的障碍。而这时江苏督军齐某是直系的军阀，浙江督军卢某是奉系的军阀，两系势不两立，常有并吞之心。到底因为某种关系，齐某组织四省联军，陆续派兵向昆山黄渡一带增防。

317

浙军亦先后派兵，开驻南翔、黄渡、浏河等处。一时风声鹤唳，草木皆兵。

各地富有的人家纷纷迁移到上海租界中去避兵，也有几个绅商出来向两边调解，做和平运动。两省军事当局也都容纳，齐说我们只求保境安民，人不犯我，我不犯人。你们只须要求对方能够撤兵，我们这边自然立即撤退。这种妙不可言的笑语，倒弄得那些绅商们无话可说了。可是两边非但没有一个肯先撤兵，反而一天天地有增无减。火车呜呜地日夜奔驶着，三列车四列车的都载着军队。人民见了这种情景，知道战祸是一触即发，不可避免了。于是许多中等人家也搬运箱笼物件，急急逃难。火车因为运兵的关系，节数和次数都减了，竟变得满坑满谷，挤塞不堪。其中家人失散、财物落去的也不计其数。

人民恐慌如此，秋痕等所居松江虽然不在战线以内，而已陷入军事状态。入夜即戒严，形势严重。大小人家都私下谈论着战事，深恐浙军战败，松江便要受兵灾了。美化女学因此也没有开学，许厚人无聊得很，他先把财物契券运到上海，寄在一个戚家，自己仍回到松江，希望战争或可幸免，或是开战以后早告结束，那么美化女学还可以开学。密昔斯李和粹芳等也十分焦急，到秋痕处来商议，大家可要迁到上海租界去，暂避几时。

粹芳是平素娇怯的，伊看见有许多朋友都走了，心里更是惊异。伊知道那些军队纪律很坏的，战争时候一定要放火抢劫，奸淫妇女。自己若然逢到了那些恶魔似的丘八，如何是好呢？所以伊首先创议避难。密昔斯李因校中不开学，也想到上海租界中去，总觉安稳些。唯有秋痕暗想上海租界中的房屋此时必然昂贵非常，住旅馆更费了。自己家中经济拮据，校中不开学，又没有薪金可支，母女两人到了上海，将如何过活呢？若然冒险去了，万一战祸延长，不得还乡，岂不要游落他乡，做道中饿殍么？要我去觍颜求人，摇尾乞怜，却是至死不愿的。现在松江并非冲要之地，一时可以不致遭什么战祸。浙军也未必一定战败，我只望浙军能够打胜仗便好了。并非自私自利，这也是小民一种不得已的希望啊。

伊遂对两人说道："依我之见，一动不如一静。我们母女两人若然走了，这座门户请谁去照顾？上海的生活程度高贵异常，若到那边去，一定要费去不少金钱。我看此地暂时可以无妨，何必急急要逃呢？你们只看见逃的人，究竟不逃的还是居多数。我的主张是要从缓，再看形势。但我也不勉强你们，你们倘要走的，也很好。"

粹芳道："那么我们且等两天再看吧。"

隔了几天，两边前哨渐渐接近。直到八月初三日，两军起始开火。哈哈，他们都说人不犯我，我不犯人，究竟哪一个先犯人？横竖两边动了手，小民还是想法逃生，哪有人去查问究竟呢？或有人说，凑巧那夜附近乡下人娶媳妇，燃放鞭炮，两军都以为敌军进攻了，噼噼啪啪地放起枪来。这个说头似乎很滑稽的，其实两边还是爽爽快快地打仗吧，拼得不死不活，也是使人民难受的。

两军交战后，新闻界大忙特忙。号外、夜报，一班小贩到处乱喊。但是两边的胜负都没有翔实的记载。在某军势力之下，总载着某军得胜的消息。秋痕等每天看着上海来的报纸，都说浙军得胜，前锋进占安亭。又说浏河方面有剧烈的战争，浙军大胜，俘获一个苏军的团长。因为浙军的前敌指挥杨化昭和臧致平等，都是能征惯战的将士，所以苏军兵马虽多，反遭挫折。浙军又分兵进攻宜兴，战事正在进行中。

秋痕见时局如此纷乱，真是闷上加闷，愁上加愁。密昔斯李和胡粹芳又是几天不来了，遂想到密昔斯李家中去谈谈，遂别了母亲，吩咐女仆好好看守门户，外面时势不太平，休放陌生人进来。伊走到街上，觉得很有一派惨淡景象。到得李家，见李先生正在读报告，告诉秋痕说密昔斯李到校中去了。秋痕一想自己长久没有往校中去，不如也到校里去见伊吧，或者粹芳也在那里。立即向李先生告辞，向美化女学走来。

途中忽见许多人形色慌张地奔逃，有些人家关起大门来，不由心中一惊，难道有什么危险发生么？脚下加紧着走到美化女学，见门房邓福在校门里探头探脑，一见秋痕前来，忙开了门问道："听说外面有兵士会同警察在那里拉夫，可有这事么？"

秋痕方才明白，原来闹着这回事，便点点头，走到里面教员室中。见密昔斯李正和校长许厚人、密斯田畹、袁先生等坐着谈话，大家立起招呼，秋痕告诉密昔斯李说伊曾到李家去过，才知密昔斯李在校中，所以特地赶来。密昔斯李连忙鞠躬道："对不起，对不起。"

秋痕遂和密昔斯李相并而坐，问道："你们在此讲些什么？"

许厚人笑道："谈来谈去，总是为了时局。照这样的两边相持下去，不知迁延几多时日，我们学校休想开学了。"

秋痕道："那黄渡、浏河两处的人民所受的痛苦还要水深火热呢。今天街上正在拉夫，许多男子没命地逃避。万一拉了去，就要到前敌做运输等事，死活不可知了。"

许厚人道："啊哟，我们男子倒要好好提防，不要被他们拉去，不是玩的。"

袁先生道："杜甫《石壕吏》一诗可以移诵于今日了。争地以战，杀人盈野，这些军阀看是把人民的性命视如儿戏哩。"

众人正讲时，只见胡粹芳从外面很快地走来，一见秋痕和密昔斯李都在这里，便道："好啊，我今天走了冤枉路。先到秋痕姐家，伯母回头说才到李家去。我又赶到李家，知道李家姐姐已到校中。我遂到这里来，走得很乏力了。"

秋痕又问道："你在路上可遇见什么事？"

粹芳拍手道："我来告诉你，这真是天有眼睛。我从姐姐家中出来时，见有几个兵士和警察用麻绳缚着七个男子，拖拖拉拉地向东边走去。内中一个短衣男子正是蔡其杰，那厮作恶多端，现在竟被拉夫，大约没有命活了。"

秋痕笑道："当真么？像蔡其杰这般人拉去，一些儿不可惜的。但是有许多好人也拉在里头了。"

众人围坐着，谈了一刻话。胡粹芳要早回家去，遂和秋痕密昔斯李两人向许厚人等告辞。许厚人和袁先生吓得不敢出门，恐怕被拉，只有密斯田畹，伊是住校里的，送到校门口。

粹芳走了几步，忽然立定对秋痕说道："我要到上海去了。"

秋痕道："你到底要去么？"

粹芳道："侠隐昨天有快信寄来，因为战事紧急，松江断非安乐土，教我预备行装，他在明天亲自来此，要带我们母女到上海去暂避一下。好姐姐，我实在吓得够了。他既要我前往，我想就去了。姐姐和密昔斯李可否一同前往？"

密昔斯李道："我也有这个思想，且待我今天回去和外子商量了再说。"

秋痕道："我仍不愿走，你们先去吧。粹芳妹妹已有了人家，当然要听从密斯脱沈的说话，免得他在上海提心吊胆，并且我看你们在这时期中也可早圆好梦了。"

粹芳面上一红，向秋痕啐的一声道："现在什么时候？好姐姐还要和我说笑话么？我劝你和我一同前去。"

秋痕很是坚决，粹芳也无可如何。三人遂要分手回家，秋痕道："明天你们若然走的，请告知我一声，我当前来送行。"

粹芳道："算了吧，逃难还要送什么行？不敢当的。我们若然要走，一定要知照你的。"

秋痕独自怏怏地回到家中，在伊的母亲面前，又不敢露出忧愁的颜色，心里益发思念佩玉了。暗想他若在这里，定要和我商量一个好的主见了，现教我去和谁人说话呢？母亲是不知外面的事的，说了反使她老人家发急，还是打个闷葫芦好。

到得明天下午，即见粹芳和沈侠隐前来，两下相见了，粹芳和侠隐都劝秋痕同走，侠隐且愿担任觅房屋的事，万一找不到可以住到他家中去。秋痕执意不肯。粹芳遂道："我们的行李已送到火车站了，听说今天火车只开两班，逃难的人更多了，家母已跟着密昔斯李夫妇两人到火车站去，想法买票。密昔斯李不能来辞别，教我们代为致意。姐姐也不必送了，我们后会有期。风声如再不好时，姐姐也到上海来吧。可以和我们同住的，请一切不必多虑。我们要走了。"遂向秋痕母女俩告辞。秋痕送到门外，说一声"前途珍重"，眼中已滴下泪来。粹芳把手帕掩着眼睛，低头跟了侠隐坐车而去。

秋痕自从粹芳等行后，更觉凄凉。凑巧后天正是中秋佳节，在这战乱时候，也没有什么节期了。天公也像为人民而悲伤似的，阴云蔽空，细雨如丝，嫦娥竟不肯露出伊的娇容来，恐怕伊也不忍见那战地灾民的惨象。也许伊恐怕泻出伊的银光来时，反要勾起众生的愁绪，所以避匿了。

秋痕一早便到床上去睡，翻来覆去哪里睡得着？听听半边床上伊的母亲的咳呛声音，和庭院中唧唧的虫声，虽然不见明月，而已触起伊无限的悲感。低低饮泣了一番，直到四更蒙眬睡去。

忽听敲门响，跳起来和仆妇出去开门，却见佩玉带着行李回家了。又悲又喜，握住佩玉的手，问他怎能安然出狱，重回故乡。佩玉对伊笑嘻嘻地正要回答，忽听枪声大起，人民四处逃奔，都喊"苏军杀来了"。秋痕一惊而醒，原来是梦。

顷刻天已亮了，伊休想睡得着。披衣起来，写封信给伊的表妹文琴，略述自己的苦况。又因手中实在没有钱用了，不得已遣仆妇持了函到许厚人那里去借取薪水。因为校中虽未开学，而许厚人的聘书却早已发出了。许厚人并不拒绝，亲自送了一个月的薪金前来。

又隔了许多日子，浙军那边却发生了变化。因有闽军从浙省南边进攻，第一师不战自退，闽军长驱直入，卢某遂从杭州出走，驻兵上海。一面撤攻宜兴的兵扼守松江，以防闽军北攻。松江人大起惊慌，大小人民都要逃难了。粹芳早有快函前来，催促秋痕速速逃沪，不可再缓。他们的房屋已看定，在法租界宝昌路，留出一个亭子间，可以让秋痕母女居住。秋痕也知松江危险了，自己究竟是个弱女子，母亲又年老多病，受不起惊吓，决计赴沪暂避，只苦没有人做伴。

这时许厚人却大驾光临，因为他知道秋痕家中没有人照应，自己也要逃难了，问问秋痕可否同走。秋痕虽然不愿意和许厚人亲近，可是此较外人总觉妥当些，遂答应愿随许厚人同往沪滨。许厚人道："事不宜迟，明天早上一准要动身的。听说站上火车票十分难买，我今天先去设法，明天再来看你们同走。"说罢，匆匆去了。

秋痕遂告知伊的母亲，罗夫人急得只是念阿弥陀佛。当夜收拾些细软物件和衣服等，装了两大皮箱一网篮，叮嘱女仆好好看守在家中，将来回里时重赏。

明天一早七点钟还没有敲，许厚人早已携了一只皮箱，坐车而来。秋痕早把头梳好，再喊了两辆人力车，一齐坐到火车站。幸有许厚人照料，被捷足先登，抢上了火车。这时火车站上乱得不成模样，人山人海，箱笼山积。若没有许厚人认得站长，特别想法时，秋痕也不能踏到火车上去。直到十一点钟，那火车方才从人声鼎沸之中开离了松江，向上海而来。沿途见有许多军队扎营在野里，旌旗招展，秋痕看了胸中平添不少感慨。车行甚为迟滞，等到下午五点钟才到上海。

欲知后事，请看下回。

第十九回

香温玉软快缔良姻
雨冷风凄痛遭大故

秋痕等到了上海，许厚人有个亲戚住在白克路，但是地方狭小得很，所以许厚人要想伴着秋痕母女同去住旅馆。但是秋痕虽在乱离时候，终不肯和许厚人一起住，以惹人疑。遂道："多谢校长好意，听说胡粹芳在宝昌路已代我留下一个亭子间，可以居住了。且待我到了那边再说吧。现在先看沈侠隐去。"

许厚人不敢勉强，说道："也好，我是去住远东饭店了，以后再来看你吧。"遂代秋痕母女唤了两辆人力车，讲明价钱到静安寺路去。

秋痕是到过沈家的，所以认识。车到沈家门前，秋痕喝令停止，扶着伊的母亲下车。箱笼物件也从车上取下，恰巧看门的走出门来，秋痕便问道："你家少爷在家么？"

看门的也认识秋痕，便道："罗小姐，少爷出去了，大约就要回来的。老太太在里面。"遂帮着秋痕提着箱子和网篮，走进门去。

秋痕付去车资，母女俩跟着看门的走到里面会客室里，早有人去报告给沈太太知道。看门的把物件放下，请两人上坐，自己退到外面去。沈太太已走进室来，秋痕连忙立起行礼，介绍伊的母亲相见了。大家重又坐下，沈太太和罗太太是初次见面，十分客气，说了许多客气话。沈太太又问秋痕松江的状况，秋痕道："起初还好，现在受了闽军从南攻入的影响，攻打宜兴的军队已陆续撤退到松江。城里城外都是军队，人民恐慌非常，所以逃难的更多了。"

罗太太道："这样的逃难，令人可怕。我们亏得许校长照顾，想法先上了火车。后来众人一拥而上的时候，那一种狼狈的情状，正是可怜。有许多男男女女都从窗洞里钻进来，有些凶恶的车客，还要故意把窗关上，不让他人上车。我想大家都是逃难，为什么只顾自己，一些儿没有善心肠呢？我又亲眼看见有一个四十多岁的妇人，被众人拥紧，竟跌落到轨道中去，性命如何也不能知道呢。"

沈太太听了，长长地叹了一口气。这时沈侠隐已回来，一见秋痕便道："好了，她们正在盼望女士哩。我刚从粹芳家里回转，伊和密昔斯李同居在宝昌路。前天写一封快信到女士处的，深恐铁路断了，火车不通，故请女士等快到此地暂避。"

秋痕道："是的，我此来本是想到粹芳家中去的，但因不认得路，遂先到府上来问讯。"

侠隐道："你们在此地吃了晚餐，我再送你们到那边去吧。"

秋痕不肯，沈太太又再三坚留，只好答应了。沈太太又请秋痕母女到伊的房间里去坐。这时天色已黑，宅中楼上楼下的电灯都开亮了。不多时，晚饭早已备好，侠隐特地命厨子添了几样看馔，遂请秋痕母女下楼用饭。吃罢了，休坐一刻，侠隐便喊汽车夫把汽车开出来，又把秋痕带来的箱笼搬到车上，要送她们到粹芳处去。秋痕母女遂向沈太太告辞，沈太太送到门口，三人坐上汽车，便向前驶行。

一转瞬间，已到宝昌路，停在粹芳所居的门前。侠隐吩咐汽车停在这里，等伊回家。走上前把门上的铁环嗒嗒嗒地叩了几下，里面早有人问道:"谁呀?"

侠隐道:"是我。"

门开了,一个衣服清洁的女佣,笑嘻嘻地说道:"沈少爷怎么又来了?"

侠隐道:"阿宝,你去通知小姐,说松江的罗小姐来了。"

阿宝向侠隐背后一望,见秋痕正和一个老太太立在后头,还有沈家的汽车夫,挟着皮箱,便叫应道:"罗小姐、罗太太,请到里面来吧。"

侠隐遂和秋痕等走到客堂中,汽车夫把物件放下,退出门去。阿宝早已噔噔噔地跑上楼梯去了。这时客堂半边的洋门呀的一声开了,走出一个十二三岁的男小儿来,看见了侠隐,便叫一声小叔叔。原来粹芳所住的是两楼两底,房东本姓袁,只有夫妇二人和一个男小儿,是侠隐的亲戚。袁家住在楼下,楼上本空着,所以侠隐在战云初起时,特地先租下,预备粹芳逃难来住的。粹芳和伊的母亲住一个统厢房,和袁家是楼上楼下。密昔斯李住了楼中间,还有一个亭子间空着,粹芳要留下给秋痕母女住的。现在果然秋痕也逃上来了。

粹芳正吃罢晚饭,在楼上看书。密昔斯李因为丈夫在外应酬,没有归来,一个人在房中打睡。一听秋痕来了,大家跳起身,抢着下楼。粹芳的母亲也慢慢地跟着下来,大家相见后,不胜快慰。

粹芳道:"我自到了上海后,天天思念姐姐。看看战事一天紧一天,闽军入浙,松江正当其冲。姐姐等万不可再留了,所以写快信前来催促姐姐和伯母快来。"

秋痕道:"多谢你们的好意,我也知道不能不走了。"

密昔斯李说道:"早知如此,姐姐何不当初和我们一起来了爽快些?现在有谁人护送你们呢?"

秋痕道："许校长也要逃到上海，所以有他伴来的。"

粹芳道："他在哪里呢？"

秋痕道："他住远东饭店。他说不久便要寻到这里来看我们的。"

这时阿宝送上茶来，放在众人面前。众人坐着谈话，料到浙军已成孤掌的形势，闽军又勇敢善战，两边夹攻，终难久持，深为桑梓忧虑。

侠隐道："苏军真是不济事，打了好久，一直在黄渡浏河，一些儿没有进展。大约闽军倒要捷足先登了。今天听说闽军已进杭州，卢某正向奉天乞援，只是远水救不到近火。而吴佩孚正要大起兵马，攻打山海关，那边难以兼顾啊。"

粹芳道："打来打去，不过糜烂地方，杀害人民而已，谁也不能统一。大约中国非再革命一次不可。要这些军阀都打倒了，才有和平的希望。"

大家讲了一会儿话，粹芳道："罗家伯母今天辛苦了，要早些安置。好在我已预备好，请伯母上楼吧。"

秋痕知伊的母亲也十分疲惫了，便道："多谢妹妹这样当心。母亲去睡吧。"

大家立起，秋痕扶着伊的母亲上楼去，粹芳等跟在后面。秋痕踏进那间亭子间，见里面收拾得很是洁净，放着一张铁床，白洋纱的帐子，有一张妆台，一张方桌，几把椅子。阿宝早把秋痕的行李搬上来，秋痕曾把被褥带来，连忙取出铺好。侠隐却和粹芳、密昔斯李、粹芳的母亲到粹芳房中去坐谈了，命阿宝在旁伺候。少停秋痕走来，说伊的母亲已安睡了。

侠隐一看手表上已有十点三十五分，遂立起道："时候不早，恐怕家母盼望，我要告辞，明天再来畅谈。"

粹芳因为今天下半日侠隐常在这里，此刻又来了许多辰光，也不再留。大家送侠隐下楼，阿宝早开好门，侠隐向粹芳等说一声"明朝会"，出门坐了汽车而去。秋痕又和粹芳等谈了一刻，各自安寝。

明天侠隐又来，夜间请秋痕等去卡尔登看影戏。秋痕看上海租界中车龙马水，十分闹热，好似绝不知外间有什么战事的样子。卡尔登戏院中音乐悠扬，女士如云，不觉深深地起了一种感触。归来又听得闽军从沪杭路出发，将攻松江，前锋已到枫泾。浙军正在石湖荡坚守，知道家乡难免烽火之劫了。又想起佩玉不知能否出狱，谅他在海外也不知道家乡起了战祸。若是有信前来，我也接不到了。想到此很是忧虑。

晚上秋痕的母亲忽然咳呛大作，发起寒热来。到了明天，仍没有好。许厚人却寻到这里来了，秋痕等伴着他闲谈了一番，厚人约她们星期日出去看戏，秋痕因为母亲病了，很是不乐，谢绝不去。厚人道："那么缓日再说吧。"告辞而去。

过了几天，秋痕的母亲吃了几服药，渐觉好些，可是咳嗽终未痊愈。沈侠隐却选定九月十三日的吉期，要和粹芳结婚的。因为密昔斯李和秋痕是介绍人，遂通知她们。好在她们是个现成介绍人，只顾吃喜酒，别事不管，一切都是侠隐和粹芳两人亲自商定的。侠隐富有资财，又在此战乱时期，为日匆促，并不要女家办什么妆奁。男女两家合宅，即借一品香为礼堂。大家听了这个喜信，都是欢喜。密昔斯李便要去置办吃喜酒的衣服，唯有秋痕所有手中的钱将要完了，在上海一切都费，实在难以支持。自己虽有些首饰，也不能出去典质，非常焦急。粹芳知道伊的隐衷，便代伊向侠隐借了一百块钱，又不收伊的房租。秋痕很是感激，但伊心里却愈觉悲伤了。自己父亲不死，或是佩玉得意在外面，何至于要受人照顾呢？

转瞬间已届吉期，大家到一品香去吃喜酒。密昔斯李和秋痕是女性介绍人，遂请密斯脱李代密昔斯李，又请许厚人代了秋痕。这天侠隐做新郎穿着一身礼服，面如傅粉，风度翩翩。举行婚礼时，粹芳穿着一身绯色绣花的礼服，脚上肉色革履，肉色丝袜，披着轻纱，手里捧着一簇鲜花，明眸皓齿，越显得娇艳了。面前有一对十三四岁的女孩儿，提着花篮，左右立着。婚礼将毕时，大众要求新郎报告以前和新娘恋爱的经过，一迭连声地拍手催促。侠隐被众来宾包围住，没奈何老着脸皮把自己在校中踢足球时如何邂逅粹芳等情事，约略说了几句。大众听了，说道："好呀，原来新娘很佩服新郎足球的本领，但不知新娘足球本领又怎样？以后球场相见，必要你进我退地猛斗一回了。"接着一阵哈哈大笑，一对新人面上都泛起了红霞。大众又要求新娘报告，但是粹芳素来怕羞的，哪里肯顺从？结果向来宾三鞠躬，方才奏乐而退。

这天高朋满座，自有种种热闹，不必赘述。侠隐与粹芳真是有情人成了眷属，如鱼得水，异常爱好。当夜便回到宅中去，次日众人又去暖房，滩簧、说书、三弦拉戏，侠隐夫妇竭诚招待来宾，秋痕和密昔斯李等也到的，在新房中说说笑笑，闹到半夜，始由沈宅的汽车送回。可是秋痕心中有事，当着众人面前似乎一同快乐，背后却悄悄地挥泪呢。

明天许厚人又来了，一定要请秋痕和密昔斯李出去看夜戏。他说共舞台坤伶吕美玉演的《失足恨》很有一顾的价值。秋痕要谢绝，却被许厚人再三邀请，只好答应了。许厚人很觉快活。在晚上先请秋痕和密昔斯李到一枝香去吃大菜，然后坐了汽车，到共舞台。早有案目小杨二引到月楼正中第一排座位上，面前放了只高脚盆子，原来许厚人已订好了，三人一齐坐着看戏。此时台上还做陆树田的《捉放曹》。厚人把瓜子等食物传给两人吃，他和秋痕并坐的，伴着伊谈笑。

秋痕实在无心看戏，等到《捉放曹》过后，瑞德宝金少山的《连环套》上场，瑞饰黄天霸，金饰窦尔墩，工力悉敌，尤以金的"好马好马"唱得很好。《连环套》过后，便是吕美玉的《失足恨》了，吕美玉是故名伶吕月樵的女儿，曾入女学校读书，后入共舞台演剧。《失足恨》的内容是一个女学生被滑头少年诱惑，以致失身自尽，大足为一般醉心自由恋爱和婚姻问题不慎重的女子当头棒喝。本是名伶王芸芳排的，不想被吕美玉唱红了。美玉天赋歌喉，表情细腻，扮演女学生更觉神似。做到悲哀处，哀哀欲绝，秋痕和密昔斯李看了涕泗交零，秋痕的一块白丝巾早已湿透。散戏馆时，许厚人仍雇着汽车送两人回去。

　　这夜秋痕回家，见伊的母亲睡在床上咳嗽，触动心事，一人在床上低低饮泣，觉得人世间唯女子为最可怜，像胡粹芳总算幸福了，然而当初伊被杨令娴陷害的时候，几致殒命，也受了一番苦痛。至于自己和佩玉的婚姻，前途茫茫，不知将来如何。现在他又在海外受缧绁之苦，家乡又受兵灾，避兵海上，身世孤零，白发老母病卧床褥，自己的心事能去告诉谁人？又觉得女子中最可怜的唯有自己一人了。

　　明天李先生从外归来，拿着一大叠报纸说道："好了，东南战事将有告终的希望了。闽军攻下松江，卢某和何某都坐着日舰逃了。"

　　秋痕和密昔斯李接着报纸细读，深为快慰。但听松江秩序很乱，很不放心。这天罗夫人忽然大吐血，病势转剧。秋痕万分发急，忙请西医来诊治，打了一针，血虽稍止，而形状大变了。秋痕心中何等的忧虑啊！

　　此时又有密斯田畹来探望了。田畹家中本住在上海，前天吃粹芳喜酒时，大家曾见过一面。田畹也问明了秋痕的住址，说要来拜望的，所以两人招接进去，直到罗夫人房中。田畹向罗夫人问安，谈了一刻，伊却直说伊此来是受了许厚人的嘱托，特来和秋痕做媒。说厚人如何佩服秋痕的学问，情愿高攀，缔结朱陈之好。又说许厚人才学很有根底，家资也富饶，若是这里答应，正是美满姻缘。罗夫人的意思有些肯了，因为自己病势沉重，设有不测，抛下秋痕一人，如何是好？佩玉又远在外洋，拘禁监狱中，虽知秋痕心属佩玉，但到此地步，亦宜改变宗旨，所以竟毅然答应。哪知秋痕立志坚决，只是推辞不肯。田畹以为婚姻重在本人的意旨，罗夫人虽有允意，而秋痕期期以为不可，未能勉强，遂告辞而去。

夜间罗夫人对秋痕说道："许校长为人也很好，我看你的终身须早早定了。我的病情自知危在旦夕，很愿在我生前解决你的婚事。况且家境不佳，若嫁了许校长，可得臂助。你莫要迷恋着佩玉，错过了机会吧。"

秋痕只是掩着面饮泣，无言回答。罗夫人长叹了一口气，知道女儿的脾气是一定不变的，也就不说了。

次日病势更重，又大吐其血。究竟年老了，一倒就倒，淹缠三天，竟撒手长逝。临终时还谆嘱秋痕答应许校长的请求。秋痕惨遭大故，哭得晕了过去。

欲知后事，请看下回。

第二十回

多病多愁魂归忉利
是空是色迹隐名山

　　人生世上最悲伤的事情，父母弃养，也使为人子的形销骨立，号泣痛心。所以《蓼莪》一诗，孝子所不忍读，而况秋痕和伊的母亲是母女二人相依为命，一旦抛了秋痕，魂归九原，怎不令秋痕肠断呢？秋痕自父亲故世后，家境屯蹇，一直深为忧虑，幸亏自己在美化女学服务，尚可得些月薪，以奉菽水。夏间接到佩玉的恶消息后，心头杌陧不宁，在人面前还装出笑容，背后却是偷弹珠泪。近来又战乱，更多感慨。不得已避兵赴沪，而亲爱的母亲竟至一病不救，深深的悲哀，瘦损了伊的面庞和肢体。丧事中幸有密昔斯李和李先生助理一切，但因手中无钱，遂托李先生在外边调试了数百金，由秋痕出面写了借据，把伊的母亲的灵柩，出到会馆去暂厝，侠隐和粹芳也来拜奠，送了一百块钱的赙仪。许厚人也亲自送来四十块钱。秋痕心里颓丧得不可名状，哀毁之下，奄奄卧病。密昔斯李极力劝慰，无如秋痕心中的悲痛非语言所可解劝。伊又有一种悲痛，便是老母临死之言。依伊母亲的意思，要把伊许给许厚人，无奈自己委身佩玉，世间没有第二人能够间断他们俩的恋爱，一定不能顺从伊母亲的遗嘱，没法安慰伊死后的母亲的灵魂。不孝之罪，实不

333

能辞去了。

勉强写了一封快信，到北京王筱庵姑丈处去报丧，到夜里又大发寒热，明天寒热虽然退凉，身子疲乏不堪。许厚人又来探望，秋痕虽感谢他的美意，但是为了屡次拒绝他的请求，觉得有些歉然。许厚人却毫不芥蒂，想把至诚来感动，特地请了医生前来。秋痕不肯服药，勉强进了两剂，稍觉好些。

其时浙军已完全败北，闽军进驻龙华，交通即将恢复。忽然李先生有个姓龙的朋友在南洋教育界服务，新近从新加坡回来，秋痕便托李先生向姓龙的朋友探听，可知道秦佩玉的消息，李先生自然答应。但是李先生回家时却说他的朋友不知道，秋痕看李先生和密昔斯李的情景，似乎有些知晓而不肯吐实，好生奇异，心中暗暗纳闷。

晚上秋痕在亭子间中独坐，望见密昔斯李房间中电灯亮着，想走过去探听火车的消息，因为密昔斯李不久要回松江，伊也急于回乡去。走到房门口，忽听两人正在窃窃私话。李先生道："本来秋痕也过于相信伊的表兄啊，哪里知道现在一班青年虚荣心重，见异思迁，得新忘旧，还顾什么爱情呢？我看秋痕的处境简直可怜，还是嫁给许厚人也还不错。"

密昔斯李接着说道："秋痕的为人是一往情深，至死靡他的。许厚人几次三番向伊说亲，伊都很坚决地谢绝。伊的母亲生前曾劝过伊，临终时又有叮嘱，伊终不听。你想还有谁人能够劝得动伊呢？若是你把这个消息告诉了伊，那是好像用刀刺进伊的心窝，伊怎能受得住这重大的创痕呢？所以我教你不要说。"

李先生叹道："可怜可怜。"

秋痕听到此时，心中十分难过，再也熬不住，推开房门，直奔进去，倒把两人惊呆了。秋痕对密昔斯李颤声问道："原来姐姐瞒我

334

的，到底佩玉怎样了？我实在不明白。请姐姐和李先生快快告诉我吧。"

密昔斯李还要支吾，秋痕定要李先生吐实。李先生遂说道："罗女士，我告诉了你，千万请你不要悲伤，也许这个消息不是真确的，还请忍耐。"

秋痕很不安宁地说道："李先生快说了吧。"

李先生道："据我这位朋友说，他在画会中曾拜读过佩玉先生的佳作，也知佩玉先生办过画报而被英政府拘禁在狱的事。但又听说佩玉到了新加坡，曾到一个大富翁家里去教授他家女公子作画，那位女公子姓梁名月娟，是个交际之花。"

秋痕道："呀，梁月娟，我记得了，我和佩玉曾在北京经过表妹文琴的介绍，和伊见过一面。不想他们会在那里邂逅了，以后又怎样呢？"说时面色大异。

李先生又道："他又说佩玉和梁月娟竟发生了恋爱，常常坐着梁家的白色汽车出外遨游。等到佩玉吃官司下狱以后，梁月娟曾到狱中去探望，又央求伊的父亲去设法营救佩玉，早得释放无罪。"

密昔斯李道："我终有些不信，这些事如此详细，那个姓龙的从何而知呢？"

李先生道："这是梁家的汽车夫讲出来的。凑巧被他听悉。不然他哪里会知道呢？又听说大约佩玉不久可以释放了，出狱以后，便将和梁月娟在南洋结婚。"

说到这里，忽听哗嗒一声，两人急看时，秋痕已从椅子上倒在地下。密昔斯李大惊，过去将秋痕扶起，方才悠悠醒转，李先生不防秋痕听了他的说话，骤然晕倒，也觉惊惶无措。秋痕叹口气道："罢了罢了！"泪下如雨，勉力支持着要回房去。

密昔斯李送伊归房，再三譬解，说道："传来的消息不足凭信。

我想佩玉绝非薄幸的人，或者其中另有他故，也未可知。须待他回来后，可明真相。"

秋痕道："我心悲痛极了，想我最后的希望便是佩玉，我违背了我亡母的叮嘱，拂逆我亡母的意思，甘冒不孝之罪，冰清玉洁般地保守我的爱情，所为何来？佩玉为人虽不至于如此，然而姓龙的新加坡地归来，他和佩玉不相识的，并无仇隙，他也不知道我们俩的事情，怎会编派不真确的事实来欺骗人家？当然是说他闻见的消息罢了。况且梁月娟确有其人，我们曾和伊相见过。伊的容貌，伊的交际功夫，都比我好，不想佩玉会在南洋邂逅伊，大约是前世冤孽了。依我这种不祥之身，重重的愁云惨雾，罩在我的身上，对于现世界还有什么依恋呢？这几年来心头郁结，有谁知道呢？"说罢呜咽饮泣。

密昔斯李想用话来安慰伊，也觉无言可说，只恨自己说话不秘密，被秋痕听去，不得不直说了。

这夜密昔斯李便在秋痕房中和伊一起睡，不放心离开伊一人。明天又特地到粹芳处去，请粹芳来劝秋痕。粹芳的意思以为佩玉不至于弃掉秋痕的，但也没有反证说佩玉和梁月娟没有情愫。因为梁月娟确有其人，而姓龙的又言之凿凿，要想拍一电报去询问，而佩玉又在狱中，而这种事又不可以问别的人。

秋痕想了长久道："除非拍电报到美术供应社马仲文处，去问佩玉近况。"

密昔斯李说："不错。"遂立即同到大北公司去发了一电给马仲文。粹芳恐秋痕悲伤，便拖着伊到沈家去盘桓。秋痕不得已去坐了一会儿，侠隐要请秋痕等到夏令配克去看影戏，秋痕哪里有这种闲情？很坚决地谢绝。

五点钟时和密昔斯李回到宅中，李先生忽然送上一封快信，说道："方才罗女士出去了，邮差送这函前来，我代盖了图章收下的。"

秋痕接过一看，原来是王筱庵姑丈从北京寄来的，连忙拆阅，内有文琴附上一书，力劝秋痕节哀，并有一张汇票，计汇洋一百元，要请秋痕北上。秋痕看了，遂把来放好，心中默默地盘算。此时伊自杀的念头也有，北上的念头也有，脑中很是杂乱，一个人也瘦得不成样子了。

明天许厚人来了，说交通现已恢复，他立刻要回松江去筹办开学的事情了。因为他伴出来的，要请回去。密昔斯李是校中教员，也催伊同去。粹芳是解职了，秋痕要等南洋的回电，自己的行止也不定，不愿立刻回去。密昔斯李因为秋痕不走，也要暂缓，遂对许厚人说道："校长请先回去，开学有日，请来函通知，我可以同秋痕姐回乡。"许厚人遂先去了。

隔了一天，新加坡的回电已来，说佩玉现仍在狱中，不久可以释放。因有姓梁的富商代他营救。秋痕接到这个电报，更信姓龙的说话不错了。那个姓梁的当然是梁月娟的尊长，以前文琴曾说月娟的父亲是南洋的富商，可知佩玉和月娟的关系必然密切了。想自己孑然一身，老母既死，天涯间没有亲爱的人了。种种悲观，丛集胸头，不觉喉间奇痒，吐出几口血来，颓然倒在床上。密昔斯李仍向伊劝慰，要秋痕先和伊一同回转松江，等佩玉回国后再说。秋痕一切都已绝望，也不愿意再去美化女学教书，只请密昔斯李先还，自己要在上海略事逗留。密昔斯李哪里肯依，见秋痕神情迥异，遂去粹芳处和粹芳商量。

粹芳很代秋痕的身世扼腕，想请秋痕到伊自己家中去暂住数天。因为密昔斯李不久将回松江，若丢下秋痕一人独居在那里，恐秋痕一时悲伤过甚，或有意外。而且那边房屋也要退租了。遂跟密昔斯李来看秋痕，把伊的意思奉告。

秋痕道："多蒙妹妹美意，但今日的我已无幸福可言，重大的创痕已破碎了我的心弦，略住数日，我想到北京去看我的表妹文琴了。"

粹芳道："我以为你总须待佩玉出狱后，他自己有了信来，真的得到他和梁月娟恋爱的证据，然后可以无疑。现在直奉两军正在山海关交战，北京也非安乐的地方。姐姐还是回松江去，或者可以住在我处，以免寂寞。我也很欢迎的。请姐姐听我的话为幸。"

秋痕见粹芳十分诚恳，遂道："也好，我就听你的话是了。"粹芳和密昔斯李各自欣喜。

明天粹芳坐了汽车来接秋痕到静安寺路宅中去住，沈太太和粹芳的母亲都很怜爱秋痕的，加意温慰。粹芳特地收拾了一间楼房，请秋痕住下，更把许多小说放在伊房中，以供消遣。

自从秋痕住到沈家，那边宝昌路的房屋退了租，密昔斯李也因美化女学开学在即，先和李先生回乡。许厚人又写信来请秋痕回去执教，秋痕却请了长期病假，荐贤自代。每天在沈家有时和粹芳谈话，有时蛰伏在室中看书，精神颓废，一些儿没有振作的样子。

一天又大吐血，吐个不止。侠隐和粹芳发急万分，请西医来诊视。医生说病症很重，须本人摒除烦虑，一意静养，方可告愈。打了两针，配置些药丸而去。秋痕服了药后，稍觉好些，但是时时仍要小吐。这时已在十月下瀚了，秋痕病中费用都由粹芳代给，而秋痕的病一天沉重一天，夜间常彻夜不眠，心头怔忡，病象险恶。常对粹芳流泪道："我的病是不会好了，我也不愿意好了。但是妹妹的恩情无可报答，只好来生变了犬马奉报吧。"

粹芳听了伊的话，不由哭起来，两个人对哭了一会儿，幸亏侠隐前来，将她们劝住。沈太太见秋痕病得厉害，要想送伊去住医院，但粹芳不忍，便向秋痕提起，秋痕似乎也已知道他们的意思。一天，粹芳和侠隐都出去吃喜酒了，沈太太也到戚家去打牌，只剩粹芳的母亲和秋痕在楼上，等到粹芳归家后，到秋痕的房中去看看秋痕，却不见伊的影子。楼上楼下遍寻没有，问问粹芳的母亲也不知道。只有小婢说饭后罗小姐曾走到楼下来坐的，以后便不见，只当伊去睡了。

侠隐连说："该死该死，家中有四五个下人，走失了一个罗小姐，却并不知道。"又去问看门的，也说没有看见。两人非常发急，恐有意外发生。偌大一个上海，又到哪里去找寻呢？沈太太回来后也很惊异，责备下人们不当心。粹芳懊悔不曾命人伴住伊。伊常说无意人世，此行必然凶多吉少。不知伊可否回松江去，侠隐道："我想绝不会的，起初伊不是无意返乡么，何以瞒了我们，偷偷地回去呢？"

粹芳心不死，遂立刻差一个下人到松江去探问。这一夜两人心中不安，睡眠也不安稳。明天饭后，下人回来了，报称曾到罗小姐家中去，只有一个女仆，回答小姐没有回来。又到美化去问李家少奶，也说没有来，且说罗小姐如此行径，恐有意外，请这里加紧探访。

粹芳急得跳脚道："唉，我到哪里去找呢？秋痕姐姐苦我了！"

侠隐又到各旅馆去查问，也无征兆。隔了一天，忽然由宁波普陀山寄来一封快信，是给粹芳的。一看是秋痕的笔迹，不由心中一跳，和侠隐拆开共读道：

粹芳妹妹：

　　我给你这封信，你接到了，一定使你有很大的悲哀和惊恐，但是你须要原谅我的苦衷的。骂我笑我，恨我怜我，悉凭妹妹的意思了。不过我很觉对不起你，所以在临死之前向你很诚意地请罪。

自杀是怯懦的行为，我也知道的。不过人到了四下环境逼他走上自杀之路时，他也不得不自杀了。因为自杀可以减去一切不能忍受的苦痛，而使人对于这个世界上些没有知觉。所以我也情愿牺牲我的身躯了。虽然像我的身体已陷在病魔的罗网中，即使不自杀，而病魔也要把我的身体逐渐毁坏而执行死刑了。与其淹缠而受不爽快的死刑，何如早自解决，早脱痛苦呢？我自迭受种种苦痛以来，悲哀埋在我的心坎，使我精神日渐销损，而至于病，环境的恶劣，早驱我到死的路上去。死神早在暗中欢迎我，自杀的念头每天在我的脑海中，直觉俱绝，痛苦更深，我遂不恤人言，不顾一切，毅然自杀了。

那天我乘妹妹等都出外的时候，便悄悄地带些银钱，私自出外，坐了轮船，来到普陀山。我为什么要到这里来呢？因为普陀山是个清净的地方，我情愿埋身在这山明水秀之区，早有了这个思想，所以现在到这里来。我已在沪购得许多安神药水，将尽量地服下。在我写这封信以后，我就要服下药水，安眠在海滩上，与世长辞了。我愿借东海水来洗涤我的愁恨，从今以后，永永不觉着苦痛。妹妹，我只有这一条路可走了，劝你不要为我悲哀。

我还有许多事要拜托贤伉俪代我办理，因为我的臭皮囊遗留在此，少不得要被地方上收殓。请你们快快前来，把我棺殓，便葬我在山中，使我灵魂能得永远清洁。一切费用请你们暂行垫出，附上证书一纸，请把我松江的老宅售去，清偿我的债务。北京王姑丈处我也有函寄去，还有老母告窆的事，已拜托那边代办了。种种拜托，有烦贤伉俪清神，将死之人，无可图报，现在默祝你们伉俪情深，白头到老，一对有情眷属，尽享受人间艳福。

我还有几句话要声明的，我的自杀，并非仅为了佩玉遗弃我的缘故，实在有种种苦痛——肉身上的苦痛和精神上的苦痛——不能不死了。这也是薄命人命该如此，我也不归罪于谁的。

我们多年知己从此永诀了，我写到这里，血又大吐，几乎把这几张信笺沾湿了，手腕里颤动得不能再写，我的心好似有刀在那里破开来了。密昔斯李也是我的好友，恕我不能再作函给伊，请你代我转告吧。唉，没有话说了。

罗秋痕绝笔

十一，二十二，一九二四

果然，信笺上还沾着几处血迹。粹芳和侠隐读时，眼泪像断线珍珠般直滴下来。读完了，粹芳掩面大哭，侠隐也不胜悲愤。沈太太和粹芳的母亲知道了，都说像秋痕这样的女子，不料如此结局，大足令人伤心。便叫侠隐和粹芳速速到普陀山去收尸，免得伊的遗体暴露。粹芳的母亲想起以前伊的女儿寻死时，秋痕怎样来劝伊救伊，现在秋痕死了，粹芳却不能救伊，很是对不起，便也跟着粹芳哭起来了。

侠隐道："事不宜迟，今天晚上还有轮船开出，我们快快走吧。"遂先出去订下房舱，到傍晚时带了银钱，命一个男下人跟着同去。粹芳换了一件衣服，将云鬟略一梳，辞别了两位老太太，同侠隐坐着汽车到轮船埠头下船。

他们坐了船到得普陀，向人问讯，始知秋痕自杀时曾有遗书请求地方不必收殓，一二天内便有人来收尸，所以地保的尸首看好，山中人争相传为奇闻。两人寻到海滩，果见有许多人围在那里瞧看。见两人走来，背后还跟着一个下人，知是死者的眷属，大家注目。两人排开众人，走到里面，见秋痕的遗骸横在一株树下的石上，因天气严寒，没有变动，面色如生，消瘦无血色的两颊上，仍露着愁苦的样子。两手放在胸头，衣上沾着一大片血痕。粹芳俯身叫了一声："秋痕姐姐，你的灵魂在哪里？也知道粹芳在此么？"放声痛哭，哭得围着看的人也滴下眼泪来。

侠隐却和地保说明，同去报告了。遂预备盛殓的事，两人当晚下榻在慈光寺。等到秋痕的遗尸用棺木盛殓后，也权厝在慈光寺里。两人在普陀耽搁了两三天，方才回沪，不胜嗟悼。密昔斯李和许厚人等接到粹芳来信，得知秋痕身死的消息，都非常痛惜。过了几天，粹芳又接到北京王筱庵的来信，拜托沈侠隐暂代罗家料理一切，他们将在来年正月中南下，安葬秋痕母女。粹芳遂到松江去，命秋痕家中的女仆好好看守门户，当重重酬谢。又付了些银钱给她，一再又向秋痕的债户疏通，等待明年正月罗家的至戚来时，再行清偿本利。自己又到美化女学中去，和密昔斯李等晤谈，大家为了秋痕很是凄惶不乐。

忽然罗家的女仆匆匆忙忙地持着一个电报信封，说是电报局里送来的，我已代盖了小姐的图章收下，不知可是秦少爷发来的，所以送到校中。粹芳接过来，和密昔斯李拆开共读。除去地址计有十四字道：

秋妹，兄已被释。日内即返国。秦佩玉

粹芳不觉喊起来道："呀，原来佩玉要回国了，恐怕以前的消息

342

不确吧。"

密昔斯李道："这要等佩玉回国后方明真相了。但是佩玉若知秋痕自杀，他不知要怎样伤心呢？孽哉孽哉！"遂劝粹芳留居松江，等待佩玉归来。

粹芳道："至少还有一个月，我回去后到那时再来吧。"吩咐下人仍回去守候，自己别了密昔斯李回沪去，告知侠隐等，众人都盼望佩玉早早回国。可怜佩玉远在重洋，哪里知道这种悲剧呢？

佩玉自下狱后，很觉苦痛。幸亏月娟的父亲向英人疏通，减了四五个月的徒刑。到了旧历十一月初，才得恢复了自由。和马仲文等相见，马仲文告诉他说秋痕曾从上海发来一电，探问他的状况。已据实电复。佩玉又知他在狱中时祖国曾发生剧烈的战争，江浙交兵，松江曾受兵灾，到现在还是不稳。所以归心如箭，便想回国去。遂又到梁家去拜谢援助之德。月娟见佩玉出狱，十分快慰。大家又设宴庆贺，祛除不祥，始终不知道这是李振亚设下的牢笼。

但李振亚费去了心思和金钱，他的目的仍没有达到，屡次托人去梁家说亲，月娟终不肯同意。现在佩玉又出来了，说不出的懊悔。月娟却很有意于佩玉，自从他出狱后，格外和他亲近。佩玉知道自己若不早挥慧剑，斩断情丝，以后将多牵绕而不可摆脱。遂告诉月娟，说他要回国去一趟。月娟有些不赞成，说道："秦先生才到此地，事业方在发动，便受了意外之祸，今幸得释放，正好奋发有为，怎的就要回国去呢？"

佩玉道："自从得祸后，心灰意懒。幸蒙尊大人援助，才得释出囹圄，闻得家乡曾受兵劫，很不放心，所以极欲回去省视。将来或当重到贵地，把晤有日。"

月娟见佩玉意志坚决，也不再劝了。佩玉便忙着整顿行李，向马仲文取还了前次所存的一千块钱，乘轮回乡。先发一电报给秋痕，好使伊也快乐。在动身的前几天，马仲文和梁月娟等都设宴相送。佩玉拣了几件珍贵画品送给梁福华和月娟，以为纪念。月娟又送他到轮船上，临歧握别，不胜惜别依依之情。月娟更觉黯然魂销，盼望佩玉明年重来，又说明年伊的伯父要到广东去，伊或者要跟着回国，那时也要到松江来拜访。说了许多言语，才各道珍重而别。

佩玉坐着轮船一路返国，想起月娟的盛情，自己未免辜负于伊，从此一别，不知何日再见，心中觉得难过非常。又想秋痕此时不知仍在松江，还是在哪里，谅伊也苦念我，所以发电报来询问。若见我回国，当然快活。可惜我受了意外打击，没有什么建树，自愧得很。然而秋痕是知我的，必能相谅。想到这里，只嫌舟行甚滞，恨不得立刻飞回家乡。

十二月初四日的早晨，船到了上海，佩玉离了轮舟，方知时局又变动了。原来江浙战后，接着直奉大战，吴佩孚全军覆没，奉军入关，造成一个新局面。因苏督齐氏是个直系，又是江浙之战的戎首，奉军遂南下援苏，任命卢某为苏皖赣宣抚使，要把齐氏驱逐。齐氏不甘退让，自为保安总司令，联络浙省，共拒奉军。但是奉军如火如荼，声势浩大，齐氏部下又不一心，不得已通电去宁，而浙江问题因之紧张。陈乐山到松江整顿旧部，复任第四师师长，闽军开到嘉善，已和第四师在松江开火，齐氏又在上海活动，战云又起。各地人民又争先恐后地逃到上海来。

佩玉一时不能回去，遂住在江苏旅馆，先到沈侠隐家里来探望，遂和粹芳相见。粹芳见了佩玉，便把秋痕前后经过的事实约略奉告，直说到普陀自杀，佩玉顿然晕去，良久方才悠悠醒转，泪流满面，一句话也说不出来。少停，沈侠隐回来，向他劝慰，并问他和梁月娟的事情。佩玉道："有谁造出这种谰言？我和月娟不过是师友，并无其他关系。我和秋痕是自幼相交，以至长成，亲密无间，难得伊对我一片觉悟，我岂肯中途遗弃，自堕人格？"

粹芳道："我也说秦先生绝不是忘本弃旧的人，秋痕姐姐偏相信人家的说话。可怜伊既遭大故，又罹肺疾，竟至自杀。这真是红颜薄命了。"

此时密昔斯李又避兵到了上海，粹芳便命汽车夫去接伊前来。大家相对惨然，佩玉若早来了两个月，秋痕未必会死，即死也未必自杀。佩玉心中悲伤得不可形容，立刻要到普陀山去，一拜秋痕灵柩，遂由侠隐伴着同去。临行时粹芳和密昔斯李用许多话去安慰他，并叮嘱侠隐特别留意佩玉的行动，不要再发生什么惨祸。

佩玉既到普陀，侠隐引他到慈光寺，见穗帐高悬，遗容宛然，桌上供着秋痕的一张小照，帐中一棺陈列，想起前情，不由抚棺大恸。侠隐也陪着一掬同情之泪。当夜两人住在寺中，次日侠隐要求佩玉和他同返，佩玉道："我要在此伴灵不去了。秋痕身后诸事，多蒙贤伉俪代为料理，感谢不尽。现在要住在此间伴灵一月，然后相地造坟，代秋痕营葬。因为我听得秋痕曾在致密昔斯沈信上说过，死后愿葬身此山干净之土。所以我要照伊的遗嘱办理。再要代伊把屋子售去，清偿债务，把老太太的灵柩安葬祖茔。这是我可以报答秋痕的。至于我呢，看破红尘，也不愿有所作为，或在此间自忏情孽了。你们也不要疑我或有自杀的行为，我还有许多事情要办，绝不会做这种事的。"

侠隐听了佩玉的话，便慨然道："秋痕的住宅我愿出资买下，秦先生要几多钱，尽向弟处需要，弟当源源接济，绝不有误。"

佩玉道："很好，我就这么办。明年我再到上海来和足下接洽一切。我们后会有期。足下请先回沪度岁吧。"

侠隐见佩玉说的实情，便很放心地先行回沪，把佩玉的说话告知粹芳等众人，大家叹息不已。

时光迅速，转瞬已换了新年。在二月初旬，侠隐家中忽来了一个青年和尚，要见侠隐夫妇。侠隐和粹芳正在楼上谈话，听下人通报，很是奇讶，遂一同下楼相见，才认识这个青年和尚不是别人，正是秦佩玉。便问他为什么出家落发，佩玉道："我自秋痕死后，一切都像槁木死灰，无意人世。在慈光寺伴灵一月，时时和寺中住持慧悦长老闲谈，长者把佛学来启迪我迷茫的心境，消释我苦痛的情绪，前天我竟大彻大悟，遂请长者将我剃度，情愿落发为僧，永永在山中参禅了。至于秋痕的坟地我已择定了一块很好的地方，面海背水，风景清丽。可以使伊的幽魂在风清月白之夜，徜徉海边，得着自然界的安慰。魂兮有知，也明白我秦佩玉不是负心的人了。此来要向侠隐兄借取三千元，以为造墓之用。我要把这个墓造得十分精美，还要亲自撰一篇墓表，以为他日纪念。将来你们有暇，也好前来凭吊一回。"

　　侠隐遂到银行里去取了三千元纸币，交给佩玉，佩玉告辞去了。隔了两个月，又到上海会同侠隐将松江的房屋作了八千块钱，卖给侠隐，然后将几处债务一齐还清，再把秋痕母亲的灵柩运到祖茔落葬。这时王筱庵和秦佩玉通信，把一切事交托佩玉干了。佩玉把诸事办妥，回到普陀，一心去造坟。到得夏天，秋痕的新坟造好，便请侠隐夫妇去参观。侠隐夫妇遂去普陀展拜新墓，不胜低回，住了几天而归。从此普陀山上多了一个白石新墓，慈光寺中多了一个青年和尚，人们却不知其中有这段悲哀的情史。而年年东风吹绿了墓上的芳草，新愁旧恨，深深埋藏在那个青年和尚的心坎中，永不磨灭。真是：

　　　　天长地久有时尽，此恨绵绵无绝期。

图书在版编目（CIP）数据

芳草天涯·红蚕织恨记 / 顾明道著. — 北京：中国
文史出版社，2018.5

（民国通俗小说典藏文库·顾明道卷）

ISBN 978 - 7 - 5034 - 9960 - 9

Ⅰ.①芳… Ⅱ.①顾… Ⅲ.①长篇小说 - 小说集 - 中
国 - 当代 Ⅳ.①I247.5

中国版本图书馆 CIP 数据核字（2018）第 009895 号

点　　校：清寒树　袁　元
责任编辑：薛媛媛

出版发行：**中国文史出版社**
网　　址：http://www.chinawenshi.net
社　　址：北京市西城区太平桥大街 23 号　邮编：100811
电　　话：010 - 66173572　66168268　66192736（发行部）
传　　真：010 - 66192703
印　　装：廊坊市海涛印刷有限公司
经　　销：全国新华书店
开　　本：720×1020　1/16
印　　张：22.75　　字数：187 千字
版　　次：2018 年 5 月第 1 版
印　　次：2018 年 5 月第 1 次印刷
定　　价：66.00 元